朱铁志 著

理性的黄昏
朱铁志杂文选

人民文学出版社

图书在版编目(CIP)数据

理性的黄昏:朱铁志杂文选/朱铁志著.—北京:人民文学出版社,2016

ISBN 978-7-02-011392-7

Ⅰ.①理… Ⅱ.①朱… Ⅲ.①杂文集—中国—当代 Ⅳ.①I267.1

中国版本图书馆CIP数据核字(2016)第022177号

责任编辑　杜　丽
装帧设计　马诗音
责任印制　王景林

出版发行　人民文学出版社
社　　址　北京市朝内大街166号
邮政编码　100705
网　　址　http://www.rw-cn.com

印　　刷　三河市鑫金马印装有限公司
经　　销　全国新华书店等

字　　数　296千字
开　　本　680×1000毫米　1/16
印　　张　24.75　插页2
印　　数　1—5000
版　　次　2016年8月北京第1版
印　　次　2016年8月第1次印刷

书　　号　978-7-02-011392-7
定　　价　48.00元

如有印装质量问题,请与本社图书销售中心调换。电话:010-65233595

目 录

杂文北辰朱铁志 ················ 安立志 1

第一辑　生死之间

如果我死…… ················ 3
我"死"以后 ················ 6
给自己留一点不知情权 ················ 10
健康是一种责任 ················ 13
马儿呀,你慢些走 ················ 16
我们为什么崇敬汤一介先生 ················ 19
享受拍马等于自贬人格 ················ 22
布封的天空 ················ 25
存在的困惑与选择的清醒 ················ 28
点画之间传承血脉 ················ 31
可怜的满足 ················ 34
"你想健康吗？跑步吧！" ················ 37
让死如秋叶之静美 ················ 40
我们如何面对"苦难" ················ 43
屋顶上的山羊 ················ 45
"在你被种植的地方成长" ················ 48

把思想放在舒缓的脚步上 …… 51
电视催人老 …… 55
活得"大"一点 …… 58
说"书生气" …… 61
网络这把双刃剑 …… 65
文野之间话阳刚 …… 67
云中谁寄锦书来 …… 70
像农民一样种好自己的土地 …… 73
校车啊，校车！ …… 76
速成时代 …… 80
从"姚妈善举"说到"信任危机" …… 83
异化的汽车 …… 87
有一种坚持叫放弃 …… 91
再说死的权利 …… 94

第二辑　荣辱之上

领导干部如何面对媒体 …… 101
我们还会写字么 …… 104
我眼中的严秀先生 …… 107
摆脱物役 …… 110
虚胖的网络 …… 113
克里木老汉的核心价值观 …… 116
再说引咎辞职 …… 118
杂说"霸气" …… 121
但愿就此刹住吃喝风 …… 124

理想的家什么样 …… 127

生活在经典的世界里 …… 130

"物"从何来？ …… 133

学蛇者说 …… 135

"中国梦"拒绝阶层固化 …… 138

匪夷所思 …… 141

怀才的"遇"与"不遇" …… 144

禁酒器、限酒令及其他 …… 147

居安思危 …… 150

说"独立自主" …… 153

小款情结 …… 156

论倒水 …… 159

打好精神底色 …… 161

拷问道德 …… 164

神马都是浮云？ …… 167

需要一些仰望星空的人 …… 172

警惕一些人 …… 176

中国人为什么吝惜说"谢谢"？ …… 181

一个纯粹的人 …… 184

第三辑 是非之外

说"开会" …… 191

有权不可任性 …… 194

力避贪腐年轻化 …… 197

读贪官履历有感 …… 202

警惕"临时工"心态 ……………………………… 205

看世界杯 想身边事 ……………………………… 208

新年三愿 ………………………………………… 211

读刘志军案有感 ………………………………… 214

你是他人的环境 ………………………………… 217

人生"五心" ……………………………………… 220

说底线 …………………………………………… 223

我为什么特别拥护"八项规定" ………………… 226

谣言止于公开 …………………………………… 229

比邻若天涯? …………………………………… 232

从谁抓起? ……………………………………… 235

假作真时 ………………………………………… 238

文化自觉有赖于文化的深厚积淀 ……………… 241

我幸福吗 ………………………………………… 244

杂说"古奇一代" ………………………………… 247

布莱尔的孩子和卡梅伦的猫 …………………… 251

开车上路 ………………………………………… 254

脸皮、法律及其他 ……………………………… 257

说"领导也是人" ………………………………… 261

那些看似鸡毛蒜皮的小事 ……………………… 264

辛亥百年说反封建 ……………………………… 267

别让空中课堂停留在空中 ……………………… 270

领导干部要自觉克服"五种心理" ……………… 274

谁教会孩子写"撒谎作文"? …………………… 276

第四辑　学思之中

三羊开泰 …………………………………… 281
振兴足球要做点实事 ……………………… 284
迟到的忏悔胜过刻意的沉默 ……………… 288
从"塔西佗陷阱"说起 ……………………… 291
"过得去"与"过不去" ……………………… 294
贬值时代 …………………………………… 297
为官难易说 ………………………………… 300
摒弃"高、大、早"的恶俗之风 …………… 303
从一本旧书说起 …………………………… 306
加班利弊谈 ………………………………… 309
汽车文明琐谈 ……………………………… 313
思想的空间 ………………………………… 316
"信息就是力量" …………………………… 319
域外归来杂感 ……………………………… 322
在北大哲学系百年系庆上的致辞 ………… 325
政治舞台和贪官的演技 …………………… 329
重读《诫子书》 …………………………… 332
"思维方式"拉杂谈 ………………………… 335
读书何为 …………………………………… 338
读书日与日读书 …………………………… 341
网络时代的反腐败 ………………………… 344
真佛只说家常话 …………………………… 348
关于杂文的零思片想 ……………………… 351

法律面前…………………………………… *358*

顾客是……………………………………… *361*

两件小事…………………………………… *365*

三个没想到………………………………… *367*

说"质疑精神"……………………………… *370*

杂文家的"三心二意"……………………… *373*

敬谢不敏…………………………………… *376*

后记:密纳瓦的猫头鹰何时起飞………… *379*

杂文北辰朱铁志

安立志

我以为,在当代中国灿若星河的杂文界,论作品、论贡献、论威望,朱铁志先生无疑是一颗璀璨绚丽的杂文之星。朱铁志,吉林通化人,《求是》杂志副总编辑。因其出生在北方、工作在北方,故戏称北辰。

1988年,那是一个政通人和的年头,即使是《求是》这样的党刊,也开设了名为"绿野"的杂文栏目。作为一个杂文初学者,突然接到印有《求是》红色字样的信封,内心的激动可想而知。这封约稿信就是朱铁志先生发来的。寄去的稿件不好用,铁志竟然为我推荐发表在改革开放最前沿的《蛇口通讯报》。此后,书信往来、电话交流,受益良多。10年之久,从未谋面。直到1998年,我到北京参加培训,才有机会见到心仪已久的师友。此后,虽再未晤面,但通过杂文这个纽带,仍然经常得到铁志的指导与帮助。其实,铁志在国内杂文领域的影响,又岂止在朋友之间。

铁志的杂文理念。当今时代,青年人追逐影视明星、歌舞明星,殊不知就国家、民族而言,科技之星、文学之星,其实体现了更高的层次、更高的价值。一位杂文明星,之所以闪烁着不一样的光芒,是因其不同流俗的理念。在杂文日益伪娘化、日益时评化的当下,铁志首先是以独具慧眼,精到概括的杂文理念触发了我的思考。他简明、精准地将杂文概括为"文明之文、文化之文、文学之文、文雅之文",并将其作为一贯的文学追求与执着的创作实践。对这一理念,铁志言简意赅地作过阐释,他指出,所谓文明之文,是说杂文所昭示的思想观念也许不是最新的,但它必须是符合人类文明精神的。所谓文化之文,是说杂文必须有学养灌注、学理贯通、学问滋养。所谓文学之文,是说杂文作为文学的一支,必须遵循文学创作的一般规律,讲究形象思维、框架结构、遣词造句。所谓文雅之文,是指杂文的一种内在气质,它是文明、文化、文学综合作用到一定程度的自然结果。我把铁志这一理念简单地称为"四文概论"。这一概论并非仅仅从体裁与表征上对杂文这一文学类型作出论述,其所体现的则是思想与文采、内涵与外延、内容与形式、本体与载体的统一。孔子曰:"质胜文则野,文胜质则史,文质彬彬,然后君子。"(《论语·雍也》)此之谓也!望文生义,"文明"、"文化",是杂文的本体与灵魂;"文学"、"文雅",是杂文的载体与躯壳。这样的概括,较之瞿秋白先生杂文是"文艺性论文"的概括,更为准确、更为精辟、更为深刻。改革开放以来,杂文创作取得了长足发展,但由于杂文理论的滞后或模糊,出现了一些扭曲的看法,比如,在杂文理念上,"新基调杂文"一度甚嚣尘上;在杂文形式上,有人将毛泽东在战争年代的电报也归入杂文一类;更为常见的误区,是杂文、时评的混淆。最近还有人未加限制地提出"初中生也可写杂文"的口号。我以为,铁志的"四文概论",对于明确杂文概念,澄清与扭转目前杂而不文,杂文式微,杂文自外于文学,以致不为文学殿堂所接纳的颓象,起到了振聋发聩的澄清与警示作用。

铁志的杂文创作。明星的外在光芒,是其内在热能的体现。铁志不仅提出了独树一帜的杂文理念,而且始终不渝地将其付诸创作实践且卓有成效。没有详尽的统计,铁志已经付梓的杂文集,已有十多部。我对铁志的熟悉,主要来自报刊,集中阅读的部分,基本来自铁志的赠书,如《固守家园》《浮世杂绘——小人物系列杂文》《沉入人海》《中国杂文·朱铁志集》等。铁志的创作成就不仅获得杂文界的推崇,而且在对杂文不无偏见的文学界也获致好评。铁志的《精神的归宿》,获得第二届鲁迅文学奖,可谓实至名归。此外,铁志还多次获得中国新闻奖等奖项。我以为,铁志作品的最大特点,是贯穿其中的深刻性、思辨性与形象性。前两者,固然与铁志就学于北大哲学系的深厚学养密不可分,同时也与铁志供职于高层传媒所具有的高屋建瓴的视野直接相关。在他的文集中,有一批论证周延、说理透辟的思辨性杂文,更有一批在杂文界罕见的妙品——格言式的杂文。尤应指出的是,铁志的杂文之笔,议人论世、描情状物,形神毕肖、穷形尽相,力透纸背、入木三分。他的小人物系列《浮世杂绘》,曲径通幽,别树健帜,创造了一种新的杂文文体。一个个形象、生动、滑稽、可笑的小人物跃然纸上。谁谓杂文缺乏形象思维?!这是一种既不同于《阿Q正传》的小说式杂文,也不同于多数杂文的写作风格。不知道杂文创作史上是否有这样的模式,但集中地、规模地进行各类人物的杂文式创作,铁志绝对是第一人。他正是通过自己的创作实践、创作探索、创作求变、创作创新,才闪烁出文学的、时代的、智慧的星光。

铁志的杂文编辑。在出席一个研讨会时,我曾提出一个观点,作家的创作如果喻为演员的话,那么选集的编辑、经典的筹措、丛书的策划,其过程却类似导演。铁志不仅多年从事《中国最佳杂文》(辽宁版)的年选工作,而且主编了《20世纪中国幽默杂文》《中国当代杂文经典》《中国杂文大观》等著名选本,近年来影响最大的两项工程,一是主编了反映改革开放新时期杂文创作成就的《中国新文学大系(1976—2000)》的"杂文卷"。这是继曾彦修等人编辑出版《中国新文艺大系(1976—1982)》"杂文集"之后,第二部以大型类书或工具书的形式,反映新时期我国杂文创作全貌的重要成果。这两部"大系"在时间跨度上有部分重合,但其区别十分明显。前者的时间跨度只有6年,反映的主要是反思"文革"、拨乱反正时期的杂文创作。而后者则涵盖了自"文革"结束到改革开放已进行22年间的杂文成果。特别在改革开放进行了20余年,我国已经开始了社会主义传统体制的重大转轨,遇到的问题、进行的创新,都是前所未有的。编辑整理这个时期杂文家们的作品,显然有着十分重要而深远的意义。二是策划并陆续推出了"四方风杂文文丛"第一、二辑。这是商务印书馆这家古典的、老牌的出版机构,第一次规模化地出版杂文作品,这在当前的杂文界产生了极大影响。这些选编与策划工作,铁志不仅展示了高度的文学鉴别力,而且体现了开阔的历史视角、成熟的政治判断、卓越的文化自觉以及深刻的学术训练,使得这些选本与丛书体现了高度的历史性、思想性、权威性、包容性与文献性。

铁志的杂文情缘。铁志在杂文界的古道热肠是出了名的。这颗北方的杂文之星,时刻将杂文的清辉洒向杂文领域和杂文朋友。他像当年鲁迅先生提携帮助萧军、萧红一样,协助杂文的新朋老友,推荐作品、出版专集、撰写序言,不仅仅在北方,甚至在全国杂文界,他都是出名的良师益友、桥梁纽带。《人民日报》的徐怀谦先生不幸英年早逝,铁志作为单位的领导成员之一,虽然工作繁忙,仍然全力参与其后事处理,甚至对其家人有可能面临的困难都考虑得十分周到。在他的积极张罗之下,朋友们伸出援助之手,以济其燃眉之急。著名杂文家舒展先生去世后,我接到的第一条信息也是铁志发来的。他不仅帮助其家人通知亲友、组织追思、料理后事,而且不论工作如何繁忙,他都要为杂文界亡故的朋友撰写纪念文章。历经坎坷、年逾古稀的袁成兰、李升平的作品研讨会召开之际,铁志由于工作关系,无法亲自到会,每次都不忘给作者发去祝愿与期望。从事杂文研究的,赞赏他是杂文研究的灵魂;投身杂文学会的,赞赏他是杂文事业的支柱;跻身杂文创作的,赞赏他是杂文创作的益友。朱铁志先生作为中国杂文界的北方之星,为杂文事业,为杂文朋友,以星光提示方位,以星光提供暖意,以星光描绘夜空。

第一辑
生死之间

如果我死……

都说人生是一条生生不息的河流,而我以为,那是就整个人类历史而言的。对个体生命来说,生命是短暂而脆弱的。不论你荣华富贵,还是穷困潦倒,生命的起点与终点不过咫尺之间。有道是人生苦短,转眼就是百年。又有人说"神龟虽寿,犹有竟时",生命的长短不过是一道简单的相对论命题。如此说来,需要那么在意长寿与否么?需要在生命的自然延伸中那么在意世俗的评价么?

如果我不得不死于癌症,我请求单位的领导和同事不必为我作无望的救治。因为我知道,有些癌症之所以叫作绝症,是因为现代医学暂时还拿它束手无策。所谓人道主义的救治,本意在延续人的肉体生命,其实无异于延长人的双重痛苦。我知道我虽然叫"铁志",但其实意志很薄弱,很可能经不起癌症的折磨。我不想辛苦挣扎一生,到头来再丧失做人的起码尊严,缠绵病榻,身上插满各种管子;也不想家人为我的生不能、死不得而悲伤难过;更不想单位为一个已经完全不能生存的人发工资、报药费,增加额外的负担。我甚至还有一种或许自私的想法,就是不想以肉体的痛苦成全子女的孝道和医生的人道。病长在我身上,痛苦是自己的,而那些外在的道德评价要以一个病人的痛苦作条件,不是显得有些残酷么?我的家人、我熟悉的医生,没有一个这样的人。虽然我们国家至今没有为安乐死立法,在我的有生之年也未必能够通过这样的法律。但我由衷地赞成这样的法律,将在可能的范围内尽其所能呼吁这样的法

3

律，并且非常愿意身体力行这样的法律。即便我做不到"生如夏花之绚烂"，但我期待"死如秋叶之静美"。

如果我死，决不希望别人为我写什么生平事迹之类的东西。我的生平早已用我的行动写在我生命的轨迹上，用我的文字写在我的作品里。"荣"不因外在材料而多一分，"辱"不因外在评价而少一毫。乞求高评价，说明缺乏底气、没有自知之明，无异于自取其辱；假做谦虚状，显得故作姿态、装模作样，也不免贻笑大方。如果再为被确认是一个"什么工作者"，而不是一个"什么家"而烦恼，那就更加不堪，更加滑稽可笑，更加叫人不齿。我知道通常的情形是人之将死，其言也善。其实我清楚，"也善"的"其言"不只出自将死之人，更是出自单位的人、周围的人，谁会对一个弥留之际的生命吝惜赞美呢？评价越高，说明将死之人弥留的时间越短。明白这一点，还有什么想不通的？还有什么不能通达一些、超然一些呢？既然生命都将随风而逝，几句好话又何必太当真呢？假如一个人活到弥留之际还不清楚自己是谁，还要依靠外在的评价确认自己，做赞美者赞美的奴隶，做诋毁者诋毁的奴隶，不是非常可怜又可悲么？别人怎样想是别人的事，我决不想做这样可怜的人。

如果我死，决不希望举办什么追悼会、告别会、追思会一类的会议。喜欢我的人早把我留在心里，讨厌我的人巴不得我早点儿滚蛋。开那么一个会有什么意思呢？开给谁看呢？无非是在我毫无生气的脸上涂上俗不可耐的胭脂，将我冰冷的尸体装进崭新的西装，然后抬将出来，摆在鲜花丛中，如果幸运，身上或许还会盖上一面庄严的旗帜。接下来是我的亲人悲悲戚戚地竖立一边，喜欢我和不喜欢我的人鱼贯而入，或真情悼念，或假意悲哀，都要绕着我走一圈儿。如果我真有灵魂，会为此感到莫大的不安。在北京拥堵的街道上，我要为展览自己的尸体耗费同志们起码一个小时的路途时间,还要为瞻仰自己并不英俊的冷脸再耽搁大家起码一个小时时间。两个小时加在一起,半天就交待了。一个人的半天是何等宝贵,假如真有那么几十人上百人前来,其损失真可用"巨大"来形容。朱某终其一生,不愿给任何人添麻烦,何必死了倒来折腾大家呢?

如果我死,决不购买高价骨灰盒,决不定购墓碑、墓地之类玩意儿。我虽然在学术上毫无造诣,但毕竟混进最高学府,正儿八经地学过几年哲学,至今还保留着母校颁发的哲学学位证书。我知道人死如灯灭,生命不复返。虽说"物质不灭",但作为生命形态的个人死就死了,转化为别的什么东西,已不是我所能左右和关心的。既然生命都没了,还在乎那堆骨灰放在什么盒子里干吗?不少人一辈子没活明白,有一室的房子时争两室的,有了两室的又争三室的,一生就这样争啊争的,其实最后大家都复归"一室"。而就这一个小盒子,还要分出玉石、玛瑙、檀木、樟木,抑或普通石料和木材,真是想不开啊。我死以后,决不保留骨灰、决不把那无聊的东西放在盒子里吓唬孩子。如果妻女听我的话,应该先将我所有能用的器官免费捐赠,假如它们能在其他的生命里得到新生,我将感到莫大快慰。然后应该将我的尸体交给医学院作解剖教学用,假如学生们从我身上能够学到一点有用的知识,我又将感到莫大快慰——人死还能有一点用处,岂不反证了活着的时候也不是浪费粮食的货?再接下来就该果断地把我火化,趁热把我的骨灰埋在随便哪棵树下,我的灵魂或许可以随着绿叶升腾到天国里去。既然骨灰都做了肥料,墓地就更没必要了。咱们国家本来地少人多,我就不要跟活人争地盘儿了。既然连块墓地也没整,墓碑就更没必要了,还是留给农民盖房子、垒猪圈吧。

我"死"以后

拙文《如果我死》在《学习时报》发表后,又经《读者》《作家文摘》《杂文选刊》《美文》以及众多网站广泛转载,产生了不大不小的轰动效应。在"百度"和"搜狐"上搜索,不仅有上千个相关词条,而且居然有了"如果我死"和"如果我死了"的专题索引。不少读者留言,表示赞赏拙文的观点,说"死得如此潇洒,也是一种幸福。如果哪天我死了,也要这么做"。辽宁盘锦的一位朋友看过拙文以后,在网上建立了"死亡论坛",希望和网友一起专门探讨"死亡问题"。网友晒月亮说:"想到死的人,说明他对生活没有激情了,他的心态很老了;还有人说,想到死的人,是最无畏的人,他会更加热爱生活。"

也有不少人不赞成我的观点,特别是不赞成我公开发表谈论死亡的文章,认为"太自我,不顾别人的感受"。首先是我的爱人说我"胡说八道"、"不吉利",她不爱听;然后是我的哥哥说看了以后心里难受,觉得我还年轻,身体也不错,怎么忽然想到谈论这样的话题。还有不少关心我的朋友担心我出了什么事,要么小心翼翼地给我打电话,轻声慢语地询问:"你还好吧?"要么间接向朋友打听:"铁志最近没受什么刺激吧?"

最让我感动的是一位党校同学的来信,她在电子邮件中毫不客气地批评我不该在生死问题上如此自私,而且以一个朋友的身份提出了一系列令人深思的问题。她说:"看了你的《如果我死》,让人心里难过很久。文章虽然很凄美、很深刻、很超然、很有文采,但总是让人感觉有点残酷、无情、冷血。你的亲人和朋友看了一定会很难受，以为你是个很自私的人。我并不赞成你的观点。人活着有时并不是为了自己，生命是自己的，也是他人的。从出生那天起，你就不只是属于你自己，你属于这个社会、这个家庭、这个环境。你不能自由地去死，你的死会给亲人、朋友、那些爱你的人带来伤害。所以，你有权结束自己的生命，但你无权给他人带来痛苦，为了爱你的人都开心和快乐，应当珍惜生命，负责任地好好活着。国家培养了你，父母养育了你，回报社会和双亲是你的义务。抢救你的生命不是简单地为了你，而是为了更多的人。所以，你无权拒绝对你的救治，更不能放弃最后的希望。追悼会、悼词、墓地等是人们表达感情的一种方式，你不能剥夺他们的这种权利，让他们内心无比悲哀却不能有所表示，心理平衡也是一种需要。"她在一口气说了这些以后，又不无沉重地质问道："你的文章给读者灌输一种什么样的生死观？尤其是为青少年和生活艰难、坎坷不幸的人找到一条什么样的解脱之路？引导我们看破红尘？一个轻视死亡、轻视生命的人，往往是个不负责任、自私自利、无所不为的人，这种人对社会是个灾难。面对当今充满浮躁、困惑、压力的社会，作家还是多写点积极的作品为好。"

还有一位朋友从另一个角度提出问题："你说如果你不幸身患绝症，请求单位领导同志们不要对你进行无望的救治，那么你让那些正陷于癌症的同志怎么办？难道人家留恋生命、渴望救治，就是境界不高吗？你说如果你死，决不希望别人为你写什么生平事迹一类的文字，决不希望举办什么追悼会、告别会、追思会一类的会议，决不购买骨灰盒、墓碑、墓地一类玩意儿，那么人家辛苦一生，希望组织上有一个客观公正的评价，希望同志们最后再送自己一程，希望有一个体面的骨灰盒以便日后亲人悼念，难道有什么不对吗？"

看了相识不相识的朋友们的留言、来信，我非常感动。我想，朋友们之所以如此关注拙文，并非因为我的文章写得怎么好，而是因为它碰巧触及到了人人心中有、个个嘴上无的问题，触及到了人们心中最柔软的那个地方；说明生死问题确实是一个带有普遍性的、值得关注的大问题。党校那位同学现任某省最高人民法院副院长，她的法官身份使她的问题不仅充满朋友间的真诚与坦率，而且具有了法律的庄严和冷峻，因而格外令我珍惜，促使我深刻地反省自己。

按照咱们中国人的传统习惯，死亡属于"忌讳"的话题。虽然谁都逃脱不了死亡的威胁，早晚要撒手人寰，化为尘土，但公开讨论这个问题，还是让人感到不舒服、不吉利。这也是为什么我的文章让亲人和朋友感到难受的原因。我能体会到他们的爱与友情，但我依然认为这个话题其实不仅可以探讨，而且应该深入探讨。我是学哲学的，西方一位哲学大师曾经说过："从某种意义上讲，哲学其实就是学死。"我们中国古代的先哲也曾坦言："不知死焉知生，不知生焉知死。"我想，所谓"学死"，无非是说通过洞晓生死而参透人生的目的、意义和价值，是超越生死而更珍惜当下的现实生活，使人生既超然物外，又入乎其中，既隐于市又飞升到八极之外，关注脚下又仰望星空……说到底，是追求一种不为功名利禄所羁绊的人生境界。

朋友的诘问提出了很多值得深思的问题，这些问题不仅对于我本人，而且对所有从事哲学、社会学、伦理学、法学的同志都具有深刻的启发意义。比如：人到底有没有死的权利？即便身患绝症，现代医学暂时还无力救治，人是否有权请求结束自己悲苦的生命？我国暂时还没有为安乐死立法，但不被法律承认的愿望是否就是不合理的愿望？对于身患绝症的患者来说，人道主义的救治本意在于延长病人的生命，但同时也无情地延续着病人的痛苦，这到底是一种人道，还是一种霸道？比如，人的生命究竟在多大程度上属于自己？为了不让亲人痛苦难过、为了朋友和同事能够奉献爱心、为了国家和社会多年的培养，一个身患绝症的人是不是一定要无条件地忍受痛苦、坚强地活着？从病人对亲人、朋友的角度，这毫无疑问是一种爱和体谅；从亲人、朋友对病人的角度，这到底是一种爱，还是一种残忍？比如，能否坦率地谈论生死问题，能否坦率地表达或许不那么合乎世俗常规的观点？表达了这样的观点是否一定就会对读者特别是青少年产生不良影响？表达这样观点的文章是否一定是消极的文章？我们应该如何判断读者的接受能力和理解能力？如何定位作者与读者的关系？等等。

我意识到：自己未必完全赞同朋友们在诘问中所流露或所潜藏的观点。但不管我是否完全同意他们的观点，所有这些意见都让我感到近年来少有的感动和震撼。说实话，平时文章写得不少，好话听得更多，而不同意见，特别是批评意见却听得越来越少，这让我感到写作生活中总是缺了一点什么。俗话说，难得是诤友。对于一个热衷写作的人来说，整天听好话固然不失为一种鼓励，但过多的好话除了让人飘飘然、忘了自己是谁以外，还会有什么结果呢？朋友的诘问和批评使我连续几天寝食不安。想到写作时只为自己表达得痛快，想到无意间可能伤害正身患绝症的朋友，想到一个作者不能只为个人表达，还必须承担相应的社会责任，我的的确确感到一种沉重，感到一份实实在在的压力。我真的很感谢这些朋友，是他们使我在"热血沸腾"、"一帆风顺"的时候冷静下来，理智地反省自己，反思走过的人生道路和心路历程。让我不断地提醒自己：要时时刻刻埋下头去做事，低下头来作文，谦卑地面对生活、面对读者、面对朋友，永远不坠青云之志。

给自己留一点不知情权

因为在杂志社工作,社会联系较多,各种赠阅报刊和书籍应接不暇,整天沉浸在广泛的阅读之中,真可谓手不释卷,"无所不知"。

起初还为自己的"博学"而得意,时间长了便发现,杂多的信息并未使我充实;相反,常常在经历了头晕眼花的苦读之后,感到心里空落落的。海量信息过分满足了人们的"知情权",同时也毫不留情地剥夺了"不知情权",我真切地感到了"选择"的必要性。在这个信息爆炸的世界里,如果失去选择的能力和自制的毅力,我们的头脑很可能成为"别人思想的跑马场","开卷"不仅无益,而且常常有害。冷静地想一想,我们真的需要那么多信息吗?给头脑留下一点属于自己的空间,以便填充更必要、更有价值的东西,不是更好的选择吗?索尔仁尼琴说过:"除了知情权以外,人也应该拥有不知情权,后者的价值要大得多。它意味着高尚的灵魂不必被那些废话和空谈充斥。过度的信息对一个过着充实生活的人来说,是一种不必要的负担。"

这是极有见地的观点。在我看来,如今泛滥在各种媒体上的百分之六十以上的信息是"废话"和"空谈",它们既不提供任何新知,也缺乏足够的思想和智慧含量,不能对丰富人们的思维起到丝毫积极作用。在"后出版时代",特别是网络微博时代,随便什么人都可以成为"作者","日子"固然可以成书,"月子"当然也未尝不可。一个不假思索的读者如果放弃选择,就会把自己宝贵的时间和生命放任在别人的"日月"之中,将自己并不宽敞的头脑任由混乱的思想跑马。问题在于,他有"跑马"的自由,难道我们没有不让他乱跑的自由吗?没有选择的权利吗?

当然有,但我们常常轻率地放弃它。为什么?因为我们经常是懒惰的、被动的,对自己不负责任的。久而久之,逐渐丧失了应有的判断力和选择能力。以网络阅读为代表的"浅阅读"省时、省力、轻松、好玩儿,但鱼龙混杂,少数有价值的信息总是淹没在大量垃圾信息之中,不待挖掘出来,早已令人疲惫不堪,忘了自己的目标。虽然表面上是无所不知的"知道分子",但很难掩饰"博学的无知"的本来面目。

其实,一个人想搞清楚自己要什么并不难,难的是弄明白不要什么。因为人的本性原本贪婪,凡是好事当然多多益善,何况读书又有"好学多思"、"博雅俊逸"的美誉,撒开读呗。岂不知,"撒开"就是"束缚"、就是"枷锁",从此让你失去自我,成为任人摆布的傻瓜。不"撒开"怎么办?当然就要选择,就要有所读,有所不读。谁来选择?自然可以请教饱学之士,可以借鉴"推荐书目"之类。问题在于,真正有学问的家伙往往不喜欢向青年推荐书目,也不屑于某些以权威自居的人推荐的书目。那怎么办?只好靠自己,靠博览基础上的"慧眼"和"专精"吧。

笔者不揣浅陋,想倒卖一点别人早已说过、而本人比较认同的读书经验,算是与朋友共勉:一要读一点看家的书。不管你是干什么的,那个行当总有一些为本行打基础、定规矩的书,后来的书都是这些书的翻版和解读,读书就得读这样的书,它是你的家底儿。二要读一点经典著作。除了读好自己看家的书,为了扩大知识面,还要读一点别人看家的书,其实就是各门学问的经典著作。这个环节不能省略,有没有"根底",这是一个标志,只读二手货肯定是不行的。三要读一点磨脑子的书。它可以不是看家的书,也不是经典著作,但它有思想和信息量,不下功夫、不动脑子,还真读不懂。这种书可以锻炼思维能力、增长知识水平,也值得一读。四是少看报、少上网,多读书。我不反对看报、上网,也不否认阅读方式的革命性改变。但我仍然力主朋友们多把时间分配给传统阅读,其中好处,您读后自有体会。

最后啰嗦一句:到什么时候都不要丧失对书本的热情。罗曼·罗兰说过:"成年人慢慢被时代淘汰的最大威胁,不是年龄的增长,而是学习热情的减退。"没有热情,一事无成。而读书这件事,恰好最需要热情。唯有热情,才能乐在其中,乐此不疲,乐而忘忧,终有所得。

健康是一种责任

关注干部群众身心健康，推崇尊重生命、敬畏生命的伦理学，是近年来党和政府极力倡导的生活理念。随着人民群众物质生活的日益改善，健康需求变得越来越引人关注。同时，随着社会矛盾、利益关系的日益复杂，也对干部群众应对各种突发事件和日常冲突提出了更高的心理要求。

毫无疑问，这是社会进步的表现，是经济社会发展到一定程度的结果，是社会整体文明水平提高的标志。从吃不饱到吃得饱，从吃得饱到吃得好，从吃得好到吃得健康，这是中国人民物质生活水平进步的"三级跳"。现在特别强调心理健康在健康概念中所占的比重，是健康意识的又一进步。

身心健康，首先是政府和社会对公民的责任，是单位对干部职工的责任；同时，也是个人对自己、对家庭、对单位、对国家和社会的责任。一个好的社会环境和制度设计，必定把人民群众的身心健康摆在突出位置，形成一整套切实可行的医疗制度和配套措施；一个负责任的单位，必定把干部职工的身心健康列入重要议事日程，制定预算、分配工作、安排休假、医疗保障、开展文体活动等，无不突出以人为本的科学理念。作为个体生命的干部群众，当然也存在一个"承担健康责任"的重要问题。

健康首先是对自己负责。我们常说"身体是革命的本钱"。其实，身体是一切的本钱，没有身心健康，一切都无从谈起。有人曾形象地把身心健康比作1,把事业、成功、荣誉、金钱等比作0,只有当健康存在的时候,其他各项才有意义,否则多少0叠加还是0。在革命战争年代,或者在极其特殊的抗灾抢险关头,在人民群众生命财产受到严重威胁的时候,必须倡导舍生忘死的大无畏精神,倡导为国家和人民的利益不惜牺牲个人生命的奉献精神,这是无需赘言的基本常识,是每个公民义不容辞的责任和义务。但在和平时期,在按部就班的正常工作状态下,就应该更加注重增强干部群众的健康意识,每个人头脑中都应该建立一个身心健康的自觉理念,努力学会"弹钢琴",善于协调工作、学习、生活、锻炼的关系,不人为制造紧张空气,不搞无畏的疲劳战术,摒弃形式大于内容的加班加点,始终保持良好的身心状态,这应该成为健康责任的起点。只有每个公民个体生命健康了,整个社会的和谐健康才谈得上。

健康是对家庭的责任。一个家庭成员失去了健康,整个家庭乃至家族就失去了健康,就失去了基本的、正常的生活秩序和生活保障。当事人自己痛苦受罪不说,家庭成员无不为此承受巨大的心理压力和精神压力。有限的积蓄不得不花在治病救人上,有限的时间不得不用在照顾亲人上。如果是承上启下的中年人得病,问题就更加严重,上有老人需要服侍,下有孩子需要照顾,得病使家庭的资金链断了、时间链断了、正常的生活安排链断了,一切都乱了。所以有人曾不无沉痛地说:"中年人是没有资格得病的。"

健康是对单位的责任。工作分工不同,岗位责任不同,但不论在什么岗位、做什么工作,都是"一个萝卜一个坑",离开谁都会给工作造成不同程度的损害。谁也不愿意得病,谁也不愿给同事添麻烦。但一个同志病倒之后,客观上必须由其他同志承担本应由他承担的工作,对单位的整体工作布局也难免会有影响,更不要说沉重的医疗费用肯定会增加单位的相应开支。如果一个单位经济实力原本不强，又恰逢几个同志病倒住院，那就可能给整个单位的运行造成困难，这显然是任何一个有责任感的员工都不愿看到的。

健康是对国家和社会的责任。强大的国家需要强健的国民，强健的国民有赖于每个公民的自觉努力去生成。只有竞技体育辉煌不算强健，只有奥运金牌第一不算强健，唯有全民参与体育锻炼，全民体质显著增强，每个国民都朝气蓬勃、昂扬向上才是强健；唯有到处都是健身的身影、到处都能看到绿草如茵的足球场、到处都可以感受到宽容豁达的国民心态才是强健；唯有从身体到心理都彻底甩掉"东亚病夫"的帽子，自立自强于世界民族之林才是强健。中国正处在激烈的国际竞争之中，要在激烈的竞争之中始终处于不败之地，每个公民必须从健康自己做起，真正把健康当成一件事，当成一个不可推卸的责任去认识、去实践、去享受其中无尽的乐趣。

马儿呀，你慢些走

今年是农历马年，新春之际，美好的祝福萦绕周遭：龙马精神、快马加鞭；一马当先、万马奔腾；天马行空，马到成功；春风得意马蹄疾，一日看尽长安花；马上行动、马上发财、马上有钱、马上……

"马上体"一夜走红，寄托着人们对美好生活的热切期盼，也昭示了急火火的功利心理。所有人都在劝你"快"，都在祝你"发"，恨不得一个早上让你变得家财万贯、富甲天下；让你名闻遐迩、声震四方；让你省略人生奋斗的漫长过程，不费吹灰之力便心想事成、称心如意；让你怀揣用不完的钞票，刷不完的信用卡，遨游五洲四海，饱览世界风光，那份惬意，那种潇洒，不是神仙，赛似神仙，怎不羡煞人也。

然而幻想毕竟只是幻想，买彩票中大奖可以实现"马上发财"的梦想，但终究不能作为现实目标列入年度计划。"马上……"如何的美好祝愿，恰恰意味着"马上……"的不可能、不现实、不靠谱。要"发财"、要"出名"、要"幸福"，没人替你备好一匹快马直达目标，还是得夜以继日、焚膏继晷地辛勤劳作、埋头苦干、拼命硬干。因而任由谁都在劝你"快马加鞭"，你自己也"不用扬鞭自奋蹄"。所有指令，无论内外，都在拼命叫喊一个声音："快！快！快！"全然不顾你的疲惫、你的倦怠、你的上气不接下气；更没有人关心你疾驰而去的身影是否关注过身边的风景、留意过近旁的朋友。你就这样一路狂奔，欲罢不能，像上满发条的闹钟，不停地转啊转，为升迁、为功名、为金钱、为房子、为子女、为养老、为未来……虽然活得辛苦,但没法让自己停下脚步。你知道耕耘未必有收获,但不耕耘注定颗粒无收。人生就是被人不断抽打的陀螺,只能不停地旋转,这是人的宿命,不如此又能怎样?

然而一味的"快!快!快!",究竟带给我们什么?是身心的无比疲惫,是盯着目标忘却过程的单向思维,是只重功利而忽视意义、忽视感受、忽视滋味、忽视情趣的单调重复。在"为了事业"的名义下,把人生价值异化为追求不断升迁;在"追求幸福"的名义下,甚至无暇享受身边最切近、最朴素、最平凡的幸福。温暖家庭的晚饭餐桌上,常常等不到你晚归的身影,孩子从小到大,从未听过你温情的眠歌。以至于平常一档"爸爸都去哪了"竟然成为轰动全国的热播节目。谁能告诉我这"热"的背后究竟蕴含着怎样的机理,又启示着怎样的苦涩玄机?我想,生活纵然是一杯苦酒,也要浅斟慢酌,品出其中滋味;生活或许是一杯绿茶,更要和敬清寂,发现其中韵味。一饮而尽固然是一种豪放,也能解渴,但除此之外,别无风致,了无生趣。疾驰的脚步有时真的需要放慢下来,调整呼吸、举目眺望,但见树木葱茏、远山苍翠、长河舒缓、云蒸霞蔚。在"慢"的节奏中体会自然的馈赠、友情的慰藉、亲人的关爱。

人生不仅需要价值和意义,也需要情趣和味道。在特定的历史条件下,有时确实需要牺牲情趣和味道,孤注一掷地追求价值和意义。但在平凡的日常生活中,二者应该是并行不悖的。有感于后工业社会对人性的挤压和异化,欧美社会近年来兴起所谓"慢生活"浪潮,深得普通民众之心。人们在无穷无尽的辛苦奔忙之中,忽然发现自己在追求幸福的过程中常常失去本已拥有的幸福,美好的追求异化为对自身的奴役,这实在是一种荒谬。于是,放慢生活节奏、降低对所谓生活质量的追求,在勤奋工作的过程中,不忘协调工作、家庭生活、个人发展、友情培育之间的关系,在更人性化的层面上界定幸福的内涵,规划自己的人生,追求既有意义又有意思的生活。这样的价值取向不是叫人淡化理想、放松信念,不是劝人追求享乐、活在小我之中,而是在新的层面上催人奋进,努力实现马克思所倡导的"人的自由而全面的发展"。

我们为什么崇敬汤一介先生

教师节前夜,汤一介先生驾鹤西游,走完了87岁的人生旅途、60多年的教师生涯。全国各大媒体纷纷在显著位置予以报道,社交网站和微信圈的悼念文字更是铺天盖地。人们用自己独特的方式真情哀悼这位北大教授,不吝把朴实真切的话语献给这位哲人学者。

一个并不为学界以外民众所广泛熟知的哲学家去世,何以引来如此规模的悼念?一个研究领域十分专精甚至不无冷僻的学者的故去,何以令公众如此关注?

作为汤先生众多学生中的普通一员,我没有资格对先生进行全面评价,但并不影响我谈一点个人感受。

先生之令人敬重,首在高尚的人格。作为一位学者,汤先生是通过"立言"而"立德"、"立功"的。从1951年毕业留校,汤先生从事了60多年的教学和研究工作,其间历经坎坷,不得不告别讲台。但他对学问的执着,对母校的热爱,对学生的关切从未停止。即便是在遭受不公正待遇的那些岁月,他依然心怀对中国传统哲学的挚爱,对学生和讲台的留恋。打倒"四人帮"后,先生得以平反,我们有幸成为他重返讲台后的第一批学生。他为我们讲授魏晋玄学,开办道教哲学专题课。讲课时先生语速平缓、神态安详、眼神睿智,所论必持之有故、言之成理,从不发大而无当的空论。对于刚刚结束的那场浩劫,他在课堂上不置一词,完全沉浸在对学问的痴迷和陶醉之中。讲到尽兴处,先生习惯把头微微仰起,眼神投放到很远的地方。我们这些刚刚经历十年浩劫后入校的学子,一时难以跟上先生的思路,但无不为他话语之间所流露出的高尚人格、儒雅气质所感染,从而对哲学产生由衷的敬畏之心。

先生之令人敬重,在于深厚的学养。汤先生毕生致力于中国传统哲学研究,成就卓著,为海内外所瞩目。他的《郭象与魏晋玄学》《魏晋南北朝时期的道教》《中国传统文化中的儒释道》《儒道释与内在超越问题》《儒教、佛教、道教、基督教与中国文化》等数十种学术著作,对于中国哲学体系的建设具有重要贡献。他所倡导并担任总编纂的《儒藏》工程,旨在填补《道藏》《佛藏》之后儒教所留下的空白。其中的"精华编"100册已由北京大学出版社出版。所憾这项浩大的工程还没有完成,先生便永远地离开了我们。先生为人低调谦逊,即便是面对仰慕他的学生,也谦恭有礼,有君子之风。他在耄耋之年担任主编的《中国儒学史》获得北京市第12届哲学社会科学优秀成果奖特等奖。在文集发布会现场先生表示:"我想继续写文章,讲我自己的感受,讲我对人类社会的理解,讲我对天人关系的理解。作为一个哲学家或哲学工作者,最主要的特点就是思考问题,提出问题供大家参考,而解决问题则需要靠大家一起努力。这样才不负一个学者、一个教师的责任。"汤先生具有真才实学,这是每个听过他课的学生的自然结论。惊悉先生去世的噩耗,我在微信上发出这样的感慨:"先生是北大标志性的存在,是当代中国哲学重量级的代表人物。他的去世,无疑是中国哲学界乃至整个中国学界的重大损失。"

先生之令人敬重,在于反思的精神。"文革"当中,汤先生受历史潮流的裹挟,曾经参加"梁效"写作班子,担任其中材料组的组长。"文革"之后,先生对这段历史并没有讳莫如深,而是有过深刻真诚的反思。他曾说过:"文革一结束,我就开始想,从此以后我应该听谁的?我觉悟到还是只能听自己的。如果说我想让孩子们明白什么人生道理的话,我希望他们知道:自由的思想是最重要的。"这些今天看来依然有些不合时宜的话语,却道出了一个真正的学者、真正的知识分子的本质特征:必须坚持独立的人格、自由的思想,必须具有探索真理的勇气和信心。否则学术何以成为学术?学者何以成为学者?

先生走了,留给学生和后人无尽的思索。关于怎样做人、怎样为学,我们应该从中悟出一点什么。

享受拍马等于自贬人格

阿谀逢迎、溜须拍马,俗称拍马屁,是流行于社会生活中的一种恶俗之风。它以甜言蜜语为表象,以谄媚奉承为特征,以精神贿赂为手段,以获得私利为目的。是人民群众深恶痛绝、正派人士极其鄙视的恶劣作风。

善拍者多为奸佞之徒。为了达到升官发财的目的,他们往往精研溜须拍马之术,善于察言观色,根据不同对象采取不同策略分而治之。有的直奔主题,露骨而肉麻地吹捧;有的迂回曲折,欲擒而故纵、欲褒而先贬;有的声东击西,巧言令色,无意之间,让被拍者中计而不自知。

一则古代故事说:有个马屁精十分了得,拍马所向无往不胜。有位刚直不阿的县令不信这个邪,命手下把那个奸佞之人找来。马屁精入得堂来,"酷嗵"一声跪倒在县令面前,连声说道:"小人早就听说您的清名,奴才就是再能拍,也万万不敢拍您的尊臀啊。"县令听罢,脸上露出得意的笑容,口说:"谅你也不敢拍本官的马屁!"马屁精一溜碎步退下堂去,嘴角露出一丝不易觉察的冷笑。

类似的故事不妨翻翻《古今笑》之类杂书,也不妨看看野史笔记,笑过之后总会引发一点思考。

在我看来,拍马与被拍马,基本是一项低智商的无聊活动。但如此低劣的活动从古至今从未绝迹,这是何故?其中有什么玄奥的心理基础和社会基础?

享受拍马等于自贬人格

从心理基础看,人大都有得到别人承认和社会肯定的心理渴望。担任一定社会公职、扮演某种社会角色的人,由于其责任的格外重大,尤其需要得到这种认可,这本无可厚非。但超出一定限度,就容易变味儿,使当事者变得特别爱听好话,爱听奉承话,做一点小事就急不可待地到处张扬,唯恐别人不知道,恨不得马上得到人家的肯定和赞扬。不幸的是,很多所谓的聪明人在这个问题上往往变得格外弱智、格外缺乏自知之明。只要是顺耳的好话,哪怕说得再夸张、再肉麻,都不觉得过分。这就使得谄媚之风有了某种土壤。

从社会心理看,人都有趋利避害的本能。如何趋利?当然是依靠诚实劳动、过人本领,这是做人的正道。也有人不愿意那么费劲,于是就找到溜须拍马的捷径。既然有人好这一口,而且这人又在某种程度上可以决定别人的命运,何不投其所好,猛拍特拍,直拍得他浑身舒泰、乐不可支?不幸的是,在现实生活中,埋头苦干没人搭理,溜须拍马博得上位的事情并非绝无仅有。这就让人不免有些悲哀。既为不良的社会风气悲哀,也为人性的弱点悲哀。

不知人们是否想过:享受拍马其实等于自贬人格、自贬智商;拍人马屁等于侮辱其人格、藐视其智商。道理很简单,谁享受拍马,其实就是拍马者的奴隶;拍人马屁,等于认定对方的人格和智商在自己之下,可以像猫玩儿老鼠一样,将其玩弄于股掌之间。拍人马屁不仅侮辱被拍者的人格,而且侮辱他的智商,只有缺心眼儿的人才会心安理得地接受拍马,并且乐在其中,乐此不疲。因为他不仅人格低下,而且智商也不在拍马者之上。

当然,拍马这种"低档的艺术"也有自己的行业技巧,搞得不好也会弄巧成拙。一个很有名的作家要来书店参观。书店老板受宠若惊,连忙把所有的书撤下,全部换上作家的书。作家来到书店后,看到到处是自己的书非常高兴,问道:"贵店只售本人的书吗?""当然不是。"书店老板回答,"别的书销路很好,都卖完了。"瞧瞧,拍马不成拍到马蹄子上了。

　　如此说来,拍马并非随便什么人都可为之。品格高尚的人不行,刚直不阿的人不行,性情狂狷的人不行,书生意气太重的人不行,老实忠厚的人不行,迂腐木讷的人也不行。

　　同样道理,这些"不行"的人多半不会成为拍马者的奴隶。因为他们虽然"不机灵",但决没有愚蠢到被人玩弄于股掌之间的地步。

　　什么时候,咱们这个社会能够让拍马的人没了市场,得不到任何好处,这个社会就会向前大大地进一步。

布封的天空

辛苦了一年,新年到来的时候,我送给自己一份独特的礼物,是一本薄薄的小书——《动物素描》。之所以选中这本仅有110页的小书,一是因为我喜欢动物,爱看与动物有关的文字;二是因为这本书出自法国大作家布封之手。

普通中国读者熟悉布封,大概源于他那句著名的论断:性格即命运。多少年来,作家以自己的创作不断佐证这句名言的不朽,一般读者也从自身的经历中感受到这句名言无可争辩的真理性。

摆在面前的这本小书由三部分组成:一是由《论文笔》和《写作艺术》两篇论文组成的文学理论;二是选自《自然史》中包括马、狗、狼、松鼠、海狸等在内的动物肖像素描;三是科学论文。我无意于全面评介本书,只想就布封的知识结构和写作气象发一点感慨。

众所周知,布封是法国启蒙运动时期卓越的思想家和文学家,是"兼有思想天才与文笔天才"的大作家,一向享有崇高的国际地位。他曾打倒神学的世界观,科学地解释宇宙发展过程;他反对雕虫小技、言之无物的文学,曾建立以义理为中心的文学理论,并且以大自然的描写扩大了文学范畴。他在科学上是拉马克、达尔文的前驱,在文学上与伏尔泰、孟德斯鸠、卢梭、狄德罗并驾齐驱,他的思想直到今天依然影响着后来者。

《论文笔》是1753年布封当选为法兰西研究院院士典礼上的著名演说。这篇不朽的文字在当时就起到了振衰起敝、振聋发聩的作用,至今依然是法国乃至世界文艺理论的经典著作之一。在这篇著名的演说中,布封给了作家许多具有永恒价值的忠告。他倡导高贵典雅同时又朴实无华的文笔,要求作家观察、描写事物细致入微,不仅表现静态,而且表现动态。他反对当时泛滥于文坛的"绮丽不足珍"的风尚,主张作文不仅要言之有物,更要言之有文,要自己深信才能使人深信。他说:"对于少数的神智坚定、鉴别精审、感觉细致的人,他们和诸位一样,不重视腔调、手势和空洞的字面,那么,就需要言之有物了,就需要有思想、有义理了;就需要善于把这些物、这些思想和义理陈述出来,烘托出来,序列起来了;专门耸人视听是不够的,还需要在读者的心灵上发生作用,针对他的智慧说话以感动他的内心。"布封反对有些人喜欢用纤巧的思想追求轻飘的、空灵的、无实质的概念的做法,认为"这些巧思妙想就和金箔一样,只有在失去坚固性时才能获得光芒,这种巧思妙想的追求恰恰违反真正的雄辩原则"。布封欣赏的文笔是确切而简洁、匀整而明快、活泼而贯通的。他主张只用最一般的词语来称呼和描写事物,要求作者不对灵机初动的结果轻易信从,对一切华而不实的炫耀概予鄙弃,对模棱语、谐谑语经常加以嫌恶。同时,不用过度的兴奋表达内心深信不疑的事物。要时时处处显出纯朴多于自信、理智多于热情。这样,才能使文笔变得文雅而庄重。

布封的许多见解在今天看来或许并不稀奇。《论文笔》和《写作艺术》中所表达的文艺观念,很多是我们一再重复的。而证诸布封本人的写作实践,我们就不能不为这些理论背后强大的实践基础所震撼。布封生活的时代,固然是呼唤巨人、产生巨人的时代,是狄德罗、伏尔泰、孟德斯鸠、卢梭所生活的百科全书时代。但即便如此,能像布封这样打通人文科学和自然科学,轻松游走于自然和社会两极,并且均有一流建树的大学者、大作家依然不多。且不说《大自然的各时代》中所展现的宽广视野和宏大气派,也不说《论文笔》和《写作艺术》中所表达的永恒的文学观念,只说卷帙浩繁的《自然史》对天地万物,特别是对动物建立在科学观察基础上的精妙描写,就足以使人叹为观止。那是科学家眼中的文学,是文学家眼中的科学,是所有读者眼中的绝佳美文。

随着社会分工的越来越精细,如今到处充斥着对越来越多的事物知道得越来越少的"专家"、"博士",而很难寻觅像布封那样的百科全书式的伟大人物了。如今的文坛,多的是小感觉、小感叹、小感悟、小感动,而缺少的是洪钟大吕、气象万千、贯穿古今、横亘天地的伟大作品。在市场经济的背景下,外在世界和人的心灵都变得越来越小了,小到容纳不下物质生活以外的其他东西,小到让我们无颜面对布封的天空、无颜面对前人的地步,这不能不让人感到悲哀。

新年伊始,别无他求,希望自己能和所有读书人一样,把目光从市场、官场,还有其他什么乱七八糟的场上移开一点,更多关注精神生活、精神世界,努力活得更"大"一些,更"多"一些,更充实敞亮一些。

存在的困惑与选择的清醒

人生在世,时时会感到存在的困惑,得意者和失意者都不能幸免。一项网络调查显示,职场当中,87%的人对自己的工作状态不满意。新年过后,约23%的在京80后白领选择跳槽,其幅度之大、人数之多,创近年来纪录。

这样一种状况说明什么?我以为起码可以说明三点:一是年轻人对工作现状不甚满意;二是选择余地增大、选择自由受到尊重;三是人人都有一颗超越之心。

如果把人的一生比作漫长的旅程,选择与超越是伴随全程的事。有些选择貌似具有终极性,其实不过是选择在某个驿站歇歇脚而已,充其量只能算是阶段性选择。存在主义看来,人生选择不外两种:一是选择不成为自己;一是选择成为自己。比较而言,前者相对容易,只需搞清楚人家希望自己成为怎样的人,按照既定的模式和规范努力去做就是,这是职场中绝大多数人的常态。后者比较难,首先要搞清楚自己究竟是谁,要成为怎样的人,能成为怎样的人,具体怎样去实现。这样一种诉求必须超越既定的发展模式和运行轨迹,不走寻常路,需要根据自身条件和外在环境闯出一条全新的路,其风险和压力不言而喻。

"不成为自己"的过程从某种意义上说是从众的过程,好比尼采所说的做"骆驼"的过程,意味着负重前行,接受系统训练、承受传统包袱、听命他人指导、服从首长命令,习惯于别人用指令性的口吻说

"你应该怎样"。

"成为自己"的过程从某种意义上说是特立独行的过程,类似尼采所说的做"狮子"的过程,独行山林、笑傲江湖,只遵从内心的呼唤,决定自己的命运,明确喊出"我要如何"。

克尔凯郭尔曾以一个生动的例子做比喻,他说人生就像醉汉驾马车,表面上看是醉汉驾马车,实际上是老马拖着醉汉回家。因为醉汉没有清醒的意识,而老马识途,能把醉汉拖回去。人的一生其实也差不多,对不少人而言,职场好比马车,员工好像醉汉,大部分时间都处在半醉半醒之间,或者说宁为"五斗米"而处在半醉半醒之间,乐天知命,麻木不仁。只有当一个人清醒理智的时候,才会惶然感到时光易逝、存在虚无、生存荒谬,才会猛然醒悟,决计要走自己想走的路、过自己想过的生活、努力做回真实的自我。

这个过程当然是艰难的,有时甚至是痛苦的。世界上没有脱离客观现实的自我选择,人们只能"在对象当中把握自我",努力使自己的"本质力量对象化",这是马克思谆谆教导我们的基本道理。职场中人都不难体会选择的艰难。当"骆驼"虽然卑微,但至少不用自己做出决定,只需顺从现成的规则。做"狮子"尽管威风,但处处需要对自己的选择负责,在得到选择自由的同时,也丧失了寻找借口和推托抱怨的权利。所以弗洛姆说:"给我自由吗?千万不要给我自由。因为随着自由而来的是要负责任。我一有自由之后就自己作选择,选择之后就做我自己,但是我做不起啊。"

每个人的资质不同,潜能不同,谁都希望最大限度地实现自身价值,找到生命存在的意义,亦即选择成为做自己的可能性。人生的意义固然在于奉献社会,但在选择层面上说,它是一个人决定去做某件事,并在这个过程中体验到的一种自我肯定的力量。或许在追求意义和价值的过程中我们会失去一些世俗的物质利益,但对一个重视内在价值实现和精神升华的人来说,外在的东西并不是越多越好。就像马塞尔所说的那样:一个人"有"的越多,就越不"是"他自己。因为"拥有即被拥有",人拥有的东西越多,越没有时间做自己,生命的内涵和注意力就会分散,最后反而会被拥有物所拥有,变成外在物的奴隶。

所以看一个人是不是真正有价值,不仅要看他"有"什么,更要他"是"什么,看他为社会和他人奉献了什么。"有"的东西最后都不是自己的,都要留给后人;而"是"的东西则是永恒的,会成为一种无形的精神财富,永远泽被后人。一个真正志存高远的人,应该多关注自己"是"什么,并为此终身努力,而不是汲汲于"有"什么,成为一个卑微可笑的守财奴。

点画之间传承血脉

中央电视台热播的《汉字听写大会》引发全社会普遍关注。一档既不娱乐、也不"养眼"的科教类节目,何以从专业频道上升到一频道黄金时段播出?何以受到学生、家长以及社会各阶层的追捧?此番轰动透露怎样的信息,暴露怎样的问题,给我们以何种启示?

不才以为,这档节目最大的成功,在于它发现了文化式微的病根儿所在,找到了文化振兴的有效抓手。这样说并非故作惊人之语。

随着电脑的普及,键盘书写以不可遏制之势取代钢笔书写。曾经饱受推崇的书法艺术正在成为小众的爱好,曾被绝大多数人视为"门面"的一笔好字,正在为电脑打字的"整洁优美"所替代。提笔忘字不仅是学生常犯的错误,甚至连我们这些从事文字工作的编辑,也常常要面对同样的尴尬。一种实实在在的危险正在迫近,难道传承无数代的汉字将在我们这代人身上逐渐变成只会认、不会写的简单语言符号?文字背后所承载的文明信息,将在我们这代人身后成为远去的背影?

汉字是思想文化的载体。作为表意性质的音节文字,它是世界上使用人口最多且最古老的文字。迄今为止,已有六千多年的历史,承载着古往今来的中华文化,潜藏着神秘瑰丽的原始思维,透露出古代先民的原初逻辑。中华文化自有文字记载以来,诸子散文、楚辞汉赋、唐诗宋词、明清小说等无数灿烂辉煌的典籍得以保存,中华文化的血脉正是在汉字的点画之间得以传承,文明的源流正是在汉字的书写当中得以弘扬。

汉字是历史沿革的载体。从某种意义上说,人类历史就是文字记载史。我们今天能够看到的无论是官修的正史,还是文人墨客记载的野史,无不以文字形式呈现。正是在汉字的绵延不绝之中,我们的历史从远古走来,一路延伸至今。无论是刻在石头上的符号文字,还是刻在兽骨上的象形文字,都是历史的书写;无论是用毛笔,还是用钢笔,都是时间的凝固。不可想象,离开汉字,我们的历史将从何处起步,又将走向何方。

汉字是审美文化的载体。汉字以其端庄、方正、厚重、均衡、对称、凝练的特征给世人留下深刻印象。汉字字体作为一种艺术,是我们中国独一无二的。鲁迅在《汉文字史》中说:"汉字具三美:意美以感心,一也;音美以感耳,二也;形美以感目,三也。"羲献父子、颜筋柳骨、颠张醉素等,使书法作为文人的技能登上大雅之堂,成为"琴棋书画"之一技。蕴含在书法中的文化精髓,曾经陶醉过多少古往今来的文人墨客。即便是作为普通的中国人,也视练习书法为提高文化修养、陶冶性情气质、集中注意力、养生祛病的重要手段,视为国人礼仪的基本要素。即使是键盘打字日益普及的今天,写一手好字依然是令人羡慕和推崇的。

汉字是民族团结的载体。中华民族是一个拥有五十六个民族的大家庭,其中有些民族有自己的语言文字,有些只有语言没有文字。但我们所有大家庭的成员都有一个共同的文字,那就是汉字。正是因为有了博大精深的汉字,各民族才得以用共同的语言交流,共同的文字书写,使各民族兄弟姐妹成为休戚与共、心手相连的骨肉同胞。淡化了汉字的书写,就有可能淡化民族间的有效沟通与交流,那是历史的倒退,是每一个热爱祖国的人不愿看到的情景。

如此说来，写好汉字不仅是个人兴趣，更是一份沉重的责任。一个有文化教养的中国人，即便不从事文字工作，也应该下点功夫，把祖国的文字写好。那不仅是我们个人的门面，也是我们祖国的门面。

不知各位以为然否？

可怜的满足

　　人生的满足多种多样,有衣食无虞、家业殷实的满足,有身体健康、亲人和美的满足,有勤奋工作、超越自我的满足,有艰苦创业、奉献社会的满足。举凡常言所道的满足,都离不开自立自强这个基本要素,把满足建立在自我奋斗、奉献他人和社会的基点上,从中实现人生价值,是正能量的满足。也有一种满足,以享用锦衣玉食为标志,以享受特权为特征,因为车子比别人的高级、房子比别人的宽大、老婆比别人的漂亮而沾沾自喜,以为这些外在的标志物可以证明自己的高人一等。在商品社会,这样的自我感觉可以理解,甚至无可厚非。最为不堪的一种满足,是恨人有、笑人无,在专事贬损别人中找到某种廉价的满足。只要把下巴扬到天上,将黑洞洞的鼻孔展示在公众面前,他们立刻能够找到一种莫名其妙的优越感,以为贬低了别人,自己当然就高大起来。他们不认为这是一种可怜而可笑的满足,而是一种"实力"的象征。

　　不才热衷于写杂文,总是和杂文圈儿一干老少厮混在一起,就不时能听到一种圈外高论:他们这帮人,也就是能弄点小杂文。有些写杂文的朋友对此类充满蔑视的评价很气愤,以为是一种恶意的贬损。其实我倒觉得大可不必:因为人家说的并不错,杂文与很多貌似鸿篇巨帙的东西相比确实小,与很多冠冕堂皇的高头讲章相比还是小,我们乐此不疲、津津有味摆弄的,无非就是这么个小东西、小玩意儿。不仅不自卑,还颇有几分自豪。为啥?因为这小东西无论怎样卑微,却是要用自己的头脑、自己的语言来表达的,杂文最忌人云亦云。在它弱小的身躯之下,总有一个叫作"独立思考"、"独立人格"、"独特表达"的东西在蠢蠢欲动。有了这么个不安分的小东西,写杂文的人就不免有几分倨傲、有一点特立独行、桀骜不驯、耿介狂狷的气质。他们推崇一切具有独立思想价值、彰显独特人格魅力的好文章,而不屑于故作"学术"状、装腔作势借以吓人的大块文章,更不屑于内里空洞无物、只靠剪刀糨糊块移动拼凑而成的所谓学术论文。

　　文章也罢,世事也罢,不以大小论英雄,本来是无需多说的道理。泰山巍峨不拒埃土,沧海浩瀚不拒细流。寸有所长,尺有所短。说到文章,更是只有写得好坏之别,哪有什么大块文章和小杂文之别?当然,如果只就篇幅而论,杂文确实短小,某些宏论动辄几千言上万言,自然是大。但就文章内容和写法而论,只有好坏高下之别,而无大小之论。倒是文章背后的作者气象、胸怀、境界、见识确有大小高下之分。大手笔写小文章,常有佳构面世。鲁迅的杂文都很短小,但言近旨远,思想深刻,韵味无穷,其作用,远在多数长文之上。而某些洋洋洒洒、煞有介事的大块文章,思想是别人的,口径是照抄的,材料是拷贝的,语言是克隆的,读后让人感到皆是熟悉的面孔,了无新意,味同嚼蜡,甚或还看出作者"皮袍下的'小'"来,篇幅再长、架势再大又怎样?无非是"无端地空耗别人的时间,无异于谋财害命"罢了。

　　毛主席一生推崇写短文,极其厌恶某些文章像"懒婆娘的裹脚布又臭又长"。他曾说过,退休后要给《人民日报》写点杂文,对杂文的情有独钟溢于言表。习近平同志十分反感"长、空、假"的官样文章,倡导领导干部多写"短、实、新"的文章。从某种意义上说,说短话、写短文是一种本领,能把万把千字的内容用几百字说清楚,那是大本领。说短话、写短文也是一种群众观点,是尊重人、尊重时间的重要表现。只有那些目无群众又极端自恋的人,才热衷于滔滔不绝、一泻千里,仿佛洪水决堤。不幸的是,他们的"才华横溢"只能换来人们的昏昏欲睡和极度反感。

世上的事情就是这样,把别人看得很小,往往暴露自己的"小";把别人看得高大,并不能矮化自己。企图通过贬损别人抬高自己,从而获得心理满足的人,到头来多半只能换来自取其辱的下场。聪明的人总是从别人身上看到优点和长处,愚蠢的人总是看到别人的血污和疮疤。然而正像鲁迅先生说得那样:"有缺点的战士终竟是战士,完美的苍蝇也终竟不过是苍蝇。"

"你想健康吗？跑步吧！"

连续发生的几起跑步猝死事件，使整个社会似乎陷入了跑步恐慌之中，一些高校废止了多年来运动会上3000米、5000米跑的传统项目，教育主管部门在考虑终止施行了多年的男生1000米、女生800米跑，代之以20米折返跑，理由是为了学生的安全。一次又一次看到这样的新闻，一次又一次感到震惊。一个国家的青少年竟然视区区千八百米跑为畏途，教育主管部门竟然为了所谓"安全"轻易向懦弱诉求让步，这种让步竟然能为多数缺乏远见的家长所认同，整个社会对于跑步竟然出现了"学生怕、家长怕、学校怕"的可悲局面，真是咄咄怪事！

我们中国人曾经被外国列强视为"东亚病夫"，那个屈辱的年代离今天并不遥远。曾几何时，毛泽东同志站在天安门城楼上向全世界宣告：中国人民从此站起来了。那份骄傲和自豪鼓舞了多少胸怀理想的中国人！建国初期，在物质极度匮乏的条件下，全国人民奋发图强、艰苦奋斗，战胜了无数艰难困苦，取得了社会主义建设的初步胜利。那个年代虽然穷困，但人们的精神状态并不萎靡，有志青年更不会被跑步所吓倒。人们推崇吃苦耐劳精神，佩服敢于克服困难的强者，鄙视贪生怕死、好逸恶劳的懒汉胆小鬼。即便是我们这些"生于困难时期，长于饥饿年代"的60后，也把锻炼身体、磨炼意志作为重要任务，自觉投身到各种体育活动之中。我们推崇"文明其精神、野蛮其体魄"，以真诚的信念相信"天将降大任于斯人也，必先苦其心智,劳其筋骨……"。我们佩服那些驰骋赛场的同学,羡慕他们不断超越自己的勇气和毅力,拼命使自己跑得更快、跳得更高、投得更远。而对躲避体育课的同学嗤之以鼻。直到今天,我们已不再年轻,但依然保持着运动的习惯,从中感受快乐、体验幸福。

遗憾的是,经过三十多年改革开放,我们国家在物质生活极大改善的同时,青少年的体质状况并不令人乐观。和新中国建立初期相比,现在的体育锻炼标准一直在下降,16岁到25的体育人口数量仅占该年龄段人口总数的33.4%,与发达国家70%以上的比例有明显差距。国家体育总局、教育部2011年公布的2010年国民体质监测结果表明:大学生身体素质25年来持续下降,与1985年相比,肺活量下降近10%;女生800米跑、男生1000米跑成绩分别下降10.3%和10.9%。困难时期尚不构成多大问题的跑步,如今却成了青少年成长进步的拦路虎。教育部关于2010年全国学生体质与健康调研结果显示,我国中小学生的速度、耐力、爆发力、柔韧性等体能素质持续下降,肥胖学生明显增多,近视率居高不下,高中生近视率超过79%。

我不想简单指责年轻人。从天性来讲,没有哪个孩子不喜欢运动,不想从中找到快乐和成就感。但沉重的课业负担、高度电子化的生活方式,使他们似乎永远"没有时间"去锻炼身体。单纯的以分取人的考试选拔机制,使孩子和家长不敢把时间投入到体育锻炼当中,不得不上奥数、补外语、学作文。这个社会的价值取向并不真正推崇"斯巴达式"的生存竞争、优胜劣汰。高校录取新生也罢,单位录用员工也罢,很少把身体健康真正作为重要考核指标。整个社会弥漫着一股不健康的审美趣味,追求的是所谓"骨感"和"瘦弱美"。打开电视,常常见到"瘦身"、"减肥"广告,眼见的都是瘦骨嶙峋的竹竿"美人"。女孩子爱美也就罢了,小伙子也弄得不男不女,三十好几胡子拉碴的,张嘴闭嘴还自称"我们男孩子"。中国足球多年不长进,表面看是球员不行、教练不行、足协不行,其实是我们这个社会的价值取向出了问题。在如此孱弱的社会氛围中,谁来当教练都不行。事实明摆着:选材余地就那么大,中国的足球人口在哪里?中国的男子汉在哪里?

徜徉在欧美街头,随处可见跑步健身的人。我很羡慕他们的有闲,也佩服他们的坚持。作为一种生活方式,跑步健身早已融入人家的日常生活之中。从他们的脸上,可以清晰地看到运动带来的快乐和满足。有人曾经说过,看一个国家的发达程度,除了看经济社会发展指标以外,很重要的一点,就是看他们有多少人自觉参与体育锻炼、养成运动习惯。一个吃不饱的人不会去锻炼;一个虽然吃得很饱,但生活观念落后,精神状态萎靡的人不会去锻炼;一个虽然感慨健康重要,却不能协调好工作和运动关系的人,同样不会去锻炼。不知朋友们感觉怎样,每当我看到一个国家的街道上不论白天夜晚总有跑步、骑车的人,就会由衷地感慨这是一个朝气蓬勃的国家、一个充满希望的国家。反观我们自己,从卫生部2011年8月发布的《"健康中国2020"战略研究报告》得知,我国18岁以上居民中,83.8%的人从不参加任何体育锻炼,经常锻炼的仅占11.9%。同志们想过没有,这组难堪的数字对国家的未来意味着什么?也许我有点小题大做,但我真的坚信:健康是责任,锻炼是任务。只有胸怀工作生活目标,肯于对自己、对家庭、对单位、对社会负责的人,才可能成为一个持之以恒投身锻炼的人。这样人的多寡,在某种意义上将决定国家未来的竞争力。

让我们记住奥林匹亚阿尔菲斯河岸岩壁上的话:"你想健康吗?跑步吧!你想聪明吗?跑步吧!你想美丽吗?跑步吧!"

让死如秋叶之静美

清明时节,总不免勾起生死的话题。

尽管咱们中国人忌讳说死,而生老病死的现实依然不期而至,使人无法回避。来自民政部的"殡葬绿皮书"(《中国殡葬事业发展报告(2012—2013)》)显示,全国人口每年死亡约800万,随老龄化程度提高呈逐年上升趋势。由于土地资源短缺,北京、上海、广州等超大城市很多公墓都出现墓地紧缺情况。

造成这种局面的原因很简单:在有限的国土上,生活着13亿同胞,13亿人生生死死的活剧每天都在上演。活人需要耕地用于解决吃饭问题,需要宅基地用于解决住房问题,死者需要墓地用于解决"入土为安"问题。一句话,活人和死人都在争夺有限的土地资源。一面是18亿亩耕地红线不能触碰,一面是生无立锥之地、死无葬身之所。严酷的现实使我们在继续坚定执行"计划生育"基本国策的同时,不得不深入思考"怎样死"的问题。

自古以来,中国人就"乐生恶死",秉持"入土为安"的死亡观念。直到"十一五"期末,上海市的葬式格局依然是"80191",即土葬占八成,室内葬等节地葬为19%,海葬只占1%;"十二五"期间的奋斗目标,也不过是"70282"而已。眼下上海市共有7500亩土地用作公墓,已用去5500亩,还剩2000亩左右,大致可再用10年。其他大城市的情形大同小异,全国的情形也不难以此类推,墓地供给和需求之间的巨大矛盾显而易见。因而必须从现在起逐步改变国人"入土为安"的死亡观念,力倡海葬、树葬、草坪葬、花坛葬等生态安葬理念,为子孙后代能够拥有一块相对宽松的土地环境,来一场实实在在的殡葬革命。

其实,人作为一种自然物的存在,只是世间万物中微不足道的一种。人的一生不论辉煌与否,最终都将走向死亡。按照物质不灭的原理,从生命状态走向死亡状态,只是物质存在方式的一种转变。当生命归于沉寂,我们的肉身将以别样的形式存在于天地之中。如果一定要追问生命的意义和价值,毫无疑问,要把关注点转向活着的时候,看一个人为自己、为他人、为社会做了什么。其贡献的多寡,决定了生存意义价值的大小。而在生存与死亡的转化瞬间,其实也能在一定程度上看出人生的境界高低。我们不能说追求"入土为安"是一种低境界,那毕竟是千百年来流传下来的传统。而在认识到生命的本质意义和现实困境以后,能够超然物外,将死亡方式上升到节约资源、保护环境、造福后代的层面来思索、作选择,显然是在生死两端最后阶段的又一次境界升华。

"生如夏花之绚烂,死如秋叶之静美",是泰戈尔深情吟咏的美好境界。如果一个人真的"生如夏花之绚烂",无怨无悔、胸怀坦荡地走完短暂的一生,就足可告慰自己、告慰亲人、告慰社会,坦然而从容地面对病苦,平静而美好地走向死亡。而无需死后极尽奢华、备享哀荣。世上多少伟人都把人生的意义和价值放在生前的辛勤工作和努力奋斗上,而把身后事看得很轻很淡。周恩来总理为国为民操劳一生,备受全国人民爱戴,生前就立下遗嘱,死后将骨灰洒在祖国的江海之中。我们作为普通公民,同样应该学习这样一种人生境界。

纵观人类历史,凡真正的智者往往都是看淡死亡的。苏格拉底面对判他死刑的审判官平静地说:"死并不是什么坏事,因为死就像进入无梦睡乡，一切感觉都终止了，这算不得什么损失。"而一生主张快乐哲学的伊壁鸠鲁说得更明白："当我们存在时，死亡对于我们还没有来，而当死亡时，我们已经不存在了。"因而"贤者对于生命，正如对于食品那样，并不是单单选多的，而是选最精美的；同样，他享受时间也不单单度量它是否最长远，而是度量它是否最合意。"这些话并不是什么豪言壮语，但其中蕴含的道理却平实而深刻。我们的古人说"不知死，焉知生"、"不知生，焉知死"。洞悉了生死的真谛，可以使我们更清醒理智地面对死亡，更容易选择有利于人群整体利益的死亡方式，亦即尽最大可能减少使用土地的生态安葬方式。使自己归于大海、归于绿树、归于草地、归于自然的环抱。在绿树的生长中，延伸自己的生命，温润祖国的大地，与飞鸟邂逅，与白云做伴，不占用一寸农田、不浪费分毫资源，在大自然的循环往复之中，升腾灵魂，获得永恒。

这样的死不是一种消失、一种灭亡，而是一种复活，一种别样的永生。

我们如何面对"苦难"

工作的关系,我和年轻同志接触较多,对他们的所思所想、所感所惑有所了解。一位刚出校门不久的同志对我说:"理想很丰满,现实很骨感;憧憬很瑰丽,现实很残酷。"这位毕业于名牌大学的优等生现供职于一家新闻媒体,工作时间虽然不长,已成为网站一个频道的负责人。按照现行的工资标准,扣掉"五险一金",他每月拿到手上的工资也就三千多元。在北京这座国际大都市里,三千多元意味着四环以外的房租每月不少于两千元,吃饭等日常消费不少于一千元,至于恋爱婚姻,只好暂时先放放再说。年轻人很豁达,也很无奈,说和偏远山区的孩子比,自己已经够幸运。但和北京的消费水平比,又觉很迷惘,看不清前景。

像这样的孩子,现在不是个别人,而是整整一代人。今年全国将面临700万大学毕业生的就业难题,摆在他们面前的现实困境显而易见,对他们所面临的实际困难不能不正视。

巴尔扎克说过,苦难是向上的阶梯,是一笔难得的财富。不经风雨难见彩虹,艰难困苦,玉汝于成。这些道理无人不知、无人不晓。每一个踏入社会的年轻人,特别是高校毕业生,不管他们怀揣怎样的梦想,对未来拥有怎样的期待,想必都做好了经受挫折、艰苦奋斗的精神准备。对于胸怀大志的青年而言,这样的准备无疑是必要的,甚至是必须的。先哲说,天将降大任于斯人也,必先苦其心智、劳其筋骨、饿其体肤,行弗乱其所为……盖文王拘而演《周易》;

仲尼厄而作《春秋》；屈原放逐，乃赋《离骚》；左丘失明，厥有《国语》；孙子膑脚，《兵法》修列；不韦迁蜀，世传《吕览》；韩非囚秦，《说难》《孤愤》；《诗》三百篇，大底圣贤发愤之所为作也。

如此说来，"苦难"与"成就"似乎具有某种天然的联系，凡欲成大业者，无不自觉经受苦难，在其中磨砺意志、砥砺精神。然而在我看来，苦难变成"阶梯"和"财富"并非自然而然的事情，二者之间似乎并不存在必然联系。超越苦难成就大业者有之，生活优越不堕青云之志者也不乏其人。苦难可以成就伟业，一分钱同样能压倒英雄汉。成功常常以苦难为条件，但苦难并非成功必须和唯一的条件。苦难变为财富需要强者的意志、主观的努力、客观的因素，并非成功天然的良药。在很多情况下，苦难就是苦难，是压抑人才成长的负面因素。多少曾经的青年才俊在现实的苦难面前变得萎靡、困顿，甚至夭折，多少潜在的人才为物质条件所限变得世故、圆滑、放弃远大理想。如果有人作一统计，被苦难压垮的人很可能远远超过战胜苦难走向成功的人。

作为个人，须有战胜困难有所成就的雄心壮志和不屈意志；作为社会，理应尽最大可能创造使人才成长成才的条件，创造使每个青年人生出彩的机会。不能因苦难可以磨炼人而对苦难心安理得，更不能人为设置苦难刁难青年。这与选派青年到艰苦地方、艰苦环境中去磨炼不是一回事。我们之所以倡导有志青年到艰苦地方、艰苦环境中去工作、去创业，正是为了后来的孩子能有相对优越的环境和条件学习工作，不再固化于苦难之中，不再为生活困窘而丧失人生进步的阶梯。决不能因为某些地方和单位的消极不作为，使"苦难"永远处在"苦难"之中，而要耕耘使人才健康成长的沃土，打造使人才脱颖而出的机制，培育使人才不断进步的环境。如此，则万马奔腾的局面可能来得更快。

屋顶上的山羊

早年的阅读往往给人留下深刻印象,而阅读中感受的思想震撼和精神享受,可能会影响人的一生。在我驳杂的阅读经历中,《伊索寓言》就是这样一本留下深刻印象的好书。当年只是把它当成有趣的故事看,及至做了父亲,在给女儿讲故事的时候重读那些充满寓意的优美篇章,才真正开始反刍沉淀在心底的人生道理。在把女儿送进梦乡的时候,也把自己带进思想的家园。

记得书中有一则《屋顶上的山羊》给我的教益特别深。故事说,山羊站在屋顶上吃稻草。一只四处觅食的狼从下面经过,想找顿饭吃。山羊不无得意地对狼说:"你今天早晨好像情绪不太好,你是不是在找鼻涕虫或毛毛虫,然后用你那难看的大牙把它吃掉啊?也许你可以赶跑牛奶碗旁边的母猫弄点吃的吧?"狼抬头看了看屋顶上的山羊,鄙夷地说:"吃你的陈稻草吧!你站在屋顶上胆子大,说话嘴硬。但你敢下来,让我们站在同一平面上,很快就会明白谁才是真正的强者。不要忘了,使你高大的不是你自己,而是屋顶!"

这则寓意深长的故事让我沉吟良久,感到脊背发凉,有一种被人当头棒喝、幡然醒悟的感觉。

在我不长不短的人生履历中,颇有几回站到"屋顶"的经历。比如当年如愿考上北大,就很有一些熟悉的长辈把我夸得天花乱坠,什么"一考成名"啊,什么"青年才俊"啊,好像我真地做出了什么惊天动地的伟业、一下子成了什么了不起的人物。后来置身燕园,方知山外有山，楼外有楼。不要说和真正的"青年才俊"相比，就是和普通同学相比，我的综合素质和各方面能力，也不过中下水平而已。北大这座高高的学术殿堂，无形中膨胀了我的良好感觉、抬高了我的有限身价，使我忽然"高大起来"。而扪心自问，其实不过是"屋顶上的山羊"而已。

大学毕业后，分到一家著名的政治理论刊物工作，又有不明就里的朋友把我说成"理论权威"。这让我更加不好意思。我所供职的刊物，的确是神州第一刊。它的性质和地位决定了它应该具有"权威性"。事实上，在它辉煌的历史中，的确涌现出一批又一批各色各样的"理论权威"。从这个意义上讲，它也算是一座"高高的屋顶"吧。而如我这般后来者，究竟算是真正的理论权威，还是"屋顶上的山羊"，只有自己最清楚。工作的关系，我们常到各地走走，人家照例客气地把我们杂志叫做"权威刊物"，把我们这些供职于此的编辑叫作"理论权威"。每当此时，我都羞愧难当。因为"应然"不等于"实然"，使我"高大"的，只是身处的地位，是狐假虎威，至于真实的自己，依然不过是"屋顶上的山羊"而已。

再后来我开始尝试写一点杂文随笔之类的文字，零星地发表在报刊上，积累得多了，也出过几本小册子。又有读者把我称为"杂文家"，甚至"著名杂文家"。第一次听到这种说法，真的把我吓了一跳，心想：如今的"家"也太好当了。好在这时的我已有了一把岁数，别无长进，自知之明却多了几分，心想：什么杂文家，不过是"屋顶上的山羊"而已。

人生在世，由于各种机缘，总会幸运地遇到一些"屋顶"。初到上边的时候，还多少有些战战兢兢，如临深渊，如履薄冰，唯恐"高处不胜寒"。时间长了，可能就有些适应、有些麻木、有些习以为常，假象重复多次成为常态、假话说过千遍成为"真理"，最后连自己也信以为真了。因为人性的弱点原本如此：被叫作"青年才俊"，总比被喊作"傻瓜"舒服；被尊为"理论权威"，当然比被认作"白痴"好受。世上的"屋顶"五花八门，什么权力、地位啊，金钱、虚名啊，等等等等，不一而足，都可以使人飘飘然起来，闹不清自己是谁，是什么使自己变得"高大"。高高的屋顶仿佛云里雾里，容易叫人摆不正自己在人群中的位置，错误地以为自己处处高人一等，时时胜人一筹。别人不这样认为，还很不习惯、很气愤呢。问题在于，当"屋顶上的山羊"顾盼自雄、自以为是、目中无人的时候，留给狼"仰视"的，除了黑洞洞的鼻孔和虚妄的自负以外，还有什么呢？它错误地认为自己是可以嘲笑"狼群"的"虎豹"，而地球人都知道，说到底，它不过是"屋顶上的山羊"而已——而已而已。

"在你被种植的地方成长"

虽然还没到通常意义上的"就业季",但找工作的学子早已行动起来。有主动上门毛遂自荐的,有通过熟人投递简历的,也有父母出面代为游说的。700万毕业大军,30万"海归"队伍,即将涌向狭小的就业市场,其压力不言而喻。作为用人单位的负责人之一,我理解莘莘学子的焦虑与不安,每年在面试的时候淘汰学生,都心有不忍。但残酷的现实摆在面前,有限的名额使我们必须优中选优。即便如此,也很难让每一个有幸进入职场的同学专业对口,迅速找到自己的职业定位。于是,跳槽的事情经常发生,选择的自由不时被乱用。这使用人单位和学生本人都处在某种不确定性之中。

学生有选择跳槽的权力和自由,单位有帮助学生尽快适应环境、找到职业定位的责任和义务。然而这一切,都需要耐心和执着。在此过程中,需要一点耐得住寂寞的定力和展示自我的时间。至于多长时间能够得到单位和自己双方面的认可,不可一概而论。每个单位的情况不同,每个人的能力、禀赋、毅力、适应性不同,时间的长短自然也不同。

美军参谋长联席会议前主席彼得佩特将军2007年3月访华,参观了一场中国人民解放军的军事演习。在回答"中国士兵如何在军队中获得事业成功"的提问时,将军郑重地回答说:"在你被种植的地方成长。"

这句话是说给士兵的,在我看来也适用于所有年轻人。学过达尔文的进化论，我们知道"适者生存"是所有生物竞争的基本法则和首要前提。当一个年轻人过关斩将进入职场时，他唯一的资本仅仅是考试的成功而已，一切将从零开始。如果他的职业起点恰好与本人所好、所学完全对口，那么祝贺他，他是极少数幸运儿之一。对绝大多数年轻人而言，在事业的起点，都缺乏向单位、向领导讨价还价的资本。潜下心来，乐天知命，从底层做起，从微末的小事做起，从中体现自己的职业素养和敬业精神，几乎是唯一的正确选择。越是对眼下的工作和处境不满意，越要认真做好这份工作、适应这个环境；越是不想在此久留，越要踏实做好眼前的事情。换句话说，你可以被人认为不喜欢这份工作，但不能让人说你不胜任、不适应这份工作。

一般说来，人往高处走，水往低处流，这山望着那山高并没什么不对。人若没有高远的志向，只满足于土包的高度，不知道世界上还有雄伟的珠穆朗玛峰，那是卑微和渺小的。但再高的山峰也从平地起，要想登上雄伟的珠峰，必须从走好脚下的每一步开始。没有平地作为起点，没有脚踏实地一步一步的跋涉努力，即便用飞机把你投到珠峰，除了缺氧、昏厥，不会有任何别的结果。我国第一个登上珠峰的女登山队员潘多用了整整27年时间磨炼，才完成这件壮举。健将尚且如此，何况我辈凡夫俗子。

单位的去与留，目标的远与近，其实都是生活中的辩证关系，可能要伴随我们一辈子。只要你还活着，即便已经退休，类似的追问也会持续下去。比如：我是谁，我要干什么，我能干什么，我怎么干，我如何面对生活的馈赠与惩罚，我怎样安度自己的晚年，等等。人生本来就是个问题，问题使人成长，正确的回答使人安宁和幸福。而那回答，决不仅仅是理念性的，更是实践性的。这就是为什么人在年轻的时候总是身姿挺拔，仿佛一个感叹号，而年老之后身躯佝偻,仿佛变成了一个重重的问号的道理。

帕斯卡尔说过:"人是一株脆弱的芦苇,然而也是一株会思想的芦苇。"脆弱而会思想,应该是人的基本特征吧。前者是所有生物的共性,后者是人的特性,起码在程度上优于地球上迄今为止所有的其他生物。既然"会思想",就理应"会选择",就有可能为自己理性的选择负责。对于求职的年轻人而言,既要审时度势,适应环境,在"被种植的地方生长";又要执着地追求自己的人生梦想,按照理想的方向、心灵的召唤选择最适合自己的工作与生活。

把思想放在舒缓的脚步上

紧张忙碌的生活之中,人们越来越感到疲惫乏味,越来越困惑于自己的价值追求。近年来,肇始于欧美的"慢生活"理念逐渐西风东渐,开始影响国人,特别是影响北京、上海、广州等超大城市。一些明智的青年开始放弃"漂泊"生活,纷纷逃离"北上广",将目光投向二三线城市,在那里寻找自己的价值定位和幸福生活。不才以为,这是一种时代进步和观念更新。

从自身的经历和朋友的感受出发,三年前我写过一篇《慢下来》的文章,呼吁人们在一路奔波之中,稍微放慢脚步,欣赏一下路边的风景,体会一番细腻的感情,让自己的精神小小的放逐一次。转眼三年过去了,我自己还在生活的轨道上迅跑,朋友的节奏也丝毫未见放缓。似乎总有做不完的事情,总有开不完的会议,总有完不成的计划,总有还没见的朋友,总有还没读的好书,总有没完稿的著述……一句话,总没见到那个期盼中的从容悠闲的日子。卓别林在《摩登时代》中所表现的流水线上的工人,恩格斯在《英国工人阶级状况》中所描述的曼彻斯特纺织工人的生活场景,正是我们当下生活状态的真实写照。处在工业化、城市化、现代化进程中的中国人,恰似资本原始积累阶段大机器生产线上的一个链条、一个环节、一个被套在磨道上的毛驴,想慢也慢不下来。

人们所为何忙？说到底是为了生计、为了自己和孩子过上更好的日子。对绝大多数人而言,"好日子"的标准如今非常具体而清晰：衣食无虞、顺利就业是基本需求；有房、有车是起码需求；享受良好教育、优质医疗、基本保险，也不算过分需求。不论哪种需求，都够普通百姓忙活一辈子的，哪还敢侈谈什么"慢生活"？"快"尚且赶不上疯涨的物价、应付不了花样翻新的消费刺激，"慢"岂不只能喝西北风？

我想，慢生活理念之所以最早起源于欧美发达国家，很可能是因为他们的现代化之路已基本走完，工业化、城市化进程已基本完成。他们更清楚"快节奏生活"意味着什么，代价是什么，什么才是生活中最为可贵的。"过来人"的反思，对刚刚起步的我们，无疑是有借鉴意义的。据我所知，欧美发达国家对所谓"生活品质"的追求并不像我们某些同胞那么疯狂，私人轿车多为普通的两厢车。在个人房屋占有率、奢侈品购买率、家用电器更新率等方面，也不像我们的"北上广"那样高。我们中某些人的生活追求，早已超出"基本需要"的范围，演变成"无限欲望"的极度膨胀。而不能准确界定"需要"和"欲望"的关系，正是我们的节奏慢不下来，抑或是很多烦恼和痛苦的根源。

一百五十多年前，美国作家梭罗厌倦了社交界浮华可笑的生活，只身来到瓦尔登湖畔。一把斧子、一条绳子、一支钢笔、几打稿纸，是他携带的全部家当。宁静的湖水、翠绿的山林、鸣叫的鸟雀、奔跑的野兔，是他每天面对的外部世界。正是在这样一种简单宁静的生活中，梭罗深刻反思人类生活，写下了不朽名篇《瓦尔登湖》。在书中，他用优美的笔触歌颂大自然的无限美好，用犀利的语言嘲讽人类肤浅虚荣的生活，得出"需要其实很少"、"欲望实在太多"的精辟结论。他用实际行动践行自己的理念，活得异常简单朴素，用世俗眼光看来未免寒酸。但我们今天记住的，恰恰是这个简单的人，而不是沙龙里那些穿着燕尾服高谈阔论的所谓绅士。

直到今天,"过简单的生活"一直是有识之士追求的目标。日本作家渡边淳一呼吁人们放弃对外部世界过多的"敏感性",倡导"钝感力",希望人们适当遮蔽自己的感官,放弃部分"知情权",回归宁静的内心世界,过充实而自然的生活。这样的声音多年来虽不占居主流,但从未停止,那个美丽的"田园梦"、"归隐情"始终不曾破灭。尽管世事纷扰、诱惑良多,但"田园将芜,胡不归"的呼唤,依然鸣响在无数文人墨客的心底,成为长久的精神追求和现实渴望。

其实,正像一副财主家的对联说的那样"放开眼界原无碍,种好心田自有收"。古来的圣贤大都有"向内转"的心路历程,连偏居一隅的土财主都有这样的见识。而我们这些生活在当代社会的凡夫俗子,却为了自己的无限欲望,争名于朝,争利于市,为名缰利索所困,成为物欲的奴隶,异化为非我的存在,这是一种多么卑微可怜的生存状态。

作为一种生活态度和价值追求,"慢生活"值得我们悉心揣摩。其中最本质、最关键的,是重新界定自己的"需要",冷静面对物欲的诱惑,不使"需要"演变为"欲望",更不使"欲望"膨胀为永远无法填满的"欲壑"。如此,可使内心宁静、姿态从容;可以远离痛苦,笑看世俗;可以明白自己想要什么、能要什么、该要什么;更可以明白不需要什么,该放弃什么,应该鄙视什么;可以真正提高生活质量,做回本真大写的"人"。

在生活这道数学题面前,我们做惯了加法,现在到了学做减法的时候了。要尽可能从头脑中删除那些可有可无的内存,最大限度地为"需要"减负,不把自己变成"物"的奴隶,不使自己受制于世俗观念的约束,不把"自我"变成"非我"。要在个人和社会之间保持一个谦卑的自我,像梭罗那样,过简单而纯粹的生活,做善良而高贵的人。使生活舒缓再舒缓一点、简单再简单一点。唯其如此,才能有时间做高尚的事情,才能不断丰富我们的精神世界。这不需要太多的财富,只需衣食无虞,却需要一个无限富有的大脑和一个无比宽阔的胸怀。

电视催人老

朋友,请闭上眼睛回忆一下,有多少个夜晚,您是慵懒地堆在沙发里,在不断地转换电视频道中度过?不妨再请回忆一下,这样消磨了一晚之后,您是怀着充实满意的心情躺到床上,还是满怀愧疚和自责地辗转反侧?或许,您从来没有想过这些,日子就这样一天又一天地过去了;或许,您曾有过短暂的不安,但很快为一系列冠冕堂皇的理由自我安慰了。不管怎样,时间就在我们的踌躇和彷徨之中悄悄地溜走了。而坐在沙发里傻看电视的人们,除了收获空虚的大脑和迅速增长的腰围,大概很难再有其他的结果了。

电视的发明,极大地改变了人类生活,农耕时代日出而作、日落而息的生活方式受到根本冲击。一部分人放下青灯黄卷,坐到电视机前,另一部分人减少睡眠,成为电视粉丝。不能否认电视对丰富人们的业余文化生活和娱乐消遣做出的贡献,同样不能否认电视在做出贡献的同时,也无情地掠夺了很多人的业余时间,使他们自觉不自觉地成为电视的奴隶。

对绝大多数人而言,辛苦工作一天,到了晚上回到家里,吃过晚饭,坐到电视机前放松休息一下,天经地义,无可厚非。但对一个担任社会公职的知识分子来说,对一个年纪在40岁以下的中青年来说,特别是对于一个不论在哪个方面有所追求的人来说,就必须对电视保持应有的警惕和距离,甚至适当拒绝电视,把时间用到更有意义和价值的事情上来,比如有针对性地学习一门专业知识,或者有计划地阅读一批经典著作。

我对电视和电视工作者没有任何偏见,对于他们所做的贡献心怀敬意。事实上,每逢重大国际体育赛事,特别是世界杯、欧洲杯比赛,我也是早早把手头的工作协调好,然后乐呵呵地坐到电视机前欣赏。对于绝大多数人来说,离开电视就像离开空气和水一样,更是不可想象的,因而我的话注定是说给少数人听的。如果您并不觉得整个晚上交给电视是一种懒惰和懈怠,大可不必因为我这篇小文而感到不安。

就接受方式而言,看电视基本是被动的、松弛的、不动脑子的、缺乏主观参与的,其基本属性,大体是娱乐和消遣,谈不上多少思考和学习,没有积极的思维活动参与其间。加上不断地转换频道,使注意力很难集中,久而久之,人就容易变得浮躁、肤浅、浮泛……变得朝向不那么聪明睿智的方向发展。而任何一个具有强烈主体意识的人,是决不愿意自己朝这个方向发展的。

有一种说法我非常认同:看一个人不仅要看他的八小时以内,也要看他的八小时以外。从某种意义上说,尤其要看八小时以外,正是八小时以外的持续叠加努力,才使一个优秀的人超越庸人,成为出类拔萃之人。而一个严重缺乏主体意识、缺乏对自己应有要求、自觉自愿将自己全部的业余时间交给电视的人,不说是无聊乏味的,起码是很难有突出成绩的。

电视作为一种大众传媒,基本由信息泡沫和娱乐节目填充,虽然偶尔也不乏高品质的节目出现,但就整体而言,值得付出时间的东西十分有限。不客气地说,被电视牵着鼻子走,基本就是被信息垃圾牵着鼻子走。一个有尊严、有追求、有出息的人,不该把自己异化为电视的奴隶。

看电视的人常常感慨,一茬又一茬的播音员刚出道时还是俊男靓女,转眼就老去,很快就淡出了。这样说时,他们只看到了电视中的人,却没有想想坐在电视机前的自己。电视催人老,说的不只是自然规律,更是一种相对定律。因为同样的时间交给电视和交给有目的的读书学习,收获肯定是不同的,以有限的时间获取相对丰富的知识,等于延长了自然生命;而把同样的时间交给电视,不能说是浪费生命,起码有蹉跎岁月之嫌。

梭罗远离都市、抛弃电视的故事大家都耳熟能详,其结果,是写出了脍炙人口的世界名著《瓦尔登湖》。我工作学习中请教过的几位知名学者,也大都基本不看电视。倒不是因为他们对电视有什么偏见,而是觉得有更重要的事情要做。

那么对我们这些凡夫俗子来说,什么才是"更重要的事情"呢?我觉得无非是学习和锻炼,这两项主动的选择,不仅会使我们变得更加充实,而且会更加健康,更加全面,更有自信。

要言之,完善自我、奉献社会,不妨就从少看电视、不看电视做起。

活得"大"一点

不觉之间,那个叫做雷锋的22岁小个子士兵已经离开我们很久了。

半个多世纪以来,我们老大中国经历了许多事情,发生了翻天覆地的变化,雷锋渐行渐远,他那并不高大的身影有时模糊了我们的视线,有时似乎又并未走远,偶一回头,还是那张憨厚朴实的笑脸,还是那个我们熟悉的真诚而善良的表情。如今,在市场喧嚣日甚一日的背景下,雷锋再次从人们的心底浮出,登上报纸头条,跃上电视黄金时段,成为网络点击之王。我想,这决不仅仅是缘于宣传攻势,也不是病急之下胡乱开出的药方,而是暗合了人们心底的呼唤,契合了时代的期盼。

我们这代人是唱着《学习雷锋好榜样》长大的,我们熟知雷锋的名言和他做过的好事。在我们开始知道"个体价值"之前,早已习惯了"做一颗革命的螺丝钉"。回首往事,我们算得上经历了建设和改革的风风雨雨,见识了从"社会主义新时代"到"把国民经济搞到崩溃边缘",再到"改革开放新时期"的沧桑巨变,见识了从"反右"、"文革"到"真理标准讨论",到"联产承包责任制",到"改革开放新时期",到"开辟中国特色社会主义道路"的艰辛历程。在半个多世纪的如晦岁月里,人们经历了从计划经济到市场经济的痛苦转型抑或华丽转身,人民群众的思想观念在爱国主义、集体主义、个人主义、功利主义之间彷徨徘徊,随着市场大潮的波涛汹涌,压抑在人们心底的物欲海啸般急剧膨胀,商品交换的原则迅速泛滥于社会生活各个领域。唯利是图、尔虞我诈,变成许多人的行为方式,"人不为己,天诛地灭",成了不少人笃信不移的不二法门。人与人之间的关系变得冷漠、猜疑,彼此缺乏基本的信任,甚至连老人跌到是否要扶,也成了需要在党报讨论的问题;孩子倒在车下,也有那么多人视而不见。我们这个社会的经济建设固然取得了举世瞩目的伟大成就,我们的物质生活固然发生了翻天覆地的巨大变化,但我们的良心冷漠至此,我们的社会麻木至此,口袋里再有钱,衣装再华丽,发展模式再独特,又有什么用。

于是我们又怀念起雷锋,怀念那个我们引为兄弟和榜样的小个子士兵。如今我们的孩子都比他长得高大英俊,都比他生活得体面端庄。但在人格气象上,在精神境界上,我们谁敢说比他活得更高大?面对雷锋,反躬自省,我们能不感到羞愧吗?

是的,和雷锋相比,我们活得确实太"小"了。这个"小",是鲁迅先生所说的"皮袍下的小",是人格境界上的"小",是胸怀气象上的"小"。一事当前,我们变得那么"精明",把所有厉害都权衡到了,哪怕只是举手之劳的小事,我们也要反复思量、瞻前顾后;做任何事情,都要留下证据,唯恐落下官司;病还没看,先要在长长的责任书上签字;事还没做,早把夸大其词的鼓吹文稿备好;面对任何事情,我们习惯先当小人;面对任何善举,我们首先表示怀疑;坏人我们固然憎恨,好人我们也不敢全信;担心遭人暗算,也不敢轻易助人;思考问题本能地从"我"出发,凡事本能地以"我"为中心,"我"是万物的尺度,"我"却不一定是"我"命运的主宰。于是,很多"聪明人"躲进"自我"的阁楼之中,尊崇"多一事不如少一事"的人生法则,享受"事不关己、高高挂起"的独乐世界去了。

这样的人生状态,与雷锋的差距何止以道理计! 22岁的雷锋肯定没有系统研究过古今中外的人生哲学,对上百种的伦理学派大概也知之甚微。但这并不影响他做一个高尚的人,一个纯粹的人,一个有道德的人,一个脱离了低级趣味的人,一个有益于人民的人。他的高大,恰恰在于他做好事时的"本能状态"、"下意识状态"、"习惯成自然的状态"。古人说"有心为善,虽善不赏",调门儿未免高得吓人,但对雷锋而言,长期的修养积淀,真的使他的人生境界达到了做好事不需"有意为之"的下意识状态。这样一种"本能的善举",是任何有意为之的"做好事"所不能等量齐观的。尽管对我们这些凡夫俗子而言,能够做到"有意做好事"已是难能可贵了。

关于学雷锋的大道理,领导讲话中,中央文件中,报纸评论中,已经说得相当充分了。我不想重复那些话,只想说一点别人没说的:在雷锋这面镜子面前,我们要经常照出自己的"小"来,努力像雷锋同志那样,活得"大"些、再"大"些。

说"书生气"

从古至今，读书在咱们中国都是个微妙的事情。国家要大治，首先号召书生"学好文武艺，货与帝王家"，于是"万般皆下品，唯有读书高"，"学而优则仕"；国家要大乱，书生往往成为首当其冲被迫害的对象，"焚书坑儒"使文化走向专制，"文化大革命"使全社会走向极端反智。

在这样一种矛盾的逻辑氛围中，"书生气"就容易成为遭灾罹祸的"莫名之气"。一个人就算学富五车，也不愿被戴上"书生气太重"的帽子，因为那意味着政治生命的结束，等于宣判了"百无一用"的定评。

那么"书生气"究竟是一股什么"气"？笼统地说，无非是真正的读书人所特有的某种精神气质，比如极端的原则性和实事求是精神，有一说一，有二说二，决不指鹿为马，决不无中生有，宁为玉碎，不为瓦全；比如极度的狂狷之气，崇尚自由之精神、独立之思想，决不趋炎附势、决不鹦鹉学舌、决不出卖人格，笃信"士可杀、不可辱"；比如虔诚地尊重知识、推崇"书卷气"，凡事讲究言之成理、持之有故，反感不学无术、信口开河、自大狂妄；比如极度的精神洁癖，不屑于与权贵为伍、与铜臭为伍、与市侩为伍，为了自己的尊严和信仰，宁可牺牲生命，决不低下高贵的头颅。照这样的标准衡量，秉笔直书的司马迁有"书生气"，冒死谏诤的魏征有"书生气"，横眉冷对千夫指的鲁迅有"书生气"，被斥责为"书生办报"、"死人办报"的邓拓也有"书生气"。从古至今,读圣贤书的书生不计其数,但为追求真理、维护尊严"虽九死其犹未悔"的真正书生并不多。

现实生活中人们常常挂在嘴上用以贬损某些书生的"书生气",显然不是我所认识和辨析的"书生气"。在世俗社会中,说一个人"太书生气",大抵是说他刻板教条、不通人情世故,不懂灵活变通,不谙官场规则,不明商战就里,是冬烘先生,是两脚书橱,是百无一用的同义语。说一个人"太书生气",比说他"流氓气""市侩气""匪气""官气""痞气"好不到哪里去。说白了,在中国人的词典里,"书生气"大体是"傻气"的客气说法而已。

仔细琢磨一下这句文雅的骂人话,其实能悟出不少深层道理。从读书人自身而言,读书有一个"通"和"化"的问题,读书而"不通"、"不化",从书本到书本,理论脱离实际,既不能从纯学理的角度丰富人类认识自然、社会和人自身的知识,也不能把学到的书本知识运用于实践,解决关系国计民生的实际问题,反而徒然沾染了一身不伦不类的酸腐之气。这样的"书生气"遭人唾弃,令人不齿,并非没有一点道理。

另一方面,中国的读书人从小读的都是圣贤之书,学的是"应然"的道理,从此形成顽强而顽固的"一根筋"、"认死理"、"眼中决不揉沙子"的脾性。但到了现实社会的"实然"当中,却发现书本不是现实,"应然"不是"实然"。封建社会的一整套教化,大抵是统治者令"民可使由之"的堂皇说教,并非实际生活中真正管用的统治术,拿圣贤书上的道理去硬套残酷的现实,自然要显出"隔膜"和"傻气"。即便是在现实社会中,书本知识也永远落后于、苍白于复杂的现实生活,以为用书本上学到的"文武艺",就可以拿来直接衡量现实生活,用"应该怎样"的逻辑去"改造社会",十有八九难逃遭人诟病的结果。吴思说:"中国人实际上都接受过两次教育。第一次接受的是圣贤的教育,结果是满口仁义道德;第二次接受的是社会大染缸的教育,或说人间潜规则的教育,结果是一肚子男盗女娼。"话说得不免有些刻薄,但蕴含其中的深刻道理是毋庸置疑的。一位网友评价说:"所谓具有书生气的人,实际上就是接受了第一次教育,却没有从第二次潜规则教育中成功转型的那类人。"始终是"一根筋",从未长出察言观色、适应环境的"第二根"、"第三根"筋来。

不论什么朝代,书生永远有一个"知行合一"的问题,也就是说,永远有一个从单纯具有"书生气"的知识分子转化成"经世致用"的栋梁之材的问题。但另一方面,社会生活是不是也应该有一个"表里如一",让单纯的书生不至于在"说一套、做一套"的现实面前无所适从的问题呢?一个社会如果总是让读书人碰壁,让自诩为"大老粗"的人如鱼得水,让"不学有术——有捣鬼之术"的人春风得意,其结果,就是我们在反右运动当中、在"文革"当中所见到的。殷鉴不远,应该经常回头看看。

之所以作这样的感叹,是因为即便是在倡导"自主创新"的当今社会,依然弥漫着一种嘲笑"书生气",嘲笑知识分子"百无一用"的反智倾向。即便是大字不识几个的人,也敢理直气壮地嘲笑"书呆子"。因为伟人早就说过:"卑贱者最聪明,高贵者最愚蠢。"这些人一面拼命让自己的孩子考大学,一面不失时机地嘲笑知识分子。这样一种矛盾而微妙的心态,真是耐人寻味。他们是在这种阴暗的笑声中找到了某种心理满足吗?

不才以为,虽然当下的中国"大大学"空前膨胀,高等教育似乎有了长足发展,但真正的知识分子培养得并不多,真正具有"书生气""书卷气"的读书人更少。我们可以善意地嘲笑理论脱离实际的"书生气",但不应该嘲笑坚持真理、九死不悔的"书生气"。那样一种令人敬佩的"书生气"如今不是多了,而是太少了。相反,那种善于窥测风向、察言观色、左右逢源、袖里乾坤的人太多了。我们需要鲁迅先生所说的埋头苦干的人、拼命硬干的人、舍身求法的人、为民请命的人。纵观几千年中国历史,这样一群有血性的人,往往正是一些具有真正"书生气"的人。

网络这把双刃剑

网络的发明和广泛使用,深刻地改变了当代生活。其重要性,足可与电灯、马桶和蒸汽机车相媲美,是文明进步的重要标志。在中国,以互联网和手机车为主体所构成的网络新媒体,似乎具有异于其他国家的特殊意义。其突出表现,是突破了传统媒体的高门槛,突破了传统信息传播方式的局限,使普通民众普遍获得了相对自由的话语权。网络时代,人人是记者,个个可出版,麦克风无处不在,摄像机无时不有,众声沸腾的局面悄然而至,群体狂欢的场景不时上演。互联网以其"海量信息、实时更新、双向互动"的鲜明特点,极大地满足了人们交流思想、传递信息、更新观念、学习创造等多方面需求。不觉之间,网络已经成为揭露腐败、弘扬正气的积极力量,在整个反腐败斗争中扮演着特殊的角色,成为纪检监察部门的有益补充,推动着反腐败斗争的日益深化。"表叔"、"房叔"等一批腐败分子正是最早为网民所发现,为微博所揭露,继而作用于传统媒体,引发纪检监察部门介入,最终被党纪国法处理。从某种意义上说,网络媒体是传统媒体舆论监督的进一步拓展和延伸,是群众监督的有效载体和广阔平台,其积极意义和正面价值刚刚显露,对当代生活的深刻影响还远未被整个社会和公众所完全认识。如何通过法律、法规以及公众的道德自律很好地维护网络的健康运转,维护来之不易的舆论环境,使网络在整个社会生活中发挥更加积极的作用,是每一位有责任感的网民需要深思的问题。

无需讳言，正是因为网络的"低门槛"，使其成为一把双刃剑：既可以充分满足人民群众的知情权、表达权、监督权和话语权；同时，也为那些不负责任的言说提供了便利、创造了条件，甚至为个别人恶意中伤、肆意诽谤他人搭建了平台。一个时期以来，有识之士对泛滥于网络的虚假新闻、欺诈广告、色情图文深恶痛绝；对流布于虚拟空间的低俗信息、庸俗文字、恶俗搞笑啧有烦言；对借助网络传播邪教理念、破坏民族团结、危害社会稳定的有害言论，更是要求坚决取缔。有效界定网络言论自由的边界，小心呵护言论自由的法律空间，是整个社会的共同责任。

作为蒸蒸日上的新生事物，网络的健康发展呼唤网民道德自律，更呼唤法律法规的保驾护航。没有任何约束的言论自由，只能沦为无视法律、无视道德、无视公民基本人权的语言暴力。以为言论自由就是无需对社会、对他人、对可能产生的消极后果负责的胡言乱语，那不是对自由的误读，就是对自由的恶意使用。天下没有绝对自由的所在，网络当然不是法外之地。越是在相对自由的舆论空间中，对言说者的思想境界、道德要求就越高。越是在仿佛无需负责的舆论环境中，越需要发言者对自己的言论负责。这是一个文明网民的起码修养，也是一个文明社会应有的"游戏规则"。依法办网、依法上网、依法管网，是社会主义法制建设的题中应有之义，是每个网民拥有最大言论自由的先决条件。以为单靠道德自律便可以维护网络清洁，是天真的幻想；以为法律可以彻底管住网络垃圾，同样是不切实际的幻想。良好的网络环境和舆论空间，有待每个介入其间的公民同心协力、共同维护，舍此别无他法。

文野之间话阳刚

一段时间以来,有识之士对当今社会在一定程度上存在的"雄性雌化"倾向啧有烦言,认为长此以往,民族精神堪忧,国家的前途命运堪忧。笔者不敢贸然作这么大的判断,但对其中蕴含的忧患意识和未雨绸缪精神,是赞赏的。

近日有媒体报道,南京市将在30所小学推广触式橄榄球运动,遭到部分家长质疑。虽然"触式橄榄球"不同于传统橄榄球,仅仅是"触到即止",并没有剧烈的"摔抱动作"和"身体冲撞",却依然被认为"太暴力"、"易受伤"、"不宜搞"。

类似的意见,经常见诸生活中。不知是家长承受力太差,还是如今的孩子真的那么孱弱不堪。总之孩子一到学校,差不多就像鸟儿进了牢笼,连课间也不许在走廊跑动玩耍,稍有磕碰,家长就要找上门来问责维权。在我看来,孩子未必那么弱不禁风,倒是他们忧虑过度的家长,显得很没出息。就像一位网友说的:"家长对孩子的过度保护,其实比橄榄球更暴力。"

不妨把视角从橄榄球稍微移开,看一看眼前的现实:北京媒体报道,二十多年来,全市中学生田径纪录基本未被打破。上海市最新的中小学生体质健康测试结果显示,全市120万中小学生的体质,呈现随学龄增长而下降的趋势。孩子们天生好动,但繁重的课业负担,家长过分的"保护"和"忧虑",使体育运动与他们渐行渐远,以至于如今的孩子看上去个个高大肥硕,但并不健壮,无论爆发力还是耐力、柔韧性,都难尽如人意。至于意志品质和吃苦耐劳精神,很可能还不如他们矮小的父母。我们周围有太多"妈妈的宝贝"、"精致的男孩儿";影视作品中,油头粉面的小生当道,娘娘腔男人盛行;三十好几的大男人上电视征婚,张口闭口还是"我们男孩子",真让人莫名惊诧、汗不敢出。偶有许三多式的"硬汉"出现,依然脱不开憨头憨脑的"傻根儿"形象,而不是聪明睿智、刚猛雄健的真汉子。中国足球一到国际赛场就"饮恨",原因其实没那么复杂,就在于缺少具有阳刚之气的好苗子。邓大人说"足球要从娃娃抓起",抓来抓去,现在连个"触式橄榄球"都不敢碰了。这样下去,我们真的要沦为别人嘲讽的"庞大而脆弱的大国"了。

中国传统文化中既有崇尚"阳刚"的优良传统,也有推崇"阴柔"的处世哲学。在不同的历史发展阶段,发挥过不同的作用。就整体而言,刚健奋进、自强不息,始终是民族进步的主旋律,是中华民族生生不息的内在秘密。但自汉代"独尊儒术"以来,以老庄为代表的"阴柔文化"逐渐走上实际上的主导地位,统治者从维护其封建统治的目的出发,极力推行"抱阴守雌"的"阴柔文化",所谓"柔弱胜刚强"、"虚静恬淡,寂寞无为"成了中国人的生存智慧和处世哲学,成为一些人苟且偷生、消极混世的堂皇借口。李德顺先生认为,"阴柔文化"的长期影响,是造成民族性格"重齐一,轻个性"、"重和气,怕竞争"、"喜含蓄,尚谦逊"、"少担当,多矫情"的主要原因,是造成当下社会"阴盛阳衰"、男人缺乏阳刚之气的文化根源。

有感于近代以来中华民族国力衰败、国民孱弱的残酷现实,早在上个世纪二十年代,青年毛泽东就大声疾呼:"国力荼弱,武风不振,民族之体质,日趋轻细,此甚可忧之现象也!"在《体育之研究》中,他力倡"文明其精神、野蛮其体魄",认为"运动宜蛮拙。骑突枪鸣,十荡十决。喑呜颓山岳,叱咤变风云。力拔项王之山,勇贯由基之札。其道盖存乎蛮拙,而无与于纤巧之事。"毛主席不仅是"武勇体育"的倡导者,更是实践者。他一生坚持体育锻炼,73岁高龄还畅游长江。他关心群众健康,1952年写下了"发展体育运动,增强人民体质"的著名题词。他向来主张孩子们要德、智、体全面发展,而且明确提出"健康第一,学习第二"的口号。

伟人已逝,号召犹存。经过三十多年改革开放、半个多世纪和平发展,人民群众的生活水平有了极大改善。但要警惕长期安宁的社会环境和优越的物质条件使"阳刚之气"退化。世界上很多国家实行强制兵役制,对提高国民的国防意识和意志品质,起到了不可估量的作用。我国人口众多,且独生子女政策实行多年,民族精神有"死于安乐"的危险,是否应该学习别人的好做法,实行更大规模、更加彻底的兵役制,是一个值得研究的问题。

古希腊人尚且有"健康的精神寓于强健的体魄之中"的见识,我们生活在二十一世纪的中国人不该那么没出息,连让未来的男子汉打场橄榄球的勇气都没有。民族精神的孱弱,必须通过体育锻炼来改变。男儿当自强,硬汉靠培养,温室里永远长不出参天大树。没有富于远见的家长,就造就不出身心强健的孩子。在这一点上,每个家长都负有不可推卸的神圣职责。遥想我们自己的童年,虽然没有丰盈的物质条件,没有过度的家长保护,但在足球场上、在摔跤场上,男孩儿们谁愿意被伙伴嘲笑为"妈妈的宝贝"?敢做敢当、勇武自强,是那个年代男孩儿推崇的英雄气质;聪颖智慧、意志坚强、体魄强健,是我们心中铁骨铮铮的男子汉。时代再发展,社会再进步,男孩儿还是要像男孩样儿。不论从事什么职业,都要成为能够保护母亲、保护妻子、保护孩子、保卫我们伟大祖国美好家园的坚强战士。

云中谁寄锦书来

电脑的普及,使文字书写急剧退场。用惯了纸笔的中老年人,还在挣扎中试图挽住书写的臂膀。而年轻一代,已然习惯了无纸化的生存。提笔忘字,渐成常态;书法之美,只在少数书家手中流连。在手机和信箱越来越便捷的当今社会,能够收到一封手写的书信已是一种幸运,能够收到一封文辞淳美朴实、书法俊逸洒脱的书信,简直就是一种奢望。传统尺牍信札中所包含的博大精深的中华文明,似乎正渐行渐远,使即便不算老派的中年人,也不免感到一丝惆怅。

我算幸运的,工作和个人写作的关系,使我常常收到来自全国各地熟悉或不熟悉的朋友的来信,其中不乏理论大家和文学名家的信札,有的文白间杂、言近旨远;有的雅淡平和、娓娓道来;有的词锋犀利、一语中的;有的嘘寒问暖、饱含温情。信封和信札抬头、落款的书写,无不十分讲究,不论是称谓的选择,还是书写工具的使用,都能看出文字背后所蕴含的学养功底和书写者的气质风神。严秀(曾彦修)先生是党内公认的理论家,在九十多岁高龄时写给我的书信中,总是以"同志"相称;著名学者、杂文家、出版家何满子先生生前赐信于我时,已是耄耋老人,每每以"铁志兄"相称。使我在受宠若惊之余,更感到前辈学者的高尚情操。

与此同时,我也收到大量别样的来信,其中尤以来自报刊者居多。有的在我名字之后不再有任何称谓、迹近通缉令;有的信封书写七扭八歪,偌大的天地间几行纠缠在一起的米粒小字,仿佛捆绑的螃蟹。至于行文的直白浅陋、甚至粗暴无礼,也是不时要面对的无奈现实。我猜想,那些奉命书写公函和寄送样报的人,很可能是一些临时雇佣的文化水准不高的朋友,抑或是虽然大学毕业,但从未经过起码的书信礼仪训练,即便是写信给自己父母,大概也是同样一副派头吧。

我自信不是一个自以为是的人,也不是一个虚荣的人,被人如何称呼,于我从来不是问题。事实上,在单位里我喜欢同志们对我直呼其名,以为那是一种很高的礼遇。相反,被人称呼职务、尊称老师之类,总有一种内在的不安。但这并不意味着我轻视起码的礼仪,或全然不顾传统的文明习俗。翻看老一辈学者作家的书信,"先生"、"足下"、"钧裁"、"璧还"、"劳步"、"斧正"、"雅教"、"拜辞"、"台鉴"、"俯允"等敬语随处可见,浸润在字里行间的那份优雅和谦和,透露出长期文明熏陶下谦谦君子所特有的从容和自信,正是"尺牍书疏,千里面目","虽则不面,其若面焉"。

而今,传统的书信文明似乎已成远去的雅乐,只能在杂乱无章的信息洪流中若有若无地存在,只能在先人的收藏中依稀可辨。而在新潮的"穿越剧"中,别人的父亲成了"家父",自己的爸爸却变为"令尊"。经过"反右"、"文革"等文化浩劫,中年以下的朋友旧学功底无从谈起,新学修养也难尽如人意。于是乎,粗鄙文化盛行、庸俗观念当道,肉麻成有趣,流氓成英雄。听一听身边人的谈吐,看一看手边的报刊,文明含量几许、文化水准如何,相信大家会有自己的判断。至于网络语言,新则新矣,有的甚至不乏有趣,但说到底,无非是一种缺乏文化含量的戏说而已。

文化的发展繁荣离不开对优秀传统文化的自觉与自省,而自觉自省的前提,是对传统文化基本的认知和积累。胸无点墨,何以自觉?就像黄牛,肚子里没有青草,拿什么反刍?网络时代,点击率成了判断标准和不二法门,而在杂多的信息当中飞来飞去的眼球,其实并未收获几多真知。网络人的头脑,基本是杂乱信息的跑马场。缺乏这种自觉的所谓知识分子,充其量不过是"知道分子"而已。

毛笔、宣纸的时代或许已经过去,尺牍之美永远定格在魏晋,但文明的传承不能因此中断。为什么直到今天我们依然怀念先秦散文、楚辞汉赋、唐诗宋词、明清小说?为什么我们常常默念诸子百家、孔孟老庄?因为我们的血管中流淌着优秀传统文化的血液,对前辈思想家、文学家的传世之作,高山仰止、景行行止,虽不能至、心向往之。这样一种祈愿和情怀,寄托着几千年来中国传统文人"达则兼济天下,穷则独善其身"的美好理想和对优雅文化的无限怀想,剪不断,理还乱。要用中国语言、中国气派、中国风格的理论体系和话语系统来解读当今中国社会的发展秘密,解开中国道路、中国模式的内在密码,要想在市场经济的冷酷背景下保留一份温暖的人文情怀,不能靠午夜梦回、撕扯自己的头发冥思苦想,不能指望查阅文件、对比口径找寻思想捷径。唯有回到传统、回到经典,在理论和实际的结合中,才能发现博大精深的优美存在,才能触发自己愚钝很久的灵感与才华,找到通向世界、与各种文明有效对话的渠道和钥匙。

像农民一样种好自己的土地

过春节的时候,在家集中精力审看自己的书稿《屋顶上的山羊》。这是我自1986年开始杂文写作以来的第15本杂文集。看着一篇篇写过、发过的文字,想到写作时的或快慰、或沉郁的种种感受,心中忽然有一丝小小的欣慰和感动。

过了这个春节,我就是51岁的人了。整整51年的光景,一晃就过去了。年逾"知天命"之年,我不能肯定自己是否真的知了天命。何况什么是"天命"?是自然规律、社会规律,还是上峰的意志、百姓的评价?我说不清楚。但我一直记得大学毕业时老师写在我笔记本上的话:"为人民求真理、说真话、办实事。"这应该就是我的"道德律令"、我的至高无上的"天命"吧。

作为一介书生,我自知无力为人民"办实事",也不敢妄称"求真理",充其量只能在"说真话"上做一点有限的努力。之所以说是"有限的努力",是因为在现实的社会条件下,我真不敢吹牛说自己说过的每一句话、写过的每一篇文章都是"真话"。起码那些言不由衷的表态文章、官样文章、遵命文章,就不能说全是我的心里话。

略可欣慰的是,从少年时代确立写作理想,直到今天从未改变。在懵懂的青少年时代,不知深浅地写过诗歌、散文、小说,甚至还写过电影剧本。作为一种写作训练,自然是有益的,但谈不上成功。大学毕业后,进了党中央机关刊工作,写作方向不可避免地朝着理论和评论的方向转变,但内心深处文学的火花从未熄灭。从26

岁逐渐明确杂文这个介乎政论与文学之间的写作方向,到现在也有25个年头了。36岁时出版第一本杂文集,到50岁这15年间,基本保持了每年一本的写作和出版速度。我自知自己的杂文思想理论水平有限、文采魅力不足,略堪欣慰的,只是像农夫一样坚定而执着的耕耘,从未懈怠、从未彷徨、从未放弃。多少人的周末和节假日在游玩中度过,而我起码把其中一半的时间用于读书和写作。

我把杂文写作作为紧张工作之余属于自己的园地,精心耕作,倾尽心力。熟悉我的朋友都知道,我有自己的本职工作,而且随着时间的推移,工作的范围和内容越来越多、责任越来越重了。也就是说,属于我自己的时间越来越少了。我有时觉得自己就像一个地道的农民工,怀着现实的理想和对未来社会的美好憧憬来到都市,来到人声鼎沸的地方,开始寻找一份可以糊口的工作。干着干着,领导和同事说我干得还可以,开始把更多的事情交到我手里。我意识到这是一份信任,一份责任,一份荣幸,不管喜爱程度如何、胜任与否,都必须竭尽全力、不负众望,这是做人的起码本分。但我心里明白,我就像一个在乡下拥有自己土地的地道农民,不管在城里怎样风光,终究不能彻底离开自己耕耘的土地。少年时代播下的那颗文学的种子,早已在心中生根发芽,顽强而倔强地在崖缝中坚强地生长,不是一点俸禄、一点荣誉、一点地位就能随便异化和改变的。我对城市充满了感激,它让我增长了见识,开阔了眼界,宽阔了心胸,仔细阅读和欣赏了各色人等、无尽世相,使我平滑的大脑开始有了一些曲折的想法、甚至不无深刻的见解。

我自认不是一个忘恩负义的家伙,不是一个带着从城市攫取了财富回到自己田园的普通农民。但我毕竟是一个有自己田园的人,我不能忘记春天里播下的那颗种子,必须在四季当中时不时地回到那片土地,为它施肥、锄草、间苗、洒药,看自己的庄稼一节一节地拔高,看挺拔的枝干逐渐长出饱满的粮食。我把辛劳和汗水实实在在地洒在秋天的土地上,一任骄阳灼烤我的脊背,晒黑我的面庞,让我体会丰收的喜悦和诚实劳动换来的踏实平静。

　　作为一介农夫,理应把百分之百的时间和精力留在土地上。但国家在城市化的快车道上疯跑,农民的生活也在悄然改变。我清楚地看到自己留在土地上的时间越来越少,在外彷徨和打拼的日子越来越多。我不敢肯定这到底是一种进步,还是一种迷失,常常为此感到矛盾和焦虑。一面是社会责任,一面是自家的田园,但这似乎并不只是一道集体利益和个人利益关系的简单算术,而是怎样才能更好地发挥一个人的内在价值和最大潜能,怎样在整体上和长远上把社会责任与个人价值有机统一的大问题。然而谁来做这样的判断呢?谁有资格下这样的断语呢?

　　我的耳边常常在这个时候响起两个人的声音:马克思说,"每个人的自由发展是一切人自由发展的条件",而未来社会是"一个更高级的、以每个人的全面而自由的发展为基本原则的社会形式"。陶渊明说:"归去来兮,田园将芜,胡不归?"

校车啊,校车!

女儿上幼儿园的时候,我就盼着能有校车接送,朋友嘲笑我说:"幼儿园又不是学校,哪来的校车?"后来女儿上了小学、中学,我还是盼,又有朋友说:"孩子上学,要么你当爹的接送,要么干脆培养孩子的自理能力,等谁代劳呢?"如今女儿大学都快毕业了,校车依然是风中的影子、梦中的憧憬,留在遥远的地方。

如果不是接二连三的校车新闻被披露,我可能早就把"校车"两字放进《说文解字》了。问题是当年我日日想、夜夜盼的校车遥遥无期,而今的校车却常常沿着新闻热线,开进我的视野。遗憾的是,它不代表正面新闻,而是相反。远的我没统计过,只在2010年2月以来,全国就至少发生过13起校车事故,导致69人死亡。眼下这起甘肃庆阳正宁县的校车事故,更是致21人葬身黄泉,其中绝大多数都是幼儿园的孩子!

看了这样的新闻,真是让人欲哭无泪!在我们这样一个据说是"一枝独秀"的新兴经济体中,制造一辆结实坚固、安全可靠的校车,难道比避免矿难、比让中国足球走向世界更难吗?难道校车安全非得到了"非抓不可"的地步才能引起"有关方面"稍微重视一下吗?难道让中国的大人实实在在地为孩子做一点事情真的那么困难吗?

我把自己的困惑与愤懑说给大家听,于是有"理性而成熟"的朋友告诫我:"万不可感情用事。伟人说过,中国的事情很复杂,考虑中国的事情头脑也要复杂一点。校车的生产运行与否,决不单单是一辆车的事，它涉及立项、生产、销售、上路、立法保证、司法监督、制度护航、学校支持、司机责任，等等等等。其中最最重要的，是作为一项复杂的社会系统工程，必须要有相当一级的领导从讲政治的高度予以重视，从中协调，大力促进，严厉督办，最好成立专项工作领导小组，责成某某部委、某某国企协同攻关，限定完成时间，作为重点项目，献礼工程，列入重要议事日程，领导亲自抓，部委直接抓，企业具体抓，学校落实抓。保证资金预算，保证技术力量，保证材料供应，保证一路畅通。总之，务必确保十二五期间让全国的孩子都能坐上放心校车……"

朋友不愧是见多识广的资深记者，一席话高屋建瓴、总揽全局，富有思想性，饱含政策性，更具操作性，说得我醍醐灌顶、深受教育、深受启发。按照他的思路，我斗胆意识流一把——

如果我是领导，就站在全局的高度召开一个会议、颁布一道命令，要求教育部门、国有大型汽车厂家、发改委、财政部、有关立法机构、司法机关成立联合工作组，限期研制专供中小学包括幼儿园使用的校车。中国能够在全球金融危机的背景下仍然创造经济高速增长的奇迹，"中国模式"、"中国道路"能够令世界瞩目，神八可以遨游太空，天宫有能力对接成功，难道做不好一辆小小的校车？难道没有能力让自己的孩子"平平安安上学，高高兴兴回家"？

如果我是教育主管部门，就打破惯常的思维模式，主动找到汽车厂家，明确提出合作生产校车的建议。家长有需求，孩子有需要，社会有期待，厂家有市场，国外有先例，功在当代，利在千秋，何乐不为？当然，合作是真心实意做好事，不是挂羊头卖狗肉，不是合谋策划一个项目，炮制一项政绩，捞到一笔好处，坑害一群孩子。摊派几件质次价高的校服，大不了骗几个钱、挨几声骂，要是把校车做成"豆腐渣"工程，那就真成了谋财害命的"千夫指"了。因而决不能把这项利国利民的好事落到别有用心的人手中。

如果我是汽车厂家,将极其乐意接受教育主管部门的建议。咱们不是常说"穷什么不能穷教育,亏了谁不能亏孩子"吗?这样一件为孩子办的实事、好事,没有任何理由拒绝。您说什么?市场?价格?全国有9000多万学生翘首期盼规范安全的校车,还怕没有市场?做这样一件各方拥护的好事,还怕没有资金?就算发改委不立项,财政部不拨钱,银行不贷款,我们多年积累的资金也足够为孩子们办这点事儿。更何况,咱不是唯利是图的黑心商人,不是目光短浅的势利小人,承揽这样的项目,不仅要算经济账,更要算政治账,算社会效益账,能够成为中国校车的指定制造厂家,那是莫大的光荣。

如果我是立法机构,就要正儿八经地颁布一项校车管理法规,对于校车使用的材料、必须达到的性能、行驶使用的专线、司机必备的条件,学生享受的服务,学校应负的责任,交警应尽的义务,社会车辆和行人避让的规则,财政税收的优惠及保障,家长须有的配合,等等等等,都详细立法,不容丝毫的含糊和变通,有法必依,执法必严,违法必究。据说美国早在1939年就颁布了校车法,此后不断完善,今天,那种涂着醒目黄色、憨头憨脑的大家伙,还神气而安全地行使在美国的大街小巷,享受着超规格的待遇,即便总统车队与校车相遇,也要毫不例外地避让,决无"让领导先走"一说。美国有很多乱七八糟的东西咱不能学,但这项法律深得人心,真正让人看到了"孩子的天堂"是啥模样,可以学。

我作为孩子的家长,将对这项重大决策脱帽致敬,向所有为此付出劳动的教育部门、汽车厂家、财政部门、立法机构鞠躬致谢。如果有必要,我很愿意拿出一个月的工资表示对此项创意的支持。如果咱们国家真的拿不出这笔为孩子们花的钱,我相信全国所有的家长都愿意为此捐款。只是,那带着体温的款项必须分毫不差地用在孩子们身上。

我知道,这篇外行的小文肯定会得到很多家长的支持,也势必会受到不少明白人的嘲笑。管它呢,亦余心之所善兮,虽九死其犹未悔。

就此打住吧。

速 成 时 代

我们处在一个急剧变化的速成时代,似乎所有东西都可以大大缩短生产周期,像孙行者拔毛变猴一样顷刻制造出来。物质产品固然如此,精神产品同样不在话下。需要一年成熟的庄稼,半年熟了;需要三年拿下的学位,两年过了;陈年老窖,一年造出来了;学界大师,忽然冒出来了;艺苑泰斗,变得满地都是了;"伟大发现"司空见惯了;"世界第一"小菜一碟了;"十年一剑"八天磨出来了。满坑满谷都是"著名",犄角旮旯都有"伟大";想发财的,企盼一个早上变成亿万富翁;想当官的,恨不得跨过所有台阶直接当皇上。不仅如此,甚至连结婚这么复杂的事情,也可以"速配",也可以"闪婚",也可以省略全部过程直奔主题了⋯⋯

面对如此奇幻的景象,人们不知应该为"飞速发展"而高兴,还是应该为"转瞬即逝"而担忧。毕竟"明星"变"流星"的事经常发生,"著名"变"臭名"的事每天都见。这就使人们不得不在"奇迹"面前保持一份应有的警惕,不忙着鼓掌和欢呼,免得跌落眼镜刮伤自己的脚背。人们不禁要问:究竟是什么原因让我们变得如此急功近利、浮躁不堪?

我们处在激烈复杂的社会转型时期,正反两方面的奇迹的确每天都在上演。竞争的时代,为真正富有才能的"风流人物"脱颖而出搭建了舞台,同时也为投机取巧的"聪明人"创造了钻政策空子的机会。所有社会意识的产生,无不是社会存在的反映。人们之所以希望省略过程,直奔结果,是因为确实有人"创造了奇迹"。蕴含其中的"榜样"和"示范"作用,可能比宣传机器发表多少社论和评论都更有力量。而老老实实平凡工作的人,财富增长速度显然不如"聪明人"来得神速,职级晋升当然不如人家来得迅速。眼见的收入差距日益扩大、两极分化不断明显,消极情绪怎能不油然而生?如此一来,倡导艰苦奋斗、踏实工作的职业道德和价值取向就不可避免地受到怀疑,老实人就可能变成"窝囊无用"的代名词,整个社会的价值目标就可能发生偏移和倾斜……

经济学的常识告诉我们,必要的劳动时间,是产生优质产品的先决条件,不同劳动时间生产的产品,品质当然不同。随着科学技术的日益进步,"快功"未必不能产生优质产品;但在一般情况下,"慢功出细活儿"总是基本的道理。过于追求速度、追求产值,尽量缩短劳动时间,速成各种产品,要么成色不足,要么内在价值贬损。批量生产的东西,简化程序、偷工减料的东西,肯定不能和精雕细刻的东西相媲美。流水线上只能出工业产品,却很难出独创的艺术品。

现在虽然不再提"革命加拼命,拼命干革命"的口号,但"三年任务两年完成"的说法还不时见诸报端。这种争分夺秒努力工作的敬业精神固然值得称赞,但不知是"三年任务"的目标设定原本不够科学,还是人们在某种精神激励下焕发出超人的力量,否则,这样的目标很难实现。即便实现,其内在质量是否能够经得起时间的检验还是个问题。总不能今天邀功请赏,明天就变成豆腐渣工程吧。实干精神如果不建立在科学精神的基础之上,很可能变成一种蛮干精神。殷鉴不远,回头便是。

其实,对于整个社会而言,所有的投机心理和捷径心态的形成固然有复杂的原因,但其中最重要的,莫过于简单偏颇的政绩考核机制和GDP考察指标带来的深刻影响。两大指挥棒牵动了整个社会神经，使人们不得不快马加鞭，竭泽而渔，疯狂发展，不顾后果。

转变经济发展方式，不仅是从高能耗、高污染的传统粗放模式中解脱出来，寻求可持续发展的科学路径，更是要从急功近利的短视行为中解脱出来，继续倡导和不断强化艰苦奋斗的优良传统，踏实肯干的工作作风，精益求精的职业道德。不仅如此，整个社会都要形成这样一种舆论导向和利益驱动机制，就是让秉持这种精神的人既得到精神肯定，又获得物质利益。这才是经济社会可持续发展最为可靠的动力。

在写作这篇短文的时候，恰巧听到一则有趣的新闻：美国某家权威调查机构最新调查显示，在全球最富裕国家的评比中，美国屈居第11位。这让习惯了充当世界老大的美国人很不适应。倒是写作《世界是平的》的著名记者弗里德曼撰文指出，一夜暴富和不劳而获的心理在全社会普遍盛行，艰苦奋斗的传统价值观念逐渐丧失，是导致美国社会停滞和落伍的根本原因。弗里德曼的分析很有意思，既符合马克斯韦伯所概括的新教伦理和资本主义精神，也和我们一贯倡导的艰苦奋斗的优良传统不谋而合。这其中是不是蕴含着某种共同的价值追求呢？

从"姚妈善举"说到"信任危机"

姚妈是谁？姚妈善举是怎么回事？

姚妈是上海交通大学数学系的老师，今年暑假期间，热心的姚老师看到很多学生宿舍没有空调，孩子们酷热难当。想到自己家中三室两厅的房子五部空调四部闲着，便产生一个简单的想法，让学生到自己家来避暑。帖子在交大饮水思源BBS发出后，很快得到学生响应，几十个学生先后住进姚老师家中，躲过了最热的那几天。姚老师也因为这个善举被学生们亲切地称为"姚妈"。

没想到这样一个简单的举动，竟然引发一场不大不小的争论。有人不无怀疑地讥讽道："姚老师在下一盘大棋，要红就要这样搞，这是局，回帖的都是棋子"；有人说"姚妈真是利用媒体的高手，炒红了自己"；还有网友用"凤姐"、"芙蓉姐姐"来讽刺挖苦姚老师，甚至有人说"姚老师呼吁其他老师像她一样敞开大门让学生住进自己家里，是道德绑架"……

这是一个非常具有典型意义的社会现象。如今在我们的社会生活中，可以说普遍存在一种信任危机，同时存在一种对人对事不得不先阴暗后敞亮的社会心理。遇到任何好人好事，人们总是本能地感动一下，然后迅速冷静下来，上升为"理性思考"：他要干吗？他是什么意思？他为什么要这么做？他何必对我这样好？他有什么企图？他需要什么回报？他背后挖了什么陷阱？如果雷锋叔叔活在今天，有哪个大嫂敢在雨夜独自把孩子交到他手中？她能确定眼前这位和蔼可亲的解放军战士不是笑面虎？不是人贩子？她敢让他紧随自己半夜来到家中，而不至于发生任何可怕的事情？或许大嫂会为自己的"阴暗心理"有过片刻的自责，认为不该把人想得那么坏。但紧接着便会有一个更强的声音提醒她：千万不要放松警惕，宁可错怪一千，不能轻信一个；如今这世界，哪有免费的午餐。

当你自己或你的亲人生病住院，你首先想到的是什么？肯定是千方百计找个好医生，然后想方设法送个红包。如果人家欣然接受，你便心里踏实；如果人家严词拒绝，你一定如坐针毡。因为你真的不敢相信如今还有不收红包照样认真看病的好医生。你虽然不愿把人想得那么龌龊，但你必须按照潜规则向医生表示尊重，否则便是拿自己和亲人的健康开玩笑。

其实，在你过往的经历中，未必总是遇到那么可怕的事情、那么可恶的人，但你为什么和如今许多人一样对坏人坏事总是"宁信其有，不信其无"？宁可"先小人，后君子"？这种不健康的社会心理是如何一点一点变成下意识的呢？

我试图从历史文化和社会心理两个角度来解读。首先，从不远的历史教训看，是长期的政治运动造成了人与人之间的信任缺失。1957年开始的反右运动，1966年开始的"文革"，先是动员组织党内外知识分子大鸣大放、引蛇出洞，后在革命的名义下残酷斗争、无情打击，致使多少社会精英甚至开国元勋蒙受不白之冤！人们是怀着对党的无比忠诚、对领袖的无比热爱投身运动的，结果却是人人自危，从此没了"免于恐惧的权利"。轻信和盲从带来的损失是以政治生命和肉体生命的终结为代价的，此中教训当然不能不说非常深刻。今天这样讲，决不是为了翻历史旧账，而是要按照《中共中央关于若干历史问题的决议》的精神，总结历史教训，重建我们的信任。

从社会心理看，人大抵是这样一种动物：他们对美好的记忆通常是短暂而肤浅的,而对丑恶和痛苦的记忆通常是铭心刻骨的。一朝被蛇咬,十年怕井绳。吃过一回注水肉,见到猪肉就犯嘀咕。不仅如此,聪明人还会举一反三,猪肉可以注水,牛肉和羊肉为什么不能注?多宝鱼可以喂避孕药,东星斑就不能喂吗?婴儿奶可以放三聚氢氨,成人奶当然更不在话下吧?人们就是循着这样的思路考虑问题,照着这样的逻辑推断事物的。所以会出现这种情况:说的越是天花乱坠,人们越是报以怀疑的目光。对商品广告是这个态度,对各种改革措施、社会承诺,又何尝不是这种态度?

这种怀疑一切的玩世不恭的态度让人烦恼,给如今的思想政治工作、社会稳定工作、和谐社会建设工作带来许多意想不到的困难。因为信任危机,可能导致信仰危机。不是因为那个被推崇的理论和思想使人怀疑,而是倡导它、宣传它、解读它的某些人的思想品德、修养境界、特别是理论联系实际的水平让人不敢恭维。

经过十年内乱大革文化之命,"与传统实行最彻底的决裂",一些人告别了"言必信、行必果"的优良传统,为了个人政绩、为了所谓的GDP,轻言寡诺,朝令夕改,完全不把人民的信任放在心上,肆意践踏社会规则,随便突破信用底线。在建立社会主义市场经济体制的过程中,有些人没有学会市场经济应有的诚实守信,而是先学会了尔虞我诈、欺世盗名、瞒天过海。所有这一切,无不在强化信任危机,使我们不得不时刻生活在警惕和怀疑之中。

重建失落的信任,是一项艰巨复杂的社会系统工程,需要党、政府、社会各个方面通力合作,需要法律、道德、制度、体制、甚至乡规民约多个层面齐抓共管。其中道理既复杂,又简单,无需太多的理论阐述,只要切实执行。首先要从应该做而且能够做的事情做起,令行禁止,决不放空炮,决不当整天空喊"狼来了"的孩子。说反腐败,就要不仅有口号,而且有实实在在的法令和规则,让所有闯红线者没有漏网的机会；说改善民生，就要让百姓实实在在住进自己的房子、治疗自己的疾病、放心度过自己的晚年；说缩小城乡、贫富的两极分化，就要实实在在拿出具体可操作的方法，在不太长的时间内见到效果，不能一边说一边进一步拉大差距……

重建失落的信任还要格外看重领导干部的榜样示范作用。经常向百姓承诺的是领导，经常被群众盯着看的是领导，失信风险最大的是领导，对于修复信任最可作为的还是领导。领导干部一定要自觉担负起修复失落的信任的责任，以执着的信念，火一样的热情，全心全意为人民服务，为构建和谐互信的社会人际关系做出自己应有的努力。

百姓在信任重建过程中当然也不只是简单的旁观者、批评家，同样必须履行自己的责任和义务。信任是关系的产物，而人是社会关系的总和。只要和人打交道，和这个社会打交道，就不可避免地要有一个如何妥善处理人际关系的问题。而创造和谐人际关系没有灵丹妙药，只有马克思送给我们的两句话："用信任交换信任，用爱交换爱。"人人献出一点爱，这个世界未必能变成美好的人间；人人都不献出一点爱，这个世界肯定会变成一个险恶的存在，而那显然不是我们愿意看到的。

异化的汽车

一场不期而至的秋雨,让首都北京再次成为"首堵"城市。次日早间新闻报道,城区143条主要道路陷入十年来最严重堵车。交管部门发布的当日交通状况图显示,几乎所有城区道路都呈现清一色的红色,让人触目惊心,徒叹奈何。

各方面专家纷纷出来解释堵车原因,不到一天工夫,就有六条发现:下雨路滑、恰逢周末、"双节"将至、汽车激增、剐蹭事故,等等。看上去条条着实,都有说服力。所谓下雨,不过是下了一点不成阵势的小雨,但对与日俱增的新司机来说,当然就是严峻考验,何况"雨天路滑,缓慢行驶"的温馨提示一路闪烁,让人不敢掉以轻心。周末本要回家,又逢"双节"将至,照咱们中国人的传统习惯,自然要买月饼,备礼物,孝敬父母,招待亲朋,不上街当然是不行的。何况周边省市也不甘寂寞,要趁此良机,向主管部委、有关领导略表寸心,进京路口上演堵车壮景,也就无需大惊小怪了。而机动车的迅猛增加,已经开始以月为计算单位,从300万辆到400万辆,用了两年7个月,而从400万辆到450辆,仅用了5个多月。照此速度发展下去,2015年将达到700万辆,如果没有十分得力的应对措施,届时北京的交通常态将和9月17日大堵车一样,平均车速只有区区15公里……

坐在寸步难行的汽车里,转眼夜幕降临,华灯初上,眼前是通红一片的汽车尾灯,对面是耀眼的汽车前灯,而淅沥的雨水不停地洒在挡风玻璃上,有一种泪流不止的感觉。身边不时有人烦躁地按响喇叭,心中不禁一阵暗笑:那有什么用呢?转念又想,处在这样进退维谷的环境里,总不能要求每个人都像老禅入定,依然保持一颗平常心吧。既然车轮不能转动,那就索性让思绪信马由缰——

改革开放三十多年,中国经济社会的发展、人民群众生活的改善有目共睹。眼前壮观的堵车景象,也是发展的一种畸形反映,有人说是工业化、现代化、城市化过程中不可避免的一幕。曾几何时,我们还以能够拥有一辆属于自己的自行车而感到骄傲,转眼汽车就成了大城市生活的必需品,是年轻人结婚必备的一大件。我们的外在环境和内在心理,都还没有为此做好充分的准备,拥堵的一幕就急不可待地上演了。或许在一些人的心目中,现代化就是工业化,工业化就是汽车化,当今世界最发达的国家美国,就被称为"轮子上的国家"。我们要早日实现"三步走"的战略目标,尽早进入发达国家行列,就必须大力发展汽车工业,以此带动若干相关产业,从而增加就业岗位、提高人民生活水平、实现GDP的快速增长。这不仅是一部分政府官员的政绩观,也是不少百姓的生活理想。岂不知,可能正是这种善良的愿望,使我们陷入城市极度拥堵的尴尬境地之中。735平方公里的城区面积,2000万常住人口,451万辆机动车,这就是摆在我们面前的现实,现在到了该清醒反思发展方式、现代化建设理念、城市合理布局和人的生活价值取向的时候了。

普通百姓节衣缩食攒下每一个铜版,为的是早日拥有属于自己的汽车和房子。为此,他们背负了沉重的债务,成了人们所说的"车奴"和"房奴"。他们指望通过拥有汽车提高工作效率和生活质量,不承想严重的堵车来得这样迅猛,还未及享受驾车的乐趣,先感受到了堵车的痛苦。这使他们不自觉地成了"哲学家",不得不思考这样的问题:辛辛苦苦挣钱,竭尽所能买车,每年交付税费,外加消耗能源,希望换来方便,结果心烦意乱,生活质量下降,加剧环境污染,这不是典型的"异化"现象,是用自己一手创造的"异己的力量奴役自身",又是什么呢?

如此说来,买车还是不买,对身在京城的百姓来说,确实是一个不得不直面的严重问题。有一种看似高明的见解认为,像北京这样的一线超大城市,各方面成本原本就高,压根儿就不是平民百姓居住的地方,感叹京城生活不便的人,可以选择他们认为方便的二线、三线甚至农村生活,如此一来,北京的交通状况自然会得到改善。问题在于,这种透着某种优越感的论调忽略了两个现实难题:一是据调查,仍有不少于61%的普通京城百姓打算在不远的将来买车;二是仅2009年一年,北京就增加了60万人口,相当于欧洲一个大城市,而迁往二线、三线城市的人数,至今还未看到。可见"高人"的"高招儿"一时还难以实现。

但有一点似乎是可以肯定的,那就是面对超大城市的现实,不惜一切力量大力发展立体公共交通体系,以此缓解日益加剧的道路拥堵现状。近年来,北京公共汽车和地铁发展速度不可谓不快、力度不可谓不大,但和疯狂发展的私人轿车相比,还是显得脚步慢了些,百姓出行还是感到很不方便。这种不便加剧了人们买车的意愿,而不断买进的小汽车,反过来又进一步加剧了城市道路拥堵状况。如此恶性循环,迟早有一天会使我们的城市陷于瘫痪和半瘫痪状态。

那天窝在车里,我忽然想到如果此刻有人突发心脏病怎么办?如果有外敌入侵怎么办?有恐怖分子发动袭击怎么办?哪怕是有人需要如厕又怎么办?我们这个老大城市难道如此脆弱,如此不堪一击,只需一点小雨,就会使它基本瘫痪吗?这样想时,刚才从容的心态变得沉重了,对自己的生活、城市的命运、国家的未来,不禁有了一丝隐隐的忧虑。

　　瑞典欧盟研究所公共政策专家艾莲娜·卡尔森在接受《环球时报》记者采访时谈道:"如果说高速公路密度可以衡量这个国家的发达程度、高速公路的建设速度能够判断某个国家的经济增长水平,那么高速公路的通行状况则可以反映出一个国家公共管理的能力。"她这番话是针对前不久八达岭高速公路超级大堵车说的,但基本道理其实同样适用于城区道路。建设繁荣、富强、民主、和谐的现代化国家,是百年来中国人民的梦想。但必须承认,我们没有建设现代化国家的现成经验,缺乏管理现代化超大城市的成功经验。新问题就是新考验,人们有理由期待政府拿出更好的解决办法,同时毫无异议地要在此过程中承担作为公民应尽的义务。

有一种坚持叫放弃

人生在世,要善于坚持,也要学会适当放弃;要自强不息,也要学会适时示弱。从某种意义上说,学会适当放弃比坚持更难,做到适时示弱,比总是要强更不易。难在哪里?难在面子上过不去,难在分不清哪些值得坚持,哪些可以放弃,何时需要自强,何时可以示弱。

古来的俗话教导我们,忍一层天高地厚,退一步海阔天空,老庄哲学也强调"柔弱胜刚强"的道理,其实说的都是"放弃"和"示弱"的意思。在斗争哲学盛行的年代,我们把这些宝贵的精神财富简单归于"苟且偷生的资产阶级活命哲学"。其实这与"资产阶级"何干?与"苟且偷生"又哪里扯得上?它是源于对自然和社会的深切感悟,是从"水滴石穿"中发现的人生大道。

绝对真理只存在于黑格尔的观念哲学中,现实世界中,真理往往具有相对性,只在一定的时空中有限地存在,因而坚持真理同样具有相对性,具有先决条件。要求一种思想观念永远正确,放之四海而皆准,本身就不是一种理性精神,就不是马克思主义的态度和方法。当然,强调真理的相对性,不是要走向相对主义和不可知论,不是要制造神秘主义,不能因为万物皆变、万物皆流,而否定事物的相对稳定性,而为自己的缺乏理想信念、左右摇摆不定寻找借口。在中国革命的历史进程中,必须毫不动摇地坚持农村包围城市、武装夺取政权的正确道路;在改革开放和社会主义现代化建设过程中，必须坚定不移地坚持走中国特色社会主义道路，在对中国国情的分析判断上，必须时刻明确我们仍然处在并将长期处于社会主义初级阶段。这样一些真理性的认识，毋庸置疑，必须无条件坚持。这不仅是共产党人的党性原则，也是每一个中华儿女的高度共识。

而在具体工作和实际生活中，只有那些称得上原则和准则的东西需要坚持，只有那些涉及人的尊严和价值的东西需要固守，其他很多东西其实都是可以适当放弃的。一个人如果在任何时候、任何地方、任何问题上都争强好胜，其结果，必定一败涂地。道理很简单，人不可能时时、处处、事事强于他人，勉为其难，只能自取其辱。

这就要求人们必须学会放弃和示弱。这种放弃和示弱不是软弱无能，而是一种实事求是，一种人情练达，一种超脱和智慧，一种尊重别人、保护自己的明智之举。它需要胸怀和气象，需要见识和水平，需要懂得有所为有所不为的道理，需要洞悉何所能何所不能的界限，需要甘于人后的雅量和气度。

不少貌似真理的东西，其实都具有明显的相对性和欺骗性，甚至是打着真理旗号、披着真理外衣的冒牌货，也就是说并不值得正直的人、有见识的人去坚持。人们在某个特定的时间固执地坚持自认为真理的东西，其实并不是多么看重真理本身，而是坚定地维护自己可笑的虚荣和面子。之所以说"可笑"，是因为他们所坚持的所谓"真理"到底是什么货色，其实还是个问题。这种坚持的结果，是"真理"没有越辩越明，很可能还伤了同事的和气、破坏了朋友的友谊。争辩之后，人们记住的只是彼此的伤害，而丝毫无益于理性的长进和"真理"的明晰。在思想观念相互碰撞、价值观念多元共存的时代，我们还是应该多一些包容和理解，多一些求同存异，少一些自以为是、少一些非此即彼、少一些你死我活。

坚持什么、放弃什么，何时要强、何时示弱，人们会有自己的标准。但这种标准不应该成为一种绝对的主观标准,而需要一定的客观性。其中最基本的一条,就是不能伤和气。和为贵,是中国人的文化传统和处世哲学,也是构建和谐社会不能忽略的一个基本着眼点。经历过无畏争斗的人、经历过痛苦磨砺的人,更容易明白其中的道理。

有的时候,学会妥协和放弃,其实就是学会以退为进,宽容别人其实就是宽容自己,懂得示弱的道理才能真正自强不息。套用一下眼下时髦的句式,叫作"有一种坚持叫放弃、有一种要强叫示弱,有一种严厉叫宽容"。而那些信奉"不蒸馒头争口气"的人,结果往往是"一口气"没争到,馒头也丢了,聪明人不该做这样的蠢事。

再说死的权利

仿佛是一种宿命,17年前,我曾就中国第一安乐死案写过文章,呼吁全社会尊重每个绝症患者"死的权利",为勇敢实施安乐死的医生蒲连升和患者夏素文之子王明成抱不平。转眼17年过去了,遗憾的是,虽然呼吁为安乐死立法的声浪此起彼伏,但实际进展几近于无。当年为母亲实施安乐死而付出五年牢狱之苦的王明成,最近又在请求安乐死而不得的情况下,无奈而痛苦地死于胃癌。

多年以来,围绕安乐死的合法性问题各国争论不休,看来还要继续争论下去。早在上个世纪30年代,西方社会就有人开始呼吁为安乐死立法,并由此引发了安乐死应否合法化的大论战。二战以后,赞成安乐死的观点开始呈上升趋势,有关安乐死的民间运动和立法运动日益增多。在我国,自1994年始,全国人大提案组每年都收到有关提案,但至今没有形成多少有价值的结果。

显然,安乐死是一个涉及医学、法学、哲学、伦理学、社会学、心理学、宗教等领域的全球性的重大问题。妨碍安乐死立法的原因很多、很复杂,但笔者认为,其中最核心的,还是人是否具有死的权利的问题。或者说得更确切一些:是在现有社会条件下,绝症患者是否具有积极结束自己生命的权利问题。在我们中国人的观念体系和价值判断中,没有"天赋人权"的观念,也没有上帝的观念。那么谁有资格赋予人死的权利?唯有法律。只有通过立法,才能把无数痛苦的灵魂从灾难中拯救出来。尽早为安乐死立法,不仅是合乎人性、人道的善举,也是社会文明进步的重要标志。

为安乐死立法,首先是对人的价值和尊严的尊重,是对人的生命的敬畏。人生在世,不仅应有优生、优育的权利,也应该具有优死的权利。生命的意义,在于有价值、有尊严地存在。一个求生不得、求死不能、生不如死的绝症患者,只有痛苦和无奈,是谈不上任何价值和尊严的。那么法律就不仅有责任,而且有义务赋予无药可救的绝症患者以体面死去的权利,赋予他们拒绝痛苦折磨的权利。

迄今为止反对安乐死的一个重要理由,是医生的天职就是救死扶伤、治病救人,而没有权利以任何理由、任何方式剥夺病人的生命。在我看来,明知在现有医疗条件下无望救治病人,还要以"人道主义"和"救死扶伤"的名义施行所谓"救治",其实是以延长病人的痛苦为代价而成全医生的道德名声和内心安宁,是一种事实上的冷漠和残忍。而患者家属子女的所谓"关爱"和"孝道",也多半是以延长绝症患者痛苦为条件的,在我看来,起码是不厚道、不理智的。

在一般意义上,一个人的个体生命似乎并不完全属于他自己,作为"社会关系总和"中的一员,在其身体健康的情况下,必须承担对家庭、社会的起码责任,他的生死存亡都与这份责任密不可分。但这里所说的"人",应该是身心俱健的人,换句话说,是一个有足够能力承载责任的人。而不是一个身患绝症、自身难保的病人。如果对这样的人还要以"社会责任感"之类道德重负来约束,未免太苛刻了。

为安乐死立法,是基于对病人家属的充分理解。十几年前,家父身患重病住进北京一家著名医院。在长达半年的时间里,我陪着父亲度过了无数个不眠之夜。据科主任张教授介绍,住在这个病区的一百多位患者中,百分之八十在现有医疗条件下没有生还的可能。医生的救治的确很难说是延长患者的生命,还是延续他们的痛苦。而无望的治疗对家属的精神承受能力是一种考验,对家庭经济是一种沉重的负担。事实上,如何理智地对待缠绵病榻的绝症患者,不仅是严肃的家庭问题,也是一个毋庸回避的社会问题。据统计,我国每年大约有160万人身患绝症,其中130万人痛苦地死去。而在无望救治的过程中,每个家庭的安宁都从此失去,正常生活无从谈起,更不要说一些家属以牺牲自身健康为条件,以倾家荡产为代价去抢救明知无望的亲人。探讨安乐死的问题,是一个充满感情的过程,如果您曾经看到自己的亲人为了所谓"人道"而忍受无尽的痛苦,为了本无希望的所谓"希望"苦熬度日,您就可能明白什么才是真正的"人道",就会对安乐死产生与从前不同的想法。

为安乐死立法,有利于对社会资源特别是医疗资源的合理配置和利用。我国是一个包括医生、医疗器械、床位等在内的医疗资源十分匮乏的国家。救治没有生还希望的病人需花费大量人力、物力、财力,客观上是一种沉重的负担。这样说,可能显得很没有人情味儿,但请理智地想一想,在有限的资源条件下,难道不存在一个如何合理利用和有效配置的问题么?

问题的关键,在于要为安乐死进行极其严格的法律界定,以避免可能造成的谋杀和推卸责任。在这方面,荷兰、瑞士等国有比较成熟的做法,我们不妨借鉴。在我看来,实施安乐死说难也难,说不难其实也没那么难。第一,请求安乐死者必须身患绝症、无药可治且具有难以忍受的痛苦。而是否具备这些条件,必须由两名以上具有足够资质的医生认定。第二,绝症患者必须在完全清醒状态下绝对自愿且至少两次以上提出明确请求,在医生、亲属、法官在场的情况下,或口头表达(需录音为证),或文字表述安乐死的愿望。

事实上,早在1997年首次全国安乐死学术讨论会上,多数代表就赞成安乐死,个别代表认为就此立法迫在眉睫。胡亚美、王忠诚等学者也多次呼吁为安乐死立法。显然,专家们是认同安乐死的。但法律代表的是大多数人的意志,不能简单以专家的意见作决断。那么,公众的意见又如何呢?在前不久进行的网络调查中,百分之八十的网友对王明成的遭遇表示同情。我想,既然安乐死是全社会普遍关注的现实问题,那么我们有没有可能就此来一次全民调查呢?必要的时候,可否来一次全民公决呢?一项立法是否符合人民群众的意愿,不仅要听人大代表和法律专家的意见,更要听听普通百姓的意见。只要人民群众拥护,就具备了立法的可能性。

谁不想"生如夏花之绚烂,死如秋叶之静美"?如何让每个人"生得伟大,死得光荣",起码"死得体面而有尊严"?应成为文明社会、文明公民经常思考的问题。

第 二 辑

荣 辱 之 上

领导干部如何面对媒体

当今时代,是信息爆炸的时代。广播电视铺天盖地、报纸杂志应有尽有、网络手机迅猛发展、微博微信无孔不入。在此情况下,如何正确面对媒体、有效引导舆论,以期达到"统一思想、凝聚力量、激发活力,促进改革发展、维护社会稳定"的目的,就成为摆在每位领导同志面前的一道重要课题。

如何正确面对媒体?不才以为:

一是摆正位置,坦诚面对。我们的干部是人民赋予权力的人民公仆,如实向人民群众汇报自己的工作,讲清发生在周遭的各种情况,报告准备采取的政策措施,反馈人民群众的意见和建议,通报取得的阶段性成果,是每个领导干部义不容辞的责任。它的思想基础,是马克思主义的群众观点,它的内在动机,是我们党全心全意为人民服务的宗旨。能不能自觉做到这一点,是衡量一个党员干部立场、观点、感情是否正确的重要标准。因此必须自觉克服"民可使由之,不可使知之"、"防民之口,甚于防川"的封建意识和陈腐观念,千万不能把妥善面对媒体当成可有可无的"官场秀"。

二是明确关系,主动配合。领导干部和媒体的关系,是内在利益完全一致的同志关系,不是你死我活的敌对关系。我们的媒体是党和政府的喉舌,也是人民群众的喉舌。宣传党和政府的主张,同反映人民群众的呼声,不仅不矛盾,而且是完全一致的。因此,不能把媒体当成对立面,当成随时随地挑错、添乱、找麻烦的对象。不能像那个逯军一样，把自己凌驾在人民群众之上，把党和政府与人民群众对立起来，动辄质问媒体"你打算替谁说话"。还有一些同志对媒体和新闻舆论存在认识上的偏差，错把庸俗的歌功颂德当成"正面报道"，把健康善意的舆论监督当成"负面报道"，把提出敏感问题的记者当作"敌人"，质问人家"是哪个单位的"，威胁人家"我找你们领导去"，甚至动粗抢夺记者话筒，态度之颟顸，形象之丑陋，实在令人不齿。

三是襟怀坦白、知无不言。既然我们是为人民的利益而工作的，就没有理由害怕群众、隐瞒群众、欺骗群众。除了个别涉及国家安全的重大事项需要保密外，在一般情况下，完全可以做到对人民群众有一说一，有二说二，襟怀坦白，实事求是。中国的老百姓是最通情达理的，只要坦诚相告，合理解释，即使一时不能解决所有问题，大家也可以理解和接受。这里的关键，是通报情况要及时、准确、全面、权威。不能以"顾全大局"为借口，"瞒"和"骗"，"捂"和"拖"。须知，在互联网时代，每个人都可能成为现场直播者，对于重大事故和群体性事件，及时发布权威信息，时刻保持信息的公开透明，是争取主动的最明智选择。否则，难免欲盖弥彰，谣言四起，混淆视听。

四是坦然面对，讲究艺术。领导干部面对媒体时既要谦虚谨慎、如实相告，又要注意理智应答，不卑不亢。要了解公众心理，讲究答问艺术，少说应该怎样，多说实际怎样；少讲大道理，多讲实在话；少点"长、空、假"，多点"短、实、新"。努力做到言之有物，言之有理，言之有情，言之有信，言之有果，言之有趣。我们的领导干部在上任之前，基本没有接受过新闻培训，缺乏面对媒体的经验，要么谨慎有余，不知所措；要么讳莫如深，惜墨如金；要么三缄其口，溜之乎也。凡此种种，都与现代领导干部应有的形象不相称。

五是善于学习，注意总结。既然如何面对媒体是每一个领导干部的新课题，就更加需要虚心学习，多方面总结。笔者以为，在实际工作中，要特别注意"十忌"：一忌闪烁其词、故弄玄虚；二忌装腔作势、缺乏诚意；三忌东躲西藏、无可奉告；四忌虚与委蛇、虚应故事；五忌居高临下、傲慢无礼；六忌语无伦次、言语乏味；七忌上下推诿，不负责任；八忌百般封堵、肆意阻拦；九忌信口开河、乱下结论；十忌好为人师、耳提面命。真诚的态度是基础，扎实的专业知识是关键，合理有效的政策措施是根本。除此以外，所有的自作聪明、自以为是、自作主张，都必然贻笑大方。

我们还会写字么

　　我上小学的时候,尽管处在十年动乱期间,学校和家里对学生依然还有写字的要求。在人们的心目中,一个孩子如能写一手好字,意味着具有良好的教养和学习习惯,通常学习也不会太差。我上的第一所小学,并不是当地特别有名的学校,但老师们的板书个个写得漂亮。最早对班主任袁老师心生敬意,就是因为她能写一手让我神往的板书。上中学以后,教语文的王老师和教历史的杜老师更是了得,在我眼里,他们的板书完全可以称为书法作品。受他们的影响,我一度对写钢笔字发生浓厚兴趣,简直可以说达到痴迷的程度。

　　我不敢说自己的字写得多么好,但我始终对能写一手好字的人充满羡慕和佩服。每当看到前辈学者的手稿,看到那些功底深厚的文字,我就在心中暗自赞叹:这才是真正的知识分子。大学毕业后当了编辑,从八十年代初到九十年代中后期电脑普及之前,每天收到的大量来稿还是手写的。多年对写字的爱好,使我产生了一个不无偏执但非常坚定的"原则":凡是字写得惨不忍睹的来稿,就坚信它的内容也好不到哪里去。我的逻辑是,连字都写不好的人,还能写好文章?我承认这种看法有很大的片面性,但很难改变它。

　　随着电脑的普及,如今能写一手好字的人越来越少了。女儿上学以后,我还像父辈当年要求我那样要求她,也见到过一些成效。但无奈整个社会越来越缺少对写字的审美要求,她小学、中学老师的字写得也不敢让人恭维,大学老师甚至都懒得写字了。孩子在学校里是否见到过我当年所见的那些榜样,我不便妄自推测,但从她带回的作业本中,我看到了老师们批改作业的文字,除了皱眉,实在做不出更好的表情。加之现在的孩子课业负担如此沉重,除了课本上的作业,还有无穷无尽的教辅作业,要想横平竖直地写字,不要说没那个心境,恐怕也没那个时间吧。我见过孩子带回的各种各样的作业本,印得密密麻麻看都看不清,有限的空间根本写不下老师们规定的所谓标准答案,还谈什么把字写得舒展漂亮。

工作多年以后,我在单位里承担过一些招录大学生和复转军人的工作。从简历上看,不少同志学历很高,资历很深,水平不错。但一看他们的字,总不免让我心里发凉。显而易见,他们从未受过良好的书写训练。过去把字当门面,是求职时的一块敲门砖,如今似乎不那么为人所看重了。即便是在知识分子成堆的地方,能够写出一手好字的人,也是凤毛麟角。中华民族的书法传统,到眼下这拨儿孩子身上,似乎就有断了香火的危险,这不免让人感到怅然。

徜徉在琉璃厂的中国书店,我见过一些写成蝇头小楷的科考试卷。那些娟秀的文字让我喜爱之至、流连忘返。我甚至在心里可笑地想,如果我是考官,单凭这手好字,也要对考生另眼相看。而遥想当年,在那些饱读诗书的考官眼中,"鸡爪扒"恐怕连一丝一毫入围的机会也没有吧。

我不是前清的遗老遗少,没想为一个王朝的背影唱挽歌,也不想班门弄斧,讲什么书法艺术是中华优秀传统文化的大道理,更不敢断言写一手好字对文化的传承和个人教养究竟有多大作用。或许就此让书法艺术从中华文化的版图中消失,在一些人看来也不是什么大不了的事情,要比楼市涨价、股票升值次要得多。但绵延几千年的艺术瑰宝从此不被自己的国民所看重,生生不息的书法艺术从此在我们这代人手边溜走,总不是我们的光荣吧。我们说了那么多继承优秀传统文化的大话,却连老祖宗留下的优美汉字都写不成样子,让我们何以面对列祖列宗,何以复兴中华文明?

我眼中的严秀先生

说到新时期杂文,必须说到严秀(曾彦修)先生;就像说到中国杂文,必须说到鲁迅先生一样。他们是不同时期的两座绕不过去的高峰,鲁迅先生开辟了现代中国杂文"社会批评"、"文明批评"的广阔道路和光荣传统;严秀先生在当代中国继承和发扬了这一光荣传统。离开这两个人,就说不清楚杂文为何物。说严秀先生是鲁迅先生的当代传人,丝毫不为过。我曾不揣浅陋地写道:"在中国当代杂文史上,严秀先生是一个独特的存在,是所有杂文作家和杂文史家必须师法和面对的对象。是他,系统开启了新时期杂文创作的先河,提携和发现了一大批老中青杂文作家,迎来了杂文创作的春天;是他,集中编辑整理《中国新文艺大系杂文卷》(1949-1966,1976-1982),使杂文发展的历史渊源有了一个清晰的脉络;是他,最早系统研究分析当代杂文创作规律,提出了一系列富有创建的理论观点,对后来的杂文创作起到了全面的指导作用。何满子、邵燕祥、牧惠、刘征、舒展、蓝翎、章明、陈四益、黄一龙等前辈杂文家与严秀先生亦师亦友,中青年杂文家自觉拜严秀先生为师,以能做他的学生而感到骄傲和自豪。严秀先生是一位极其朴素而谦逊的长者,他从来不曾以师长自居,反而撰写文章自谦《牧惠文章是我师》。他以崇高的人格、宽阔的胸怀、深邃的思想、渊博的学识、卓尔不凡的见解,深深地影响教育了几代杂文家,深刻地影响了当代中国的杂文走向。特别是他以一个真正共产党人的坦荡胸怀和极大的政治勇气,以翔实的历史解密文件和铁的逻辑为依托,本着对党和国家负责、对历史和人民负责的精神,实事求是地反思党的历史,深刻剖析东欧剧变的社会历史根源和思想根源,写出了《半杯水集》《天堂往事略》《平生六记》等一系列分量极重的著作,得出振聋发聩、发人深省的结论。其影响,已远远超出杂文界,超越文学艺术的一般范畴,应该说是研究当代中国政治思想史、苏共演变史难得的真话文章和历史佳作。在所有敬重严秀先生的后学看来,他不仅是一代宗师、一位杰出的杂文领袖,而且是一位真正的马克思主义者,一位极其难得的敢于坚持真理、坚持说真话的深刻思想家。

作为晚辈,我没有资格评说严秀老的成就。他的贡献是多方面的,仅就杂文领域而言,就在创作、评论、理论建设、提携后人、助推出版、完善组织等诸多方面具有创造性的贡献。拜牧惠先生所赐,我有幸于上个世纪八十年代末就结识了早已敬仰的严秀先生,从此或当面请教,或电话书信往来,多次得到严秀老的鼓励和教诲。那些年中,老先生们经常于严秀老居住的方庄附近聚餐,我得以叨陪末座,静听先生们纵论时事、评点世相、臧否人物,受益匪浅。2004年秋天的一天,已经85岁高龄的严秀老写信给我,说他手头有不少杂文散文集,多是各省市杂文家题赠给他的。考虑到年龄等因素,以后可能用到的时候越来越少了,问我愿不愿意接受这批书。看了严秀老的信,我激动良久,感慨万端。我知道,这不是一般的赠书,而是老人家对后学的信任、提携和托付,心中充满了接受馈赠的感激和承受使命的庄严感。多年来我之所以能做一点杂文选集的编选工作,在很大程度上得益于严秀、牧惠、舒展、蓝翎等前辈杂文家的馈赠和提携,感激和感动之情,无以言表。严秀老搬到林萃路附近的部长楼居住后,我和几个中青年杂文家隔一段时间就去拜望他老人家,汇报杂文界的近况,谈论我们对各种社会现象的看法。我所主编的《中国新文学大系杂文卷》(1976-2000)出版后,特意恭恭敬敬地送呈严秀老过目,老人家端详良久、连声说好,使我很受鼓舞,觉得自己终于做了一件可以让老人家略感欣慰的事情。

2015年3月3日4点43分,严秀老永远地离开了我们。这几天我把老人家题赠给我的《牵牛花蔓》、《当代杂文选萃严秀之卷》、《一盏明灯与五十五万座地堡》、《半杯水集》、《天堂往事略》、《平生六记》、《京沪竹枝词》等著作一一放在案头,怀着崇敬的心情逐一打开,仿佛看见老人家的音容笑貌还在眼前,他的著作中极其丰富的精神营养将长久地滋养我们。我知道,老人家生前立下遗嘱,将器官捐献给需要的人,将遗体捐献给医学科研和教学工作。他是以自己独特的方式,将精神和肉体一切可以奉献的东西毫无保留地留给了后人。想到此,我的心中不仅充满感动和崇敬,更涌动一股前所未有的力量。

哲人其萎,精神不死。遥望前路,信心充盈。

严秀老永远活在我们心中。

摆 脱 物 役

杂览的好处是常有意外的发现。这次的发现来自环球时报美联社的报道，说的虽是美国的事儿，却仿佛敲打在我们身上。报道说：一位名叫贝佛莉·米歇尔的老夫人因家中囤积过多杂物而被压死。这位独居在康涅狄格州的老太太现年66岁，喜欢在家中囤积大量衣物和生活用品。邮差发现他的邮件堆积一周无人清理后报警。警察起初认为她不在家，后动用挖掘机清理屋内物品时发现了她的尸体。当警察进入她家中时发现一楼杂物繁多，甚至已经堆积到天花板。警方推测，一周前不堪重负的地面垮塌，物品砸入地下室，导致身在一楼的贝佛莉身亡。

这当然是一个极端的特例，却不是绝无仅有的个例。看看我们周围，看看我们的父母，再看看我们自己，类似贝佛莉的举动同样存在，只是程度略有差别而已。过去物质条件有限，生活空间逼窄，几代人挤在一间蜗居里，所有家当都塞进去。后来住房条件改善，由一室而两室、由两室而三室、由三室而四室，房子越住越大，空间却未见得越来越多。每个房间都堆得满满当当，总觉得缺少一间大大的储物间。人就是这样，没房时拼命挣钱，就想早日住上大房子，让自己宽松一下。不料大房子没住几天，又被陈年旧物、新添家当占据主角，房子的主人依然觉得逼窄。

网络时代电商的出现迅速地改变了购物方式，极大地方便了消费者。于是乎，在所有单位门前总是络绎不绝地穿梭着取快递的人们。由于方式的便捷和价格的实惠,各种需要和并不真正需要的东西源源不断地飞向消费者。很快,家中充斥了网络购物的胜利果实,有限的空间没几天又变成更小的蜗居。那些上网后精挑细选的宝贝,很快成为食之无味、弃之可惜的"鸡肋"。

人对物的占有大体分为几类:一是理性的需要。虽然每个人对"需要"的理解不尽相同,个人所处的地区和职位不同,对"需要"的界定也会有所差别。但真正属于"生活需要"的东西其实并不很多,广厦万间,夜眠七尺;良田千顷,日仅三餐而已。二是介乎于"需要"和"欲望"之间的状态。"需要"和"欲望"本来没有明确界限,人之于物,总是多多益善,这似乎也是本性使然,不宜作价值评判。理智一点的人,会自觉地把自己限定在"需要"范围之内;不那么理智的朋友,就随时可能超越"需要",放纵自己的物质"欲望"。前者的生活空间可能保持相对充裕的状态,后者的生活空间就可能越来越窘迫。道理很简单,欲壑难填,多少才是个头!三是纯粹的为物所役,是典型的物质异化。人们辛苦劳作,购买物质财富,目的在于让生活更加充裕幸福。不料在奋斗之中忘记了手段和目的的关系,把追求物质财富这个手段变为终极目标,甚至不惜牺牲人的空间来充塞那些为人服务的宝贝。其结果,当然是像贝佛莉那样异化为物的奴隶,成为"自己创造物的牺牲品"。马克思主义迄今为止所奋斗的一切,就是要摆脱人类社会的异化现象,摆脱人剥削人的不平等状态,使人真正成为人的主人,而不是人的奴隶,更不是物的奴隶。

当然,处在物质极大丰富的市场经济年代,我们每个人都不可避免地受到"物"的挤压。世俗的社会、现实的生活、扭曲的价值取向,无时无刻不在膨胀人们的"需要",放大人们的"欲望",鼓动人们去无限占有。衡量一个商人的价值尺度固然离不开他的财富拥有量,衡量一切人的价值标准似乎也只剩下一个"钱"字。"钱"是万物的尺度,是存在物存在的尺度,也是不存在物不存在的尺度;"钱主"就是救世主,是众人推崇的"当代英雄"。难怪有人说,中国人现在穷得就剩钱了。

但这样的黑色幽默并不能使我发笑。中国还有将近一亿人生活在贫困线以下,还有很多穷孩子连学费都交不起、连件像样的校服都买不起,说什么"穷得就剩钱了"!不仅如此,就算某些人再有钱,我们国家的资源却十分有限,地大物"薄",容不得少数"富人"肆意挥霍、无限占有。退一步说话,即便从个人幸福的角度说,也要淡化物欲、减少占有,在简单的生活中寻求精神的充盈、思想的丰赡、高尚的快乐、给予的幸福。

虚胖的网络

在这个"无网而不胜"的时代,互联网深刻地影响和改变着人们的生活。看一看早班地铁上那些手持手机不停刷屏的朋友,看一看聚会饭桌上那些各自查看微博的"忙人",再看一看"实时更新"的互联网"海量信息",你会感到这个时代的确是被一张无形的大"网"网住了。互联网无处不在,无时不有,正像矛盾的普遍性。拼命追赶互联网的各种新技术、新版本,成为时髦人士津津乐道的话题;不断更换手机等移动终端,成为消费者自觉自愿向商家贡献的有效手段。也有少数冷静清醒的朋友不时自我发问:狂轰滥炸的网络信息,究竟带给人多少有益的知识、切实的教益?在貌似丰富多彩的海量信息中,究竟有多少值得阅读赏析、值得用宝贵的时间去换取?在痛快淋漓的网络冲浪中,人们究竟变成了无所不知的饱学之士,还是仅仅沦为貌似渊博的"知道分子"?在日益碎片化、泡沫化、表面化的网络浏览中,我们究竟变得"博学而无知",还是真的使自己思想更深刻、思维更缜密、思路更开阔?

从有关部门公布的统计资料知道:过去一年,博客基本销声匿迹,微博大大减少,微信也开始呈现式微趋势。所有这一切说明了什么?说明人们在尽情享用互联网带给人们的方便快捷的同时,也在理性思考网络与人的关系。不错,丰富的信息资源,是思想的宝贵财富。但庞杂的资讯,也可能成为专注精神、深入思考的绊脚石。究竟是信息资源驾驭人,还是人驾驭信息资源,这是问题的关键。

　　人们接触网络的初衷,当然是为了增广见闻、丰富知识、查阅资料。多数家长为孩子买电脑,也是为了学习进步。但实际结果却并不叫人乐观。网络的方便快捷自不待言,对人类社会的贡献有待更深入地认识。但毋庸讳言的是,在网络的汪洋大海之中,能够保持定力,不为其异化的人并不是很多。眼见的现实是:很多人都在无意之间成为网络和手机的奴隶而不自知。终于有一天,他们发现自己每天似乎都很忙,无时无刻不在关心天下大事,传播心灵鸡汤,扩大朋友圈儿。而那种青灯黄卷、专心苦读的执着悄然溜走了,那种深入思考、全面考量、豁然开朗的乐趣荡然无存了。网络在带给人们无尽好处的同时,也在毫不客气地掠夺人们最为宝贵的时间和精神财富。时间都去哪儿了？对相当一些人而言,都到手机和网络上冲浪去了。如果一个人不能在网络的热闹面前清楚地知道自己需要什么、不需要什么,那他就注定会成为网络的俘虏,网络这个好东西对于他,就无异于毒品和鸦片。

　　细心的朋友不难发现,如今在众多的网站当中,每天都有大量重复、克隆的东西在泛滥。你转发我,我改编你,我顶我,我赞你,有限的原创资源,被无限地重复利用、多方位肢解,貌似丰富多彩,其实不过是"一鸡多吃",花哨的表象和形式背后,无非还是那只可怜的"鸡"而已。到了最后,一锅汤里连一点鸡味儿也尝不到了。

　　缺乏原创性,是众多网站的普遍特征;缺乏真知灼见,是多数网络文章的致命伤。泡沫和口水充斥的多数网站,就像虚胖浮肿的病人,貌似很健壮,其实很虚弱,走上几步就气喘吁吁。在"无网而不胜"的虚火作用下,各地各行业纷纷建立自己的网站,其间的投入动辄以几千万甚至上亿元计,以"烧钱"的态势蓬勃发展。重复建设不计成本,实际内容十分有限。有些政府和行业的官方网站,十天半月不见更新,有限的资讯要么打不开,要么打开一看没有多少价值,无异于空耗别人的时间。不仅如此,为了增加点击率、有效抓眼球,个别网站甚至不惜以色情暴力相诱惑,完全不顾网站的社会责任。在"整合资源"和媒体"融合发展"的名义下,四处圈钱、到处"合作",滋生新的浪费和腐败。

对此,有识之士必须保持一份清醒、一份冷静、一份淡定。无论网络多么精彩、手机多么诱人,毕竟只是人的工具,而不是教徒眼中的上帝。人要做网络和手机的主人,而不是被其牵着走的可怜奴隶。

克里木老汉的核心价值观

克里木是谁？不是总政歌舞团的那个著名歌手,不是《吐鲁番的葡萄熟了》中吟唱的那个新兵,而是前不久受到全国扶贫工作会议奖励的普通维吾尔族老人。在人民大会堂举行的颁奖会上,78岁的克里木身着维吾尔族服装,头戴维吾尔族小帽,作为代表上台领奖,用很不纯熟的汉语发表获奖感言。短短五分钟的发言,被无数次热烈的掌声打断。人们发自内心地喜欢、尊敬、佩服这个朴实善良的老人。

是什么使这个再普通不过的老人成为当天颁奖会上的明星？

是他的善行、善念感动了大家。克里木1994年从新疆生产建设兵团第三师托云牧场三连退休,筹资1000元,在海拔3700米的吐尔尕特口岸开了个小商店。由于经营有方,生意逐渐红火起来,又陆续开了饭馆和招待所,经济条件一天天好起来,从此开始了他20多年的行善之旅。三连职工马那克家境困难,没钱承包羊只,孩子上不起学,克里木就自掏腰包为他家承包羊只,送孩子上学;外地来疆的曹来富夫妇带着两个孩子挤在十来平方米的旧房子里,冬天没钱生火,克里木就买来一吨煤,还送给他们1000元作为收废品的启动资金;孤儿居马洪考上技校没钱上学,面临辍学,克里木先后拿出5000多元供孩子完成学业;牧场遭遇巨大洪水灾害,克里木拿出5000元救助灾民;巴楚县琼库恰克乡发生强烈地震,克里木拿出1.7万元和5吨大米送给灾区群众。20年来,克里木累计捐资30万元、粮食3万多公斤,衣物400多件,受益群众达100多户。有人问克里木老汉图什么,他说:"我图的就是大家共同富裕,都能过上好日子!"

是他20多年的坚持和坚守感动了大家。回头看来,克里木或许没干出什么惊天动地的大事,他就是那么不知疲倦、不留后路地为他人着想,一件接一件地做他力所能及的好事善事。他是挣了一点钱,但即便是在经济不算发达的新疆,他也算不上什么大款,远不如某些科级小官腐败所得的零头。但他就是用这一点一滴的劳动所得,资助了那么多孩子,帮助了那么多穷人!毛主席说过,一个人做点好事并不难,难的是一辈子做好事,不做坏事。克里木老汉就是这样一个一直做好事,还要一直做下去的好人。这份执着和坚守,是他高尚人格的自然外化和自然流露。他不管什么汉族、维吾尔族,只要谁有困难,能帮就帮一把,帮了就觉得心里踏实快乐。他说"一个人富了不算富,大家富了才算富"。

是朴实的话语、真诚的态度感动了大家。克里木不善言辞,记者给他整理了一份稿子,但他压根不会念,也不想念。他用很不纯熟的汉语结结巴巴地说着自己最真诚的话,没有豪言壮语,没有闪光语言,没有四六句,更谈不上深入的思考、高度的概括。说起自己的想法,他甚至显得有点一根筋,说来说去,就是想帮人一把,执着而坚韧。他可能压根就没听说过社会主义核心价值观,也从来没把自己的行动上升到价值观的高度。他就知道用一连串的行动默默地告诉大家他要做个好人。正是这种远胜于漂亮宣言的实际行动,使他格外可信、可近、可敬。

生活中多一些克里木老汉这样的普通人,民族矛盾一定会减少一些,社会和谐的理念一定会变得具体实在一些,正能量的传播一定会变得更有力、更实在、更贴心一些。

再说引咎辞职

引咎辞职，是不才二十年前在《南方周末》开设专栏时写过的话题。如今旧话重提，是缘于韩国总理郑烘原就岁月号沉没而辞职的消息。据韩联社报道，迄今为止，沉船已造成259人丧生，仍有43人下落不明。对此，郑烘原深为自责，认为沉船事件是难以想象的悲剧。初期救援应对方面有很多问题，就此向国民表示深深歉意，作为国务院总理，应对此负全责，所以决定辞职。

看了这条消息，我的心情很复杂。说心里话，一艘客轮沉没，259条年轻的生命陨落，确是巨大的悲剧。初期救援应对不力，涉及诸多方面和部门，直接责任并不在总理。但如此巨大的悲剧酿成，绝非一朝一夕的事情，而是长期以来多个相关部门疏于管理的结果。从这个意义上说，总理负全责也不为过。郑烘原的辞职，正是表达了这样一种负责和谢罪的精神。

我在感慨的同时，对郑烘原所代表的韩国官场健康的耻感文化多少有一点敬佩。之所以如此，是因为我们虽然早就有引咎辞职的明文规定，但少有引咎辞职的实际行动。很多重大责任事故造成人民生命财产巨大损失，只见当事者被依据党纪政纪免除党政职务、移送司法机关，却少见他们自己引咎辞职。老百姓对此有很不客气的说法，叫作"死皮赖脸、不知羞耻"。

我们似乎缺乏引咎辞职的传统，有关规定执行的也不能说非常坚决。有些人的错误已经远远超出引咎辞职的规定范围，如果自己不主动辞职,上级党委和组织部门完全可以责令其辞职。这样处理,不仅是一种责罚,也是一种爱护,更是给当事人"留面子"。即便如此,我们在日常生活中依然很少见到引咎辞职的事情。

为什么?是因为当事人认为自己无"咎"可引吗?是组织部门觉得该同志所犯错误还不到应该辞职的地步吗?

在我看来,首先是死不认错心理作怪。他们虽然也承认自己犯了错误,造成了一定后果,但还没有严重到需要引咎辞职、以谢公众的地步。在这些人的心目中,耻感界限很低,心理承受能力却很强。有个贪官就曾大言不惭地说过:"不就是死几个人吗?这么大的工程出几条人命有什么大惊小怪的!"他不认为自己应该承担相应责任,更不认为应该引咎辞职,自我判断与公众判断极不协调。在群众看来,犯下如此大错,早该卷铺盖滚蛋,怎还好意思赖在位置上不下来?

二是功过抵消心理作怪。有些人倒是不回避所犯错误的严重性,但善于拿出运用纯熟的"辩证法"为自己辩解。说什么这件事情确实没有处理好,但纵观本人全部历史,还做过若干大事好事,曾经受到领导同志肯定和群众称赞。不能因为一时疏忽,否定一生成绩,更不能一棍子打死一个好人。表面看来,此种说法不无道理。问题在于把有限的道理无限滥用,成为为错误辩解的"戏法"、开脱罪责的"宝葫芦"。

三是推脱心理作怪。有些人特别善于在犯错误时强调决策的民主程序,强调民主集中制,强调集体领导的重要性。说来说去,其实无非是在为自己开脱责任。认为这项决策是班子集体研究决定的,那项决议是主要领导拍板做出的,自己不过是集体中的一员,是班长领导下的一分子。要说负责,就该集体负责;要说辞职,先要掰扯一下应该谁先辞职。

四是诡辩心理作怪。号称"在哪里摔倒,就在哪里爬起来"。听起来敢做敢当,挺有志气,或许还不无几许真诚。但他不知是否想过,那个摊子、那项工程难道是他们家的试验田,可以由着他反复试验,不断拿纳税人的钱去"交学费"？这份"在哪里摔倒,就在哪里爬起来"的豪迈,在百姓眼中,更像是厚着脸皮硬赖在位置上不下来的诡辩。

要使中国的官场更加风清气正,要使所有官员都能按照"三严三实"的要求严格约束自己,明是非,知荣辱,组织部门就必须降低引咎辞职的门槛,责令那些脸皮太厚的腐败分子、无能官员必须从位置上下来。久而久之,或许能形成一种更加健康的官场耻感文化。

杂说"霸气"

在和某些领导同志的接触中,"霸气"是经常听到的一个词儿。有人自诩在单位很有霸气,有人羡慕别人身上所表现出的霸气;有人历经长久磨炼自然而然形成霸气,有人通过某些细节精心打造自己的霸气;有人认为当领导的就得有一股唯我独尊、说一不二的霸气,有人觉得过分谦和不属于领导应有的气质……

"霸气"的话听多了,使我不由得琢磨起来,"霸气"到底是个什么东西?为什么有人津津乐道?有人不以为然?《现代汉语词典》解释"霸气",说是"专横的气势",是"蛮横,不讲道理",似乎不是什么好词儿。"百度"的解释不无正面意思,说是"霸王气象,勇武雄伟之气,强悍的气势,刚毅之气",末了还加了一句,是"强横霸道的气焰"。似乎更全面、更公允一些。

在我的概念里,"霸气"从来不是什么好词儿。我的理由来自两点:一是所谓"霸气"无非霸王之气,而"霸王"之类在历史上多半不是什么好鸟儿。二是证诸身边的实际,凡"霸气"十足的角色,不是专横跋扈的领导,就是称霸一方的流氓。前者以权势称霸,后者以拳头称霸,都是让人慑于其淫威、敢怒不敢言、口服心不服的货色。

应当承认,"霸气"有过正面的意思。从古至今,确实不乏霸气外露的好汉,在他们身上所表现出的"霸气"基本是正面的。"大风起兮云飞扬,威加海内兮归故乡,安得猛士兮守四方"是霸气;"大丈夫生当做人杰,死亦为鬼雄"是霸气;"天生我材必有用,千金散尽还复来"是霸气;"问苍茫大地谁主沉浮"是霸气;"不须放屁,试看天地翻覆!"更是霸气。这样的"霸气"以绝对实力为基础,以丰功伟绩为标志,以万古传诵为特征,以客观评价为依据,绝非自我膨胀之辈的雕虫小技。

本文所论,自然不是这种意义上的"霸气",而是某些领导干部身上所特有的那种令人厌恶的"霸气"。现实生活中总有那么一些"小国之君",以为把持一方朝政,即是主宰一番霸业。在他那一亩三分地里,呼风唤雨,为所欲为,和尚打伞,无法无天。他们错把独断专行当成富有主见,把趾高气扬当成气度非凡,把贬损他人当成霸气外露,把自我标榜当成高度自信,把言语粗鄙当成性格豪放。由于缺乏内在的实力,他们特别热衷于玩花招子、摆花架子,靠外在的架势吓唬人,靠超大的口气蒙骗人。高视阔步时分,从不把人放在眼里,仿佛迎面走来的同事根本不存在;对于同志们礼貌的问候,总是用鼻腔似有似无地哼那么一声,抑或毫无反应;甚至在接听电话时分,也不忘装一下深沉,低沉地拉上一个长音,让人莫测高深;讨论问题从不把他人的观点当回事,随意打断别人谈话的当口,总能喷出一些自以为高明、实际上非常可笑的"见解";做了一点小事就唯恐大家不知道,采取各种方式拼命张扬,制造各种"舆论"给自己贴金;利用所有可以利用的机会散布上级领导如何欣赏自己的传闻,以此自我陶醉、顾盼自雄;作报告时不时爆上两句粗口,觉得不如此就不足以显露自己的霸气;与人交谈喜欢指手画脚,永远扮演绝对主角、话语中心;口头上虽然不忘说两句群众路线、群众观点的套话,实际上从来不把群众放在眼里,更谈不上装在心里;他们常常陶醉在奸佞之徒的阿谀逢迎之中,飘飘然不知东西南北,常常为自己的所谓"霸气"沾沾自喜,掩饰不住地得意忘形;他们总有超出自己实际能力的惊人自信,什么"高论"都敢发表,什么结论都敢妄下;

张口"运作",闭口"调动",还很善于"摆平",好像天下没有他办不成的事情,那种"老子天下第一"的派头除了他自己相信,恐怕没有第二个人相信;因为"自信",他们的"思路"格外开阔,一会儿一个主意,转眼一个点子,明明瞎指挥,却道好办法,害得部下脚后跟打后脑勺、劳而无功、徒叹奈何;因为他是很有"霸气"的霸主,同志们只能忍气吞声、逆来顺受、敢怒不敢言;而在他自己看来,我是多么的"霸气"外露,多么的令人敬畏、多么的睥睨世界、多么的让人仰之弥高啊……

这样的"霸主"掌控的单位,当然就是一个唯我独尊的独立王国,"霸主"当然就是他"寡人",就是他这位"土皇帝"。而群众只能是"什么东西",群众路线、群众观点只是皇冠上的玉坠,充其量是个装饰品。至于民主集中制、批评与自我批评、密切联系群众,不过是写在纸上、贴在墙上、说在嘴上的官话而已。关起门来,还是"小国之君"一言九鼎,谁敢说个"不"字?

党的群众路线教育实践活动正在如火如荼地进行。不论针对党政机关,还是针对窗口服务行业,整治形式主义、官僚主义、享乐主义、奢靡之风"四风"问题,其中很重要的一点,就是要从制度和体制机制上,彻底整掉某些"小国之君"身上多年形成的所谓"霸气",整掉这种严重损害党群关系、干群关系的恶浊之气。

不知各位看官以为然否?

但愿就此刹住吃喝风

不觉之间，蛇年新春佳节将至，往年车水马龙、灯红酒绿的京城，近来颇有几分冷寂和萧条。满载礼物的外地车辆明显减少，星级酒店人声鼎沸的喧闹景象没有如期而至，不是花城胜似花城的北京，如今鲜花开始打折销售，来自媒体的报道显示：往年众多的总结会、团拜会、联谊会、答谢会、同乡会纷纷撤单，茅台、五粮液等高档白酒降价两成。种种迹象表明，中央关于整顿工作作风、密切联系群众的八项规定和总书记关于厉行勤俭节约，反对铺张浪费的批示出台以后，长期困惑民众的公款消费坚冰开始溶化，社会风气显露好转端倪，我们有理由为此感到谨慎的高兴。

中国人的能吃会吃，在世界上是有名的。一部《舌尖上的中国》，勾起多少同胞对乡情的回忆和对美食的眷恋。曾几何时，我们颇为自己饮食文化的发达而感到骄傲。无论国人之间的各种宴饮，还是外事活动中款待异邦人士，无不给人留下深刻印象。或许是物质匮乏的日子过得太久了，我们自觉不自觉地形成了以美食美酒表达感情的"文化传统"，地不分南北，人不分老幼，"感情深"，都要"一口闷"。即便是少数人聚餐，也要十几道、几十道菜品轮番轰炸，白酒、红酒、啤酒"三盅全汇"。在我们东北老家，更有七碟八碗上下三层的"豪爽"和"大方"，直看得人目瞪口呆、瞠目结舌。这样一副胡吃海塞的丑态，除了满足个别人的口腹之欲、饕餮之瘾，更多的是引发人民群众的极度反感和有识之士的深深忧虑。

改革开放三十多年来，我国的经济社会飞速发展，人民生活得到极大改善，中国的GDP总体排位已跃居世界第二。但请不要忘了，我国人均收入至今排在世界百位以后，还有一亿多农村扶贫对象、几千万城市低保人口以及其他为数众多的困难群众，每年浪费的粮食据称能够满足两亿人一年的口粮，也就是整个日本一年的口粮。这样一种令人发指的丑态，实在是与中国发展中国家的形象不符，与社会主义初级阶段的基本国情不符，令中国在世界面前蒙羞，让有良知的中国人感到羞愧。一个刚刚摆脱饥饿和贫穷不久的国家，一个人均收入水平依然很低的国家，竟然以能吃会吃著称于世，以奢侈品消费名列世界第一，实在不是我们的光荣。

奢侈浪费现象的存在有其深刻的体制根源和社会历史根源，归根到底，一是公款消费不心疼，二是恶劣习俗、攀比心理、面子因素作祟。有人对饕餮盛宴乐此不疲、挥霍浪费无动于衷，那是因为花的不是自己的钱；有人对公款消费畏之如虎、避之唯恐不及，又无法真正摆脱，是无法免俗，游离之外就不见容于官场，就可能得罪人；有人虽然掏自家腰包、心疼大笔花钱，无奈社会风气如此，又兼请人办事，只好打肿脸充胖子，其中的悲苦只有自己知道。

在今天这个社会里，有条件公款消费的是什么人，是不言而喻的。普通工人不可能公款消费，脸朝黄土背朝天的农民兄弟即便打肿自己的脸，也充不成胖子。所以人们对掌握公权力、拿着纳税人的税款肆意挥霍的举动何止是有意见，简直是愤怒！利益分配不公、两极分化严重已让人心生不满，少数人可以以公有制的名义暴殄天物，怎能让人心平气和！作为执政党，如果连一张没出息的大嘴都管不住，发了几十个甚至上百个禁止大吃大喝的文件依然控制不住浪费局面，那我们何以服众，何以号令自己的党员和广大群众。兹事体大，习近平总书记已上升到"长此以往必将亡党亡国"的高度来认识。个中道理，每个普通百姓都懂，"先锋队员"焉有不懂之理。谁要是懂了装不懂，一意孤行钻政策的空子，我看就应该让他付出被弹劾、被撤职、被千夫所指、无地自容的沉重代价。治痼疾用猛药，相信只要中央真下决心，上行下效，坚持到底，这场来势凶猛的反腐疾风暴雨，就决不会成为轻飘飘的一阵风。

理想的家什么样

转眼在北京学习、工作、生活了三十五年，亲眼见证了北京的巨大变化，见证了人民生活水平的飞速提高。同时也见识了北京房价的诡异飙升，见识了人们物欲的病态生长，见识了整个社会价值观的畸形改变。

处在这样的大都市，人们似乎永远缺少一套满意的房子。不管眼下居住条件如何，总在为下一套住房苦苦挣扎。其结果，就是越来越多的北京人不仅买不起房，而且根本看不懂房价了。有人言之凿凿，说北京的房价将涨到每平方米80万，所以眼下砸锅卖铁也要再买一套；更多人掂量过自己的家当，结论是即便把三代人的积蓄堆在一起也买不起。或曰"可以贷款嘛"，岂不知借钱是要还的，未来几十年的收入似乎并不足以还贷。何况沉重的还贷压力像山一样压在头上，一压就是几十年，其间的生活质量可想而知。

于是生出"理想的家到底什么样"的问题。古希腊哲人庇塔乌斯给出的答案很简单——"既没有什么奢侈品，也不缺少必需品。"而梭罗说得更干脆："人们的需要其实很少很少，人们的欲望却无穷无尽。"问题在于，什么是"奢侈品"，什么是"必需品"？什么是"需要"，什么是"欲望"？古希腊时期的"奢侈品"，很可能连今天的"必需品"都算不上。而在某些人看来的"欲望"，只不过是另一些人的起码"需要"而已。所谓"理想的家到底什么样"只是一种象征，永远不会有标准答案，就像每个人的长相各不相同。

这个象征启示我们的,无非是一种"自然循环"的理念,是节制消费、控制欲望、持续发展的生活态度。秉持这样一种态度,生活同样可以是美好的,人类完全可以做到在物质相对简约的情况下,实现精神文明的高度发达,让每个人过上高尚充实的生活。正如圣雄甘地所言:"我们的地球可以满足让全世界的人都过上美好生活,但它无法满足人类的贪婪。"也许有人会说"我有的是钱,想买多大房子就买多大房子,想买多少就买多少,与他人何干?"人们当然有权随意消费自己的合法收入,但他们没有权利毫无节制地消费地球上的土地和所有人共有的资源。道理很简单,一个人过多地占有土地和资源,其他人就必然失去土地和资源,人类的不平等就会越来越大,社会矛盾就会越来越深,其结果,就必然是社会动荡、危机四伏,人人都没有好日子过。

所以回归到个人,在暂时无法改变社会环境的情况下,可以适当调整自己的心态,还是要不断思考"需要"和"欲望"的关系,尽可能减少自己的"欲望",而满足于基本的"需要",把时间、精力、金钱用到精神生活领域,用到创造性的工作之中。这样的价值取向符合可持续发展战略,符合健康而有道德的生活追求,会使一个高尚的人感到自足而灵魂宁静。

从互联网上看到一段文字,据说是"个人电脑始祖""苹果传奇创始人"乔布斯的病榻遗言:"现在我明白了,人的一生只要有够用的财富,就该去追求其他与财富无关的、应该是更重要的东西,也许是感情,也许是艺术,也许只是一个儿时的梦想。无休止的追求财富只会让人变得贪婪和无趣,变成一个变态的怪物——正如我一生的写照。"

人之将死,其言也善。我相信乔布斯的真诚。但他未免过谦了。在追求财富的过程中,他为人类社会做出了划时代的贡献。由于他的贡献，我们的日常生活被深刻改变，时代进步由此而生。从社会意义上说，他所追求的决不仅仅是金钱和财富。而就他个人而言，充其量是主观为自己，客观为别人。作为一种人生选择，我们认为他获得了巨大成功。而他自己，是带着反思和遗憾离开这个世界的。

由此，我们应该有所醒悟。如果你是一位作家，"理想的家"中除了柴米油盐，有几只笔、几打稿纸，或许只是一部普通的电脑，我看就足以了。其他行当的芸芸众生，其实也大同小异。作如是想，我们的焦虑和不安或许从此会少些、再少些。

生活在经典的世界里

柴可夫斯基的《1812序曲》，是我顶礼膜拜的经典中的经典。从在北大读书时第一次接触，到三十多年后的今天，听了不知多少遍。昨天下班路上，再次把唱片塞进车里的音响中，熟悉的旋律依然让我心潮澎湃。蜗行在北京拥堵的道路上，每天下班都要听一部经典作品，手头收藏的几百张古典音乐CD已经反复听过多次。多年的积累，使它们早已成为我精神生活的重要组成部分。因为有它们相伴，不论是充满幻想的青春岁月，还是渐趋沉稳的中年生活，都是那样美好和充实。每天让人视为畏途的回家路，于我而言反而是一种热切的期待。在狭小的车内，只要打开音响，音量稍大，马上就笼罩在人类历史上最伟大的音乐家们所创造的无限崇高美好的氛围中。无论白天工作有多少烦恼，此刻都在与伟大灵魂的对话中显得那么微不足道。无形之中，精神境界和胸怀气象为之悄然升华。

请别误会儿，我并不是在炫耀和卖弄自己的"精神贵族"生活，只是如实地向读者汇报自己的真实生活，以期朋友们从中受到某种启发。在凡庸的日常生活之中，每个人都不免受到"物"的挤压。改革开放三十多年，谁都承认物质生活发生了翻天覆地的变化。与此相伴随的，是人们的物质欲望同样发生了翻天覆地的变化。"一箪食，一瓢饮，在陋巷，回也不改其志"的生活再也不能使人安贫乐道。即便是知识分子，也希望挣更多的钱、住更大的房子、开更好的车。为了得到这些"必须的东西",人们拼命地挣钱、拼命地在名利场中闪转腾挪、使出浑身解数。然而在追寻"物"的过程中,人们不知不觉地丢失了自我、放弃了使人之为人的精神生活,错误地把"欲望"当成了人生的"必须"。这就使我们越来越多地见识了各种各样的"富有的贫穷"、"阔气的乞丐"。他们开着产白欧美的名车,却不知欧洲文明为何物;他们的书房中装点着豪华本的十三经,却不曾真正打开研读。在商战的尔虞我诈之中,在官场的钩心斗角之中,他们哪里还有一颗钟情文化的恬静之心,哪里还有追问真理的那份虔诚感情。日子就这样一天一天地过去了,也许他们觉得很充实,也许他们感到很得意。但我还是认为,生活之于他们,毕竟缺少了一点精神层面的东西。如果作一个总体的考量,这样的人生终究算不得高尚圆满的人生。

人活在世上,当然离不开物质的支撑。但我以为人对"物"的需求其实真的不必那么多,肚子不饿、身上不冷、有一处还算体面的房子遮风挡雨,庶几可以安心。如果十三亿中国人都在追求美国式的物质生活,再有几十个地球也不够用。在不能马上再生几个地球之前,适当降低自己的物质欲望,合理使用物质资源,减轻地球的沉重负担,把更多的注意力转移到精神生活中去,不失为现实而理智的选择。

所谓"精神生活",我以为主要源自"视"、"听"两端。目之所见,耳之所闻,大体能看出一个人的精神定位。读马克思、鲁迅的书,听贝多芬、柴可夫斯基的音乐,看安格尔、徐悲鸿的画作,欣赏莎士比亚和曹禺的戏剧,与沉湎于普通作品之中当然不能同日而语。在网络时代,各种杂多的信息呈原子裂变的方式迅速增长,使人目不暇接。在"有涯"之人生旅途中,如何将"无穷"的知识最大化,使人生因此而丰盈,因此而精彩,是每个活在当下的芸芸众生不得不面对的现实问题。

很多受人尊敬的前辈学者无数次地给出过答案,就是阅读经典,与人类文明的顶峰对话,把有限的时间投放到真正值得一读、值得一看、值得一听的经典作品之中。叶郎先生就曾多次告诫青年把时间用在阅读经典上。他曾在课堂上说过,人类文明积累下的各种著述卷帙浩繁,遍览是不可能的。但各种学科真正看家的经典著作通常有限。如果能在选定的学科领域老老实实读上十本经典著作,力求读懂、读通,就为自己的精神生活打下了相当了不起的基础。有了这层精神底色,今后的人生画布上就可描绘更加绚烂的美丽图景,未来的人生交响中,就可奏响更加激越的美妙旋律。

西谚有曰"驴子宁要草料而不要黄金"。我们不是驴子,因而把有限的生命投入到无限的阅读经典的努力之中,是我们追求高尚而充实的精神生活的不二法门。

"物"从何来？

作为思想理论从业人员，我最关心的是文风的改变。长期以来，大话、空话、套话、假话、废话充斥我们的某些报刊，趋同的思想、克隆的文章、似曾相识的表达，大量复制于各种媒体，简单重复中央文件和上级指示、生拉硬拽经典作家在特定条件下的某些论述，成为某些"文章高手"的不二法门。缺少独到见解、独立思考、独特表达，人云亦云、千篇一律，是此类文章的共同特点。突破"长、空、假"的痼疾，实现"短、实、新"的要求，是当务之急。有关方面要求文章做到"言之有理、言之有物、言之有情"。其实，"三有"的核心，是言之有物，焉有离开"情"、"理"之"物"？问题的关键在于，"物"从何来？

不才以为，首先从独立的人格和思想来。一个真正对国家民族、对人民群众负责的作者，决不是一个人云亦云的应声虫，决不是一个缺乏独立人格和思想的附属品，决不是一个以简单重复上级指示、靠文件选题、靠口径作文的"复印机"，而是一个创造性理解先贤思想和中央精神的智者，是一个坚持真理虽九死其犹未悔的战士。

二从深厚的学养来。新闻宣传、理论研究、文学创作，都离不开学养灌注、学问滋润。没有深厚的学养积淀、学问生发，单靠一点实用主义的现学现卖、立竿见影，可以糊弄人于一时，终究难以服众于一世。某些宣传之所以言语乏味、面目可憎，其重要原因之一，就是作者胸无点墨，又要装腔作势借以吓人，终究难逃露馅的窘境。

三从对国情和实际的深入了解来。文章要做得有的放矢、具有强烈的现实针对性,除了对国情和实际的深入了解和理性分析,难道还有什么其他途径吗？读书、看文件固然是对实际的一种间接认识,但纸上得来终觉浅,绝知此事要躬行。长期脱离实际,高高在上,以真理化身自居,动辄要教育人、引导人、灌输人,以为自己比工作一线的同志更了解实际、更有发言权,实在是一种非常可笑的想法。

要言之,想要做到文章"言之有物",先问问自己是否具有独立人格和思想,是否具有相对厚实的学养积淀,是否具有以理服人的起码资本,对经济社会发展和人民群众的所思所想是否心中有数。想予人以"物",首先自己先要有两把刷子,这是不言自明的道理,却常常被人忽略。

学 蛇 者 说

您一看便知,不才是在效颦。昔有柳宗元作《捕蛇者说》,朱某不揣浅陋,仿作《学蛇者说》,也算凑个"蛇年说蛇"的热闹吧。

说到蛇,我的感情是复杂的。早年怕蛇,青年因蛇结缘,做了父亲以后爱蛇,如今我觉得蛇很值得一学。还是在我童年的时候,就随父母走"五七道路",下放到长白山腹地接受贫下中农再教育。风雪弥漫的长白山冬季奇寒,但一到惊蛰之后,冬眠的各种蛇就渐渐复苏,蠢蠢欲动。夏季的山间小道,随处可见盘踞路边的大蛇小蛇,或灰暗如黄土,或艳绿如花草,见之都让我魂飞魄散、头皮发麻。而那时种地砍柴,不能不上山,上山就难免与蛇遭遇,这是我童年时代最大的心理纠结之一。也就是从那时起,我真正懂得了什么叫"打草惊蛇"。

1986年,大学毕业四年之后,响应耀邦同志号召,来到"产异蛇"的"永州之野"支教。一年时间,我带着学生四处寻觅"黑质而白章"的"异蛇"。然而时过境迁,昔日林森叶茂的青山,如今只剩下嶙峋山石,哪里还有蛇的藏身之地。一年下来,我没有找到一条哪怕手指粗细的小蛇,却找到了老婆。说因蛇而结缘,也不算太牵强吧。

89年我们有了女儿,那年正是农历蛇年,"朱小蛇"应运而生,从此爱屋及乌,对蛇多了不少好感甚至爱意。

仔细想来,蛇这种令人恐惧的爬行动物其实有不少值得我们学习的地方。

一学蛇的生存韬晦之计。蛇无爪牙之利、筋骨之强,却能逾恒久而不灭,越时空而愈强。无翅翻越崇山峻岭、无腿穿行沟渠草野,逢酷暑有冷血,遇严寒可冬眠。强敌面前虚与委蛇,势均力敌战而胜之。目力不济而毒液致命,鲸吞缠绕令对手窒息。可逡巡于光天化日之下,能盘踞在阴冷潮湿洞中;饱可数月闭谷,饥可挑战猛兽。遭白眼以白眼相对,遇良友以友善待之。如此生存韬晦之计,焉有不绵延不绝之理?

二学蛇的推陈出新。蛇有蜕皮的天性,一生当中数次蜕皮,每一次蜕却都是一次蜕变,生命状态由此进入全新境界。就算老皮在身御敌护体,鳞片伸张助推前行,但它一旦成为束缚新生命生长的外在桎梏,蛇就会毫不犹豫地将其蜕将下去,弃之路旁,义无反顾地前行。尽管蜕皮过程难免痛苦挣扎、甚至伴随血污;尽管新生命柔嫩脆弱,极易遭到攻击;但蛇们从未犹疑彷徨,而是努力分泌液体,助推老皮蜕去。蛇的一生,这样的否定之否定不知要经历几回。正因为有了这种自我否定、自我超越的勇气,这种卑微的动物今天才依然活跃在世界的每个角落。

三学蛇的兼收并蓄。蛇几乎什么都吃,上至飞禽,下至走兽,几乎无所不包。小到老鼠,大到羚羊,都能吞而噬之。数倍于它们口腔直径的猎物,也能成为腹中之物,看似完全不可能的猎杀,也能变成血淋淋的现实。偷猎鸟蛋时,它们或以身体抵住撞破食之,或者直接吞下再缠绕挤碎食之。蛇的消化系统非常厉害,几乎能消化所有吃到的东西。为了生命的延续,它在亿万年进化之后,形成了一整套严密的消化系统。猎食时,它们是狡猾而可怕的超级武器,或以毒液致对手昏厥,或以利齿咬住对手然后缠绕置敌死地。所注毒液其实就是消化液,能够迅速分解猎物,吸收其营养,唾弃其废渣。猎食小鸟时,蛇会聪明地从鸟的头部吞咽,以免鸟嘴刺伤自己。这样的吸收消化能力,使蛇成为生生不息的物种。

　　四学蛇的有用。蛇之有用,当然是对人而言。虽然站在人类的角度作此说有悖于生态文明理念。但从生物链的角度分析蛇之有用,似乎也无可厚非。蛇全身都是宝,蛇胆、蛇肝、蛇皮、蛇毒、蛇油、蛇蜕、蛇血、蛇肠等均可入药治病;用蛇浸制药酒,能治风湿性关节炎、神经痛;五步蛇还是治疗顽固性搔痒和麻风病的传统药物;蛇胆能祛风除湿、明目益肝;蝮蛇干粉可治恶性肿瘤、风湿症,若配以草药,有延年益寿的奇功;蛇毒是稀世之宝,可制成镇痛、抗毒、抗凝血良药……

　　虽然汉语中说到蛇的地方好话不多,什么"虎头蛇尾"、"蛇蝎心肠"、"杯弓蛇影"等。但换个角度看问题,蛇身上确有很多值得人类学习借鉴的地方,起码蛇的生存状态对人类生活不无启发。

"中国梦"拒绝阶层固化

很久没看小说,更不要说为小说流泪了。看了朋友推荐的《涂自强的个人悲伤》,忍不住留下伤感的泪水。小说是方方写的,一个极其平实朴素的故事:家境贫寒的山里孩子涂自强靠着先天聪颖、后天努力,成为村里第一个上大学的人。怀着对未来的无限憧憬,涂自强来到大学,来到繁华的九省通衢武汉,梦想着早日学成,让一辈子没出过山村的母亲过上好日子。然而接踵而至的残酷现实,一次又一次击碎他改变命运的天真幻想,最终只好无奈地将年迈的母亲托付佛门,自己拖着罹患绝症的身体走向绝望、走向死亡。

毫无疑问,这是一出典型的悲剧。方方用冷峻得近乎残酷的笔触,将美好的东西撕碎了给人看。她没有为小说留下廉价而光明的尾巴,而是把弱者的艰辛和命运的无情毫无保留地直陈在读者面前,使我不由得生发几多感慨。

在看小说的同时,我的手机收到一则微博:近20年来,农村孩子上北大的比例由当初的30%,下降到今天的不足10%。而在早些时候中国社会科学院社会学所进行的调查显示:上升渠道正在收窄、教育资源分配不公、社会阶层固化明显。各地的多种调查和我们的直觉,也在不断印证这种判断。尽管一些大学为寒门子弟创造了不少完成学业的资助条件、"绿色通道",但高昂的学习成本、黯淡的就业前景、拼爹的残酷现实、阻塞的上升空间,依然使不少农村孩子对上大学望而却步。普通高校自不待言,即便有幸进入重点大学，毕业就失业的情形也绝非个例。据报道，今年全国将有699万高校毕业生走出校门，就业压力可想而知。机会多如北京者，也只能解决不到三分之一毕业生的签约问题。其他地方情形如何，不难想见。

一个明显的事实摆在所有寒门学子及其父母面前，学，还是不学？这确实是个问题。中华民族自古就有崇尚读书学习的传统。"万般皆下品，唯有读书高"、"书中自有千种粟，书中自有黄金屋，书中自有颜如玉，书中车马多如簇……"这些劝学经或许并不高尚，却是实实在在支撑普通中国人读书学习的真实动机。在权力、资本、关系、门第多种压力之下，寒门子弟曾经的唯一出路，就是"知识改变命运"。这样的励志故事不断上演，不知感动过多少苦孩子，成为他们"鲤鱼跳龙门"的最大动力。如今这样的故事需要换一种讲法，这样的希望需要换一种解读。教育资源的分配不公显而易见，对于农家子弟而言，起跑线不在零点，而是在负10米、负20米，甚至更多。我们国家实行九年义务教育，减免了农村孩子的"两费"。但一个农家子弟若想不输在起跑线上，若想接受更优质的教育，在当下的中国，唯有择校一途。由小学而初中，由初中而高中，由高中而大学，哪一步不是钱堆出来的？而农家子弟的父母都是脸朝黄土背朝天的庄稼人，他们最缺的，恰恰就是钱。

走进高校已属不易，走出高校依然艰难。要么毕业就失业，要么只能拿到微薄的薪水。对于农户而言，原本指望孩子学成改变家庭经济状况，现在则不得不小心算一笔投入产出的细账。实际情形是：涂自强们毕业后如若留在武汉，不要说很可能一辈子买不起自己的住房，甚而连上学时的花销恐怕也需要偿还多年吧。

一面是读书成本居高不下，一面是就业渠道日益逼窄，社会阶层固化的趋向短期内难以改变，富者恒富，贫者恒贫，两极分化逐渐加大，这不能不说是让每一个年轻人感到沉重的严酷现实。

　　遥想上个世纪70年代末我们上大学的时候，政通人和，百废俱兴，多少寒门子弟意气风发走进燕园，知识改变命运的正剧每天都在上演。经过三十多年改革开放，我国家发生了翻天覆地的变化，理应为寒门子弟提供更多、更好的上升空间，而不该对"知识改变命运"作反向的演绎。我以为，这是一个国家是否有希望、有未来的真正标志。

　　习近平总书记今年五四青年节在与青年座谈时饱含深情地说，要"为每个青少年播种梦想、点燃梦想，让更多青少年敢于有梦、勇于追梦、勤于圆梦，让每个青少年都为实现中国梦增添强大青春能量"。此情殷殷，发人深省。

　　涂自强是无数普通中国农民子弟的典型代表，他朴实、勤劳、聪慧，对生活怀着朴素而平实的希冀，从无过分的奢求。我们这个社会有责任让这样的孩子经过艰苦奋斗吃得饱饭、买得起房、过得上体面而有尊严的生活；我们理应让每一个梦想都能展开隐形的翅膀，都能开出现实而绚丽的花朵；让每一个普通的中国公民，特别是偏远地区的寒门子弟都有足够的平等机会和上升空间，都可以凭借自身的才华和不懈的努力改变命运。

匪夷所思

如今大概很少有人会再把高校视为"净土"和"象牙塔"了。因为某些"净土"并不清静，而个别"象牙塔"既不高贵，也不洁白，却颇有几分污浊。发这样的感慨，并非我只见树木，不见森林。随手翻开4月18日的《中国青年报》，一下子就冒出两篇报道，验证我的看法大致不谬。

发在第三版的报道说"高校腐败又发窝案，财务公开鲜有动静"。文中讲到长春大学副校长门树廷利用自己负责学校后勤和基建的职务之便，索取和收受贿赂939万余元，被判无期徒刑、没收财产100万元。报道说，门树廷一案并非个案，这些年高校腐败犯罪频发，集中在基建、招生、采购、财务等环节，犯罪主体以校领导、主管财务人员、后勤基建及采购领域的管理人员居多，而且明显呈现窝案、串案的特点，以至于"高校腐败窝"竟成一时流行语。

发在第七版的报道更"给力"，是说"广州体育学院原院长许永刚因抄袭被撤职"。这位堂堂的院长在其博士论文《中国竞技体育制度创新》一书中，共抄袭46篇期刊和数据库论文，占全书比例达56.37%，全书354页40万字，竟有202页约19万字是直接抄来的。有趣的是，这样一位典型的文贼，竟然在论文后记中腆着脸说："为了完成这篇论文，我熬过了不少不眠之夜，克服了种种困难，付出了很多很多。"

两件看似不搭界的消息，出现在同一天、同一张报纸的版面上，让我感到了其中的内在联系。一个是"副校长",一个是"院长",都是高校的头面人物,都具有相当的代表性;一个大肆贪污受贿,一个公然抄袭剽窃,干的都是与"为人师表"最背道而驰、最为人所不齿的勾当。前者用的是"文明"的手段,诸如"发奖金"、"慰问老干部"、"发放集体福利"等;后者更绝,抄了人家的论文,还要厚颜无耻地表白一番,当了婊子,还要再立牌坊,拙劣地将油彩擦了一层又一层,说什么"论文终于脱稿,此时的心情极为复杂,既有十月怀胎、一朝分娩后的轻松,更有一种对自己论文虽倾注心血,但仍不免存在许多不足而难以释怀的心情"。您看看,这是一副多么高尚、多么谦逊、多么令人感动的形象。这种永不满足、永远精益求精的敬业精神,怎能不令莘莘学子油然而生敬佩之情!

而老朽我不像学生那样天真、那样容易受感动。从院长的表白中,我分明嗅出了另外的味道:说"十月怀胎,一朝分娩",我马上想到一则古代笑话。秀才为写不出文章唉声叹气,他老婆奚落他说:"你写文章怎么比我生孩子还难?"秀才老实回答说:"就是比你生孩子难啊,你是肚子里有,而我肚子里没有啊。"许院长说自己"十月怀胎",从论文抄袭比例达56.37%来看,不像肚子里有学问的样子,哪来的"十月怀胎"? 可是硬说人家肚子里没有,恐怕也不公平。那么所谓"十月怀胎"分明怀的就是"鬼胎",所谓"心怀鬼胎"是也。正因为"心怀鬼胎"达"十月"之久,因而片刻"轻松"之后,"仍不免感到难以释怀"。果不其然,东窗事发,被读者和广州体院学术委员会抓个正着,落得个撤职查办、名誉扫地的结局。

我是个俗人,讲不出多少反腐败的大道理。我所关心的是余下的两件"小事":一是报纸上明明说门树廷副校长贪污受贿939万元,但判罚没收财产只是100万元。我的数学不好,但还能算明白100万比939万少了839万元。这是怎么回事呢? 是门校长案发后被迫退回了赃款？还是只没收100万元，其他那839万元就算了？记者是有经验的记者，大概不会犯五个W不全的低级错误，但报道中就是对此语焉不详，也许是为"后续报道"有意留下一点伏笔？那我就等着看"下回分解"吧。二是许院长当年撰写（确切说是抄袭）博士论义是申请了"科研基金"赞助的，其中既有"国家体育总局社科基金"，也有"国家社科基金"，都大大方方地印在论文扉页上了，假不了。具体是多少钱我不清楚，但肯定不是一个小数。既然论文是抄袭的，享受的资助基金是不是也该退出来？天下哪有拿着资助基金去偷东西、去欺世盗名的道理！

还想顺便说一句，门副校长从一个普通教师走到副校长岗位，不知经过多少关口，组织人事部门不知经过多少严格的选人用人程序，为什么没能早点发现他身上的问题？不是说"德才兼备、以德为先"吗？门某何德何能，走到副校长的高位？而许院长从拿到博士学位到走上院长岗位，经过的审核程序应该更多、更严格吧？他剽窃的博士论文出版时，导师孙民治是冠冕堂皇的第二作者。如果说没能把住论文质量关，是导师失职；那么共同署名就无异于同流合污。在许获得博士学位的过程中，答辩委员会是干什么的？学院的学术委员会又是干什么的？在他一步一步爬上院长高位的过程中，一系列的把关部门是干什么的？不是早在十五届二中全会上就说过要建立"领导干部用人失察责任追究制度"吗？现成的两例在此，我们期待对"失察"的"领导干部"和"有关部门"有所追究，给长春大学和广州体院的师生们一个过得去的交代，给广大读者一个能够自圆其说的说法。这应该不是什么过分的要求吧。

怀才的"遇"与"不遇"

常常听到"怀才不遇"的感叹。

所谓"怀才不遇",通常是指胸怀才学而生不逢时,难以施展,不被赏识任用,屈居微贱而郁郁不得志那么一种灰暗状态。古往今来,"怀才不遇"的记载不胜枚举,不禁让人扼腕长叹。孔子圣贤,周游艰苦;韩非禀法,客死秦宫;屈原抱恨,沉江而死;贾谊藏忧,英年早丧;李白清高,鸿志难图;李贺苦痛,因讳而抑。正所谓"冯唐易老,李广难封","千里马常在,而伯乐不常有"。改变这种压抑人才的沉闷局面,努力造成各色人才脱颖而出、万马奔腾的喜人景象,是时代发展赋予社会管理的内在诉求,是古往今来所有才俊的内心呼唤。

人才的"遇"与"不遇",存在于复杂的因素之中:"首先你得行,得有人说你行,说你行的人他自己得行,然后你才行。"这是流行坊间多年的一首顺口溜,大体说明了人才的"遇"与"被遇"的全过程。"首先你得行",是说你首先得是一匹真正的千里马,一匹尚未被发现的、屈就于槽枥之间待价而沽的千里马;"得有人说你行",是说需要伯乐的发现。这个"有人"不仅是某位慧眼识荆的个人,更应该是一项完备的选人用人制度;"说你行的人他自己得行",是说不管这个"有人"是某个人还是某项制度,必须是切实可行的,能够真正发挥作用的,而不是简单地写在纸上、挂在墙上、糊弄检查的那种货色。

问题在于,人才的成色各有不同,学富五车、技冠天下是人才;业有专攻、技有所长是人才;略识之无、不乏常识,也不能说不是人才。人才的萌芽、成长、发育、成熟,是一个模糊而漫长的过程。作为"成品"的人才被发现并不难,那些出类拔萃、技高一筹的人才,任凭谁都不难看到。而作为具有某种潜质、眼下并未崭露头角的"潜力股",发现起来就不那么容易。即便认定这是一块值得雕琢的璞玉,但在精心雕琢的过程中依然存在很多不确定的因素,稍有不慎,就会前功尽弃。这决定了发现人才其实是一项带有风险的"投资"。更不要说使优秀人才脱颖而出的制度机制并不健全,具体到各个单位、各位领导,还存在标准把握、胸怀气象等复杂因素,"怀才不遇"的情况短时间内依然难以彻底改变。

既然"怀才不遇"的客观条件如此复杂,短时间内又难以改变,那么不论作为"成品"的人才,还是作为"潜力股"的人才,就有一个如何面对现实、如何面对自我的问题。哀叹"怀才不遇"是一种态度,沉沦消极、自暴自弃是一种态度,埋下头来,发奋努力,以更出色、更优秀的表现征服"伯乐",也是一种态度,而且是唯一值得推崇和赞赏的态度。

有些事情其实只要换一个角度思考,可能就会豁然开朗、心绪平和。当你感叹"怀才不遇"的时候,不妨反问一下自己:才学究竟几许?才华到底如何?"不遇"固然不爽,"遇"了又当怎样?从此就能大展宏图、大有作为、大红大紫、登上大雅之堂吗?

我看也未必。

我劝朋友们不妨把那个"遇"字改成"育"字试试。一字之差,其实就是一次换位思考。"遇"强调的是成才的客观因素,是外因;"育"注重的是主观因素,是内因。不才刚离开校门那会儿,多少有点儿不知天高地厚,常发"怀才不遇"的感叹,觉得天下的编辑都是有眼不识泰山,否则我的"大作"早已遍布神州大地了。后来一位令人尊敬的前辈提醒我:就算全国所有的报刊都向你敞开大门,而你可以撒着欢儿地写,想写什么就写什么,想怎么写就怎么写,你掂量掂量自己,能写出几篇东西,能有多少新意,能在多长时间内既不重复别人,也不重复自己?

前辈的话不啻一记棒喝,把我从云端击醒。是啊,人,尤其是自认为文人的人,往往容易夸大自己有限的才华和能力,高视阔步、睥睨群雄、自以为是。问题在于,我们到底是千里马,还是百里马,十里马,抑或压根儿只是一匹不堪重负的驽马?我们所谓的"满腹经纶"究竟"满"到什么程度?能演化成几篇耐读的文章?这样一想,真是让人汗颜。

我虽然孤陋寡闻,但知道真正有才华的人往往不作"怀才不遇"之叹。苏格拉底是人类社会公认最博学的人,但他说自己唯一的知识是知道自己无知。倒是一瓶不满、半瓶咣当的浅薄之辈,容易发出黄钟毁弃、大材小用的感叹。有出息的人把功夫下在提高内功上,没出息的人把抱怨撒在客观条件上。表面看只是一个学风态度的问题,其实背后蕴含的是人格和境界的差别。

我不否认社会生活中还比较严重地存在压抑人才的现象,不断改变这种局面依然是长期任务。但对明智的人来说,不能傻等"完美环境"、"完美制度"的到来,因为那种环境和制度压根儿就不存在。在暂时无力改变客观环境的情况下,努力改变自己、丰富自己、提高自己、充实自己,奔腾嘶鸣,奋力驰骋,把自己锻炼成为真正的千里马才是正确的选择。

禁酒器、限酒令及其他

人是很聪明的动物,发明了不少有趣又有益的东西,比如酒,可以佐餐助兴,可以沟通感情,可以发展经济;人又是很愚蠢的动物,常常成为自己发明创造的奴隶,还是比如酒,造就了多少酒鬼,毁掉了多少家庭,造成了多少社会问题。在咱们中国,喝酒事关友谊、事关生意、事关面子、事关仕途、事关成败、事关未来,因而从来都不是个小事情。"有酒方能意识流,天上人间任遨游";"为了朋友喝好,先把自己喝倒";"感情深、一口闷";"宁肯伤了身体,不能伤了友谊"……如果有机会到祖国各地走走,会发现中国的"酒令"绝对世界一流,纵然有绝佳的口才、海样的酒量,也难以招架朋友的劝酒,不把自己喝倒,绝对算不上喝好。在很多情况下,所谓"久经考验",首先是"酒精考验","能喝白酒喝啤酒,这样的干部不能有","能喝二两喝半斤,这样的干部党放心"。

酒有如此妙用,酒徒、酒鬼自然蜂拥而至。原本能喝的,当然要充分开发自身优势,力求将其转化为胜势;原本酒量不济的,也要奋不顾身冲上去,酒量不好态度好,或许能勉强混个及格;最怕的是沾酒就倒的朋友,只能甘拜下风、甘于寂寞、甘居人后……因而有喝酒提拔的,有喝酒殉职的,有至今还在彷徨的,就一点都不奇怪了。

中国的"酒文化"古已有之,《世本》说:"仪狄始作酒醪,变五味,少康作秫酒";《事物纪原》载:"杜康始作酒"。几千年来,"对酒当歌,人生几何"的感慨绵延不断,"何以解忧?唯有杜康"的浩叹不绝于耳。最近陕西石鼓山贵族墓葬出土的"禁"显示，早在三千多年前的西周时期，就出现了倡导"适度饮酒"的"禁酒器"。文献记载，商朝人嗜酒成风，到了商纣王时出现了"酒池肉林"的腐败局面。如此酗酒玩乐，导致商为周人所灭。西周建国后，就出现了旨在限制饮酒的"禁"。

然而这古已有之的禁令似乎从未真正限制中国人的酒瘾。远了不说，新中国成立后，各种限制公款宴请（当然包括限制饮酒）的文件就已下达60多个，平均每年一个还有富余，今年更是明确出台了公款宴请不准喝茅台的禁令。与此同时，各类"酒交所"却在神州大地频频开张，已开业的10余家，待开业的还有一长串，全都摩拳擦掌、准备大干一场。有的号称要建成"中国乃至世界最大"酒类交易所，有的干脆以"千亿级"为发展目标，可谓"志向远大"、气吞山河。但"炒酒"意图显而易见，浮躁之气昭然若揭。

在如此风气助推下，酒是越喝越多、越喝越豪华了。有人做过统计，国人每年喝下的白酒，就达两三个西湖的量，正是"我把西湖比酒壶，浅斟深酌总相宜"。茅台自称"国酒"，而"兄弟厂家"当然不答应，据说一场"注册"与反"注册"的激战正酣，"酒友"乐见热闹，希望酒价能由此变得便宜一点。不仅如此，国人原本不太钟爱的葡萄酒，近年来也大举进攻中国市场，各类高档红酒充斥星级饭店，成为附庸风雅的新贵把玩的新宠。然则动辄上万乃至几万十几万的价格，到底是推高了中国人的生活品位，还是助长了公款消费的腐败，大家心知肚明。

我不擅饮，常常为此感到对不起朋友，也常常因此"影响工作"。我羡慕那些需要喝酒就能豪饮的朋友，也佩服那些虽不能喝但奋不顾身的好汉。每到饭局我就紧张，担心会遇上逼人喝酒的"好客之士"。我盼望着什么时候咱中国人的酒风能变得宽容一些、文明一些,谁想喝,尽情喝就是了;而不想喝、不能喝的朋友,可以放心地喝茶、吃菜,那多好。

其实我也明白,并不是每个喝酒的人都嗜酒如命,很多朋友是为那些"事关……"而不得不喝的。"异化"至此,真不知让人说什么好,咱们中国人怎么会形成这样一种令人尴尬丧气的酒风!

我当然知道酒是用粮食做的,我也知道中国的粮食并不富余,我更知道每年因为喝酒浪费的粮食不计其数。尽管如此,"喝酒殉职"的"英雄"还在不断涌现,两千万酒鬼还在痛苦挣扎,这样的局面何时能够改变?也许只有当酒只是酒,而不是被异化为请客送礼、盲目攀比的象征物,异化为助推腐败、助长浮华的替代物,才能真正有所改变吧。

居安思危

去年底参加了两个会,不约而同地涉及同一话题:如何评价我们当下的精神状态和道德状况。先是在中国作家第八次全国代表大会的小组讨论会上,陆天明同志说,站在庄严的人民大会堂高唱国歌的瞬间,忽然全身一阵惊悚,感到"中华民族到了最危险的时候"说的不仅是历史,也是现实,特别是我们眼下所面临的残酷的精神现实,说"中华民族精神到了最危险的时候",并非危言耸听。他的发言表达了深沉的忧患意识和真切的爱国热情,得到与会同志的一致赞同。后是在北京日报理论部举办的作者座谈会上,史学家王春瑜先生再次提到这个问题,引发与会者的一阵热议。

如何评价当下的精神状态,如何看待国民真实普遍的思想道德状况,是一个大而又大的问题。政治家、思想家、伦理学者、普通民众、弱势群体……各有各的看法;历史的维度、现实的观照、发展的观点、辩证的审视、学理的析说、直觉的把握,都不失为一种观察的角度。诸种不同可能造成评价的见仁见智,人言言殊,甚至完全相左。我想说的是:评价某种社会状况,也和评价个人一样,多一些盛世危言,多一点居安思危,多一重未雨绸缪,总比简单歌功颂德、盲目自信乐观要好得多、管用得多。

经过三十多年的改革开放,中国人民的物质生活水平有了翻天覆地的变化,这是任何不带偏见的人士都无法否认的。与此同时,人们的精神生活也从极度匮乏、极度逼窄而窘迫的状态中解放出来,精神产品极大丰富,文化载体日新月异,人们的思想逐渐呈现多元、多样、多变的景象。即便是不同的声音、不同的看法,所谓"异质思维",只要言之成理、持之有故,有利于国家民族的进步,也都可以公开讨论,各抒己见。网络和手机,更是成了民众意见最重要、最畅通的表达渠道。所有这一切,无不昭示着人们思想状态的活跃、道德意识的觉醒、社会文明的进步。

与此同时也不容否认,在社会文明整体进步的大背景下,泥沙俱下的混乱景象依然是不容否认的现实。有人说,在封建残余和市场经济的双重作用下,物质主义、拜金主义、功利主义、极端利己主义沉渣泛起;有人说,在"砸烂孔家店"、"与传统实行最彻底的决裂"的口号影响下,封建糟粕和优秀传统文化一并被否定,导致今天不今不古、非驴非马、礼崩乐坏的混乱景象;有人说,物质极度匮乏基础上建立起来的市场经济,仿佛冲出潘多拉盒子的魔鬼,横冲直撞,导致道德失落、价值失范、社会失序、信仰缺失、信用无存。而一系列丑恶现象的相继披露,更是让人困惑、迷惘、无所适从。毒奶粉、地沟油、黑心棉,一桩桩、一件件,让人触目惊心;坑蒙拐骗、大言欺世、见死不救,叫人齿冷身寒;教育、医疗、住房、养老,越发令人心里没底。物质生活在不断改善,但人们的安全感、幸福感并未同步增长,甚至有不升反降的情况。如果雷锋同志活在今天,哪个大嫂敢在雨夜把孩子让他帮着抱回家?如果手机收到获奖短信您会高兴还是害怕?人和人之间的关系是更亲密、更接近、更信任,还是更疏远、更提防、更冷漠?"官场"、"商场"、"名利场"以及各种场合是真话实话居多,还是官话、假话、套话、大话居多?如果让您对当下社会的精神状态和道德状况如实评价,您会如何说?

一位曾在中国工作生活过多年的美国学者劳伦斯·布拉姆(龙安志)以《中国的新价值困境》为题撰文,表示"对中国经济和社会结构的走向忧心忡忡"。他说"尽管中国的经济模式见证了这个国家在物质方面的成功,但它也留下了巨大的精神空白……过去十年,中国已在很大程度上丧失了自身的文化……到2008年为止,我看到了腐败、犯罪、卖淫、赌博和酗酒等行为表现出的堕落趋势。"

这些年,随着中国经济的崛起,特别是GDP攀升至世界第二以后,有关中国的各种国际舆论司空见惯。我以为,赞不足喜,毁不必忧。但对其中的一些逆耳之言,不妨以理性的态度加以分析和接受。对那些来过中国并以友善的态度直言批评我们的国际友人,更要持欢迎和感谢的态度。倒是对那些一味廉价吹捧、先戴高帽而后施压的某些"好话",要格外地警惕。

中国人的精神状态和道德状况其实不需洋和尚念经,我们身在其中,理应更清楚。但有时"不识庐山真面目,只缘身在此山中"。因而对于旁观者的言论,还是认真听一下比较好。对于我们所处的社会环境和道德氛围,还是多一些冷静的反省、建设性的批判,而少一些无聊、无益、无用的自我陶醉更明智。

"中华民族的精神"也许并没有到"最危险的时候",但眼下的状况已足堪忧虑。持此论者,我以为乃是真正深沉的爱国者。

说"独立自主"

我们这代人最早接触的国家政策之一,是"独立自主、自力更生"。在国家内部一穷二白、外部封锁愈演愈烈的背景下,以毛主席为首的党中央提出"独立自主、自力更生"的建设方针,极大地鼓舞了一代又一代中国人。那时我们虽然贫穷,但并不缺少骨气;虽然封闭,民族性格并不孱弱。把发展的力量建立在自己的基点上,不对外界心存幻想,不指望任何救世主,终使我们的国家一步一步走向繁荣富强。

作为一项基本的政策,"独立自主,自力更生"早已深入人心。即便是在今天对外开放、不断加强与外部世界合作的背景下,依然不过时,依然是我们最为可靠的立国之本。经济独立的背后,是中华民族赖以生存的自信、自强的民族精神和性格气质在起决定性作用。

而今,作为一种重要的精神气质,"独立自主"似乎较少为人注意和提起。"经济"要独立,"精神"同样需要独立,而且应该是更重要的独立。鲁迅先生奋斗一生,正是为了铲除国民性格中的劣根性,唤醒沉睡的民族,企盼独立精神的生成与彰显。严秀先生早在上个世纪八十年代就提出:"没有思想上、精神上的卓然独立,其他的自强独立都谈不上。"应该说这是寓意深长的至理名言。

人是要有一点精神的。当年正是靠着"一点精神",我们有了经济的独立,有了原子弹、氢弹的爆炸,有了人造卫星遨游太空。如今正是靠着"一点精神"，我们实现了载人航天飞行的新突破，创造了蛟龙深潜7000米的世界新纪录。如今的中国已经成为世界第二大经济体，中国人民不仅站起来了，而且富起来了。在新的世界格局中，我们不仅要在经济上站起来、富起来，更要在精神上站起来、强起来，在国际社会发出自己的声音，扮演和大国形象相称的角色。

说到精神独立，并不是一个无的放矢的空洞话题。我们这个社会从国家层面一向倡导"独立自主、自力更生"。但在公民个体层面，似乎并不总是鼓励、提倡、欣赏精神独立。听话，不仅是孩子的标准，也是大人的标准。中国人从小到大的一生，几乎就是不断追求"同一"的过程、追求"标准答案"的过程、学会"保持一致"的过程，而少有独立判断、质疑追问的思维训练。就整体而言，老师并不喜欢问题太多的学生，领导也不欣赏太有见解的下属。政通人和的社会氛围下，尚能对富有个性的人保持一份宽容；倘若处在政治运动的乱世之中，特立独行者，往往要付出惨痛的代价。张志新、顾准不要说了，即便是刘少奇、彭德怀那样的开国元勋，也难以保全性命。久而久之，人们都学乖了，有些人自愿放弃了独立之精神、自由之品格，无条件地自我矮化，甘愿成为一具没有独立精神的行尸走肉。这不仅是个人的悲哀，也是国家的悲哀。

中华民族的伟大复兴离不开民族精神的独立，民族精神的独立离不开每个公民个体精神的独立。中国的自主创新能力不尽如人意，原因所在多有，其中很重要的一条，就是在教育、教化乃至整个社会氛围中并不真正鼓励独立思考、独立判断、独立精神。发人所未发，往往被认作标新立异、好出风头；而简单重复现成结论，却被看作具有理论水平。阐释学成为显学，而真正的哲学思考只能让位于"我注六经"。中国人是很聪明的，但迄今为止，还没有人在任何一项科学领域获得诺贝尔奖。有人说不必太在意西方人设置的奖项,而我觉得在这点上不妨稍微谦虚一点,暂时放下意识形态情结,对过往的自己作一点理性思考,对我们的思维方式作一番内醒式的反思,这才是有自信、有出息的表现。

不用说,精神独立不是自外于主流意识形态,不是自外于马克思主义,不是自外于中国特色社会主义。不要一说"精神独立"就紧张,就好像要背离什么东西;不要动不动就以真理化身自居,随意给人家扣上吓人的帽子。在这个世界上,没有人比马克思本人更善于质疑、更富有独立精神,他始终是用审视的目光打量人类创造的全部知识。马克思如果是一个简单重复以往结论的两脚书橱,我们今天就无从看到对资本主义的深刻批判,就无从认识剩余价值学说和唯物史观,就要重新界定共产党人的指导思想。

精神独立不是自外于人类思想文化,成为历史虚无主义者和民粹主义者,列宁说,只有用人类创造的一切文明成果武装自己,才能成为共产主义者。精神独立就是不能简单臣服于大多数人认为正确的观点,就是要有虽千万人吾往矣的英雄气概,就是要有为真理虽九死而不悔的坚韧和决绝。精神独立不能做权力崇拜的可怜虫,不能视权力为检验真理的标准,不能把权力作为价值指归。什么时候,在我们中国人的价值观念中,独立精神能够成为独立价值,成为终极关怀,而不是成为实现其他目的的手段和工具,我们这个社会才会变得更加强大、更加不可战胜。

小 款 情 结

所谓"小款",当然是相当于"大款"而言。他们有点儿钱,但不若大款的款大,在富人面前,他们是穷人;在真正的穷人面前,他们算得上富人。其小款情结,也多半表现在穷人面前,在穷人的寒酸和窘迫中,找到作为"款"的心态和感觉。如若换在大款面前,他们非但找不到这种感觉,还要平添几分烦恼和自卑。谚曰"一万不算富,十万才起步",小款的经济实力,大抵在这个档次。

"小款"之所以能成为"小款",多半源于他们具有某种令人艳羡的东西。或有一个好爸爸,使之翻云覆雨之间财源滚滚;或有一层好关系,干爹表叔成全照应,不费大劲,生活就在小康以上;或有一个好职业,出入合资企业,穿梭于洋人之间,在白领面前是准白领,在蓝领面前自我感觉是白领;其身份不尴不尬,收入不高不低,若天天打桑塔纳,不免囊中羞涩;若人前打桑塔纳,人后打夏利,还略有富余。

小款们一般都会点儿外语,但不纯熟,在外国人面前说话喜欢外语里掺汉语,在同胞面前说话喜欢汉语里夹外语。所以外国人看他们是中国人,中国人看他们有点儿像外国人。他们通常都能对心中向往的国度耳熟能详,说起纽约、伦敦,就像说自己的老家。也许是在写字楼里待久了,说话办事表情夸张,不时摊开双手、耸动肩膀,做无可奈何状。他们一时还买不起车,但熟悉各种牌子的各种车型,说起法拉利、劳斯莱斯,就像说自己的自行车。到独资企业后,他们逐渐改变了口味。原来吃得好好的米饭面条突然吃不惯了,对西餐却情有独钟、相见恨晚,以至于到后来连吃馒头也改用刀叉,喝黄瓜汤也把汤匙往外撇。周末的晚上,他们喜欢开个"派对"什么的,但苦于住房面积有限,"派对"只能以写意为主,欢实不起来。"小款"朋友一般忌讳人家提起他们的乡下表兄,甚至不太喜欢别人说到自己的父母。倒不是因为一年土、二年洋、三年不认爹和娘,而是觉得穷亲戚有损于"小款"的身份。如若家住大城市郊区,他们一般直接说那所毗邻的大城市,比如家住丰台,他们干脆说住北京,不愿与人啰唆。这些人的着装,介乎于北京、上海、广州和巴黎之间,有点异国情调,但不浓;有点民族特色,但不地道。一眼看去,便知是伪民俗、假土气,要的是那么一种不同凡响的劲儿。

你说不出"小款"有什么地方不对劲儿,一个人一个活法,人家不杀人、不放火、不抢粮食,也从没碍着谁,你看不惯那是你的事。但你分明感到他们的与众不同,不知是羡慕,还是讨厌。你觉得他们有点神秘,有点特立独行,细看之下似乎又没什么特别。他们无补于世,也无害于人,是都市生活多样化中的一样,是美丽人生各色人等中的一等。他们也许在奔向大款的路途中美梦成真,也许在不期而遇的遭际中重新回到他们原来属于的那个阶层。对于比他们强的人,他们充满敬畏和艳羡的感情;对混得不如他们的人,他们有一种淡淡的藐视。对自身的优越,他们毫不隐讳,并且利用各种可能的机会展现之。去过两趟欧洲,回来就觉得北京"简直不是人待的地方";坐过一回头等舱,下了飞机就大谈经济舱能把活人憋死。好端端的北京话,忽然带上一些港味,而且故意不把句子说完整,好像说完整的普通话是一件很费力的事。熟悉的朋友见面,常有一日不见如隔三秋的感觉。明明上帝给了她一张不错的脸,非要自己花重金重新装修一张新脸;亮闪闪的一头黑发,转眼变成了黄毛,让朋友邂逅时分张口结舌,不知说什么好。

作为"小款",一般都有一次以上的离婚经历,以验证自己魅力的不衰。但这种验证似乎也不敢多搞,因为有限的财产毕竟经不起多次瓜分,见好就收了。"小款"的所作所为也许不合常理,但合法律;也许不合常规,但合"新观念"。不管你喜爱与否,他们是阳光下独特的"这一个"。作为被"小款"鄙视的工薪族,我们除了会心一笑,还能说什么呢?

论 倒 水

旧时官场的险恶，不单表现在凌迟车裂、株连九族上，更表现在鸡零狗碎的日常生活之中。相对于酷刑的残忍，"日常小事"似乎不足挂齿。但看过朱世慧的戏剧小品《奴才》的人，无不对官场生活不寒而栗、齿冷三天。甚至可以说，官场的险恶恰恰表现在人们习焉不察的小事上。有关的记载在二十四史和野史史笔记中俯拾皆是。今天不说别的，单表一表"倒水"。

众人聚会，相互倒水，即表示关爱和尊重，也使气氛融洽，本是人之常情，寻常小事，不必论的。但一杯清茶到了官场，情形就大大地不同了。倒与被倒，先倒与后倒，多倒与少倒，快倒与慢倒，转圈儿倒与固定倒，都大有讲究。倒好了，事半功倍，能倒出仕途经济。倒坏了，事倍功半，能倒掉顶了多年的乌纱。可别小瞧了这杯茶，在它的清纯澄碧之中，多少人青云直上重霄九，多少人倒霉背运下地狱。它是海，在平静的外表之下孕育波浪；它是云，在洁白的表象之中聚集风暴。倒这杯茶，非有十年八年的修炼不能到火候。它的学问，是令人不得不仔细揣摩、悉心领会的学问。除非你远离官场，否则它是你的必修课。打四分，可以维持现状；打五分，可以继续升迁；打三分，就得卷铺盖滚蛋。有人悟性高，三五年无师自通；有人悟性差，十年八年仍不得道，最后冤死在这杯茶里亦未可知。套用一句"文革"语言：这哪里是茶，分明是……

假如你光临官场，不必看座次、问尊卑，一看倒水的情形就什么都明白了。那位手提暖瓶、点头哈腰，硬把挺直的身板儿弯成四十五度的中年男子，必定是仕途坎坷又贼心不死的家伙。再看那位天庭饱满、满脸油光、挺着肚子的先生，一面提着暖瓶，一面声音洪亮地招呼着"大家喝水啊、喝水啊"，似乎正把玉液琼浆赐给子民，他不是领导谁又是呢？也不妨关注一下那位花枝招展的女士，虽说年龄显然已逼近中年，但看装束、听声音，似乎正走着"今年二十，明年十八"的路子。倒水时分，嘴里也不闲着，先是一个柔美的亮相，接着就是一声嗔怪："开起会来就忘记喝水，上火怨谁呢！"表面上是指责，可听起来简直比奉承还舒服，要不那位满脸油光的先生怎会乐得合不拢嘴？这位半老徐娘是什么身份还用我唠叨么？

有时倒水还要冒一点风险：不倒吧，领导不满，觉得这个人怎么这样傲慢；倒吧，群众不满，觉得这个人是个马屁精。倒亦忧，不倒亦忧，进退两难，这倒如何是好？就要审时度势、权衡利弊，果敢行事。群众虽然能咋呼，毕竟只能制造舆论，不能制造利益。所以精通"倒术"的前辈都毫不犹豫地选择了"主攻领导，兼顾群众"的套路。迄今为止，均无大碍，这就令人深思。

说是一杯水，其实不是水，旧日官场的情形就是这样，人性的扭曲、人格的畸变、人与人关系的异化，就在这一杯水的倒法中发生了。说来令人惭愧，所谓人的尊严、人的价值，有时真是脆弱得很。不过是一点权力、些许诱惑，人就变成杯中的一缕茶叶，随波逐流了。

但愿旧日的故事永远成为过去。谁想喝水，自己倒就是了。别往茶杯中附加那么多不属于人的生理需求的东西。

打好精神底色

人生有底色,就像油画必须打好底。不同的底色往往能决定人生发展的不同路径。毋庸讳言,一个饱读诗书的谦谦君子,和一个引车卖浆的普通劳动者,其人生走向肯定是有差别的。

构成底色的东西很多,有先天的,如禀赋和出身;有后天的,如读书和实践。我这里特别想说的是后者,是读书学习,是生活实践,是所谓"读书行路"。出身书香门第,还是出身柴门,由不得自己,起点的不公平有时是没有办法的事情。但后天的道路可以选择,读什么书、做什么事,给自己的精神世界打上怎样的底色,完全可以选择。虽然那选择仍然不免受先天因素的影响,但先天的差别不能成为放弃选择的理由。

每个人受教育程度和人生阅历不同,对精神底色的理解和定位也就不同。纯粹理性批判是底色,实践理性批判是底色,工具理性批判当然也是底色。有人非经典不读,有人只满足于"职场攻略"、"入行指南"。短时间内还看不出多大差别,甚至看了"攻略"的可能还显出几分乖巧和机灵。日子久了,就难免显出底色的单薄与苍白。所以一般说来,人们无不向往选择厚重的精神底色。不同的选择,会驱动不同的精神状态,焕发不同的精神力量。其结果,当然是人生境界和气象的差别。

什么是厚重的精神底色?就是为人类文明发展证明了的经典作品,是曾经实实在在推动思想文化前进的作品,是为各门类学科奠基的作品。古往今来，思想文化光辉灿烂；各类著述汗牛充栋。以有涯之人生，怎能穷尽浩如烟海之无穷知识？网络时代，海量信息，更使读书学习变得无所适从。然则在无穷著述和海量信息面前能够保持一份冷静，做出理性选择，本身就体现为一种能力。我们不能像希腊哲学中那头愚蠢的驴子，徘徊在两堆草料之间，最后为无法选择而饿死。知识的海洋虽然浩瀚无边，但并非无际可寻。一般说来，决定一门学科成其为学科的知识，往往集中在少量经典著作中。以西方哲学为例，无论秉持怎样的学术观点，站在哪个流派的角度，都绕不过柏拉图、亚里士多德，都不能不提洛克、笛卡尔、狄德罗、霍尔巴赫，都必须阅读康德、黑格尔、费尔巴哈，都必须对尼采、叔本华有所了解和把握。没有这些知识打底，就不可能真正读懂马克思、恩格斯，就不可能对马克思主义有一个深沉厚重的理解。对后来的雅斯贝尔斯、克尔凯郭尔，对整个现代西方哲学的解读就缺乏一个适当的根基。我们天天喊坚持中国化的马克思主义，把它作为指导思想。但对马克思本身是什么不甚了了，对马克思的原著涉猎很少，对马克思主义赖以生长的整个西方哲学特别是德国古典哲学缺乏起码的把握，那种所谓"坚持"不是很值得怀疑吗？

哲学学科如此，其他学科的情况也大同小异。我的老师叶朗先生曾在讲课中说过，不妨采取一种叫作"十本书主义"的读书策略。即精选若干门学科中的各十本经典著作，反复精读，力求真正读懂，可以起到举一反三、以一当十的阅读效果。随着知识的大爆炸，各门学科的著述越来越多，像古人那样穷尽资料作研究几乎不可能了。但真正决定一门学科的基础知识其实变化并不大，我们就是要抓住那些存在于经典当中的"根本的东西"。只有那些"硬货"，才有资格成为我们精神的底色。

当然，底色不是一成不变的，不能指望一劳永逸。聪明人应该懂得活到老、学到老，不断生长、更新、发展的道理。但不管怎样，总有一些最基本的东西、取得共识的东西需要下死功夫反复研习。有些人曾经是苦读的学生，但进入职场之后，特别是当了一官半职以后，就不再读书，把"敲门砖"扔得远远的，精神生活永远定格在大学毕业的水平上。他们总能为自己的不长进找到"工作太忙"之类冠冕堂皇的借口。其实真有那么忙吗？在他的时间表上，有读书学习的安排吗？在他的精神生活中，有本领恐慌的焦虑吗？他愿意为读书学习推掉无聊的饭局应酬、少说几句官话套话、少搞一点形式主义的表演作秀吗？

能在少年时期得到名师指点，少走弯路，直接与经典对话，当然很幸运。一个人有没有"童子功"是很不一样的。问题在于，不是所有人都有这样的机会。何况经人指点所得，和自己苦读悟得，特别是工作实践中悟得，还是有很大的不同。没能得益于名校、名师指点，就更要抓住日常生活中的点滴。先天不足后天补，亡羊补牢，略胜于无。最没出息的，是自暴自弃、自甘堕落。唯有志存高远、趣存高远，才能打好精神底色，奉献社会、服务人民，度过充实而有意义的一生。

拷问道德

有一次在我们机关大院看到一个掉在地上的钱包。我先是一愣,有点不敢相信自己的眼睛,待定睛看去,断定它确是一个鼓鼓囊囊的钱包,里边隐约还夹着不少现金和各种卡。站在钱包旁边,我倒是没有萌发私吞的念头,而是产生了一个比私吞好不到哪去的想法:"千万别动,没准儿是个阴谋!"这样想时,开始四处张望,希望有其他同志过来一同验证我拾金不昧的过程。还好,很快有两位同事走过来。我向他们说明了自己的发现,强调咱们三人要互相作证,以免麻烦。统一思想后,其中一位同志捡起钱包,仔细查看其中的内容,发现不仅有现金若干,还有几张卡。从卡上的签名,我们很快知道失主是单位的一位同事。后来的事情不用多说了,我们三人都为做了一件好事感到高兴。

可是不知为什么,做好事带来的快慰并没有持续多久,我很快就陷入不是滋味的感觉之中。本来一件很简单的事情,为什么变得如此复杂?做好事为什么要瞻前顾后、犹豫不决?按照从小接受的教育,"我在马路边捡到一分钱,把它交到警察叔叔手里边"不就完了?可是现在你知道那钱的后面隐藏着什么?在你捡钱的一瞬间会发生什么?"交到警察叔叔手里边"到底是不是一个正确的选择?交完以后你知道钱的去向和下落在哪里?所有这一切,都让我心里不踏实。

利用率团出访的间隙,我把自己的故事讲给同志们听,同时请教他们如果在路上看到摔倒的老人会怎么办。同志们无一例外地肯定了我面对钱包时的做法,认为"太可以理解了",觉得在今天的社会背景下,是"绝大多数人可能做出的选择"。而对于是否帮扶老人的问题,大家沉吟良久,并未做出明确的回答,可见这并不是一个容易回答的简单问题。

事有凑巧,回国后看到两条消息,恰好与我所虑不谋而合。9月6日,卫生部发布《老年人跌倒干预技术指南》,详列老年人跌倒的各种情形以及应对办法。有热心网友据此在新浪微博发起"卫生部出台《老年人跌倒干预技术指南》,你是否会扶老人"的调查。在4613人参与的调查中,42%的人明确表示不会扶,认为《指南》不是帮扶的法律保障;38%的人表示不好说;20%的人表示肯定会扶,但与《指南》无关。网友"帝国良民"一针见血地指出,卫生部在这个时候出来回答跌倒老人该不该扶显得很搞笑、甚至不合时宜,因为公众关注的焦点其实并非技术问题,而是社会道德、公德问题、是法律的公平公正问题。现在通过跌倒老人该不该扶的讨论,让道德与法律似乎成了一个必然的整体,靠法律来彰显和维护社会道德、彰显公德,不能不说是和谐社会的悲哀。

另一则消息更耐人寻味:在合肥,农妇刘士圣热心搭载一位老人坐"顺风车",却不幸发生车祸导致老人罹难。愧疚的她和家人数次为老人的子女送去医疗费、赔偿费,竟一次次被拒绝。老人的子女始终坚持一个"死理儿":不能让好人做好事却没了好报!在如今面对跌倒老人多数人犹豫不决的情况下,农妇刘士圣毫不犹豫地伸出援手,出事后三番五次地主动赔偿;而另一方坚辞不取,认定"不能让做好事的人没有好报",遂成一段脍炙人口的佳话。

我们在感佩农妇刘士圣善举的同时,也不禁心生感慨。曾几何时,扶危济困、见义勇为是中华民族的传统美德,如今在中国广大的农村,在很多普通劳动者身上,依然不难看到这种美德的光辉。而在城市之中,特别是大城市当中,这样的善举却越来越少。人们在犹豫和彷徨之间,心中并不平静,一如本人面对钱包时的心理活动。做好事不是一件轻松愉快的事情,而是一次险象环生的冒险之旅。这是为什么?

细论起来,可能需要写一部大书。而我想说的是:如今在中国做好事成本太高,而做坏事成本又太低,甚至无需付出代价。特别是在法律法规层面上,这方面的规范实在太不给力、太让人缺乏信心。于是乎,趋利避害、明哲保身、多一事不如少一事,成为很多人的自然选择和人生信条。这似乎无可厚非,实则让人忧虑。今天选择做旁观者,明天可能跌倒的就是自己。道德教化我们从来没有停止过,不仅有"优良传统",还有"核心价值体系",但效果似乎并不尽如人意。依我看,关键是法律法规不到位,让做好人太难,做坏人太易。这样久了,社会风气还是令人不敢乐观。

神马都是浮云？

"神马都是浮云"这句话着实在网上流行了一阵子，如今也真的像"浮云"一样，不再挂在人们嘴边。这也难怪，网络时代的时髦玩意，端的是来也匆匆，去也匆匆，一阵风过，"浮云"吹散，马上又有新的东西取而代之。我虽不认同"神马都是浮云"，不喜欢那种玩世不恭的态度和口吻，但认为蕴含其中的怀疑主义情绪和否定一切的决绝态度，是值得关注的。

"神马都是浮云"源于红遍网络的"小月月"事件。2010年国庆期间，一个名叫"小月月"的网友横空出世，以其诡异的言行雷倒众生，有人对其顶礼膜拜，也有人对其不以为然。小月月本人倒是看得开，声称："用任何词语来形容她，都乏味得很。神马网络豪放女，浮云！都是浮云！"从此，"神马都是浮云"成为小网友们推崇备至的名言，只要对任何他们认为值得怀疑或者需要根本否定的东西，不管是网络红人，还是传统达人，不论正统意识形态，还是边缘艺术指归，统统称为"浮云"。"神马"本是"什么"的谐音，是打字时的选字错误，"神马都是浮云"意为一切都像"浮云"一样虚无缥缈，游移不定，不可把握，否定之中带着对自我判断的确认无疑。

语言作为社会心理的外在表现和直接反映，绝非偶然现象。为什么中国社会在经历三十多年高速发展，人民生活不断改善，国家国际地位日益提高的大背景下，这样一句看似平常而且带有明显偏颇色彩的网络语会迅速流行？它所依存的社会历史根源和现实依据是什么？它的内在的社会心理基础是什么？反映了怎样一种微妙的社会心态？应当如何看待包含其中的消极成分和积极意义？

我注意到,持"浮云"论者多为三十岁以下的年轻人,他们大都敏感多思,渴望被关注、被承认,成为万众瞩目的焦点。同时又易于偏执,喜欢下断语,说狠话,动辄否定一切。顺利时晴空万里,失意时一片黑暗。青年人特有的不成熟心态,决定了他们容易走极端。但这种极端的态度只要不发展为危害社会的破坏性举动,就可能有其"矫枉过正"的积极意义。如今的青年人生长于改革开放后的中国社会,自然而然地享受了经济社会发展带来的物质成果。同时也经历了思想道德、价值观念急剧变化演进的历史进程,经历了社会主义市场经济建立和完善过程中带有原始积累色彩的残酷竞争。他们见证了经济社会一日千里的飞速变化,同时也目睹了带着血污的财富积累;他们看到了凭借天才和勤奋创造奇迹的当代英雄,也发现了依托关系一步登天的幸运儿;他们相信知识可以改变命运,但就业压力和畸形竞争几乎改变他们从小到大接受正统教育养成的价值观念;先进人物让他们热泪盈眶肃然起敬,腐败分子令他们怀疑那些冠冕堂皇的说教;他们不惧怕竞争,但厌倦不公平竞争;他们不排斥差别,但憎恶不合理差别;他们有时觉得自己被一种无形的力量钳制着、欺骗着:辛勤耕耘并不总有收获,劳动果实不时被人窃取;他们开始怀疑那些劝人奉献的说辞是否真的正确,那些催人向善的教化是否真不伪善;他们常常困惑于复杂的人际关系,迷惘于难以把握的社会规则;他们渐渐感到在这个复杂的世界上管用的道理人们都不说,说出来的道理似乎都不那么管用;显规则多半不灵,灵的都是"潜规则"。浮云！越是冠冕堂皇的东西,越是天天挂在嘴上的东西,越是听起来让人高不可攀的东西,越是浮云！毋宁说,这是面对纷繁世相的一种普遍怀疑情绪,是一定意义上社会诚信缺失、思想道德教育失效的畸形心理反映。

由"神马都是浮云",我想到《麦田里的守望者》,想到凯鲁亚克的《在路上》,想到"迷惘的一代"和"垮掉的一代",想到尼采的"上帝死了",想到"重估一切价值",想到伟大的思想解放运动。或许这样的联想不免有些唐突和可笑,但我以为,怀疑是创造的起点,真正意义上的怀疑,比虚假盲目的信仰更有价值、更有力量、更能推动社会历史进步。

"迷惘的一代"是第一次世界大战后美国社会成长起来的年轻一代,以作家海明威、福克纳等为代表。他们曾怀着民主的理想奔赴欧洲战场,目睹人类空前的大屠杀,经历种种苦难,深受"民主"、"光荣"、"牺牲"等口号的欺骗,对社会、人生大感失望,故而通过创作小说描述战争对人性的残害,表现出一种迷惘、彷徨和失望的情绪。一些没有参加过"一战",但对前途同样感到迷惘和怀疑的20年代作家,如菲兹杰拉德、艾略特和沃尔夫等,也同属于这一流派。菲兹杰拉德对战争所暴露的资产阶级精神危机深有感触,通过对他所熟悉的上层社会的描写,表明昔日的梦想成了泡影,"美国梦"根本不存在,他笔下的人物历经了觉醒和破灭感中的坎坷与痛苦。沃尔夫的作品以一个美国青年的经历贯穿始终,体现了在探索人生的过程中的激动和失望,是一种孤独者的迷惘。"一战"期间,"迷惘的一代"大多还是二十岁左右的年轻人,有许多美好的愿望,善良的激情。面对现实,他们深深感到"拯救世界民主"的口号不过是当初美国政府用来迷惑自己为帝国主义战争卖命的虚伪幌子,深知上当受骗,美好的理想化为泡影,于是心灵深处受到无法医治的创伤。大战结束后,他们不再相信什么政治、法令,但又找不到新的可靠的精神支柱,因而悲观、失望、彷徨、忧虑,处于一种迷茫,不知走向何处的精神状态之中。

"垮掉的一代"是第二次世界大战后风行于美国的文学流派。该流派的作家都是性格粗犷豪放、行为落拓不羁的男女青年，他们生活简单、不修边幅，喜欢穿奇装异服，厌弃工作和学业，拒绝承担任何社会义务，以浪迹天涯为乐，蔑视社会的法纪秩序，反对一切世俗陈规和垄断资本统治，抵制对外侵略和种族隔离，讨厌机器文明，他们永远寻求新的刺激，寻求绝对自由，纵欲、吸毒、沉沦，以此向体面的传统价值标准进行挑战。作家艾伦·金斯堡及其作品《嚎叫》，凯鲁亚克及其作品《在路上》，集中反映了"垮掉的一代"的精神主张和生存状态。诺曼·鲍德赫雷茨作为专门研究"垮掉的一代"的重要批评家，在其《一无所知的波西米亚人》一文中如此评价"垮掉的一代"："50年代这些玩世不恭的人们是文明的敌人，他们崇拜原始主义，崇尚天性、活力和血腥，这是来自弱势群体的精神反抗行为。我认为美国50年代盛行的青少年犯罪现象产生的原因，有一部分来自于这些人对常规情感的抵触情绪，以及以自己的学识去适应世界的努力。这些人无疑是凯鲁亚克和金斯堡的追随者。要反抗垮掉派文人的观点，就必须拒绝'残破'优于'连贯'、'无知'优于'有知'的观点，以及心灵感受与观察力经验是一种'死亡'的观点……"西方社会至今对"垮掉派"文人及其作品评价不一，但他们的思考和主张，毫无疑问成为"二战"之后质疑和否定传统文化价值观的最重要的力量，他们对主流文化的态度和观点，影响了后人对文化的理解，这种影响至今还在发挥作用。

我无法确知"浮云派"与"迷惘的一代"和"垮掉的一代"之间是否存在某种内在联系，或许"浮云派"从来没有达到过后者的高度。但从新时期文学的历史轨迹中，我们不难发现，从上个世纪八十年代开始，作为重要文学流派的"迷惘的一代"和"垮掉的一代"，毫无疑问地影响了不止一代中国作家和艺术家。风潮所至，成为一种时髦。究其原因,是经历了十年"文化大革命",人们开始借助文学的力量反思过往的历史,审视那个年代被奉为金科玉律的政治口号和革命狂热。迷惘的情绪、怀疑的情绪、否定的情绪,成为变革时代共同的心理特征。一些引风气之先的文学青年,从外国文学中找到了强烈共鸣。

转眼三十年过去了,当年的文学青年早已为人父母,他们的子女也成了桀骜不驯的当代"愤青"。差别在于,他们的青春记忆呈现与父辈迥然不同的特点:"革命"、"理想"、"奉献",开始为"市场"、"生存"、"个人价值"所代替,"政治"挤压为"生存"挤压所取代。人性的异化、劳动的异化、社会关系的异化,开始朦胧而清晰地折磨他们的心灵,使他们或者成为新的"迷惘的一代",或者成为异样的"垮掉的一代",其实都逃不脱"怀疑"、"反叛"、"挣扎"、"突围"等词语所代表的青春苦旅。在我看来,这是一种不无积极意义的挣扎。虽然表现方式粗糙,缺乏应有的文化色彩和思想深度,但初步具备了"思索的一代"的雏形。假以时日,他们可以破茧成蝶,转化为积极的社会力量。当然,今天的现实,不能简单类比于世界大战对人性的撞击。国家和社会发展的主流,代表着一种无可置疑的进步力量。在大时代狂飙突进的背景下,青年人小小的迷惘、些微的"颓废",或许正昭示着对真理、真诚的渴望。在逐渐洞悉世事的波诡云谲之后,他们不会永远处在"怀疑一切"的非理性状态之中,总会明白并非"神马都是浮云",总会透过"怀疑"走向明晰,穿越"颓废"走向坚定。

需要一些仰望星空的人

人们从凡庸的生活中产生"星空情结",很可能最早源自康德的名言,他说令他感到由衷敬畏的,是夜晚的星空和心中的道德律。为什么"夜晚的星空"和"心中的道德律"会让以"三大批判"冷峻审视自然、社会和人类思维的大哲学家感到"由衷的敬畏"?乃是因为"夜晚的星空"蕴含了大自然无尽的奥秘,而在广阔无垠的宇宙当中,人类甚至连一粒微不足道的尘埃也算不上,迄今为止我们对宇宙的认知也不值一提。一个理性的人如果不在浩瀚的宇宙面前低下他卑微的头颅,那不是狂妄,便是无知。而能够和宇宙的"神秘"与"无限"相媲美的,唯有人的心灵,唯有人类不断向善的至高无上的道德律令。先哲有言:比大地更广阔的是大海,比大海更广阔的是天空,比天空更广阔的是人的心灵。

毋庸讳言,不是什么人都对"夜晚的星空"和"心中的道德律"充满敬畏的情怀。有些人终其一生,始终没有体会到这种常人永远无法理解的大快乐。不仅如此,他们也难以理解一样的土地上怎么会生长出那样一些思考奇怪问题的家伙。他们认为自己比那些人更聪明、更睿智、更务实,因而更有资格放肆地嘲笑他们,把他们"异样"的举动变成自己茶余饭后的笑料和谈资。古希腊第一位哲学家泰勒斯同时是一位有名的天文学家和气象学家,城邦日常的生活无法满足他强烈的好奇心和求知欲。一次他边走路、边仰望星空、思考天文学问题,不慎掉到路边的坑里,一个路过的农夫嘲笑他说:

"你自称能够认识天上的东西,却不知道脚下的是什么,掉进坑里就是你的学问带给你的好处吧?"泰勒斯不屑一顾地回答:"只有站得高的人,才有从高处掉进坑里的权利和自由。像你这样不学无术的人,是享受不到这种权利和自由的。没有知识的人,本来就像躺在坑里从来没有爬出来一样,又怎么能从上面掉进坑里去呢?"

我不知道温总理是否看过这个故事,我相信他一定是看过,而且喜欢这个故事的。因为在同济大学的演讲中他说道:"一个民族要有一些关注天空的人,他们才有希望。一个民族只是关心脚下的事情,那是没有未来的。我们的民族是大有希望的民族,我希望同学们经常地仰望天空,学会做人,学会思考,学会知识和技能,做一个关心世界和国家命运的人。"这段话后来被作为《仰望星空》一诗的题记发表在《人民日报》上。

忽然想起这段掌故,是近来常常感到我们这个社会在物质文明飞速发展的同时,好像越来越缺少了一点精神的东西,越来越缺少了像康德和泰勒斯那样"仰望星空"的"傻人"。人们都变得非常"精明",非常善于"算计",转念之间就能估摸出一个行动、甚至一个动机的"价值"和"价格"。钱,成了万物的尺度,既是有形物有形的尺度,也是无形物无形的尺度。衡量经济社会发展,首先要看GDP;衡量一个作家的价值,越来越关注其作品的发行量;而看一部影片的优劣,好像除了票房,再也找不到其他标准;甚至衡量人际关系,据说也要在能否"互利共赢"的基础上予以评估;体育明星早已像商品一样地明码标价,贩卖于市场;而那些有机会被摆上人才市场上的人,好像还颇应该为此得意一番才是。其实这也难怪,市场经济嘛,市场法则嘛,价值总要通过价格来表现,如果你面对的是一个全民皆商的社会,商业法则当然就"应该"成为唯一有效的法则,"身价"就应该成为一种光荣的标记。

用这样的道理和逻辑看问题，那些"无人问津"的学术著作，那些只有少数人才能体悟的科学发现，当然只有被鄙薄的份儿。那些选择了"寂寞的事业"，那些在物欲横流的当下依然决计"仰望星空"的人，当然近乎"傻瓜"。而那些官商勾结制造房地产神话的人，那些在投机市场翻云覆雨倒买倒卖的人，那些精于官场规则善于跑官要官的人，那些胸无点墨不学有术的人，当然就成了我们这个时代毋庸置疑的"当代英雄"。

33年前我怀着梦想与憧憬走进北大哲学系，那个时候成绩最优秀、最有志向的青年首选文、史、哲和数、理、化，选择这些具有长远发展潜质的"基础科学"和"硬知识"。而器物层面的应用学科虽然也很重要，却是人们第二层次的选择。我不敢贸然评价这种选择的优劣高下，只想陈述一个基本事实：那个年代其实只是改革开放的初期，万物复苏、百废待兴，人们尚且有一份志存高远的情怀，有一种"高楼万丈平地起"的"基础意识"。而当我们吃饱穿暖、生活安逸以后，却生出许多"猪猡式的理想"。人们见面，所论无非股票房价、荣辱升沉，精神层面的交流反而叫人不那么精神了。一位在大学当校长的朋友告诉我，现在招生分数最高的专业早就不是数、理、化和文、史、哲了，相反，它们差不多已经成了分数最低的专业，而且其中许多学生很多不是第一志愿，是被迫调剂过来的。基础学科招不到最优秀的学生，没人愿意为此十年寒窗苦，都想一夜暴富，这或许正是我们这个社会急功近利普遍心态的一种客观反映吧。

何以形成这种局面？有人认为与中国人穷怕了有关，有人认为与中国人太重视财富的积聚有关，也有人认为对广大的人群来说，人生本是一种卑微的存在，能够做到工作稳定、衣食无虞就足以了，好好地待在地上，何必操心"星空"，还是让那些志存高远的人去享受那份快乐和辛苦吧。

对此我无话可说。让所有人像康德一样仰望星空、敬畏心中的道德律,既不现实,也不可能,甚至不必要。社会分工不允许那样做,个人心智水平不同也未必都有能力那样做。但市场无论怎样发达、物欲如何横流,总要有一些"仰望星空"的人,有一些被短视的人看作"傻子"的人,有一些在这样的选择当中乐此不疲、乐在其中的人,像鲁迅先生那样,"寄意寒星荃不察,我以我血荐轩辕"。唯其如此,中华民族才能长久屹立于世界民族之林。

警惕一些人

工作生活了这么多年,逐渐形成一套属于自己的生活哲学。必须声明,这些所谓的生活哲学,只属于我自己而已,没有任何普遍意义,也不打算向任何人贩卖和推销。己所不欲,勿施于人;己所欲之,也没有必要强加于人。何况我既没有这样的能力,也没有这样的动机。一个人一个活法,只要不违法乱纪,不践踏道德底线,不损害他人利益,愿意怎么活纯粹是个人的事。我是个头脑相对简单的人,相信世界上还是好人多。但我同时也不得不承认,生活中确有那么一些人需要警惕。他们未必是通常意义上的坏人,但在他们身上所常见的那些令人厌恶的毛病,使我不得不对他们保持适当的距离——

永远正确、从不认错的人;

老子天下第一、总也看不到别人优点的人;

只会对上级微笑、不会对同事和下署微笑的人;

只会对女人殷勤、从不对男人礼貌的人;

只对熟人点头、从不搭理陌生人的人;

有了成绩归于自己、出了问题指责别人的人;

从不喜欢孩子、讨厌小动物的人;

成绩归于主观努力、错误归于客观原因的人;

人前阿谀奉迎、背后说三道四的人;

不忘一切机会标榜自己如何风光如何了得的人;

肆无忌惮贬损别人抬高自己的人；

喜欢说下属如何不争气、没本事的人；

嫉妒人家有、嘲笑人家无的人；

见到官人伸不直腰、见到穷人脾气特别大的人；

听说谁发财就忍不住张开大嘴、目光呆滞的人；

动辄对你说"咱哥俩谁跟谁"的人；

对别人的疾苦和病痛无动于衷的人；

在孩子和年轻人面前特别趾高气扬的人；

无时无刻不在说官话、套话、大话的人；

从不开玩笑、从不对别人的幽默表示欣赏的人；

喜欢拐弯抹角表白自家身份不俗的人；

任何情况下都说好好好的人；

所有事情都一字不落记笔记的人；

总是压低嗓门儿故作神秘的人；

身在组织部门以外却了解全国人事变动信息的人；

除了热衷谈论谁上谁下再没有感兴趣话题的人；

对领导家中情况了如指掌的人；

关心别人收入胜过关心自己钱包的人；

从不为别人出钱出力说半句好话的人；

见到同事和朋友有好事就忍不住抓心挠肝的人；

除了工作据说没有任何爱好和个人生活的人；

讲学习胜过真学习、谈读书胜过真读书的人；

有事没事特别热衷于给别人开会作报告讲几句的人；

只讲大原则、从不讲具体办法的人；

标榜只看结果、不关心过程的人；

身为知识分子一年不读一本书的人；

嘲笑家乡和父母兄弟、以讲方言为耻的人；

以骂人和不讲卫生显示所谓男子汉气概的人；

外表光鲜、家中一塌糊涂的人；

标榜一心扑在工作上、从不关心家人、从不做家务的人；

无时无刻不在宣传自己工作如何繁忙紧张的人；

喜欢"不经意"流露和某名人、某官人吃饭打牌的人；

不管说到哪位大人物都说自己跟人家熟极了的人；

喜欢简称八竿子打不着的大领导名字的人；

轻言寡诺、从不兑现的人；

浪费别人时间从无歉意的人；

特别喜欢当众宣布晚上还有一个饭局的人；

厌恶经济舱座位太窄能把活人憋死的人；

抱怨整天满世界旅行调不过时差的人；

利用一切机会说上司廉价好话从不脸红的人；

喜欢在领导面前故作天真、总在抖低智商包袱的人；

谁都知道他昨晚加班到几点的人；

总是喜欢把简单问题复杂化以示考虑周详的人；

遇到提职、提薪、出国、出名等好事就忍不住要争的人；

自我评价永远高于社会评价的人；

虚构他人口碑借以自夸的人；

编造他人闲话挑拨离间借刀杀人的人；

对文学艺术一窍不通却热衷贬低作家作品的人；

音乐会上酣然入睡、醒来之后妄加评论的人；

喝上两杯小酒嗓门就变大、口气就变狂的人；

抢着埋单却总是掏不出信用卡的人；

贬低女性以示自己性别优越的人；

警惕一些人

除了股票和房市没有别的话题的人；
身为男性却喜欢走所谓中性甚至女性路子的人；
开车加塞儿、乱按喇叭从不害臊的人；
以城里人自居、看谁都是乡下人的人；
把所有城市丑恶都归于外来务工人员的人；
动不动就喜欢说人家"什么素质"的人；
自我标榜豪爽大方却能为一毛钱砍价半小时的人；
喜欢窥探方向却从不用正眼看人的人；
满嘴书面语言故作高深装神弄鬼的人；
热衷于把所有问题政治化的人；
卖弄哲学术语不懂装懂借以吓人的人；
熟知各类小道消息以此自得的人；
喜欢以"你不知道"为发语词的人；
一天往领导办公室跑八趟的人；
绞尽脑汁为自己利益着想的人；
离开文件不会思考、离开讲稿不会说话的人；
浑身名牌自得其乐借以傲人的人；
机关算尽见利忘义的人；
关心别人态度胜过关心别人能力的人；
眼高手低述而不作的人；
宣称不鸣则已一鸣惊人的人；
扬言写东西是为了藏诸名山、传之后世的人；
以制造文牍主义、形式主义为乐的人；
特别喜欢对号入座、暗中说人坏话、给人穿小鞋的人；
疑神疑鬼、杯弓蛇影、草木皆兵的人；
知恩不报、有仇必报、心胸狭隘的人；

当面是人、背后是鬼、两面三刀的人；

满嘴爱国卫生却从不冲厕所的人；

善于把工作和学习变成表演作秀的人；

明明是中国人却总在请教"这话用国语怎么说"的人；

喜欢在汉语当中加两句半吊子英语的人；

不信世上还有好人的人；

年纪轻轻总喜欢说"男人没一个好东西"的人；

特别诲人不倦、好为人师的人；

刻意表现自己虚怀若谷、谦逊大度的人；

喜欢歪着脑袋俯视别人说话的人；

拿前一天刚学会的货色考别人的人；

对父母吆五喝六颐指气使的人；

把"一二三四"、"甲乙丙丁"当大学问的人；

读了几本圣贤书就把自己当圣贤的人；

把简单重复领袖言论当作"保持一致"的人；

除了克隆定论、从无个人新见的人；

只刻意模仿共性、毫无个性的人；

永远像刺猬一样包裹自己、从不敢袒露心迹的人；

没把握说自己有朋友的人；

总把所谓"进步"挂在嘴上的人；

要求别人永远胜过要求自己的人……

中国人为什么吝惜说"谢谢"?

得益于对外开放的良好政策,这些年我有机会走出国门,先后访问美国、日本、意大利、奥地利、德国、塞尔维亚、越南等国家。所到之处,不同的社会制度、不同的思想文化、不同的风俗人情、不同的自然景色,无不给我留下深刻印象。而其中印象最为深刻的,是随处可以听到的感谢之声。我的外语水平不行,但每到一个国家,"谢谢"这个词总是最先学会。一则我要随时向帮助我的那些认识和不认识的朋友致谢,二则这个词总是极高频率地灌进我的耳朵,使我无法学不会。

当我挡住反弹的店门以便不撞到后边来人的时候,总能看到一张礼貌的笑脸,听到一声亲切的"谢谢";当我漫步街头,对可爱的孩子表达喜爱之情的时候,年轻的父母总是充满自豪,对我善意地说声"谢谢";当我在商店付账的时候,总能见到收银员双手接过钞票、满眼真诚地对我说"谢谢";当我随手递给朋友一杯红茶的时候,甚至可能听到一句略显夸张的"谢谢"。这样的情形每天不知要遇到多少次,只要我来到街上,来到人群中间,它就会变成一种空气、一种氛围、一种自然而然的习惯,包围着我、熏陶着我,使我总是处在一种温暖舒服的感觉之中。虽说这是一件不足挂齿的小事,但正是这些小事给我留下深刻印象,使我思考文明、素质、教养等我们常常挂在嘴上,但依然没能很好解决的一些大问题。

我想,不论在国外,还是在国内,我还是我,还是那个由特定教育塑造养成的我。遗憾的是，当我在国内对自己的同胞、特别是对陌生的同胞表达同样善意、善举的时候，很少能听到一声礼貌的"谢谢"。当我拉住店门的时候，后边的人往往一闪而入，好像我这个人根本不存在；当我学做绅士为女士拉门的时候，甚至连一个笑脸也很难看到；如果我驾车时主动为其他车辆让路，不仅得不到善意的回应，而且很可能会被一连串的车辆挡在后面；至于生活中更加微小的善举，只能得到更被忽视的对待。这样的体验多了，常常让我很不情愿地问自己：难道我们中国人不知感恩，不会致谢？

我自信不是一个施恩图报的肤浅的人，也不是一个崇洋媚外的奴才，但我喜欢人与人施与和接受时分真诚感谢带来的美好，以为那才是人与人之间应有的和谐状态。谁愿意面对一个麻木不仁、冷漠呆板的人呢？谁不想积极付出之后得到一个更加积极的回应和鼓励呢？谁不渴望在那样一种文雅温馨的氛围中生活呢？

我不知道我们中的很多人为什么不肯多说一声"谢谢"。有人说是基于含蓄内向的文化心理和社会性格，认为过分表达自己的感情是一种轻浮的举动。大恩不言谢，一声轻飘飘的"谢谢"，不足以表达深沉的感情；而小恩无需谢，过分的客套显得虚伪。也有人说是因为日常生活中缺少关爱，所以没有养成文明礼貌的好习惯，久而久之，变得不会、不肯、不能向人致谢。还有人认为是基于一种理所当然的错误心态，认为别人为自己做什么都是天经地义、完全应该的，因而不用说什么"谢谢"。

而我以为，一种习惯的养成，必然有其深厚的历史文化根源。几千年来，我们中国长期处于等级观念十分严重的封建社会，人与人之间只有主奴关系、上下级关系，没有平等关系；只有皇恩浩荡，没有公民意识。建国后长期的政治运动，搞得人人自危、关系紧张、处处设防，加之市场经济利益冲突、残酷竞争，人和人之间温暖关爱的情感少了，小心防范的意识多了，和谐互助的精神少了，封闭自守的心理多了。此外，缺乏真正的宗教传统，也使我们中的不少人成了没有信仰、没有感恩之心的"彻底的唯物主义者"。他们没有"原罪"心理，也从不觉得需要感谢谁。嘴里吃的、身上穿的、日常用的，似乎都取之自然，不是劳动所得，因而不用谦卑地面对世界、面对他人。这样的文化心理，很容易造成一颗冷漠的心；而冷漠的心聚而成阵，社会氛围当然是缺少温情的；在缺少温情的环境里，人们怎么会深怀一颗感恩的心呢？

在与外国朋友交往中，他们经常感叹我们中国人的性格是矛盾的：有时好像对什么都无动于衷，面无表情，目光呆滞；有时又似乎特别容易动怒，为一点小事就可以当街吵架，甚至大打出手。他们说不清中国人到底含蓄，还是奔放；冷漠，还是热情。而我以为，其实这正是一个问题的两个方面，长期的压抑，必然导致极端的爆发。我们真正缺少的，恰恰是那份由内心平静而形成的平和与从容，长期的善意聚集而养成的大度与宽容，由敬畏生命、敬畏自然而形成的感恩之心。当你向别人表达一份善意，你的心中就多了一份善良；当你随时随地真诚地说一声"谢谢"，你的世界也因此而变得阳光明媚。当我们这个社会不仅熟人之间，而且每个生人之间也变得温情脉脉、以礼相待的时候，每个人都把说"谢谢"当成下意识习惯的时候，离真正的和谐社会就不远了。

一个纯粹的人

请原谅我的孤陋寡闻，佩雷尔曼的传奇故事发生在四年前，而我是最近才知道的。一旦知道，心灵就受到极大震撼。

也许和我一样，您很少关心数学界的情况，因为那与我们的现实生活似乎离得很远。但佩雷尔曼是个例外，他做出了如此巨大的贡献，他的伟大成就理应成为人类知识的组成部分，他的名字足以成为数学定理一样重要的符号，这就使我们不得不以特殊的眼光打量他，以我们贫乏的数学头脑理解他，以便相信在这个物欲横流的世界上，的确还有超然物外特立独行的人，还有视功名利禄如粪土的"纯粹的人"。

格里戈里·佩雷尔曼是位数学家，1966年生于俄罗斯。早在少年时代，就显露数学才华，16岁时获得国际奥林匹克数学竞赛金奖。随后一路保送，读完大学、研究院，取得副博士、博士学位，在多所美国知名大学作博士后研究。然后谢绝众多名校邀请，返回祖国俄罗斯继续自己的数学研究。2002年，他在互联网上连续发表三篇论文，宣布破解千年以来数学七大难题之一的"庞加莱猜想"，引起国际数学界的广泛关注。经过数学家们长达四年的反复求证，确认其成就成立。2006年，国际数学大会将相当于数学界的诺贝尔奖"菲尔兹奖"颁给他，以奖励他为数学做出的杰出贡献。但他平静地拒绝了百万美元奖金，也没有出席由西班牙国王胡安卡洛斯主持的颁奖典礼。

佩雷尔曼的过分低调和"不近情理"引来国际数学界、新闻界以及社会各界的广泛关注,也引起我本人很大的好奇心。从各种有关他的杂乱报道和主观猜想中,我约略拼凑出这样一个不完整的形象——

他是一个完全生活在自我精神世界中的人。佩雷尔曼的精神世界,是以数学研究为主体,伴以小提琴演奏和古典音乐欣赏的混合体。从少年时代起,浓厚的数学兴趣和过人的数学才华,就如影随形地伴随着他,使他乐而忘忧、乐此不疲,至今没有丝毫衰减的迹象。即便在取得辉煌成就以后,他依然不是一个在数学面前夸夸其谈的演讲家,他更喜欢用行动和论文说话。三篇有关"庞加莱猜想"的论文随意在互联网上发表之后,面对接踵而至的各类质疑和新闻采访,他只是淡淡地说:"如果有人对我解决这个问题的方法感兴趣,它就在那儿呢,让他们去看吧。""我已经发表了我所有的算法,我能提供给公众的就是这些了。"数学之外,佩雷尔曼和爱因斯坦一样,能拉一手不错的小提琴。工作的时候,他喜欢哼唱古典音乐片段,起初是小声哼,很快就变成同事们所说的"鬼哭狼嚎"。在外人眼中,他有点怪,但共事多年的同事都理解他,他们说:他有属于自己的方式。纽约州立大学数学家迈克尔·安德森认为:"佩雷尔曼来过了,解决了问题,其他的一切对于他都是肤浅的。"哈佛大学的亚瑟·贾菲说:"我认为他是个反传统的人,他坚决拒绝自己卷入富有和偶像的圈子里。他表现得很极端,大部分人会认为他有点不可思议。"

他是一个不慕虚荣的人。通常在世界顶尖的《自然》、《科学》等杂志发表学术论文,是无数专家学者梦寐以求的最高理想,因为那意味着在某一领域登峰造极。而佩雷尔曼完全不把这一科学界的通行规则当回事,他甚至怀疑过一些学术委员会的"权威性"。标志着破解"庞加莱猜想"的三篇论文,他没有投给任何一家权威学术杂志,只是在互联网上发表,同时通过电子邮件与该领域的少数专家进行交流。获知自己得奖后,他表现得异常平静,不仅如上所述没有参加颁奖典礼,而且几乎拒绝了所有采访,完全无意于扬名立万。他直截了当地阻止摄影记者为他拍照,反对上一切电视节目。他说:"我不想像一头动物一样在公园里展览。我不是数学界的英雄,我甚至不是一个数学天才。正因为如此,我不想让大家关注我。"为了躲避获奖后无休止的邀请和采访,他甚至辞去了工作十五年的彼得堡斯泰科洛夫数学研究所。荣誉于他不仅不是嘉奖,而且简直是一种难以忍受的负担。他说:"我不认为自己说的话能引起公众的兴趣。我不说,是因为我重视隐私,而不是我隐藏了自己正在做的事情。没有什么所谓的顶级计划正在进行。我只是认为公众对我根本没有兴趣。"

他是个不爱钱财的人。在母亲眼里,佩雷尔曼生活简朴,吃饭不讲究,喜欢燕麦粥、牛奶,穿着不挑剔,有什么就穿什么。同行们认为,不修边幅的佩雷尔曼"友善而害羞,对一切物质财富不感兴趣",他"似乎不是生活在这个世界的人"。"他有一点使自己疏离于整个数学界。"牛津大学的达斯廷教授说,"他对金钱没兴趣。对他来说,最大的奖励就是证明自己的理论。"多年来,他几乎过着隐居的生活。除了定时光顾离家不远的一个副食店外,他基本不出门,陪伴着自己年迈的母亲生活在彼得堡一个只有两间房的小公寓里,生活环境简陋到了极点。一位邻居对媒体说:"我有一次进入他的房间,几乎被眼前的景象惊呆了:屋子里只有一张桌子,一把凳子,一张床,坍陷的床垫还是以前的房客留下来的。""一身黑色的衣服,长长的头发,长长的指甲,一成不变的食品,总是在同一个时间来商店……"这是副食店营业员对佩雷尔曼的印象。她们说,许多年来,他买的东西基本没有改变过:一个黑面包,一包通心粉,比菲多克牌和比菲来弗牌酸奶。水果部那边他几乎不过去,进口苹果和橙子他似乎买不起。他也不买酒水和其他多余的东西。总之,"只买那些很便宜又好做的简单食品。"显然,佩雷尔曼的日子并不宽裕,但他不仅拒绝了哈佛、普林斯顿、斯坦福等多所美国著名大学的高新聘请,而且拒绝了欧洲杰出青年数学家奖、菲尔兹奖,拒绝了百万美元的奖金。他不是不需要钱,他并不是一个阔佬,但他显然轻视金钱。正如他的同事所说的,"他需要的是数学,而不是奖章、奖金和职位"。他宁可"在圣彼得堡附近的森林里找蘑菇"。牛津大学一位数学历史学家说:"我从没见过他坐在加长的豪华轿车里,手中挥舞着支票,这不是他的风格。"

年轻时读毛主席的《纪念白求恩》,对于"纯粹的人",不是很理解。什么样的人才是"纯粹的人"？怎样的人才算"纯粹的人",心中始终存有一个疑问。看了佩雷尔曼的事迹,似乎心有所悟。所谓"纯粹的人",就是那些听从心灵的召唤,为了某项自己所钟爱的事业不顾一切、舍弃一切、矢志追求,虽九死其犹未悔的人；就是只把心血和智慧倾注于事业本身,而从不考虑它的所谓叠加效应、附带效果,乃至由于成功而带来的种种功名利禄的人；就是能够轻易看淡和果断拒绝世俗社会倍加推崇、无法拒绝的一切外在好处,而不以为自己多么了不起的人。他们幸福而单纯,快乐而执着,仿佛稚子钟爱玩具一样倾心于自己的事业,他们的词典里甚至没有"功利"这个词,他们的生活也不需要过多的物质财富,"一张桌子、一把椅子、一张床、一件长外套、一块黑面包",就足以支撑他们最为杰出的精神劳动。他们需要的的确很少很少,为社会奉献的却很多很多,但他们甚至从未想过奉献这件事,就是近乎本能地做着自己认为应该做的事情。他们当然热爱自己的事业,但并不想以此博取事业以外的好处,甚至连热爱本身也不曾想过,更不会像演员一样拼命标榜自己的事业多么不容易。他们从不在乎别人怎样看待自己的所爱,宠辱不惊,褒贬无用,该干什么还是干什么。所有世俗的评价标准都不适用于他们,"震惊"与"困惑",是他们客观上能够经常给公众的礼物。好在这礼物并不廉价,它仿佛是一剂酵母,膨胀我们的思想、膨化我们的感觉,促使我们思考人生的意义和价值。对于那些高山仰止的榜样,虽不能至,心向往之。在这样的过程中,我们的精神和心灵,也悄然向高峻和洁净的地方游走。

第三辑

是非之外

说"开会"

如果用一句话来形容某些官员的工作状态，不妨套用村上春树的说法：不是在会上，就是在去开会的路上；不是召集人开会，就是被人召集开会。"开会"与"被开会"，基本是其工作常态，也不妨说是生活常态，因为即便是业余时间，也有不少消耗在会上。不管本人愿意与否，生活就是这个样子。

开会的重要性想必尽人皆知，它既是落实工作的必要手段，又是一个人身份的外在标志。当一个领导对你说"这个事恐怕要开个会研究一下"，意味着此事不仅提到议事日程，而且在领导日理万机的日程安排中被摆到相当重要的位置。当一个人形色匆匆地走在路上说"正在赶一个会"时，往往是对自己身份的某种表白。或许他自己倒未必多么顾盼自雄，但听话的人马上意识到说话人的角色，不禁会有一种羡慕与同情相交织的感情在心中荡漾。

不知从什么时候开始，开会似乎成了工作的唯一手段，成了判断是否做工作的唯一标准。安排部署工作要开会，贯彻落实工作要开会，传达上级精神要开会，检查任务执行要开会，学习辅导要开会，经验交流要开会，通报情况要开会，任免干部要开会，处分员工要开会，转变"四风"要开会，减少会议本身当然也不能不开会，首先就要开一个如何减少会议的会。衡量一个领导同志的工作业绩，有很多考量指标，其中很重要的一条，就是看他过去一年开了多少会、讲了多少话，有没有以会议传达会议，以会议贯彻会议。

会的开与不开、早开与晚开、长开与短开、正职开还是副手开、班子全体出席还是部分领导参加、集中一项议题还是多个议题一勺烩，都大有讲究，从中颇能看出一位领导的政治敏感性和政治鉴别力，能看出他的能力和水平。别以为我故弄玄虚，一个政治强、业务精、作风硬的好干部，未必能开明白一个会。过去有"贯彻上级指示精神不过夜"之说，不仅是表明工作的紧迫与重要，更是表明一种及时贯彻落实的积极态度。在很多情况下，连夜开会、连夜给上级写报告、连夜将报告发出，抢得表态的头筹，甚至比具体贯彻落实工作本身显得更重要。对其中某些同志而言，倒不见得是有意搞形式主义、文牍主义那一套，而是他们从心里以为这就是在做具体工作——开会就是工作，工作就是开会。

问题在于，会议的主要功能或者说唯一功能，大概就是传达精神、统一思想、部署工作、提出要求之类，一句话，主要是达到"说"和"听"的目的，充其量是解决"统一思想"的问题，解决不了"实干"的问题。一项工作从中央到省市、从省市到县乡、从县乡到具体的落实人，通常需要经过很多中间环节，也就是要开很多会。而所有这些会，依然还是停留在"说"和"听"的层面，依然解决不了"实干"的问题。以种粮为例，重要性、必要性、紧迫性说得再充分，最后还要落实到抓住农时、加紧耕种上；从上到下多少领导、多少顶"大盖帽"，最后还是要落实到农民兄弟一顶"破草帽"上。在某些人看来，工作的周期就是开会的周期：从上至下层层部署，再由下至上层层汇报，一项工作就算大功告成。

多数干部扮演的是多重角色，在上级面前是执行者，在下级面前既是领导者，又是部署者，还是执行者。如果承担的工作不止一两项，需要扮演的角色当然就更多，需要参加的会议和自己主持的会议自然也就更多。所谓"上边千条线，下面一根针"，往往是中层干部、基层干部日常工作的真实写照。

请读者诸君不要误解我的意思,我并不一般反对开会。不仅不反对,而且认为高质量的会议的确是安排部署、贯彻落实工作的有效手段。我所反对的是为开会而开会,是形式大于内容的会,是简单表态作秀的会,是兴于会、止于会,是把开会当成工作的唯一手段,只重态度、不重实效的会,一句话,是劳民伤财徒有其表的会,是耗时费力不解决问题的会,是把与会者变成奴隶和傻瓜的异化的会。

"文"而成山,"会"而成海,为"会"而"会",早为人民群众深恶痛绝,也令所有想干实事的同志所诟病。因为会议本身毕竟不能产大米、出钢材,不能令神舟上太空,不能让航母到远海。尽最大可能少开会、开短会,减少不必要的中间环节,努力提高会议质量,是改进工作的实在举措,是求真务实、真抓实干的具体表现,是所有不想混日子的同志所共同期待的。

有权不可任性

今年两会《政府工作报告》中,李克强总理一句"大道至简,有权不可任性",使原本热闹于网络空间的"任性"一词再度升温,并且赋予其全新含义。如果说"有钱就是任性",只要那钱是劳动所得,是光明正大的干净钱,"任性"一下似乎也情有可原。毕竟钱是人家自己赚的,虽说"任性花钱"不是什么高境界,倒也无可厚非。"有权任性"情况就完全不同了。所谓"权"往往特指"公权",是国家和公民通过一定的法律程序赋予公仆为人民服务的公共权力,是一种庄严的托付,意味着神圣的责任。对掌权者而言,断不可化公权为私器,随意挥霍、任意妄为。

而在现实生活中,"有权就是任性"的情况随处可见,总理的警告绝非无的放矢。有的干部思想观念任性,以为自己贵为一方大员,从此可以君临天下,傲视群雄,凌驾于组织和群众之上,天马行空,独往独来,全然没有群众路线、群众观点,有人甚至狂妄地说:"在这一亩三分地上,我就代表党的领导,就是法律的化身。"对党的领导、对依法治国、对人民赋予的权力,完全没有敬畏的感情和意识;有的干部决策用人任性,自觉不自觉地沾染了主观主义、经验主义的恶劣作风,作决策、用干部既不搞调查研究,也不征求群众意见,而是靠经验决策,按亲疏用人,独断专行,大搞一言堂;有的干部作风任性,自以为处处高人一等,说话办事专横跋扈、盛气凌人,误将霸道当霸气,错把外行当魄力,随意推翻班子决策,任意更改计划安排,俨然一个说一不二的土皇帝;有的干部执行上级指示,既不认真研究中央政策,也不仔细考察本地实际,而是凭自己的主观意愿任意为之,美其名曰解放思想、不拘一格、大胆开拓;有的干部遵章守纪任性,常年不参加基层组织活动,基本没有党的观念和党员意识,忘记自己应该承担的主体责任,忽视纪委的监督责任,脑中只有GDP,心中从来没规矩;有的干部在团结上任性,不论走到哪里,总要搞团团伙伙那一套,喜欢的人封官许愿、鸡犬升天,不喜欢的人排挤疏远、打入冷宫,从没有五湖四海的概念,更不可能团结和自己意见不那么一致的同志一道工作,心胸和气量之狭窄,使其既不能容事,更不能容人;有的干部为官不为任性,这种干部往往具有鲜明的两面性特征,要么胆大妄为、无所顾忌,要么消极懈怠、无所作为,他们信奉"多一事不如少一事"的处事原则,认为干得越多、犯错误的概率越高,因而既不积极作为,也不胡作非为,干脆为官不为,以此明哲保身,当一天和尚撞一天钟,谁也奈何我不得;还有一种以权谋私的任性,一些官员公开标榜"有权不用过期作废""当官不发财,请我都不来","一朝权在手,便把令来行,便把钱来赚",他们把手中的权力作为权钱交易的工具,不给钱不办事,拿了钱乱办事,即便是小小的水务官,也敢充分利用手中的权力设租、寻租,捞取上千万元资产……

权力这把双刃剑,既可用来为民服务、造福百姓;也可用来谋取私利、祸国殃民。套用一下阿克顿勋爵那句著名的论断:"权力导致腐败,绝对的权力导致绝对的腐败。"我们是否可以说"权力使人任性,不受约束的权力使人不受约束地任性"。任性的结果,就是无视党纪国法,无视道德伦理,无视基本规矩,为所欲为,仿佛脱缰的野马,一步一步走向腐败的深渊。

要使领导干部有权不任性,核心问题是对权力的有效制约和监督,使当权者不敢任性、不能任性、不易任性、不想任性。十八届中纪委五次会议上,总书记反复强调要进一步完善党风廉政建设和反腐败工作,从制度、体制、机制三个层面对权力运行实行有效监督,形成不敢腐的惩戒机制、不能腐的防范机制、不易腐的保障机制。

从某种意义上说,权力意味着限制、制约、不自由。"人是生而自由的,却无所不在枷锁之中。"对于一个领导干部而言,当然没有以权谋私的自由。即便是做好事,也有一个受制于自然规律、受制于客观条件、受制于群众意愿、受制于发展机遇、受制于自身心理承受能力等复杂因素。因而只有按照客观规律和人民对美好生活的期待而努力工作的自由,决没有任性妄为、胡作非为的自由。

力避贪腐年轻化

从近年来查处的腐败案件中,"贪腐年轻化"成为引人注目的焦点之一。2013年浙江省查处的贪污贿赂案件中,35岁以下者占291人,比上一年同期上涨了167%,其中25岁以下者27人。北京市西城区检察院的一份调研报告显示,2008年至2013年间,该院查办的33名涉贿案嫌疑人平均年龄45.8岁,其中个人涉案金额最高达2454万元,平均涉案金额为182.4万元。

青春时节是人生最美好的时节,青年干部是大展宏图、前途无量的群体。然而其中一些人还没有为党和人民做出应有的贡献,却迅速成为贪污腐败分子,沦为令人不齿的阶下囚,不仅自毁前程,而且给党和人民的事业造成严重损失,令人十分痛心。

细查这些年轻人的贪腐犯罪,大抵具有以下特点:

一是年轻化、高学历。他们原为各地区各单位选拔任用年轻干部过程中被提拔上来的优秀青年,年纪轻、学历高是其基本特征和被任用的先决条件,其中不少人具有大学本科或硕士、博士学位。清华大学硕士毕业生肖明辉少年得志,曾担任海南省洋浦经济开发区规划建设局副局长,负责单位工程项目招投标工作,利用职权收取工程款5%的"好处费"共计1611万元,还多次为他人谋取不正当经济利益,是贪腐年轻化的典型代表。

二是职位小、胆子大。由于年纪资历的关系,他们大都处在科处级以下,甚至没有级别,虽然其中不乏担任主要职务甚至一把手的,具有一定的审批权、自由裁量权。但总体而言职位较低,绝大多数连所谓"七品芝麻官"也算不上。但胆子却足够大,入职后没多久就放开手脚大贪特贪,全然不顾法律法规的制裁,不出三两年就东窗事发、锒铛入狱。

三是智能化、高科技。较高的学历和专业的训练,使他们脑子活、点子多,犯罪具有智能化、高科技的特点。他们通常都能熟练使用电脑,善于利用系统漏洞和网络盲点篡改软件程序,在神不知鬼不觉的情况下达到贪腐目的。一个叫姜帅的年轻职员对银行营业厅水费管理软件进行非法修改,从中牟利。从2012年8月到2013年8月的一年时间里,就侵吞水费款数万元。

四是无忌惮、缺底线。他们通常自以为聪明绝顶、智力过人,认为没有自己不能逾越的障碍,对法律法规缺乏应有的敬畏之心,对规章制度视若无睹,对道德良知不当回事,干起坏事显得肆无忌惮、急不可待。或者利用审批权限直接设租、寻租;或者迷信社会"潜规则"收取好处费;或者虚列开支、收入不入账;或者为项目承包人在项目承接、工程选址过程中给予关照;或者干脆自己直接上手巧取豪夺、化公为私……

年轻干部本是令人艳羡的对象,是前途无量的一群。之所以自毁前程,走上犯罪的道路,最根本的原因是丧失理想信念,人生观、价值观出了问题。他们迷恋功利主义、享乐主义、极端个人主义的价值观,认为有权不用,过期作废;他们财迷心窍、利令智昏,爱慕虚荣,追求享乐,认为只有挣大钱、发大财、吃大餐、穿名牌、住豪宅才是人生最大的成功;他们自作聪明,无视法律,认为没有自己摆不平的事情,没有自己逃不脱的限制,对于可能面临的惩罚常存侥幸心理。

他们能够走上某些重要岗位甚至领导岗位,源于他们中的一些人具有鲜明的两面人特征。一方面,他们的确学业出众、才华过人,在领导和同事面前善于表现。为了获得更大的权力、更好的职位、更高的利益,他们通常也能夜以继日地工作,表现得勤勉有加、十分忘我,给领导和同事们造成兢兢业业的印象;另一方面,他们把自私的渴念、贪婪的本性、膨胀的权欲深藏在谦恭勤勉的表象之下,暗地里做着于连·索黑尔式的努力。他们很有欺骗性,不仅赢得了领导和同志们的信任,而且骗取了组织的重用,使自己在贪腐路上越走越顺,越走越远。

干部选拔任用管理制度存在漏洞,是贪腐年轻化的重要原因之一。在不少单位和地方,"重年龄,轻考察"、"重学历,轻品德"等现象比较突出。一说选拔任用年轻干部,往往机械地"一刀切",把年龄、学历等易于考察的项目作为"硬件",甚至作为唯一条件。而把思想品德、廉洁自律等不易考察的真正"硬件"放在次要位置。致使一些走上领导岗位的年轻人先天不足,后天又缺少必要的培养和约束,出问题就变成迟早的事情。

要防治贪腐年轻化,至少要把好"三关":

首先要把好选人用人入口关,不能只看年龄和学历,更要看品质和作风,要坚持德才兼备、以德为先的用人原则;坚持对年轻干部深入考察、多方考察、长期考察、事中考察、全面考察。年轻是优势,也是局限。优势在于年纪轻、学历高、脑子活、点子多、束缚少、有魄力、有闯劲、敢作为;局限在于理想信念的思想基础不牢,对党的历史和优良传统缺乏系统了解,对法律法规缺乏敬畏之心,对实际生活和社会实践有较大距离,对人民群众的感情不深厚,遇有金钱、美女等外在诱惑容易失去定力。因而非长期考察不能准确评价,非全面考察不能得出正确结论。既要看其一时表现,更要看其一贯表现;既要看其大刀阔斧的一面,也要看其谦虚谨慎的一面;既要看其紧要关口、聚光灯下的表现，更要看其日常工作、平凡生活中的表现；既要看其人前的表现，也要看其人后的表现；既要看其公德，也要看其私德；既要看其对待领导的态度，更要看其对待普通群众的态度。唯其如此，才能比较准确全面地认清、认准、认定一个年轻干部。

二要把好理想信念和法治意识教育关。许多领导干部出问题往往是从理想信念动摇开始、从丧失做人底线开始的，是世界观、人生观、价值观这个"总开关"出了问题。一个人一旦忽视了理想信念的自我培养，忽略了道德自律养成、忘记了法律和制度的约束、放弃了做人做事的起码底线，就仿佛魔鬼附体，什么坏事都能干得出来。因而必须把理念信念和法治意识、廉洁意识作为年轻干部培养教育的终生课程。尤其是要加大对年轻干部的警示教育和预防职务犯罪教育，须臾不可放松。一些腐败分子在忏悔录中往往把丧失理想信念、淡薄法律法规作为走上犯罪道路的第一条原因，值得年轻干部深思。

三是把好权力"运行关"，全方位加强监督管理，完善不敢腐的惩戒机制、不能腐的防范机制和不易腐的保障机制，将干部权力关进制度的笼子里，把笼子扎得更紧、更密、更严、更实，避免"上级监督下级太远，同级监督同级太软，下级监督上级太难，组织监督时间太短，纪委监督为时太晚"的现象发生。让年轻干部从进入干部队伍那天起，就适应在监督中工作、在阳光下用权；就知道守纪律、讲规矩的重要性和严肃性，明白跟组织玩小聪明、权欲熏心、利欲熏心，总有一天会毁了自己。要加大制度预防的力度，落实完善权力制约机制等源头预防措施，有效减少年轻干部腐败的机会，进一步加强对年轻干部队伍的日常监督与提醒。不可过分相信一个人的所谓道德自律能力，必须通过严格的制度设计和体制机制设计，使法律无处不在、无时不有。很多贪腐大案起初之所以没有被制约，理由居然是为了"保护年轻人的积极性"。习近平总书记说过，信任是最大的关怀，但信任不能代替监督。在某种意义上说，监督正是对他们最好的保护。对年轻干部的过失，一定要"早发现、自提醒、早治疗"，"抓早、抓小、抓常"，防微杜渐，常治未病，不能让过度保护成为变相纵容。须知缺乏监督的权力必然导致腐败。制度好可以使坏人无法任意横行，制度不好可以使好人无法充分做好事，甚至会走向反面。

年轻人是祖国的未来，年轻干部是未来的希望。我们不能让他们输在为人民服务的起点上。努力营造"不敢腐、不能腐、不愿腐"的政治氛围，坚持"无禁区、全覆盖、零容忍"的惩戒机制，是干部队伍建设的题中应有之义，任重道远，必须坚定信心，常抓不懈，久久为功，见出成效。

读贪官履历有感

读贪官履历，是一份耐人寻味的阅读体验，从中获得的复杂信息，足堪写一部当代中国的官场现形记，抑或新时期的中国官僚政治研究。

远了不说，先看看被查处的广州市委书记万庆良的履历：1993—1994年任梅州市委宣传部副部长；1994—1996年任梅州市委宣传部副部长兼讲师团团长（其间：1994.09—1995.07在中央党校培训部学习）；1996—1997年任梅州市委宣传部副部长（1994.09-1997.01在中央党校研究生院经济管理专业在职研究生班学习；1995.10—1997.12挂任蕉岭县委副书记）；1997—1998年任蕉岭县委副书记（主持工作）；1998-1998年任蕉岭县委书记；1998—2000年任梅州市委常委、蕉岭县委书记；2000—2003年任团省委书记、党组书记；2003—2004年任揭阳市委副书记、代市长、市长；2004—2005年任揭阳市委书记；2005—2008年任揭阳市委书记、市人大常委会主任（2003.03—2006.06华南理工大学工商管理学院工商管理专业在职研究生班学习，获管理学硕士学位）；2008—2008年任副省长、揭阳市委书记、市人大常委会主任；2008—2010年任副省长（2002.09—2009.12华南理工大学管理科学与工程专业学习，获管理学博士学位）；2010—2010年任副省长、广州市委副书记、市长；2010—2011年任广州市委副书记、市长；2011—2012年任广州市委书记；2012—任省委常委、广州市委书记。

读贪官履历有感

从这份履历和有关报道不难看出,万的发迹有几个鲜明特点:一是每隔一两年甚至更短时间就换个地方或岗位;二是换个地方和岗位就官升一级;三是报道称"早在蕉岭期间,就存在收受巨额贿赂等问题";四是尽管如此,组织部门依然力排众议,将其推向更高的领导岗位;五是早就倡导的用人失察追究制度,至今为止少见相关报道。

熟悉一项工作需要时间,展开工作思路需要长期调研,见到工作成效更非短期可为。不要说管理一县一市那样复杂的工作,即便性质相对简单的工作,也不是一朝一夕便可立竿见影。某些干部的心思不是放在脚踏实地的工作上,而是处心积虑地经营自己的履历表上,务求一两年上一个台阶,争取人到中年官至司局甚至省部。他们都是"绝顶聪明"的人,为了自己的仕途,事先有周详的计划,中间有缜密的安排,过程有精心的算计。何时干出几件漂亮的政绩,何时完成形象工程,何时在报刊露一小脸,何时邀请领导视察讲话,何时忙里偷闲弄个博士,何时探访困难群众,何时制造即将高升的舆论……都有明确具体的考虑,而且善于将其通过一系列具体而微的行动自然地展示出来,羚羊挂角,不露痕迹。表面看去,确有几分政绩,其中甚至不无惠民之处,因而不难浪得几丝虚名,加上舆论机器掌握在自己手上,要风得风,要雨得雨,很容易给不明就里的上级机关抑或来此走马观花视察工作的上级领导造成"特别能干"、"很有成绩"的良好印象。

做好领导工作不仅需要较高的理论、政策水平,更需要丰富的阅历和实践经验。那些经历单一、缺乏丰富经验的同志,面对复杂工作难免捉襟见肘、顾此失彼。因而组织部门在考察使用干部时,不仅要看干部的理论政策水平,更要看其任职履历,看其是否具有丰富的工作经验,特别是面对复杂局面和急难险重任务时所表现出的综合素质。从这个意义上讲,看履历、重经验,无疑是正确的。

问题在于,干部的履历究竟是踏踏实实干出来的,还是上蹿下跳、托关系、跑门子弄出来的?是人民群众普遍认可的,还是只有少数上级领导首肯的?要搞清楚这一点,其实一点都不难,只要深入群众,多听听那个地方、那个单位普通群众的真实评价,就立刻可以得出比较实事求是的结论。不说别的,单说某些领导同志的学历和学位,就很容易看出端倪。稍有常识的同志都知道,正儿八经地考上一个博士生已属不易,货真价实地读下博士学位更是难上加难。而某些领导同志就是具有非凡的本领,一边当着市长、书记,一边轻而易举拿下博士学位。仔细一看,还令人吃惊地发现:所获学位竟然和他从前所学专业风马牛不相及,这就不能不让人心生疑窦。

连普通群众都看得出来的问题,组织部门会看不出来?一个干部的升迁往往要经过个别酝酿、民主推荐、班子提名、民主考察、限时公示、组织任命等一系列复杂程序。一个不学无术,单靠巧舌如簧、四处活动的骗子,并不容易轻易得手。但为什么一些华而不实、善于玩弄花架子的干部依然能够瞒天过海、心想事成?为什么一些群众明显不满的领导干部依然能够步步高升、美梦成真?为什么一些地方、一些单位成了他们仕途奔竞的垫脚石和起跳板?所有这一切,都值得组织部门好好想想。千头万绪,起码应该先掌握一条,就是不要简单看重某些人的"履历丰富",更要看重一个同志咬定青山不放松,执着于某个地方、某项工作、持之以恒、久久为功的那份坚定和坚守。

警惕"临时工"心态

这里所说的"临时工",不是通常意义上没有正式编制、临时参与某项工作的聘用员工。而是带着特定使命、具有特殊身份、到某个重要岗位担任一定公职的工作人员。无论是委派单位,还是接收单位,从来没有任何文件说过这些同志是"临时工",但几乎所有人都对他们的"临时"性质心照不宣。因而他们具有某种临时心态,也就不足为怪了。

习近平总书记5月9日在参加兰考县委常委班子专题民主生活会时指出:"有的人在县里工作,不是想着为党和人民干点实事,而是想着找一块跳板、找一个台阶,干临时工观念很重。这怎么能干好呢?肯定干不好。"他又说:"要是有临时工思想,要么就想急功近利搞一点表面文章、华丽转身,要么就是当一天和尚撞一天钟、得过且过,怎么能干好呢?"

总书记的话虽然是说给县里同志听的,但具有非常普遍的现实意义。环视周围,不论是下派或横向交流到县里工作的同志,还是到其他什么岗位工作的同志,多多少少都有一点"临时工"心态。这些同志的共同特点,一是多为具有培养前途的后备干部;二是无论到县里还是到其他岗位,都担任一定的职务;三是都有不断进步升迁的心理期待;四是都为自己的成长进步预设了时间表,通常不超过一个任期。

他们是带着鲜明的"临时"印记下来的,从组织部门的角度说,他们的下派叫"挂职";从接收单位的角度看,他们是"镀金";从群众的角度看,他们要么是"走读干部",要么是"跳板干部";从他们自己的角度看,所到之地终究不是久留之地,所任之职终究只是"过渡"任职。为了解决这种"临时状态",克服"临时心理",组织部门曾经刻意将"挂职"改为"任职"。一字之差,使干部政策从选拔、培养、监督、任用的角度有了质的飞跃。由"挂"而"任",起码要实行"三转",即转工作关系、转党务关系、转户口。"三转"的直接目的,就是要使有关同志克服"临时工"心态,真正使自己扎到基层,做好奉献一生的心理准备和长远打算。一些胸怀远大的好同志,也的确义无反顾地背起背包,奔赴祖国需要的地方和岗位,做出一番实实在在的事业。

但即便是"任职",当事人和委派单位以及接收单位依然会有一定程度的"临时"心态。当事人有了这种心态,就与接收单位的工作和当地群众在思想感情上隔了一层,要么在处理日常工作和人际关系时瞻前顾后、左顾右盼、心有顾及、缩手缩脚;要么急于干出所谓"政绩",好大喜功、花拳绣腿、盲目决策、仓促上马;要么今天一个思路,明天一个举措,朝令夕改,翻云覆雨,让群众不知所措。折腾来折腾去,无非是大搞"形象工程"、"政绩工程",作秀给上级领导看,其目的当然是尽快跳上更高的台阶。只是这样的折腾往往不顾当地经济社会发展实际,不从普通干部群众的愿望出发,投资不少,收效甚微。往往是当事人升迁拍屁股走人,给当地留下一个烂摊子。

对于下派干部当然不能一概而论,更不能一竿子打死一船人。看一个干部是不是带着"临时工"心态工作,一个最重要的标志,就是看他是为了"做官",还是为了"做事"。为"做官"的,往往容易沦为"作秀"。他们眼睛只往上看,一切容易"出彩"的,容易让上级领导看了满意舒服的,对自己升迁有利的,他们就不惜代价拼命干;而那些周期长、见效慢、效益低、一个任期干不完的基础项目,他们就不那么热心。为"做事"的,往往以群众的需要为出发点,以客观实际为出发点,心里想着群众,一切为了群众,民生问题总是他们心中最大和第一位的问题。他们所做的工作也许不那么惊天动地,也没什么经验可以总结,就像人民的好书记焦裕禄同志那样,朴实无华,像土地一样让农民感到亲切,像庄稼一样让人民感到踏实。

要准确考察一个干部究竟是为了"做官",还是为了"做事"的确不容易,但也没有某些人强调得那么难。在我看来,一方面,组织人事部门要按照党的政策深入细致地开展工作,看干部的实绩怎么样,而不是简单看他们的汇报材料怎么样。更重要的,是要问计于民,深入基层,听听广大群众对一个干部怎样评价。人民群众身在生活之中,对什么是"客观实际",什么是"花架子";什么是"一心为民",什么是"刻意作秀",比任何人都清楚。只要真心实意听听群众的评价,基本可以得到准确答案。

如此,才能让好干部一届接着一届干,一张蓝图绘到底,使党和人民的事业继往开来,长盛不衰。

看世界杯 想身边事

四年一届的世界杯足球赛,是全世界球迷的嘉年华。看世界杯,想身边事,是侃球、聊球之外的又一乐趣。

西班牙战荷兰,是上届杯赛的冠亚军之战。赛前电视和网络预测一边倒,百分之八十多球迷认为西班牙必胜,百分之十左右的球迷预测平局,只有区区不到百分之十的人预测荷兰胜。然而残酷的现实打破了几乎所有人的预测,5比1的大比分,创造了上届世界冠军的最大败绩,也让所有人大呼意外。我是少数预测荷兰胜的球迷之一,当然很得意。但我的得意不是来自偶然的幸运,而是来自近四十年踢球、爱球、评球的经历。作为荷兰队的铁杆球迷,我的理由有四:一是如今的西班牙队群星荟萃、打法成熟、极尽荣耀,但毕竟年龄老化、套路固定、动力不足,且在明处;二是如今的荷兰队既有大牌球星领衔球队,又有一大批青年才俊形成强力阵容,整支队伍朝气蓬勃、充满活力;三是荷兰队屡次败倒在世界杯冠亚军决赛赛场,心中充满复仇的火焰,取胜欲望极其强烈;四是荷兰队只有进取之心,没有后顾之忧,打平即是赢,战胜就是奇迹。

而奇迹就在多数外行球迷的眼皮底下必然地上演了。

欢欣之余,感慨良多——

一支球队也罢,一个单位也罢,一个人也罢,曾经的辉煌既是荣耀,也是负担;既是资本,也是拖累;既是前行的动力,也可能成为趋于保守的开始。西班牙队是足球史上公认的伟大球队之一。在近年来的国际比赛中，他们几乎囊括了世界杯、欧洲杯等所有重大赛事的冠军。他们成熟老练的战术、优雅华丽的踢法、闲庭信步式的从容，令所有球队折服，让全世界球迷赞叹不已。然而事物的辩证法告诉我们，福兮祸所伏，祸兮福所倚。西班牙在成为众星捧月的明星球队的同时，也必然成为众矢之的。如果他们沉迷于以往的辉煌战绩，陶醉于成熟老练的打法，潜在的危险就会逐渐突显，不远处的失败就会向他们招手。事实上，早在去年联合会杯上0比3败于巴西队，西班牙的老态和疲态就已现出端倪。这种端倪一般球迷未必看得到，而荷兰教头范加尔不可能不看到，有眼光的球迷也不会忽略。西班牙今天失败的祸根，其实早在他们夺冠那天就深深地埋下了。

老将固然重要，新人不可或缺；经验弥足珍贵，创新才是出路。如今的西班牙队，汇集了卡西利亚斯、拉莫斯、哈维、阿隆索、伊涅斯塔、比利亚等一大批当今世界的明星球员，可谓群星荟萃，经验老到。然而平均29岁，明星球员多数超过30岁的年龄，早已过了足球运动员的黄金年龄段，经验的老到并不能完全弥补体力的不足。而体力的充沛与否，正是足球比赛的最关键因素之一。靠着蹩脚日本裁判的错误判罚，西班牙侥幸获得一个点球。而从下半场开始，体力透支，阵容散乱，西班牙遭到荷兰队屠杀式的进攻，也就毫不意外了。明眼人不难看出，昔日辉煌无比的西班牙队成也老将经验，败也老将经验。倚重老将经验，曾经成就西班牙的辉煌，迷信老将经验，终使其吞下惨败的苦果。

在日常工作生活中，我们中国人比任何人都更崇老、爱老、敬老，这当然是不容亵渎的好传统。同时我们也比世界上任何国家和民族都更加迷信传统、迷恋老经验、依靠老同志，认为"嘴上没毛，办事不牢"，对年轻人、对新创造，总是习惯性地投以怀疑的目光。五千年的传统,使我们有足够的"卖老"资本,然而在科学技术日新月异的当今世界,我们却少有创新的荣耀。谁都知道,青年代表未来,创造昭示希望,新陈代谢是宇宙的根本规律。然而到了一个单位、一项具体工作,人们常常是倚重老将,看重经验,对年轻人不放心,总是在创新的失败中总结出消极的教训。这样的惯性思维使我们不自觉地保守僵化、故步自封,不自觉地成为令人厌恶的"九斤老太"。而忽然有一天,发现"荷兰"在逆天,也给我们来个"5比1",方才如梦方醒、恍然大悟,原来那些曾经的荣耀和经验,并不是永远不可替代的。

从西班牙的失败中,我们应该有所感悟、有所超越。

新 年 三 愿

老话说:"一元复始,万象更新。"每年如此,今年亦同。可见一个"复"字,表明所谓"新",不过是"新"与"不新"、"变"与"不变"的反复轮回、更迭变换而已。不论对国家社会而言,还是对公民个人而已,总是处在"变"与"不变"、"新"与"不新"之间。"变"的是飞速发展的经济社会形势,"不变"的是已经选定的中国特色社会主义理论、道路、制度;"变"的是每年需要面对的新情况、新问题、新任务,"不变"的是对美好生活的向往,对民生改善的期许,对反腐倡廉的坚持。"不新"的是"年年岁岁花相似","新"的是"岁岁年年人不同"。

朱某有三愿,愿与君共勉:

一愿反腐倡廉高歌猛进,民生改善成效显著。新一届中央领导集体履新伊始,就高高举起反腐倡廉的大旗,一方面,老虎苍蝇一起打,其态度之坚决、声势之浩大、效果之显著,有目共睹;另一方面,鲜明提出"八项规定",坚决反对"形式主义、官僚主义、享乐主义、奢靡之风",铁腕抓党建,利器治作风,一度令人民群众深恶痛绝的不正之风得以遏制,党和政府的形象得到改善。新的一年,愿将反腐败斗争的长期性、艰巨性、复杂性估计得更充分一些,宜将剩勇追穷寇,不可沽名学霸王。与此同时,愿乘全面深化改革、依法治国的东风,着力改善民生,将教育、医疗、就业、住房、养老、保险等一系列涉及普通百姓生活的各项事业推向新阶段,让人民群众实实在在地感受到经济社会发展带来的好处,共享全面深化改革的成果。只有将反腐倡廉和改善民生两手一起抓，一起见成效，才能从根本上提振人民群众对党和政府的信心，对中国特色社会主义事业的信念。

二愿传统媒体和新兴媒体融合发展，有效传播深入人心。干什么吃喝什么。作为媒体人，几十年来我们伴随传统媒体学习、成长、实现人生价值，感受传播正能量所带来的成功与荣耀。但随着互联网的迅猛发展，随着手机等移动终端的裂变式膨胀，传统媒体正经受着生与死的严峻考验。互联网以其"海量信息、实时更新、双向互动"的鲜明特点，正悄然改变和消解传统媒体"居高临下、单向灌输、行政推广"的简单做法，悄然改变人们的思维方式、工作方式和信息传播方式。越来越多的人习惯于通过手机等移动终端获取资讯、通达社情、了解民意，传统的报刊杂志正有被日益边缘化的倾向，其发行量和广告量双下降，已成不争的事实。在此情况下，唯有解放思想、突破藩篱、洗心革面、超越自我，大胆使用大数据、云计算、移动互联、4G技术、微博、微信、微视等新技术、新应用，彻底改变传统的用人体制机制，打造集文字、声频、视频等各项技术于一身的全媒体编辑记者，才能跟上这一拨新技术革命迅猛发展的浪潮，彻底实现传统媒体和新兴媒体在内容、渠道、平台、经营、管理等方面的全面融合，实现思想理论和各类健康资讯的有效传播。

三愿保持定力、种好心田、潜心事业，有所收获。互联网时代是资讯极度膨胀、各项事业飞速发展的时代；同时也是喧嚣浮躁、浅尝辄止、浮光掠影、泡沫迭出的时代。人们发明了互联网，尽享其给人类生活带来的无限便利；同时也深深地为其所裹挟、所奴役、所压迫，自觉不自觉地异化为它的奴隶。从家里的电视，到单位的电脑，再到无时不有、无处不在的手机，当代人基本生活在"三屏"之中，疏远了亲情、淡漠了友情、荒芜了人情，甚至消解了事业、荒废了工作、撕裂了学习。我们貌似什么都知道，其实什么也不懂。"渊博"的表象背后，充其量不过是一个浅薄的"知道分子"，绝非真正的"知识分子"。所以我愿与朋友们共勉：享受网络手机，获取必要资讯，但决不做网络手机的奴隶。要把更多的时间精力用在学习工作上，用在精读深研学术著作和真问题上。做一个表面未必"渊博"，但确实对某些问题有所了解、有所体会、有所发现、有所创造的实在人。

读刘志军案有感

7月8日,北京市第二中级人民法院对备受瞩目的刘志军受贿、滥用职权案做出一审判决,对刘志军以受贿罪判处死刑,缓期二年执行,剥夺政治权利终身,并处没收个人全部财产。北京市人民检察院第二分院在指控书中指控,1986年至2011年间,刘利用担任郑州铁路局武汉分局党委书记、分局长、郑州铁路局副局长、沈阳铁路局局长、原铁道部运输总调度长、副部长、部长的职务便利,为邵力平、丁羽心等11人在职务晋升、承揽工程、获取铁路货物运输计划等方面提供帮助,先后非法收受上述人员给予的财务共计折合人民币6460.54万元。

从指控中不难看出,刘志军的犯罪轨迹运行在1986至2011共15年间。在此期间,刘的职务由铁路分局副局长到局长,再到铁道部总调度长、副部长、部长,任职地域由武汉至郑州,由郑州至沈阳,由沈阳至北京,由地方到中央,可谓一路顺风、步步高升;在此期间,我们国家发生了一系列重大事项,先后召开了党的十三大、十四大、十五大、十六大、十七大,出台了一系列加强党风廉政建设、加大反腐败力度的法律法规文件,预防和惩治腐败体系初步建成,先后挖出陈希同、陈良宇、薄熙来等大案要案。就是在这样的背景下,刘志军得以不断晋升,开始疯狂敛财,一步步走向犯罪的深渊,这不能说不十分耐人寻味。

平心而论,刘志军担任铁道部长期间,我国铁路多次提速、高铁实现跨越式发展,取得了举世瞩目的成就,成为我国改革开放后面对世界的一张值得骄傲的亮丽名片。这当中,当然有作为铁道部掌门人刘志军的贡献。无论他后来堕落成什么样的人,曾经有过的贡献不能否认。

但同样不能否认的是,15年间刘的每一步晋升,都不可避免地要接受组织部门的严格考察,要经历群众满意度测评。虽然从1986年起刘就开始犯罪,但还是巧妙地闯过了组织部门的层层考察关,顺利晋级。不知是刘伪装有术,还是组织部门失察?一次伪装过关也许可以理解,过五关斩六将一路绿灯一马平川,边犯罪边提拔,就多少有些叫人匪夷所思。还是这15年间,从分局到部委,当然都有党的纪律检察机关,但不知是刘的犯罪行径没有露出蛛丝马迹,还是即便早有反映而纪检部门奈何不得?我们的纪检部门作用究竟如何,到底应该建立健全一个怎样的反腐败制度机制,形成真正有效的制度设计,看来确是一个值得深入研究的大问题。虽然刘志军最终没有逃脱法律的制裁,但结果的完满代替不了过程的缺失。如果我们能从刘志军案中真正吸取教训,从而使反腐败的制度建设更上一个新台阶,达到有效预防、有效监督、有效治理的目的,审理此案的积极作用将会得到最大化。

公诉书未对刘接受性贿赂等公众关心的问题予以起诉,辩护人在回答记者提问时,还特意就此做出说明。但上述犯罪事实已经足以让人触目惊心。何况刘还有374套房产以及数额不菲的美元、欧元、港币等被追缴。刘的所作所为,早已超出善良百姓对一般腐败分子的想象。早些时候有报道说,刘出资一手扶持的丁羽心公司的主要任务,就是为刘志军晋级牟利进行攻关打点、铺平道路。我们不禁要问:一个堂堂正部级干部,不论为识途奔竞也罢,为市场逐利也罢,究竟要向谁攻关、对谁打点?想必决不是平头百姓、下岗职工和进城务工农民吧？

　　刘志军案终于进入法律程序,是人民的胜利,是党的胜利,同时也是法律的胜利。此案带给人们的思索太沉重,也太有价值。习近平总书记说过,要解决权为民所赋的问题。我以为说到了问题的根本。刘志军之所以一路带病提拔、基本不受监督,一个根本原因,就在于未能有效解决人民授权、人民监督的问题。如果在选拔任用环节真正倾听群众意见,在任职期间真正听取群众的各种反映,也许刘不至于越滑越深,终于走向不能自拔的深渊。这无论对于党和国家的事业,还是对于刘志军本人,都是善莫大焉的好事。即将在全党开展的党的群众路线教育实践活动,希望在进一步强化群众观点的同时,能在实实在在解决权为民所赋的问题上有新的进步,把习近平总书记的现代政治学执政理念,转化为可以实际操作的具体制度设计,把腐败的毒苗有效扼杀在萌芽状态。

你是他人的环境

今年10月的北京,并不像往年那样秋高气爽。"十一"长假7天,除去中间两天略微晴朗,前后几天都是雾霾满天。举目四望,满眼浑浊,近在咫尺的楼群,也显得模糊不清。晚报提醒市民"全市重度污染,最好宅在家里"。

即便如此,依然难以阻挡汹涌的人潮铺天盖地地从四面八方涌进北京,故宫、颐和园、园博园等知名景点的日均人流量,在10万甚至几十万以上,京城各个方向的高速公路,几乎都成了停车场。在天安门广场,庄严的升旗仪式之后,伴随人们激动泪水的,是5吨不和谐的垃圾。

有人很欣慰,因为今年的垃圾量已经远远少于去年、前年;也有人对这样的报道很反感,因为外国的聚会垃圾比我们的更多。对于前者,我们有理由谨慎地乐观,毕竟时代在发展,社会在进步,人们的环境意识、文明教养都有所进步,这是值得高兴的;对于后者,我不以为然,一则对资料的来源觉得可疑,二则即便事实如此,难道就可以成为我们乱丢垃圾的理由?"外国也有臭虫",中国就必须臭虫满地?

面对雾霾蔽日,面对各个景区随处可见的垃圾,我们常常感慨中国人的环境意识和卫生习惯。每次出国回来,看到北京上空与其他国家上空的鲜明对比,都有一种复杂的感情油然而生。我们习惯于感慨和抱怨,却很少从自身角度考虑一下具体实在的环境问题。

世界上没有空洞抽象的"环境",通常我们所说的环境,无论是自然环境,还是社会环境,早已打上人们生产生活的痕迹,成为马克思所说的"人化的自然"或"第二自然"。这意味着"人"作为"环境"的重要因素和组成部分,必须对环境的好坏负责,无论是作为整体的人类,还是作为个体的人,都不可避免地对环境负有一份责任。因为正是人类社会的生产生活,逐渐改变了自然环境;正是每个人的言行举止,构成了我们所说的社会环境。换句话说,我们每个人都是他人的环境,每个人的言行举止,都或好或坏地成为别人评价社会环境的重要参照。你若行为高尚、举止文雅,环境便优美和谐;你若行为粗鄙、举止丑陋,环境便肮脏不堪。

北京是一座拥有两千多万人口的超大城市,我们每天生活工作在这个城市里,呼吸这里的空气,沐浴这里的阳光或雾霾,感受这里的整体氛围。试想一下,早晨上班路上看到的是一片和谐美好文明的景象,这一天是什么心情?看到的是丑陋粗鄙肮脏的景象又是什么心情?

讲生态文明当然离不开全面的环境意识教育,当然离不开对发展理念、发展方式的深入思考,当然不能重复走发达国家先发展、后治理的老路,这些大道理当然都要讲。但我要说的是,"你是他人的环境"这样的小道理更要讲。只要我们每个人都自觉养成文明习惯,从不乱丢垃圾、不随地吐痰、不大声喧哗做起,我们的环境就一定会有质的改善。如果每个人都如是想、如是做,广场上那5吨垃圾从何而来?如果几十万人静悄悄地散去,而广场上不留一点垃圾,那将给人怎样的震撼,将预示着怎样的力量!我甚至想如果有一天不仅在天安门广场,而且哪怕在我们的普通乡间,人们聚会之后都不见任何垃圾,我们这个国家就真的实现了现代化,我们常常挂在嘴上的那个社会主义强国,就真正实现了。因为没有人的现代化,任何物质的现代化,都还仅仅是"半截子工程"。

请记住,你是他人的环境,你也是他人的镜子。如果我们厌恶他人随地吐痰,起码我们自己绝对不随地吐痰;如果我们讨厌他人乱丢垃圾,起码我们自己绝对不乱丢垃圾。己所不欲,勿施于人,从我做起,从现在做起,我们的环境就一定会逐渐好起米。我们中国人能够创造那么多人间奇迹,难道没有力量改掉一点不文明的陋习吗?

人生"五心"

人生在世,谁不想建功立业、有所作为?然则先天的禀赋、后天的努力、客观条件、主观因素,无不在左右人生的轨迹。有的人把成功的希望寄托在"贵人相助"上,有的人把成功的花朵栽种在拼搏的汗水里,有的人指望抓中彩票一个早上跨过人生所有过程直奔幸福,有的人但问耕耘不问收获一切都在平淡自然之中……

我想说的是,人生的成功当然离不开主客观各种因素,但明智的人总是把最可靠的希望寄托在主观努力之中,把成功的钥匙牢牢把握在自己手中。当然,不是所有梦想都开花,不是所有耕耘都结果。但如果自身不努力,再优越的客观条件,再好的先天禀赋都是枉然。

要想人生成功,就要努力成为一个"五心"之人。所谓"五心",即雄心、信心、恒心、感恩之心、敬畏之心。

雄心是立业之基、成事之本,是通向成功最可靠的起点,是鞭策自己矢志不渝的坚强推手。"雄心"往往与"壮志"联系在一起,二者相辅相成、交相辉映,成为车之两轮、鸟之双翼,托起辉煌的人生。人异于禽兽者,不仅在于人有思想,更在于想什么。思想的质量在一定程度上决定着人生的质量和价值。如果整天沉浸在口腹之欲的思虑和焦渴之中,所想无非锦衣玉食、脐下三寸,自由的主体成为本能和欲望的奴隶,还能成为一个完整意义上的人吗?俗话说,男儿当自强。一个人活在世上,温饱之余总该想一点大事、成就一番大业,志存高远,寄意寒星,为绝大多数人的美好生活披肝沥胆、九死不悔。这,才不失为铁骨铮铮的伟丈夫。

信心是建功的依据,立业的保证。没有信心支撑,任何事情都难以为继,一切成功都无从谈起。完整的信心既是理性的自信,又是对社会、对他人的基本信任。所谓"理性的自信",是建立在准确的自我判断基础上的信心。拥有这种自信的人知道自己是谁、我要做什么、我能做什么、我如何去做。他们既不妄自尊大,也不妄自菲薄,知己知彼,百战不殆,所向披靡。

有了雄心、信心还不够,还必须拥有恒心,持之以恒,慎始善终。俗话说无志者常立志,有志者立志长。一个人凭借五分钟热血、一时冲动立下人生大志、许下人生诺言,从此焚膏继晷、呕心沥血,煞有介事地"奋斗"一番并不难,难的是虽不轰轰烈烈,却实实在在地持续努力,像寒冰下的溪水,静静的,却在流;像春天的桃花,淡淡的,却在开。那样一种不动声色的默默努力,可能才是最可靠、最持久、最有效的人生奋斗。有道是"若有恒何必三更眠五更起,最无益一日曝十日寒"。恒心所在,成功所系,"坚持数年,必有好处",这是伟人的教诲,也是成功的不二法门。

感恩之心是动力、是源泉,是一切善的根由,一个人只要心怀感恩之心,就一定会对人民、对社会充满回报的渴望。他知道一粥一饭来自农民兄弟的辛勤耕作,一丝一缕离不开工人长满老茧的大手。唯有怀着一颗感恩的心奉献自己的绵薄之力,才觉得吃得舒服,睡得踏实,活得幸福。观察一个人是否善良、是否充满爱心,不妨就看他是不是具有感恩之心。一个人如果从来不说"谢谢",从来不在劳动人民面前表现出谦卑的感情,甚至认为别人对自己的帮助和贡献都理所当然,那么不管他身居多高的位置、具有多大的名气、身价如何了得,都不要相信他,别指望他关键时刻会做出无私的选择。

敬畏之心源于对自然、社会、人生的深刻理解,源于对客观规律的尊重和把握。在茫茫宇宙当中,人是渺小的存在;在复杂的社会关系当中,人只是其中微不足道的一环。违背自然规律,我们会丧失河流、山川、绿树、飞鸟;破坏社会发展规律,我们要付出经济停滞、文明衰落、礼崩乐坏的惨重代价。康德说"夜晚的星空"和"心中的道德律"常常让他油然而生敬畏之情,其中蕴含的深刻道理应该对我们有所启发。

说 底 线

上班路上,在等待红灯的间隙,旁边豪车上的司机摇开车窗,响亮地将一口浓痰吐在地上。见我正很鄙视地盯着他,他不仅毫无愧色,反而像是为了证明什么似的,又连续往地上狠狠吐了两口,然后挑衅地直视着我。我承认,除了恶心和极度反感,我奈何他不得。

这样的无奈在首都的街市,在很多公共场所随处可见,甚至在比萨斜塔下,我也见过用汉语写的"不要随地吐痰"的警示牌。对此我感到气愤、难过、耻辱,却无言以对。因为使馆的同志对我说:"用汉语写警示牌,的确不是为了专门羞辱丑化中国人,而是除了我们的同胞,再也没有其他国家的人随地吐痰了。"在南方的一些大城市,我甚至见过在街角解手的成年人,看装束,似乎还是有一点身份的人。这样的现象见多了,我的心头有时会产生一些消极甚至恶毒的想法,比如:不随地吐痰、不乱丢垃圾、不在光天化日之下解手会死吗?不乱穿马路、开车转弯时动一下手指打开转向灯比发射火箭还难吗?养成一点与人方便、与己有利的文明习惯比割肉还痛苦吗?即便不顾别人的感受,难道也不怕自己丢人现眼吗?

看来是既不顾,也不怕,而且从来没把此类事情当成一回事的。为什么?是因为做人没有底线,或者说底线低到常人无法理解的地步。比如垃圾不随手扔还怎么扔?痰不吐在地上吐在哪里?对于这样的人,这样的想法,用一般的道理真的很难解释。

任何社会都有自己的道德准则、行为规范,做人做事必须有社会普遍认同的底线。超越了这个底线,人很可能做出一些违背社会公德的事情,甚至干出一些无恶不作的违法勾当。校长不是完人,但竟然无耻到带小学女生开房的地步,那就连人也不是了;说他们禽兽不如,是对禽兽的侮辱。商人逐利无可非议,只要合理、合法、合情,赚得越多对社会贡献越大;但为了牟利,竟然往婴儿奶粉中添加有害物质,竟敢制售假药、假酒,那就无异于谋财害命了。

底线是一个社会赖以生存、赖以保持和谐稳定的基础和前提。看一个国家的文明水准,不仅要看它的文学艺术、科学技术水平,看它为世界文明所做的贡献,同时也要看它最普通国民的言行举止、细枝末节。前者的发达掩盖不了后者的匮乏,后者的粗鄙与不堪,却足以消解前者的光环。我们的一些国民到世界名胜乱涂乱刻,引发国内舆论一片热议,有人说这是丢人丢到国外去了。好像"家丑"不是"丑",只有丢到国外去才是"丑"。比萨斜塔下不能随地吐痰,天坛下就可以乱吐吗?巴台农神庙不能乱写乱画,长城就可以随意签名吗?国人的抗议可以不予理睬,只有"洋大人"说话才问题严重吗?一个在自己家里就从来不讲卫生、没有养成良好生活习惯的人,能指望他到了国外忽然文明起来吗?

礼义廉耻,国之四维;四维不张,国将不国。在我看来,所谓"四维",并不是什么高不可攀的道德高地,而是每一个中国人起码的行为规范、做人底线。一个人没有起码的礼义之心、廉耻之心,那他何以为人?一个连做人底线都缺失的人,还侈谈什么理想信念、核心价值?

底线连着本分,是做人最起码的规矩。不杀人、不放火、不偷盗是本分;基督教的十诫是本分;受人之托,终人之事是本分;赡养父母、善待妻儿是本分;利己不损人是本分,己所不欲勿施于人也是本分。老百姓常常挂在嘴上的话:"有些事不能做。"这个"不能做",就是社会最可靠、最被认同的本分。

　　底线连着耻感,是做人最不能超越的红线。所谓"羞耻之心,人皆有之",我认为更多的是从"应然"角度说的,而不是陈述一个客观事实。人之初,无所谓羞耻之心,只有赤子之心。耻感的养成,完全在于后天的教育和教化。一般说来,文化教育与耻感养成成正比,但也并不绝对。耻感与其说与教育有关,不如说与教养更有关。因为受过教育的人并不一定都有教养,有文化也不简单等同有文明。耻感的养成有赖于法律、道德、制度的全方位努力,有赖于从家庭到社会一以贯之的全天候监督。一些外国政客因政治丑闻或渎职而引咎辞职,一些文体明星因个人丑闻而道歉甚至自杀,在我看来就是有耻感的表现。而那些犯下天大罪行,还厚颜无耻地大谈什么人生观、价值观、政绩观的腐败分子,在我看来就是完全没有羞耻之心的伪君子。

　　不要小看这个"耻感",一个社会有没有"耻感文化","羞耻"的容忍限度有多大,往往决定这个社会的道德水平和社会风气。试想一下,一个从来不把制假售假作为多大的事儿,反而将以此发财视为"能干"的社会将会怎样？一个从来不把欺上瞒下、巧言令色、口言善而身行恶的两面派当作坏人,反而作为"能人"不断提拔的环境又会怎样？当一个社会道德失落、价值失范、社会失序,而真善美倒错,假恶丑肆虐,那又会是一种多么可怕而令人绝望的景象？

　　要言之,理想信念教育固然非常重要,底线教育、耻感教化也到了非抓不可的时候了。

我为什么特别拥护"八项规定"

我为什么特别拥护中央整治局颁布的"八项规定"？不是因为我的思想觉悟比别人高，而是因为我的酒量比别人小。

时近年底，如果让我来梳理今年的收获，我以为最大的收获莫过于"八项规定"的坚决执行。有细心人作过统计，改革开放以来，不同层级发布的禁止吃喝的文件多达数十个。每次都决心很大，规定都很具体，连"公务接待四菜一汤"都限定了。然而几十个文件管不住一张公款吃喝的大嘴，风头过后，往往是变本加厉的大吃大喝。以至于人们早把治理公款吃喝视为"顽症"，颇有一点无可奈何的味道了。

然而今年中央整治局颁布"八项规定"，不仅态度坚决，而且率先垂范、身体力行，对于发生在各个层面的公款吃喝现象坚决查处、决不通融，没有以往的"原则上"禁止，实际上宽松，也没有自欺欺人的所谓"变通"、"下不为例"。从已经披露的个案看，有些数额很小的公款吃喝也被严厉查办，当事人受到党纪惩处。如果说公款吃喝风已基本得到遏制，我以为这个判断并不为过。

今年八九月间，中学同学从外地来京，我准备自掏腰包请大家吃饭，习惯性地给以前常去的酒店打电话。对方是位领班，回话说我们两个月前已关门，他如今在安徽老家自己开店，惨淡经营。接着又给另一家酒店打电话，对方说比前一家关门还早一个月。两家酒店在京城都算不上高档酒店，但即便如此，以往支撑其经营的，主要还是周边大机关、大单位、大公司的公款消费。"八项规定"颁布不过半年，便无法继续经营，可见以往公款消费所占的份额有多少。循着这一发现，我关注了一下单位周边的酒店，发现有好几家都已关张，其中包括一些著名的连锁店。即便没有关张的店家，也失去了往日门前车水马龙、人流如织、入夜霓虹闪烁、灯红酒绿的景象。原来门前成片的公车没了踪影，那些打着饱嗝、剔着牙齿、东倒西歪丑态百出的食客明显减少了。而原本厌恶觥筹交错、胡吃海喝的朋友，终于可以简单安静地回家吃饭，与家人共享平静简朴的生活了。

我是一个严重酒精过敏同时又担任一定公职的人。这在咱们中国就是一个大问题：中国社会是个人情社会，人情的深浅，往往表现在饭桌上的热度和酒盅的深度。甭管接待哪方神圣，都必须交杯换盏、一醉方休。正所谓"感情深，一口闷"、"要让客人喝好，先把自己喝倒"。如果不喝好，不仅是对客人的怠慢，更是对工作的损失。对我而言，每临酒局，就满腹纠结。一方面，怕客人不满意，怕由于自己的不善饮而影响工作，怕扫了朋友们的兴；另一方面，喝酒于我无异于喝毒药，毫无乐趣可言，完全是牺牲自己、快乐别人。但身份所限，无论如何都得喝，为领导高兴喝，为同事尽兴喝，为工作对象满意喝，为达到某种目的喝，为不让大家失望喝。身居京城，外地朋友来访不能不喝；到外地出差，当地同志宴请不能不喝；家人聚会，老少欢聚一堂不能不喝；至于求人办事，更得往死里喝……其结果，就是人前热情洋溢，人后肝胆吐地。

在咱们中国，喝酒被赋予的东西实在太多了；一个人是否善饮，涉及的东西也实在太多了。"酒精考验"对我而言，无异于一个不寒而栗的酷刑。但为工作、为事业、也为自己在人前的面子，实在无法做到滴酒不沾。

我知道如我这般极度不善饮的只是少数，但真正喜欢大吃大喝、暴殄天物的也决不是多数。多少人为了所谓工作、事业、面子在拿公款挥霍浪费，多少人怀着矛盾的心理参与其间。这个看似无解的方程何时才能有一个确切的答案？这个仿佛无法治愈的顽疾何时才能找到医治的良方？

如今好了，一纸"八项规定"，使病入膏肓的吃喝顽症戛然而止，社会肌体正在恢复健康。看似无解的方程，其实只要中央下决心，问题并不像想象得那么难以解决。可见中国的有些事情是需要从上做起的。上有所好，下必甚焉；上有所恶，下必收敛。我相信，"八项规定"不仅有效约束了一些热衷于大吃大喝的人，也彻底解放了一些原本厌恶公款吃喝的好同志。但愿能够持之以恒，不要搞一阵风。今天抓中秋、国庆不准公款发月饼，明天抓元旦不准公款印制分送贺卡、挂历，后天抓春节期间不准公款宴请、送礼……如此这般，久久成习，党风社会风气好转就大有希望。

谣言止于公开

正在全国开展的严厉打击网上谣言活动，来势迅猛，效果良好，秦火火、立二拆四等一批谣言制造者纷纷落马，彰显了党和政府净化社会风气的坚定决心，反映了人民群众一直以来的急切呼唤，大有必要，大快人心。

一段时间以来，泛滥于网络的各种谣言肆无忌惮，愈演愈烈，已经到了令人发指、难以容忍的地步。一些人随意侵犯他人隐私，肆意诋毁公民人格，甚至编造虚假新闻，炮制所谓内幕消息，以此煽动不满情绪，制造社会动乱；一些人坐拥商业网站，手持外国护照，甚至受雇于某些特殊机构，在国内兴风作浪，企图"谣翻中国"……

西亚、北非的动乱，中亚的颜色革命，正在埃及发生的流血事件，背后无不有网络谣言舞动的黑手。拉萨"3.14"事件，乌鲁木齐"7.5"事件，同样以网络谣言作为动员手段。事实证明，网络谣言不仅严重侵犯公民隐私、危害公民人权，而且破坏安定团结、威胁国家安全、动摇党执政的社会基础。对此，决不可放任自流，必须依法严惩。对网络谣言的软弱放任，就是对公民人权的冷漠和蔑视，就是对社会稳定、国家安全的不负责任。

谣言的生成有其复杂的原因。从谣言制造者的角度说，有人是为了经济利益。网络生存靠的是点击率，赢的是眼球经济。一个博主只有发布耸人听闻的消息，炮制具有轰动效应的事件，才能获得大的点击率，才能赚取足够的眼球关注，才能成为大V，才能吸引广告商，才能赚取高额回报。有人动机更为复杂。他们不满足于一般的经济利益，而是有更高的政治诉求。虽然他们也常用谣言手段吸引注意力，顺便捞取经济利益，但更重要的，是想借助网络的社会组织动员力量，纠集同党，号令天下，以达到干扰民心、破坏稳定、颠覆党和政府的目的。也有人仅仅是为了满足虚荣心而造谣。网络的门槛很低，每个注册登记的人都可以成为几乎不受约束的自由言说者。为了博取关注，他们在自身水平能力不济的情况下，往往靠道听途说撑门面，靠转发未经证实的传言维持微博，甚至干脆赤膊上阵、编造谣言。不论哪种情况，都不为法律和道德所容忍，都必须予以严惩。

从客观环境说，一方面是随着改革的不断深化，深层次的社会矛盾渐次显现，教育、医疗、就业、住房、保险、养老等民生问题的解决，与人民群众的迫切期待有距离，一些人由此产生不满情绪，这是谣言得以产生和传播的社会心理基础。另一方面，政府职能部门的信息发布机制不健全，反应慢、质量差，甚至干脆"无可奉告"。正常渠道信息不畅，小道消息自然就有市场；正确信息不能及时传播，谣言当然就取而代之。从某种意义上说，正是由于某些政府职能部门的失职，才导致了谣言的甚嚣尘上。

有人说，谣言是骗子和傻子共同上演的闹剧。有些谣言很低劣，一望而知不可信，但依然可以骗到很多人，不能不说受骗者缺乏起码的判断力；有些谣言并不低劣，甚至很像那么回事，识别它不仅需要很高的政治敏感性和政治判断力，更需要权威部门及时发布正确信息以正视听。都说谣言止于智者，我以为智者的形成有赖于公共信息的及时发布，党和政府应该成为引导舆论的最大智者。人民群众相信党、相信政府。只要党和政府能够及时准确地发布权威信息，谣言就玩不了时间差，打不了擦边球，就没有可乘之机。这次对薄熙来案的庭审，采取微博方式及时播报，就非常有效地堵住了谣言传播的渠道。正常、正确、正义的声音出来了，谣言自然就无处藏身，这是一条非常宝贵的经验。

　　网络时代对党和政府的执政能力提出了更高要求，对改革公职人员的思维方式和工作方式也提出了更高要求。人民群众相信党和政府，党和政府也要相信群众、依靠群众。对公共信息的发布，要去神秘化、官僚化、程式化，要践行群众路线，体现群众观点，这也是党的群众路线教育实践活动的题中应有之义。

比邻若天涯？

上个世纪八十年代初,有一首脍炙人口的短诗:"我看云,很近;我看你,很远。"有人说它朦胧,不知所云。我倒觉得意思其实很清晰。"文革"十年,残酷斗争,无情打击,人人自危,互相防范,"他人就是地狱",人和人之间难免近在咫尺,仿佛天涯;只有遥寄愁心与白云,才有稍许的轻松与亲切。那个年代,不敢奢望"海内存知己",但求身边没有"六亲不认"的造反派就好。

而今到了全球化时代,地球村里,你中有我,我中有你,相互依存,相得益彰,仿佛真有了一家人的感觉。又兼网络、手机盛行,互通互联,只要手指一点,顷刻之间,图文毕现,哪怕地球那端,也好像近在眼前。即时通信系统改变了千百年来从农耕文明到工业文明业已形成的交往方式,从技术上讲,"天涯若比邻"再也不是浪漫的想象,而是具体而微的现实。为了一个共同的诉求,全球网友可以在最短时间内形成貌似虚拟,其实非常实在的联盟,用以帮助那些需要帮助的人。比如提供一份骨髓,贡献一份干细胞,捐献一笔善款。网络和手机的出现,像电灯、马桶、蒸汽机的发明一样,深刻地改变了当代人的生活。

然而,就像世间所有美好事物一样,网络也有两面性,在虚拟空间拉近人们之间距离的同时,也在现实世界疏远了人们之间的直接交流。常见的情形是:在虚拟空间聊得火热,见面之后却没有多少话说,虚拟的热情和现实的冷漠,形成了有趣的对比。过去到了年节，人们走亲访友、其乐融融；而今一部手机、一部电脑、一条短信，四处群发，不知是真情祝福，还是假意应付。方便则方便，但缺少了一点可以感知的温度，淡化了抱拳、鞠躬之间所包含的浓浓情谊。人们发明了网络，实现了"空间对接"，却疏远了近在咫尺的同事和朋友。人们热衷于在虚拟空间用假名展示真实的自我，却不愿在真实的世界里本真地素面朝天。在真实和虚假之间，一些人失去了应有的平衡。身边木讷寡言的同事，可能是虚拟世界炙手可热的红人。在网络的汪洋大海之中，潜伏着太多平日里难得一见的奇妙风景和各色人等，以至于不少人成为"网控"、"机控"、"微博控"，整天手机不离手，每时每刻都在关注网上信息变化，自觉不自觉之间，错把虚拟当真实，把人变为网络的奴隶。

人们发明了网络，原本是为了方便工作、学习、生活，事实上也确实如此。但对网络的极度依赖，使我们中的一些人反而降低了工作、学习的效率和生活的品质，疏远了原本应该亲近的同事朋友。如果你和某些年轻朋友在一起，会吃惊地发现他们很少说话，却手机不离手，不停地发送和接收短信，不厌其烦地刷新微博。有的人一部手机不够，还要左右开弓。你真的惊讶于他们怎么会有那么多人需要联系，有那么多见闻和感想需要与人分享。同时你也不难发现另一道奇妙风景：他们不仅个人独处时机不离手，与朋友聚到一起，照样人手一机，各自忙活。似乎不是人在掌控手机，而是手机在掌控人，这实在是一种典型的异化现象。

一些有识之士意识到这是一种荒诞的存在，开始反思自己对手机和网络的过分依赖。在我们的近邻韩国，一些最简单朴素的傻瓜手机和电脑开始重新回到人们手中。大家越来越清醒地意识到，不少高档手机繁复的功能其实是多余的，很多在虚拟空间飞来飞去的信息是无用的，而唯恐落后的时髦追赶，其实是被商家牵着鼻子走的。

我不是一个排斥网络、手机等新技术的冬烘先生,相反,对网络、手机给当代生活带来的深刻变化深怀敬意。我只是想善意地提醒人们:在网络、手机时代,要警惕自己被异化为机器的奴隶。在热切关注新技术的同时,要把时间精力有意分配给现实生活,分配给活生生的人,不使自己热闹浮躁于所谓的虚拟空间,而是扎扎实实地站在现实的土地上。让内心更淡然、精力更集中、思考更深入、行动更果决。

从谁抓起？

汉语里有一句话咱中国人耳熟能详，就是"从娃娃抓起"。外语教育从娃娃抓起，足球腾飞从娃娃抓起，自主创新更要从娃娃抓起……总而言之，凡是显示咱中国人深谋远虑的事情都要从娃娃抓起，凡是眼下不给力的事情都要从娃娃抓起，凡是大人自己不争气做不到的事情都要从娃娃抓起。

孩子是家庭的希望、祖国的未来，被家长和社会寄予厚望，当然无可厚非。学学外语，练练足球，也不是什么大不了的事情，大人自己不会，多半是因为年轻时没条件，如今把希望转到子女身上，不仅是望子成龙，也多少带有弥补自己缺憾的意思，能练就让孩子练练吧，据说是"不能输在起跑线上"。

我担心的不是家长和社会的厚望，而是孩子稚嫩的肩膀。学外语、学奥数、学钢琴、学舞蹈、学书法、学围棋、学足球，已经够孩子一呛，还要时时想到"成龙"，想到不能让父母失望，想到要光宗耀祖，别说孩子，就是他爹他妈，恐怕也难以承受吧。好在外语奥数、舞蹈足球之类毕竟只是"雕虫小技"，大不了牺牲点童年，也能混个十级八级的。我担心有一天控制房价也要从娃娃抓起，反腐败也要从娃娃抓起，拯救父母的焦虑症也要从娃娃抓起。到那个时候，中国娃娃还有童年的快乐吗？还叫娃娃吗？

中国男子乒乓球队在奥运会上获得团体冠军，教练刘国良回答记者时动情地说，"是女儿带给我力量，希望她们以后能够为有我这个爸爸而感到自豪。"听了国良的话我很感动，觉得这才是一个父亲、一个男人说的话。在以前接受记者采访时，国良还说过，将来女儿打不打乒乓球要尊重她们自己的选择，看她们的禀赋，而不会简单地"从娃娃抓起"。

我也是个父亲，也盼女成凤。而今女儿所学的专业，基本是我自己涉猎和比较擅长的领域，女儿其他方面的长处，主要是靠她自己努力获得。这验证了我一直以来的教育观念：作为父母，以身作则胜过耳提面命，言传身教胜过盲目报班。女儿从小在我所供职的编辑部长大，整天接触的都是编辑记者，又兼每个周末别人休息的时候她都能看到自己的父亲在勤奋读书写作，耳濡目染，总会心有所动，有所作为。我不敢说女儿会以有我这个父亲而自豪，但国良的女儿完全有理由为自己的父亲感到骄傲和自豪。如果说孩子的教育"不能输在起跑线上"，那么有什么起跑线会比让孩子感到骄傲和自豪的父母更好的起跑线呢？那种由衷的钦佩会激发孩子的进取心，会使她从小就看到人生的高峰，会自然而然地志存高远、不甘平庸。如果真要"从娃娃抓起"，那么最真实、最有效的，莫过于先从自己抓起，就像清华学子说过的那样，"从我做起，从现在做起"。这才是明智的选择，才是有出息的父母。

我常常看到一些父母和大人，在教育孩子方面可谓费尽心血、不遗余力，把能花的钱全花了，能用的力全用了，真可谓"可怜天下父母心"。他们是否以为只要花钱出力就能培养出优秀的孩子我不知道，但我知道常有人说"我们这辈子就这样了，以后就看孩子们的了"。说这话的人不少都是四十多岁、五十来岁的人，"这辈子"对他们来说，充其量才过了一半，连"老之将至"也谈不上，就开始把希望寄托到孩子身上了。而他们自己，真的优哉游哉地过上了"养老"的日子，整天三饱一倒无所用心，读书学习更是无从谈起，倒是甘愿把自己当成反面教员来教训孩子:"不好好学习,将来跟你爸你妈一样!"

我参加过多次孩子的家长会,即便是在那样重要的场合,也总有一些家长的手机不时响起。当时我就想,有父母如此,怎能指望孩子有教养、有出息?果不其然,他们的孩子在后来的中考、高考中,都不尽如人意。能怪谁呢?我看首先要怪当父母的。此等父母教育孩子,孩子心里能服气吗?能为有这样的父母感到骄傲和自豪吗?

重视子女教育是中华民族的优良传统,但什么都"从娃娃抓起",总让我感到大人的不负责任和没有出息。这些年我去过一些国家,所到之处不论发达与否,都未听说过"从娃娃抓起"一说。倒是一些身居海外的同胞,成了"虎爸狼妈",闹出很大动静。但是说实话,我对那样一种所谓"成功的教育模式"一点都不羡慕,他们的孩子即便都上哈佛、剑桥又怎样?我相信绝大多数优秀孩子的家庭,肯定不是"虎去狼来"的险恶局面。

中国有出息的大人们,请少说一点"从娃娃抓起",多一点"从我做起、从现在做起";请少一点指望孩子光耀门庭,多一点让自己勤奋努力吧。

假作真时……

一段时间以来,有关社会精英假学历、假论文的报道不绝于耳,不论中国,还是外国,不论东方,还是西方,公众和媒体正在用审视的目光打量高官和社会精英的学历,一批知名人士不得不在造假丑闻面前被迫辞职或被解职,从匈牙利前总理施米特,到韩国明星议员文大成,从德国国防部长古滕贝格,到教育部长沙万,从韩国前副总理金秉准,到美国雅虎CEO汤普森,一连串响亮的名字都未能幸免。正是:要想人不知,除非己莫为。伪装可能蒙骗于一时,却很难混迹于一世。难怪有人说:"要扳倒一名高官或高管,最简单的办法就是查查他的文凭或论文。"

这样的报道之所以一而再、再而三地出现在我们的报纸版面和网络频道,是它太容易让中国读者产生联想,太希望借外国的酒杯浇中国的块垒。一纸假文凭、一篇假论文,可以让政府部长斯文扫地、退出政坛。这样的惩罚能否成为一种普遍做法,能否在包括我们中国在内的所有国家实行,恐怕谁也无法做出确切的回答。我们中国人善于在别国的丑陋面前为自己的丑陋找到借口,用鲁迅先生的话说,就是"外国也有臭虫",于是中国的"臭虫"可以心安理得地继续肆虐。问题在于,外国也有臭虫不假,但发现以后可以把它打死,而在我们这里呢?

随着整个社会的越来越高学历化,仿佛一夜之间,我们周围冒出许多博士、硕士。其中绝大多数经历了青灯黄卷、寒窗苦读的艰难磨砺,的确学有所成,实至名归,令人敬佩。但也确有那么一些人,高官照做,高管照当,几乎不费吹灰之力,便连续拿下硕士、博士学位。与此同时,各类著述接踵而至,可谓"硕果累累"。再看看他们的举止做派,听听他们的高谈阔论,却怎么也和耀眼的学历联系不上,其举止之粗俗、言语之乏味、面目之可憎,无论如何也不像一个受过正规高等教育的人,此类人等的所谓高学历是怎么来的,相信读者会有自己的判断。

问题在于,有人学历造假并不奇怪,奇怪的是很多明摆着的欺骗却能畅行无阻。这里既有某些官员的沽名钓誉,也有个别高校的投怀送抱,还有若干帮闲的代替考试、代写论文。而在干部履历审查环节,所谓假学历往往是以真面目出现的,让组织人事部门难以辨别,而当事人可以过关斩将、连升三级。此类勾当对社会诚信体系的戕害,恐怕比制售假冒伪劣产品还要严重许多倍。

日前参加一个高规格的学术研讨会,一位既是老领导,又是学界前辈的同志感慨,当今社会存在信仰、信用和信心的"三信危机",在对社会道德状况进行整体正面评价的同时,千万不能对存在的严重问题视而不见、讳莫如深。

我很认同老领导的判断。所谓"三信"危机,最严重的其实是信用危机,因为它主导着信仰和信心危机。在信用当中,尤以领导干部和社会精英的信用更能起到导向和示范作用。其信用好,他所倡导的信仰就有说服力,人民群众对这个社会就更有信心;其信用差,他所倡导的信仰就显得苍白乏力,人民群众对这个社会就持怀疑态度。沙万身为教育部长,涉嫌抄袭的论文竟然是关于"良知教育"的,这成为整个德国的一大笑话,也是对他所倡导的"良知教育"的莫大讽刺。前不久查出的广州体院院长论文剽窃案,与沙万有异曲同工之妙。两位为人师表的人,就是以这样的方式教育学生树立正确的理想信念,要求学生对社会发展充满信心的。那效果会如何,不是连傻子都想得出吗?

早在上个世纪九十年代,中央组织部就曾发出通知,要查处领导干部的假学历、假文凭问题。此后不久,一批造假者纷纷落马,可谓大快人心。但就整体而言,学历造假、论文造假问题依然严重,尤其是"假的真学历"和"真的假学历"的问题依然困扰着我们。所以我赞成对查实的持有假学历的领导干部和企业高官进行严厉的一票否决。一个人能在涉及基本诚信和起码信誉的学历问题上造假,还有什么不能造假的?如果不在这样的问题上严厉查处,无疑等于纵容欺世盗名的恶劣行径,纵容社会伪善风气的蔓延和泛滥。长此以往,还谈什么社会主义核心价值体系,谈什么社会风气的根本好转?

文化自觉有赖于文化的深厚积淀

文化的自觉、自信、自强,是这两年经常谈及的话题。一个国家、一个民族的强盛,不只是经济的高速增长,不只是物质文明的高度发达,还理应包括文化觉醒、软实力增强在内的精神文明的全面进步。物质匮乏不是社会主义,精神空虚同样不是社会主义。毋宁说,随着物质文明发展到一定程度,精神的力量、社会文明的力量,将更能体现一个国家的综合实力,更能反映一个民族的综合素质。因而,党的十七届六中全会把发展繁荣文化事业和文化产业放在更加突出的地位,是具有远见卓识的重大决策。

文化的发展繁荣离不开文化的自觉、自信、自强;国家层面的文化"三自",离不开公民个体对文化的"三自",首先是具有文化引领责任的领导干部尤其如此。说到底,文化不仅留存于图书馆、博物馆,依存于各类实体和习俗之中,更存在于每个人的头脑之中,流淌在每个人的血液之中。一种文化,只有活跃于当下的社会生活,认同于每个人的思想意识,才是真正鲜活而有价值的文化。

如果这样的判断成立,那么每个头脑中积累沉淀文化的多寡,将在很大程度上决定这个人对文化的自觉、自信和自强程度。换句话说,文化"三自"需要资本,依靠内存。文化积累深厚,自觉才有资源、自信才有资格、自强才有依托。胸无点墨,不识之无,或者除了几句宣传口径、文件语言,再无别的说词,既不懂文、史、哲,也不通数、理、化,甚至对文化、文明缺乏基本的了解和起码的敬畏,哪里还谈得上对文化的自觉、自信、自强？

中华民族有着悠久的历史文化传统和革命文化传统，但再丰厚的文化宝库也代替不了每个公民的个体学习。图书馆的藏书不经逐字逐句的阅读，不可能直接拷贝到个人头脑当中；读过的图书不经联系实际的理性思考，也难以成为真正有价值的知识。所以对绝大多数人而言，文化的自觉、自信、自强首先有赖于文化积累和积淀，这是"三自"的大前提。尽管在咱们中国有尊师重教的传统，即便是没有文化的乡野村夫，也知道让孩子读书的重要性。但对文化朴素的认知和理性的思索毕竟不在同一层次。站在中华民族复兴的历史高度认识文化的自觉、自信、自强，就必须对文化发展繁荣负有重要责任的领导干部的文化水准提出新的更高的要求。

这样说并非无的放矢。如今担任一定领导职务的同志都有高学历，有的甚至还拥有博士学位。但在对待文化的态度上，并不总是那么令人满意。有的缺乏对文化的敬畏感，在思想深处甚至还存有一丝藐视知识、歧视知识分子的"文革"遗风；有的原本对知识文化没有多少兴趣，只把求学当作晋级的敲门砖，提拔了、上去了，从此再不读书看报，满足于当年那点可怜的积累；有的虽然专精某一学科，但知识面狭窄，专业以外，近乎无知；有的学历来路不正，原本大学还没考上，忽然变成某某博士，其学位成色大可叫人怀疑；还有人貌似学识渊博，似乎无所不知，但所知无非浮皮潦草，从无深刻见解，是典型的"博学的无知"。这样一些同志如果掌管文化建设工作，当然不排除经过刻苦努力，洗心革面，成为全新的文化战士的可能性。但更多情况下通常不令人乐观。以他们的思想意识和学养根底，文化自觉不知能觉出什么，文化自信不知从何谈起，文化自强没准就弄出个无知无畏的自大狂。

所以说，文化的"三自"首先要选准对文化建设负有重要责任的领导干部,已经在其位的领导同志务必要秉持周总理所说的"活到老、学到老"的精神,苟日新、又日新、日日新。切不可以真理化身自居,以陈旧的思想观念和文化积累,面对日新月异的文化景象,自觉不自觉地成为文化发展繁荣的消极力量。

我幸福吗

国庆长假期间,央视派出记者,随机采访各色人等,询问人家"你幸福吗"。面对突如其来的提问,回答五花八门,有的中规中矩,仿佛官员回答公众;有的手足无措,最初反应都是不知从何说起;更多的人是陷入困惑,觉得幸福与否很难用一两句话说清楚;最有趣的,莫过于一位一脸茫然的农民兄弟,说"我姓曾",颇有点黑色幽默的意味。

这款别具创意的采访,不仅丰富了长假期间每晚的新闻联播节目,也引发人们些许思考。晚上我和妻子散步,她很认真地问我"你幸福吗"。面对她的提问,我陷入短暂的思考。作为一个哲学专业的毕业生,我下意识地在回答问题之前本能地对"幸福"概念作了一番辨析。在人类思想史上,哲学家、伦理学家给"幸福"所下的定义不下二百种,其中既有共性的一面,也有差异性极大的一面。我觉得,幸福首先是一个相对概念,人总是在与他人、与自己不同阶段的比较中界定是否幸福;幸福又是一个动态概念,昨天幸福不等于今天幸福,今天幸福也未必代表一生幸福;在温饱得以保证的前提下,幸福与否主要是一种主观感受。"一箪食,一瓢饮,在陋巷",在有些人看来混得太惨了,侈谈什么幸福?但"回也不改其乐"。幸福与否当然不能脱离特定历史条件下绝大多数人的生活理念和客观标准,但具体到每个人,真的主要取决于主观感受,取决于自己的生活态度。所谓"知足常乐",便是一种积极的生活态度和良性的幸福观。

照这样的理解回答是否幸福,我只能说自己既幸福,又不幸福,但就总体而言,还是很幸福的。我出生于"三年困难时期",正是生下来就挨饿的年代,似乎是不幸的;但父母兄姐视我如掌上明珠,既没因物质匮乏让我挨饿,也没因年景不济让我受任何委屈,十七年后我长到一米七八,主要赖于早年亲人的呵护。"文革"到来,我成了受人歧视的"黑五类"、"狗崽子",不仅在那个黑暗的年代失去了母亲,而且小小年纪不得不随家人下放到长白山区农村改造。这应该是很大的不幸吧,但残酷的岁月并没有压垮我幼小的心灵。相反,屈辱的生活激发了我一定要混出点人样来的倔强。有了那三年农村生活的经历,使我对此后学习工作中遇到的困难不屑一顾,对人间的白眼与势利一笑置之。从这个意义上说,我倒是应该感谢那段经历,应该为拥有这样一笔特殊的财富而感到幸福。1977年正当我即将高中毕业,准备到"广阔天地""滚一身泥巴、练一颗红心"的时候,高考适时恢复,次年我以较好成绩考入北京大学。在经历十年动乱之后,能够欣逢良机、走进高校,这是何等的幸运和幸福!须知,在那个百废待兴的年代,多少人无奈地蹉跎青春,与高校失之交臂。大学毕业后,能够在激烈的竞争中被分配到中央党刊工作,从此开始我一生钟爱的文字生涯,这又是何等的幸运和幸福!须知,在同学当中,我远不是出色的一个,很多同学无论从哪方面说都比我优秀得多,但幸运之神毕竟眷顾了我。后来我开始学着写一点杂文随笔之类的文字,很快得到严秀、牧惠、邵燕祥、舒展、何满子、王春瑜、李下、陈四益等前辈名家的指点和提携,我的习作得以顺利发表,杂文集由商务印书馆等出版社一本接一本地出版。令我聊以自慰的是,在不掏钱难出版的当下社会,我没为拙著的出版花过一分钱,送过一份礼。在学业和事业中,我固然是比较努力的,更是非常幸运的,甚至可以说是心想事成的,人生的幸福大概莫过于此吧。

但我很清楚,相对于很多更努力的朋友来说,我的幸福更多应归功于优越的客观条件——想上学就上了最好的大学,想工作就到了中华第一刊,想写作就遇到了当代最优秀的杂文家。我在很多年之前就常常对妻子和朋友说:虽然经历过一些磨难,但就总体而言,我是一个幸运儿。我是怀着感恩的心面对事业、面对生活、面对家人和朋友的。

我有时又不那么幸福。个人的幸运并不能满足我的全部幸福感。面对功利主义盛行的当下世风,我不幸福;面对日趋严重的官员腐败,我不幸福;面对已逾临界点的贫富两极分化,我不幸福;面对道德失落、价值失范、社会失序,我不幸福;面对文明缺失、信任缺位、教养缺乏,我不幸福;面对尔虞我诈、钩心斗角、阿谀逢迎,我不幸福;面对义务教育有偿化、房屋价格高企化、医疗卫生贵族化,我不幸福;面对食品安全无保证、知识产权遭践踏、假冒伪劣肆意行,我不幸福;面对形式主义肆虐、教条主义横行、封建主义不死,我很不幸福……

我知道,我没有资格做一个批评家,也不能简单做一个置身事外的旁观者。作为共产党员和党的理论工作者,理应对整个国家和社会的幸福负有一份责任,用我手中的笔,写我能写的文章;尽我所能,做我能做的工作。独乐乐不如众乐乐,个人的幸运在人民的困难面前不值一提。什么时候最广大的人民群众不再为党风和社会风气焦虑,不再为教育、医疗、就业、住房、保险、养老等一系列民生问题担忧,我们这个社会的幸福感才会真正大幅度提高。

杂说"古奇一代"

今年元旦、春节期间,浩浩荡荡的中国游客开赴欧美,在伦敦邦德街上的豪华购物商场塞尔弗里奇,在著名的奢华百货哈罗兹,在巴黎奥斯曼大街的老佛爷百货商店、春天百货商店,到处看到手提路易威登、香奈尔、卡地亚、爱马仕、宝格丽购物袋的"中国血拼族"。在全球金融危机的灰暗天幕下,中国游客的到来,不啻给萧条的欧美市场注入一剂强心剂,各大百货的营业额普遍上涨30%。为了迎接"财大气粗"的中国人,店家纷纷调整经营策略,招聘会讲中文的导购、开通银联卡、甚至在春节期间专门打造针对中国游客的专项业务。走进商场,"祝福、祝福、祝福你"的中文拜年歌不绝如缕,身着唐装的服务员在如织的游客中往来穿梭。那情景,仿佛就在北京、上海或香港。据统计,中国游客2011年在法消费占欧盟境外游客在法退税购物总额的25%,其消费总额在2009至2010年期间增长了90%。今年元旦、春节期间,中国消费者海外购买奢侈品达72亿美元,创历史新高。英国媒体惊呼"中国游客拯救了日渐萧条的英国奢侈品行业",《金融时报》甚至干脆把人民币称为"北京镑"。

看了这样的报道,心中的感受很复杂。毫无疑问,经过三十多年改革开放,中国人民的物质生活有了极大改善、消费能力空前提高。尽管我们国家就整体而言依然处在并将长期处在社会主义初级阶段,尽管我们还有几千万国民每天消费不足一美元,但中国已经不期而至地成为世界第一奢侈品消费大国。这究竟值得自豪,还是令人悲哀,我看还是个问题。

国人有钱当然是好事,共产党人奋斗的一切是为了什么？归根到底是为了人民的根本利益,首先是正当的物质利益。从这个意义上说,国人海外"血拼"之举,也可理解成扬眉吐气之举,国力振兴之举。但值得深思的是,为什么有钱的中国人愿意把大把的钞票花在国外？为什么他们宁肯在短短的春节期间花掉相当于自己年消费六倍的银子？为什么我们反复倡导"拉动内需",而内需不见起色,海外消费却直线上升？疯狂购物的内在动机是什么？背后蕴藏着怎样的微妙心理？能给我们带来哪些有益的启示？

记者采访海外游客,不约而同的说法集中在三点:一是差价;二是质量;三是服务。我国实行奢侈品高税制,同样的商品,国内市场售价通常高于海外同类商品30%。加上欧美市场普遍实行的退税制和春节打折促销活动,差价有时可以高达50%。游客不仅可以在国外买到称心如意的好东西,而且连出国的机票都赚回来了。中国处于社会主义市场经济的初级阶段,市场管理尽管近年来有进步,但就整体而言,不规范、不诚信的问题依然突出。最不能让消费者满意的是商品鱼龙混杂、真假难辨,一不留神就可能遭遇假货。在欧美购物一是一、二是二、童叟无欺,买得放心,辛苦挣来的钱花得明白。欧美市场为了留住中国游客,不惜采取一切可以采取的措施,服务周到,态度热情。不像在国内某些门店,服务态度恶劣,店员嫌贫爱富,明显的势利眼。谁愿意花钱看别人脸色？

"高税收"逼走消费者,"假货色"赶走消费者,"脸难看"吓跑消费者。这应该是中国最具购买力群体疯狂海外购物的主要原因。除此之外,海外商家的价格策略、我们自己产品一时还难与欧美名牌竞争,部分消费者虚荣消费、攀比消费、炫富消费、盲目消费,也是原因。

不得不说的是，中国游客虽然给欧美市场带来了数量可观的"北京镑"，带来了收入增长和就业增加，但并未因此而收获感激和尊重。一种说法是"消费争光，言行丢丑"，争的是购买力即国力增强的光；丢的是不文明、没教养、暴发户的丑。一些游客对享誉世界的大英博物馆、牛津大学、剑桥大学没兴趣，对罗浮宫、凡尔赛宫、巴黎圣母院没热情。他们只关心购物，只热爱奢侈品，不买最好的，只买最贵的。进了商店，不问青红皂白，先问哪个最贵，一买就是一打。古奇皮具18%被中国游客买走，购买者中以35岁左右年轻人居多，因此获得"古奇一代"的称谓。

这样的购物狂潮今后还会继续上演，愈演愈烈亦未可知。有人说这是好事，可以对国内的市场管理、税收改革、质量提高、服务改进形成倒逼机制。也有人说虚荣消费、攀比消费、炫富消费助长物质主义、败坏社会风气、影响年轻一代的健康成长。我觉得都不无道理。说到底，一个人有了钱怎么花，是他自己的事。只要钱财来路正当，在哪花、花多少、买什么，都不需别人说三道四。问题在于，在我们这个人均收入只排在世界第94位的国度里，在依然还有几千万人日均消费不足1美元的社会中，贫富的两极分化已到了整个社会可以承受的极限，如果不加以有效调节，势必影响社会稳定，影响民众的心理平衡，影响整个社会的和谐。一面是挥金如土，一面是衣食不保，无论如何不是社会主义应有的分配格局。海外疯狂购物所蕴含的对自己的不信任情绪、不抱信心的态度，更是值得警惕的社会现象。这个世界无论怎样全球化，中国的事情最后还是要靠中国人自己解决，自力更生、艰苦奋斗、发奋图强，永远是民族振兴的不二法门。对于那些通过诚实劳动先富起来的同胞，我们更期待他们在满足自己奢侈消费的同时，也想一想回馈社会、想一想帮扶穷人、救助孩子；在满足物质欲望的同时，也能把更多的金钱花在提升精神境界、提高文明素养、促进社会进步上。一袭名牌或许可以增加人的自信，但在真正有教养的人眼中，不会把鲜亮的包装看得太重，也不会因此高看被名牌包裹的人。王尔德说，要么把自己打造成艺术品，要么把自己打扮成艺术品。孰高孰低，无需多言。我们的商业服务当然必须改进，力求以优质的商品取信人，以合理的价格留住人，以良好的服务吸引人。要拉动内需，请先拉动国内市场；要促进就业，请先促进国内就业。办好中国自己的事情，就是对世界最大的贡献，就是最现实的国际主义。

在日益繁华虚荣的当今世界，有识之士正在倡导简约理性的生活。我们千万不要疯狂奔竞于欧美市场之中，在花掉大把钞票的同时，给人留下"钱多、人傻"的滑稽印象。

布莱尔的孩子和卡梅伦的猫

在我的印象中,英国人是比较矛盾的,既有严肃、刻板的一面,也有轻松诙谐的一面;既有不苟言笑的政治家,也有王尔德、萧伯纳那样的幽默大师。近年来媒体披露的有关消息,让我觉得普通英国人挺有意思,甚至可以说有几分可爱。

布莱尔当首相那会儿,他夫人怀上了第三个孩子,全国人民似乎都很兴奋。知道首相日理万机、无暇照顾夫人,于是掀起了一个不大不小的"劝休"活动。有人说:"当首相与照顾夫人并不矛盾。"有人说:"谁也代替不了你照顾自己的孩子。"有人说得更直接:"唐宁街10号离开你没事,夫人孩子离开你不行。"在人民群众的强烈呼吁下,布莱尔首相终于从繁忙的工作中抽身,回到家中照顾夫人一段时间。没人指责他不以国家利益为重,也没谁抱怨他婆婆妈妈、儿女情长。据说回到首相府后,布莱尔的支持率还因此增加了几个百分点。

最近的消息更有意思:唐宁街10号竟然发现了老鼠!在前不久举行的公务会见中,一只壮硕的老鼠居然大摇大摆地从外国首脑面前走过、接受检阅,这让首相府很没面子。于是,一场寻找"公务猫"的活动随即发起。很快,一只长有灰黑色条纹的流浪猫拉里进入人们视野,并迅速入住唐宁街10号,成为"英国第一猫"。大批记者蜂拥而至,各种报道充斥媒体,一位试图抱起拉里拍照的女记者还不慎被抓伤。拉里的知名度迅速攀升,很快超越了英国政府绝大多数要员,成为世界人民特别是孩子们津津乐道的话题。不过好景不长,没过多久,一位叫作玛格丽特·萨克利夫的伦敦妇女就公开声称,拉里不是什么"无亲无故的流浪猫",它分明是自己去年10月走失的宠物"乔"!她说,不敢相信她的"乔"会去了唐宁街,刚看到它的新闻的时候,她几乎昏死过去。萨克利夫的侄子蒂姆也深信首相府的小猫拉里就是姑姑走失的宠物"乔",他说,拉里捕鼠的本领就是在姑姑家练出来的。他在"脸谱"网上发起"讨猫运动",很快得到482名网友支持,有人甚至直接联系了首相卡梅伦,请求首相把小猫还给人家。对于"乔"抓伤记者一事,萨克利夫并不感到意外,她甚至有几分得意地说:"我的小猫只愿意让我一人抱。"

　　后续故事如何发展,眼下还不清楚。我冒昧作了个续篇,希望能够成为现实:有关专家经过慎重检测,发现"第一猫"拉里确系平民"乔"。虽然唐宁街生涯时光短暂,但它已和卡梅伦的小儿子建立了深厚感情,成为唐宁街不可或缺的重要一员。尽管如此,卡梅伦先生知道情况后,还是说服了年幼的儿子,并让儿子抱着小猫"乔"合影,然后附信一封,请工作人员将"乔"送还萨克利夫。信中说:"亲爱的萨克利夫女士:很高兴和您的'乔'相识,并共同度过了愉快的几周。感谢'乔'为首相府捕鼠工作做出的努力,相信它在您那里会比在我这儿感到更幸福。我真诚地祝福你们一家,并欢迎你们在方便的时候回到'乔'曾经的家——唐宁街10号做客。您忠实的朋友卡梅伦。"

　　我的故事讲完了,相信读者不会把它仅仅当成一个趣闻来看。据我所知,英国人是不愿管闲事的,谁家生孩子,谁家养猫,那是人家的私事,用不着外人操心。但生孩子、养猫的如果是像首相这样的超级公众人物,情况就完全不同了。有人说政治家没有隐私,那要看是哪里的政治家。有些政治家的所有私事都是公事,有些政治家的所有隐私都是最高级别的国家机密。我之所以说英国人民可爱,就在于他们对"人"的关注超过了对"权力"的关注,对普通人普通情感的关注,超越了对政治家的尊重。当英国人民要求布莱尔回家照顾夫人的时候,没谁把他当成首相,而仅仅把他当成一个与所有英国人没有区别的普通丈夫;当萨克利夫理直气壮地向卡梅伦讨要小猫的时候,好像也不担心军情六处会找她的麻烦。作为首相的布莱尔和卡梅伦应该为此感到幸福;作为读者的我们,应该从中受到一点启发。

开 车 上 路

　　转眼开车10多年了,累计里程总有二三十万公里吧。一路走来,有最初的兴奋,有中途的迷惘,有现在的沉稳。回头想想,其实开车上路挺像人这一辈子,新手像人生的少年,初生牛犊、勇往直前,有时免不了碰得头破血流;熟练以后像人生的中年,有了分寸,也有了犹疑和彷徨,少了几分勇气和冲劲儿;多年以后恰似人生的老年,不慌不忙,不急不躁,从心所欲不逾矩,真正到了人生的化境。开车上路,有一片坦途的时候,有沟沟坎坎的时候,有春风得意马蹄疾的时候,也有一路红灯处处不顺的时候。不管顺与不顺,路总是要走的。有时大路走不通,就寻一条小路蜿蜒前行;正路走不通,也曾被迫尝试邪路;有时一路前行欲速不达,适当倒车反而走得更快;有时当行不能行,不当行时必须行,开车上路就有了几分苦恼和无奈。一路走来,不仅积累了里程和经验,也沉淀了不少感悟;不仅消耗了汽油,也消解了人生的肤浅和躁动。

　　细细想来,如何开好车还真是一门学问,其中蕴含很多道理,在人与车、车与车、车与路的关系上,大可研究一番。弄明白其中的名堂,也就差不多弄懂了人生的道理。我在学车过程中,有幸遇到过这么一位好师傅,教了我不少开车、做人的道理。

　　师傅姓刘,很有一套自己的开车哲学。我是个急脾气,刚上路时,很多事情让我看不惯。看不惯就义愤填膺,就忍不住吼两嗓子。师傅说你这样不行,别以为会油离配合就算会开车了,也不要觉着能上路就算会开车了。啥时候见怪不怪、心平气和、从容不迫了,那才能叫会开车。

我暗想:见了乱闯红灯的也见怪不怪,碰上并线不打灯的也心平气和,遇上摇开车窗就扔垃圾的也从容不迫,那不成了麻木不仁了吗?

师傅说,你想得都对,但你无力改变现实,只能设法改变自己。否则还没改变别人,自己先出了车祸。明白了这个道理,你就必须学会忍让。"忍"是什么?心字头上一把刀,不那么容易,但做到了,就能永远保持适当的车距和车速,就能安全行驶一辈子。

我谁都得让?师傅说没错,你谁都得让。你想啊,你一人开那么大一辆车,站那么一大块马路,这本身就是个问题。我给你掰扯掰扯,你看你是不是谁都得让:大公共汽车代表最广大人民的根本利益,你得让吧?警车抓坏人、救护车救病人、救火车灭火,你得让吧?垃圾车清洁整个城市、工程车保证路上设备正常运行,都是全心全意为人民服务的,你得让吧?出租车司机靠拉客人谋生,不像你还有本职工作,不用靠开车挣钱,你得让吧?女司机、新司机你也不能不让吧?告诉你吧,连违章的三轮车、电动自行车你都得让!

那不没是非了?我听了很困惑。师傅说,没错,他们是违章了,残疾车里坐的不是残疾人,电动自行车车速有时比汽车还快。但大活人坐在车上,指不定啥时候就碰你一家伙。他这一碰,警察就要来断官司,就要花工夫,最后没准儿还闹个你是主要责任,谁叫你"铁包肉",人家"肉包铁"来着?不管什么判罚结果,这么一折腾,你的正事全耽搁了。你说你让,还是不让?

师傅一番话,说得我很没脾气。别说,他这套"歪理邪说"还真是那么一回事,都是到了路上实际管用的道理。只是,如此一来,我岂不成了路上最肉、走得最慢的那一位?

255

哪能啊？师傅说，有事儿你早出门一步不就结了？跟人家乱抢，十有八九时间没抢出来，事故先抢出来了；本想快点，结果更慢，你说是不是这个理儿？

师傅不是哲学家，但他确实有一套属于自己在实践中总结出来的开车哲学。用我的话概括，就是一个"让"字。让一步让出了安全稳妥、让出了心情舒畅、让出了海阔天空、让出了社会和谐；抢一步抢出了风险、抢出了愤怒、抢出了争斗、抢出了鲜血和生命。

我想做人其实也一样，争什么争啊，争来争去，无非功名利禄、群鸡争虫，实在不堪。更何况，一路风驰电掣，到终点时都差不多，甚至还落后几分亦未可知。但在争抢的过程中，风险却不知增加多少，做人的成本却不知增加多少！

说到底，不管开不开车，人这一辈子都在路上。路上的风景要看，路上的规矩要守，路上的亏有时要吃，路上的跋涉谁也免不了。

祝您一路平安！

脸皮、法律及其他

在我的印象中,某些韩国人、日本人的脸皮好像特别薄、特别爱自杀,一点小小不然的丑闻,一阵无厘头的媒体议论,一通街头巷尾的流言蜚语,就可能让当事人"纵深一跳"或"自挂东南枝"。演员自杀、球员自杀、官员也自杀。远了不说,只在最近,就有韩国第一储蓄银行行长郑某因银行被列为经营不善金融机构,而于9月23日跳楼自杀;日本北海道铁路株式会社社长中岛尚俊因铁路事故致36位乘客受伤(无人死亡),于9月12日留下遗书,表示"发生如此可怕的重大事故,深表歉意!"然后自杀谢罪;因各种原因自杀的演员、球员更多。官员的心理承受能力似乎比演员、球员强一些,但在"民怨沸腾"时,起码也要乖乖地"引咎辞职""以谢国人",不好意思在"千夫所指"下继续赖在位子上。

这固然与他们的"耻感文化"和道德约束有关,但显然不局限于此。所谓道德感,是对社会价值、是非正误的顽强认同和基本判断。一个人是否真正具有道德感,不仅体现在用道德标准要求他人,更在于时刻以道德标准严格自律。其中的关键,不在于是否明确什么是道德标准,而在于能否"慎其独也"。那些参与赌球的球员当然知道赌博违背道德标准,但只要不被发现,就不会形成有效的自我谴责。背德与否,似乎只与是否被发现有关。显然,一个社会要约束公民特别是官员的行为,使之符合道德要求,不仅要有基本的道德教化,更要有严格的行业规范和严厉的法律监督。双措并举,才是正道。那些"涉案"自杀的人之所以走上不归路,不仅在于他们没有完全泯灭内心的道德感,更在于败德行为暴露以后社会舆论的强烈谴责,在于即将面临的法律制裁。

日韩文化深受中国传统文化影响,信奉"礼、义、廉、耻,国之四维","四维不张,国将不国"。"四维"之中,"耻"是基础、是底线,"耻感"的存亡,关乎整个道德建设。一个人之所以"没脸活在世上",其道德基础是认为人的名节和尊严比生命更重要,厚颜无耻比苟活更不堪、更令人不齿。

中华文化作为日韩文化的母体,孕育出无数惊天地、泣鬼神的大爱之人。其高尚的情操、伟大的人格、博大的胸怀、英勇的气节,彪炳千古,成为中华民族千百年来的道德丰碑。然而在"政治运动"、"市场经济"和"制度机制缺失"的多重作用下,人们的道德感似乎正在逐渐淡薄,寡廉鲜耻之徒正在增多。一项针对民众的调查显示,至少有30%以上的人认为我们这个社会缺乏以"正义、真诚、信誉、信任和理想追求"为特征的道德感。个人和企业的败德行为得不到有效的约束和制裁,思想道德教育空头说教多,深入人心少,行业管理部门、司法监督部门经常缺位,没有起到应有的监督和把关作用,对背德、违法行为谴责乏力、制裁软弱。致使公众对他人、对企业、对社会缺乏必要的信任感、安全感。广告吹嘘得越好,人们越不敢相信。进超市购物前,需要先成为食品安全专家,否则很多食品可能成为定时炸弹;进医院就医前,最好先成为医学家和药剂师,否则过度治疗和假药伺候可能一起招呼;加入保险前,最好先成为社保专家,否则交钱时说得天花乱坠,索赔时处处都是壁垒;受到不公正待遇时,最好先成为法律专家,否则有理可能变成无理、守法可能变成违法……

在"钱是万物的尺度"成为事实上的价值取向的大背景下,当然不能简单责备公众缺乏道德感。在"什么都涨,只有工资不涨"的社会环境中,单纯要求公众提高道德感,显然不是辩证唯物主义的做法。毕竟"衣食足,知荣辱,仓廪实,知礼义"。道德建设有赖社会职能部门和法律体系的有效保证。一个著名文物保护部门在层层设防之下丢了国宝,然后简单地把责任往保安身上一推,这是什么道德感?给公安机关送锦旗写错了字,不仅不认错,还要辩称"显得厚重",这又是什么道德感?中国足球陷入"黑、赌、毒"当中,一干人马纷纷落网,成为众矢之的,"有关单位"先后任命了那么多犯事的足协官员,至今未见"失察责任追究",也没有一个够级别的领导出来向公众道歉,更没有人为此引咎辞职,这是什么道德感?堂堂"人民公仆",面对媒体质疑,公然责问"你打算为党说话,还是为百姓说话",这是什么道德感?更有甚者,面对下属的合理诉求,竟然破口大骂人家"臭不要脸",这又是什么道德感?到底是谁"臭不要脸"呢!"非典"流行之后,有感于国人的卫生习惯,某大城市制定了随地吐痰罚款50元的法规,但从制定那天起就不曾实行过,这种儿戏式的玩意算什么法律?又对道德建设起了怎样的作用?还有,不久前颁布的禁止所有公共场合吸烟的法律,也没有真正有效实行过,饭店、酒店、影剧院依然烟雾缭绕,瘾君子照样怡然自得,当事人完全没有道德自律,有效执法彻底缺位。这样的法律法规,难道只是为了成为人们的笑谈?

在当下的中国,一个人是否具有道德感好像并不那么重要,"卑鄙"固然是"卑鄙者的通行证",并且十分有效;而"高尚"却未必是"高尚者的墓志铭"。在法律和道德面前,有人可以公然叫板"我是流氓我怕谁"。遗憾的是,在很多情况下,他真的谁也不怕,谁也奈何他不得。法律和社会规范的苍白无力,有时甚至使坏人当道,好人难行。如此这般日久,当然难免是非颠倒、礼崩乐坏、道德滑坡、价值失范、社会失序。

重建失落的道德、重拾失范的价值、重塑失序的社会，固然需要旗帜鲜明地进行社会主义核心价值观教育，使之内化为人们自觉奉行的价值标准、道德诉求；更要在健全社会规范和法律上下功夫，特别是要强调法律法规的实用性、有效性、严肃性。那些颁布等于没颁布，根本无力实行的法律，最好慎重出台。一旦出台，就要言必信、行必果，有法必依，执法必严，违法必究，让那些违反道德和法律的人付出沉重代价。没有社会规范和法律法规的严格约束、有效治理，单靠人的道德自律，是根本靠不住的。脸皮的薄厚，说到底其实是社会约束有效性的客观尺度。整个社会都"要脸"，个体就不敢"不要脸"，每个人都珍惜"脸面"，我们这个社会才脸上有光。否则，那种指责"中国社会能够创造经济奇迹，但缺乏道德感"的国际舆论，还会不和谐地萦绕在我们周围。简单地谴责人家"妖魔化中国"，并未找到问题的根本，也不是解决问题的上策。毕竟"木必先朽而后虫蛀之"，只有躬身自省、痛改前非，才是明智之举、强者之选。当然，对那些确系"别有用心"的"恶毒攻击"，无需忍气吞声，必须毫不留情地反唇相讥。这是另外一回事。

说了半天，当然不是鼓励自杀、劝人去死。即便是再不要脸的腐败分子，也是一条生命。任何人在任何情况下，都无权亵渎和剥夺他人的生命。在上帝面前，即便是罪人，也有活着的权利。这本来是不需啰嗦的。

说"领导也是人"

第一个说:"嘻,领导也是人,也有七情六欲,也惦记功名利禄,也琢磨升官发财,你我有的大小毛病,领导照样有。只要监督不到位,谁不想权力越大越好,责任越轻越好,钞票越多越好,房子越豪华越好,汽车越高级越好,出国越勤越好……别迷信领导,那只是个传说。"

第二个说:"怎能这样玩世不恭呢!说领导也是人,是指领导不是异于常人的其他什么特别的东西,既不是禽兽,也不是超人,更不是神,首先是实实在在的人。"

第三个说:"现在还有人把领导当神吗?神话领导的年代早就过去了!革命战争年代,领导干部冲锋陷阵在前,出生入死在前,为人民的解放事业抛头颅、洒热血,奉献了自己的一切。人民群众把这样的人奉为亲人,把这样的领导奉为神灵,那是有道理的。现在当然也不乏孔繁森那样全心全意为人民服务的好干部;但毋庸讳言,王宝森那样的腐败分子也决不是个别的。对某些领导而言,能够像普通人那样踏实工作、老实做人、不贪不占,就算不错了。"

第四个说:"哪能这么说呢?领导毕竟是领导,总不能降低到普通人的水平,否则干吗选他当领导,不选你我?当然,我说的是'正常'情况,不是'异常'情况;是'应该'如何,不是'实际'如何。您也知道,在市场经济条件下,异常情况经常发生,经不起执政和改革开放考验的领导干部我们见得还少吗?他们的所作所为,远远超越了常人的道德底线，其腐败行径性质之恶劣、鲸吞国家财产数额之巨大、思想品德之肮脏龌龊、个人生活之腐化堕落，还真不是一般人可比的。说这些人也是人，那是对普通人的侮辱。"

第五个说："领导也是人不假，但领导不应该是一般人，确实不能把对领导干部的要求降低到普通群众水平。有人玩世不恭地说'人家不杀人、不放火、不强奸妇女，也没搞大的腐败，那就算党的好干部了'。这样的说法我不敢苟同。说'领导也是人'，是相对于'神'来说的。所谓'神'，无非是寄托了人民群众对领导干部更多的期待、更高的要求，是觉得他们既应该有普通人的一般情感，更应该有高于常人的思想境界、道德情操、敬业精神和意志品质，应该有异于常人的更加崇高的理想信念和悲天悯人的高尚情怀。从这个意义上讲，领导干部真的不能混同于一般老百姓。"

第六个说："没错，领导也是人，但首先应该是真正的共产党人，是吃苦在前、享受在后的人，是时刻把群众疾苦挂在心头的人，是任何时候任何情况下都不忘自己责任使命的人，是默默无闻踏实肯干的人，是对改革发展充满思路想法的人，是为官一任造福一方的人，是具有钢铁意志百折不挠的人，是特殊材料制成的人。不是整天唱高调、热衷于摆谱作秀的人，不是'口言善而身行恶'的人，不是以权谋私贪得无厌的人，不是自命群众父母官整天骑在人民头上作威作福的人，不是欺上瞒下招摇撞骗的人，不是有了成绩归自己、有了问题怪部下的人，不是一心想着往上爬从来不愿干实事的人。"

第七个说："既然领导也是人，就应该对普通人的普通情感多一分理解，对人民群众的合理诉求多一分关切，对老百姓的喜怒哀乐多一重感同身受。就应该像正常人那样有人情味儿，让人民群众觉得可亲、可信、可爱、可敬。不能对群众疾苦不闻不问、漠然处之。既然倡导'以人为本'，就首先要以最广大的人民群众为本，全心全意为人民服务,而不是嘴上说为人民服务,实际上为人民币服务。"

第八个说:"领导也是人,但不应成为享受特权的人,而要成为受党纪国法、规章制度约束的人,受人民群众有效监督的人。有一种观点认为,领导干部身上有三重保护:一是官衔;二是党票;三是公民身份。领导干部违法乱纪,相应也有三重保护:一是免职;二是开除党籍;三是绳之以法。若是普通公民,早就直接送公安机关了。这在客观上降低了对党员干部的要求。在我看来,既然领导干部不是一般人,而是受人民群众委托掌管公共事务的公职人员,理应具备更高的思想道德水平,更强的业务能力和更全面的综合素质,理应承担更重、更严厉的道德责任和社会责任,理应纪在法前,纪严于法,始终把纪律挺在前面,而不是相反。只有这样,才能服众,才能号令一方。"

那些看似鸡毛蒜皮的小事

我们中国人从物质极度匮乏的计划经济年代走向初步小康、过上温饱自足的生活,用了短短三十年时间。三十年间,中国走过了发达国家上百年甚至几百年走过的道路,浓缩了现代化进程中的许多环节,创造了堪称世界发展史上的人间奇迹,引来国际社会一片赞叹,足令国人骄傲和自豪。

经济社会发展有其内在的特殊性,在一定历史条件下,发展中国家可以有效学习借鉴先发国家的经验教训,成功实现"跨越式发展",形成"后发优势"。我国在长达三十多年时间几乎连续保持两位数的增长速度,便是这种"后发优势"的集中体现和最好注脚。

经济社会可以在某种特定历史条件下实现"跨越式发展",但精神生活很难用同样的方式予以克隆。文明的养成有其内在的规律,不是有了物质生活的富足就可以自然而然地形成,也不是依靠一两个教育运动就可以立竿见影。不仅如此,精神文明的进步有时甚至呈现与物质文明不同步、甚至相反的窘境。看一个国家和社会其实和看一个人一样,最先关注的往往是外在的光鲜,是那些以高楼大厦、高速公路为标志的外在文明。而在看惯了这些外在的东西以后,往往要更深一层地看看内在的底里。就像看一个人,最先看到的是外在的长相,是衣着打扮,而在关注了他的名牌包装以后,人们还是要看看这个人的内在修养。恰恰在这个环节,最能看清一个人的底细。

我之所以发这样一番感慨，是缘于一系列让人纠结的、鸡毛蒜皮的小事。正是这些看似不起眼的小事，严重影响了中国作为"文明古国"和"礼仪之邦"的国际形象，影响了普通中国人的生活质量，让我们不得不对当下的社会生活有时做出并不乐观的评价。

前不久，在旅美男低音歌唱家沈洋演唱会上，上海大剧院再次出现"拍照"、"打手机"等不和谐现象，使沈洋不得不中断演出，请求大家不要对他拍照。类似情形在2006年小提琴演奏家穆特音乐会上，在傅聪、德国"12把大提琴音乐会"上都曾反复出现，让人不知说什么好。上海大剧院是一个文明高雅的所在，是国内顶尖的艺术殿堂，出入其间者，一般被认为文明素质相对较高。大剧院尚且如此，其他所在文明程度如何不难想见。

在首都北京，普通市民的文明水准同样让人不敢乐观。旁若无人横穿马路的，驾驶高档轿车向外吐痰的，公共场合大声喧哗的，当街打赤膊光膀子的，稠人广众之间大声豪气打手机的，轻言寡诺言而无信，大大咧咧不守时间的，张口"牛×"、闭口"傻×"粗话连篇的，恨人有笑人无见利忘义势利眼的……司空见惯，比比皆是。

什么叫文明？什么叫素质？此为一例。看一个社会的文明水准，看一群公民的文明素质，当然不能不看上级文件，不能不看人民日报、不能不看新闻联播、不能不听模范事迹报告，不能不注意贴在墙上的规章制度、不能不理会各种各样的文明公约。但仅有这些显然是不够的。理想和现实之间、应然和实然之间，模范和群众之间，向来是有差距的，这丝毫不奇怪。要全面了解一个社会的文明状况，就必须在密切关注主流意识形态的同时，关注世相风习，关注市井百姓，关注辉煌庆典背后的日常生活。

我们颁布了那么多关于文明建设的重要文件，制定了那么多相应的规章制度，我们有"五讲四美三热爱"、有"八荣八耻"、有"社会主义荣辱观"、甚至还有"社会主义核心价值体系",但我们依然不能十分有效地减少和避免公众的不文明举止。身处日益国际化的中国社会,同胞们的言行常常让有尊严的国人感到汗颜,让旅居海外的同胞无语。

拉美国家的发展历程表明,人均GDP达到3000美元以后,会陷入所谓"中等收入陷阱",使经济社会发展进入一个"瓶颈期"。在我看来,最大的"瓶颈"其实不仅是经济社会发展的困境,更是人的素质的提高远远跟不上经济社会发展的步伐。老话说,培养一个贵族至少需要五代。我们不侈谈什么"贵族",只关注普通人的文明水准。正是普通人的文明水准,真正决定着一个国家和民族的未来。中国的文明建设如果不能促进公民的文明习惯养成,是值得深思的。

辛亥百年说反封建

辛亥百年,世事沧桑。站在21世纪回望来路,不禁心潮起伏、思绪难平。

辛亥革命不仅开创了完全意义上的近代民族民主革命,彻底推翻了统治中国几千年的君主专制制度,建立起共和政体,而且在思想领域引起深刻变化,赢得民主精神的空前高涨和思想的极大解放。然而由于历史的局限,它没能从根本上改变中国半殖民地半封建社会的性质,没能使中国人民摆脱悲惨的历史命运,没能实现中山先生"振兴中华"的伟大理想,中华民族依然在复辟闹剧和军阀混战中徘徊,中国人民依然在苦难的深渊中挣扎。但辛亥革命毕竟打开了中国社会进步的闸门,使20世纪的中国第一次发生了伟大转变。

中国产生了共产党,这是开天辟地的大事变。自从有了共产党,中国革命才从黑暗中找到一条救国救民的正确道路。此后百年间,中国共产党人带领中国人民推翻"三座大山",缔造新中国。在新的历史条件下,积极探索中国特色社会主义道路,创造了举世瞩目的建设成就,迎来了中华民族伟大复兴的光明前景。

抚今追昔,我们不能不感慨万千。金冲及先生在《辛亥革命的历史地位》一文中,充分肯定其伟大的历史功绩,认为它是中国人民为改变自己命运而奋起革命的一个新的伟大起点,是中国共产党领导的人民革命之前的一次"最重要的革命"。直到今天,绝大多数中国人依然把自己看作是孙中山先生开创事业的继承者。

也有不少前辈和专家学者把冷峻理性的眼光从辛亥革命延伸到中国此后的民主革命,提出令人深思的观点。李维汉同志说,我们的民主革命是要反帝反封建。反对帝国主义做得比较彻底,反封建只做了一半,应该补上这一课。封建主义,包括它的思想体系、风俗习惯,在我们国家、我们党里,反映相当严重。过去由于老是打仗,来不及清算,把它带到了社会主义时代。

李维汉同志的观点虽然并非直接总结辛亥革命的历史教训,但把"扫除封建残余"的艰巨任务放在更加深远的社会背景加以考察,认为它是事关党和国家前途命运的大问题,却是极其深刻、极有见地、极富启发意义的深刻思想。它不仅洞悉了辛亥革命的历史局限,也以无产阶级革命家的宽广胸怀,剖析了整个民主革命包括新民主主义革命的历史局限,所以理所当然地受到小平同志的高度重视和由衷赞赏,也应该成为我们今天纪念辛亥革命一百周年的宝贵精神资源和面向未来的重要视角。

1980年,小平同志在其著名的《党和国家领导制度的改革》重要讲话中,对"扫除封建残余"问题做出深刻、系统、全面的论述。他说:"我们进行了二十八年的新民主主义革命,推翻封建主义的反动统治和封建土地所有制,是成功的,彻底的。但是,肃清思想政治方面的封建主义残余影响这个任务,因为我们对它的重要性估计不足,以后很快转入社会主义革命,所以没有能够完成。现在应该明确提出继续肃清思想政治方面的封建主义残余影响的任务,并在制度上做一系列切实的改革,否则国家和人民还要遭受损失。"

转眼三十多年过去了,小平同志的重要论述不仅没有过时,今天看来依然具有强烈的现实针对性。在纪念辛亥革命一百周年的日子里,很有必要重温这一谆谆教诲,认真领会其中的深刻含义。

虽然经过三十多年改革开放,党和国家的领导体制发生了深刻变化,中国特色社会主义政治建设取得长足进步,但"扫除封建残余"的任务依然艰巨,阻力依然不可小视,对此不能不保持应有的清醒。

在全球化的背景下,中国社会成功抵御国际金融危机带来的严峻挑战,正以举世瞩目的姿态昂首前行。我们有理由为已经取得的成就感到骄傲和自豪,但更应该居安思危,看到面临的问题,从历史和现实两个层面超越自我,特别是摆脱消极的历史重负,驱除灵魂深处的"毒气"和"鬼气",冷静理性地迈向未来。

这样说,并非妄自菲薄,更不是危言耸听。当年小平同志曾明确指出,封建主义残余从党和国家的领导制度、干部制度方面来说,主要是官僚主义现象,权力过分集中现象,家长制现象,干部领导职务终身制现象和形形色色的特权现象。其中特别指出官僚主义在我们党和国家政治生活中是广泛存在的一个大问题,并具体列举它的主要表现和危害是高高在上,滥用权力,脱离实际,脱离群众,好摆门面,好说空话,思想僵化,墨守成规,机构臃肿,人浮于事,办事拖拉,不讲效率,不负责任,不守信用,公文旅行,互相推诿,以至官气十足,动辄训人,打击报复,压制民主,欺上瞒下,专横跋扈,徇私行贿,贪赃枉法,等等……

小平同志眼中这些三十一年前的社会痼疾,今天看来很难说已经销声匿迹了;这些说在三十一年前的话,今天听来依然振聋发聩。封建主义在中国有几千年的顽强传统,冰冻三尺非一日之寒,绝不是一两次革命就能够铲除净尽的,辛亥革命不能,此后的民主革命、新民主主义革命也不能。在纪念辛亥革命一百周年的时候,我们务必要记住:反封建是一项长期的历史任务,"革命尚未成功,同志仍需努力"。

别让空中课堂停留在空中

新任教育部长袁贵仁走马上任以后,力主"均衡教育发展"理念。虽然不是什么"新思想"、"新观念",但即便是老话新说、老调重弹,依然大快人心、大有可为。多年来,中国教育发展的不平衡,遭国人诟病已久。许多卓有见识的专家学者发表了不少有分量的言论和专著。其关注国家民族未来的忧患之情洋溢在字里行间,回响在奔走呼号的话语之中。然而,毕竟人微言轻,收效十分有限。而袁先生上任第一炮,便直指均衡教育问题,可谓切中要害,值得期待。

我不是教育问题专家,但我是无数普通中国家长之一。孩子从幼儿园、小学、初中、高中、大学一路走来,让我实实在在地感受到了中国教育发展的不均衡,也非常轻易地看到了均衡发展的必要性和重要性,甚至对显而易见的问题长期得不到有效解决而谴责"有关部门"。我相信我的感性认识基本代表了千千万万普通家长的真实感受,因为他们和我一样,大都经历了寻求优质教育过程中不得不承受的心理、时间、经济甚至是个人尊严的多重压力,这种压力不会使他们感到愉快。

在我看来,中国教育的不均衡,主要表现在城乡之间、重点校与非重点校之间的明显差别。这种差别又具体表现在师资质量、软硬件设施和教育投入的极大不平衡上。即便是在整体教育资源较好的大城市当中,个别重点校的教育经费也有超过普通校二十多倍的极不正常现象,更不要说重点校由于掌握权势和钱势家长可能带来的潜在巨额利益所造成的更大不平衡了。都说不要让孩子输在起跑线上,事实上起跑线本身就不是一条直线,有人在零米起跑,有人站在二十米处,有人干脆站得更远。在我们这个实行九年制义务教育的国家,"义务"二字似乎更多体现在法律意义上,即国家、社会、家长有责任和义务使每一个适龄儿童受教育;而不是体现在经济学意义上,即百姓通常所理解的免费教育。因为事实明摆着,你要想让孩子上更好的学校、接受相对优质的教育,对不起,那就不可避免地要面对那个叫作"择校费"的问题。

解决这个中国社会仅次于吃饭的重大问题,当然不是随便发点议论就可以的,但长期无所作为,更是万万不可以的。改革开放三十多年,经济社会高速发展,GDP长期以两位数的水平递增,但教育经费始终无法达到预期中的4%。不要说和发达国家相比,就是和一些发展中国家也无法相比,甚至没有达到国际社会的平均值。我手头掌握的资料表明,2006年我国GDP为209400亿元,教育支出为4752.7亿元,仅占GDP的2.27%,甚至比2005年教育支出的5161亿元还下降了8%,而2006年的GDP比前一年上升了10%。GDP上升,教育支出反降,这是什么道理呢?这叫人从哪看出"再穷不能穷教育,再亏不能亏孩子"的味道呢?教育的"战略地位"岂不成了事实上的"略占地位"?这种状况和国家的发展变化显然不相称,和人民群众的热切期待当然更不相称。这个问题不解决,钱学森先生临终前痛切提出的"中国的高教学校为什么长期培养不出创造性人才",就将永远成为一个问题。而自主创新、建设创新型国家的美好愿望,也只能是一个美好愿望而已。

我无力纵论中国教育改革,但我想从一个很小的侧面谈一点建议,即要比以往任何时候都更加重视"空中课堂"的建设。肇始于非典时期的空中课堂,是主要依托优秀教师和电视网络对全国学生进行教育的好做法,曾经发挥了很好的作用,非典之后本应发扬光大,却不知何故很快销声匿迹了。在我们这样一个教育资源相对匮乏的国家,充分利用有限的优质资源对尽可能多的学子进行教育,显然是非常必要的,而且是完全可行的。

当今社会,不仅电视广为普及,而且互联网也以超出人们想象的速度迅猛发展。据统计,到今年底,我国的网络人口就可达到三亿四千万,超过美国,成为互联网第一大国。这为充分利用优质教师资源、短时间内迅速提高教学水平创造了较好的技术条件。当然,互联网虽然高速发展,暂时还没有达到像电视那样的普及程度,还有一个整合全国网络资源、尽早实现全国联网的艰巨任务摆在面前。但这个任务经过努力是完全可以完成的,起码与在短期内培养大批优秀教师相比,要相对容易得多、见效快得多。

事实上,已经有人在做这方面的尝试,只是规模和效应还不尽如人意。早在2006年,北京地区就有10家重点网站联手推出"网上大讲堂"教育专区,网民在电脑前就可享受丰盛的网上大餐。而美国高等教育为了适应IT时代的新变化,也作了许多有益的探索。2003年9月,麻省理工学院做出一个惊人之举:正式向全世界公布多达500门课程的全部内容,世界上无论哪个角落的任何一个人,都可以进入该校网站下载这些课件,免费学习。

中国也有一批质量相对较高的学校,其中既有像北大、清华这样的高校,也有像北京四中、人大附中等公认的好中学以及一批好小学。他们所拥有的优秀教师、成熟课件,完全可以通过电视和网络为全国的学生所共享。特别是基础教育方面的优质资源,更应该优先开放,全面整合,充分利用,让全国所有的孩子都有机会上质量最好的课,受到国内最优秀教师的教育。

实现这个美好的目标,需要远见卓识和战略眼光,更需要脚踏实地的不懈努力。如果我们能够经过坚忍不拔的努力实现这个目标,那不仅是对无数学生和家长的贡献,更是对中华民族长远未来的贡献,是对人类文明的贡献。

领导干部要自觉克服"五种心理"

随着干部人事制度改革的不断深化,领导干部的"心理问题"逐渐被提到议事日程上来。在近年来党和国家领导人的讲话中,也明确提出"要关心干部的心理问题"。领导干部身居高位,一言一行、一举一动、一颦一笑都不仅仅是个人的事,都会对工作和群众产生微妙影响。能否意识到这一点,能否随时随地妥善调整自己的心态,正确对待自己、正确对待部下、正确对待工作,是一个领导干部世界观、人生观、价值观、政绩观的集中反应,是其思想水平、群众观点、工作能力、为人处事态度的外在表现。

不才以为,居高位者应该自觉克服"五种心理":

一是自负心理。表面上把唯物史观挂在嘴上,实际上从未把群众放在眼里。以为老子天下第一,自己是朵花,别人都是豆腐渣;自己是英雄,别人是狗熊;自己是诸葛亮,别人都是臭皮匠;自己是天才,别人是蠢材;自己无所不能,群众一无所能。眼睛长在眉毛以上的地方,鼻孔拉到下巴底部,睥睨世界、目空一切,唯有镜中的自己,才是天下第一好汉、世间唯一能人。

二是自决心理。表面上大谈民主集中制,作虚心听取群众意见状,实际上从来没把群众意见真正当回事,合我意的就采纳,不合我意的"权当参考",美其名曰"不能当群众的尾巴"。在内心深处,只把民主当形式、当手段、当过场,而在"集中"的名义下一人说了算,不许别人多嘴,不准"杂音"干扰"主旋律",才是内容、是目的、是需要隆重推出、重点上演的正儿八经大戏。

三是自吹心理。做了一点工作唯恐上级不知道,四处张扬,到处显摆,今天发个文儿,明天报个件儿,后天再上上电台、网络、电视台,能把老鼠说成大象,把芝麻说成西瓜。合作成功从不提别人的贡献,做出成绩全凭一己之力。有限的困难被夸大成不可逾越的鸿沟,正常的工作被吹嘘成伟大的创造。自吹之余热衷于溜须拍马、阿谀逢迎,亲小人、远君子,善于营造小圈子、堆砌土围子、找点庸俗的小乐子,以爬上梦寐以求的小位子。

四是自闭心理。既然"老子天下第一",当然就不能混同于一般老百姓,就必须时刻保持那么一点巍巍乎仰之弥高、令人敬而畏之的神秘感、威严感,就必须和庸众适当拉开一点距离,让你看得见、摸不着,话到嘴边留半句,意到行前再斟酌;让你禁不住总要趋身向前、仔细揣摩,叫你必须战战兢兢、如履薄冰、如临深渊,大气不敢出,大事不敢做。

五是自肥心理。以为自己身居高位,做大事,就该挣大钱,十倍于你当然应该,几十倍于你也不为过。当官不发财,请我都不来。哪位干部不是我提拔?哪份工作不是我指导?哪个项目不经我同意?哪些贡献没有我血汗?我不"笑纳"谁"笑纳"?我不"索取"别人怎么"索取"?按劳分配也罢,按需分配也罢,按生产要素分配也罢,总不能没有我的份。什么叫"以权谋私"?什么叫"以权谋利"?全是"合理收入"、"正当报酬"嘛。

"五种心理"或多或少反映着当下一些干部的普遍心理,群众对此啧有烦言,社会舆论口诛笔伐,党和国家深恶痛绝,深化改革不可不察。

谁教会孩子写"撒谎作文"?

中国青年报社有一个社会调查中心,经常就读者关心的问题进行调查研究,在"青年调查"版发布来自互联网等渠道获取的信息,数据翔实,结论客观公允,是我非常喜爱的栏目。今年五月以来,先后有《我们的学生为什么写"撒谎作文"》和《作假已成国之痛》两篇调查引人关注。前者披露83.3%的人承认自己在上学期间曾编过作文,成都某小学四年级一个班的学生作文中,40多个孩子有30多个写自己如何智斗人贩和小偷,其中26个孩子承认自己是瞎编的。后者根据调查结果断言:作假已成当今社会的普遍现象,从假冒商品,到文凭学历,甚至政治履历,几乎所有事情都可以造假,99.5%的人曾遭遇作假,78.8%的人认为全社会应该对作假零容忍。

这是两则引人深思的调查,其中蕴含的内涵从一个侧面深刻揭示了当今社会的荒诞乱象。一面是99.5%的人遭遇过作假,一面是78.8%的人呼吁社会对作假零容忍。问题在于,作假的人不可能只来自99.5%以外的那0.5%吧,这就意味着遭遇过作假的一些人本身也是作假者,而呼吁对作假零容忍的人其中也不乏作假人,区别只在于他们偷偷地保留了自己作假的权利,而冠冕堂皇地拒绝了他人作假的行为。在这些人身上所表现出的伪善和双面特征,在我看来是比作假本身更作假的恶行。

我想起自己中学时的作文经历,那时因为善于"挖掘"和"升华",我的作文常常成为班级的范文,被老师当堂朗读,赞誉有加,为此很得意过一阵。当时从未觉得自己是在撒谎,而是在"调动内在积累"。我的"内在"究竟"积累"了多少货色,自己也不甚了了。"斗人贩和小偷"我没敢瞎编,因为那时没有人贩一说,而我长得矮小,也没人相信我有本事斗小偷,何况当时我已略知"艺术真实"和"生活真实"的关系了。但"帮助老大娘推车"、"捡到五毛钱交给警察叔叔"之类的先进事迹我编过,以至于有一次我们全班43名同学竟然有15人都帮老大娘推车了,老师调侃说:"今天全市的老太太都上街拉车了?"

写作需要"挖掘"和"升华",这是老师教我们的。但"挖掘"和"升华"与"撒谎"和"作假"之间的界限在哪里,老师没教我们。在不少孩子心目中,"挖掘"和"升华"就是瞎编,谁会编谁就能得到老师喜欢,谁就能得高分,谁将来就可能扬名立万。

随着年龄和学识的增长,我越来越厌倦那种盲目拔高、愣说假话的作文,越来越无法从"翻卷的浪花中想到革命的洪流",越来越不能"在困难的时候眼前浮现出几位英雄人物"。我为自己的卑微感到惭愧,也为自己的真实感到骄傲。我常想,即使做不到"修辞立其诚",起码也应该把写作文变成自己心灵表达和拓展的渠道,做不到全说真话,起码不说或少说假话。但如此一来,作文分数反而变低了,连老师也很惋惜地说这孩子可能到青春期了,作文中怎么总有一种忧郁和灰暗的调子。

我不知道现在的孩子是否还有和我相似的心路历程,但只为了获取高分一项,也足以令他们尽量写作"撒谎作文"吧。如果就此谴责孩子,显然不公平。在这件事上,恰恰应该从大人抓起。是大人有意无意的教育引导,使孩子趋向写作撒谎作文;是成人社会的所作所为,在变相教会孩子写作撒谎作文。在诚信危机严重威胁社会生活的大背景下,我们为孩子提供了一个诚实做人的社会环境吗?

一个做老实人、说老实话、办老实事的人在日常生活中是常常获益吗？想想这些不易回答的问题，我们就不难理解孩子们的所谓"撒谎"了。

从某种意义上说，孩子是成人的镜子，也是成人的影子。想想看，多少大人的工作总结不在撒谎？多少领导的报告讲话说的都是实话？特殊年代有特殊的政治生态，"林副统帅"说过"不说假话办不成大事"；还有那位名噪一时的康生也说过"左比右好"。这就是那个"极左"年代人们生存的不二法门。政治运动对社会诚信的戕害远不是一次拨乱反正可以消除的，形式主义造成的假大空危害也不是一个早上可以灭绝的。看看泛滥于日常生活中的各种假冒伪劣产品、各种虚假广告，让孩子们怎么诚信？再看看我们身边熟悉的各种报告、讲话、材料、报表，又有多少真实情况？昨天刚发文件，今天就有情况反映，上级刚一部署，下边马上整出经验，生花妙笔一枝，领导政绩无限……如果说孩子的作文是"撒谎作文"，那么大人材料中的"深刻体会"、"几点启示"敢说都是真的吗？在做人与作文的统一问题上，我们敢说给孩子树立了好的榜样吗？

实事求是说了几十年，做到却不易。巴金先生生前走过近一个世纪，在我看来，他最痛彻骨髓的呼吁，莫过于倡导建立"文革博物馆"和"说真话"。此中深意，值得反复玩味。

第四辑
学思之中

三羊开泰

骏马踏雪辞旧岁,三羊开泰迎春来。

悠忽之间,马年如白驹过隙,转瞬即逝,羊年就要到来。值此辞旧迎新之际,照祖上的规矩,向读者诸君打躬作揖,恭祝新春快乐,羊年吉祥!

三羊开泰的说法由来已久。《易经》称爻连的为阳卦,爻断的为阴卦,正月为泰卦,三阳生于下,冬去春来,阴消阳长,吉亨之象,故有"三阳开泰"之说。我猜想,古人将"阳"作"羊",很可能与农耕文明崇尚养殖和畜牧有关。对百姓而言,具象的肥羊比抽象的《易经》通俗易懂。如此说来,请允许我想借用"三羊开泰"的说法,赋予其新意,寄托对读者诸君的美好祝福。

先说"一角之羊"。"羊"对中国古代的司法制度产生过特殊影响。王充《论衡·是应》记载,在尧帝主政时,曾用大臣皋陶掌握天下刑法。皋陶有一只独角羊,即"一角之羊"。这只羊有神性,能辨别出谁有罪。皋陶在一时无法审清案情的情况下,就会让"一角之羊"帮助断案,"其罪疑者,令羊触之,有罪则触,无罪则不触"。这种疾恶如仇的"一角之羊"被称为"任法兽"。后来据此形象发明的羊角帽,是法官审案时必须佩戴的,以此显示像"一角之羊"般明察秋毫,办案公平。今天看来,这种寄托古代劳动人民美好愿望的说法更像是一则神话。在全面推进依法治国的今天,吸取其精华,扬弃其糟粕,对于建设中国特色社会主义法治国家,应该是不无启迪的。

再说大美之羊。中国人的审美观念渊源于羊。《说文解字》将"美"归入"羊"部,称"美,甘也。从羊,从大。羊在六畜主给膳,美与善同义。""羊大为美",主要不是重其"大",而是重羊大肉多、食物充足,吃起来"美"。这里所说的"美",基本是从实用和功利角度考量,是"美即有用说"的中国古代版。安阳殷墟甲骨文被发掘后,许慎之说受到挑战:甲骨文的"美"字并不是"羊大"形象,上边并不像"羊",而是人饰羊首的形状,整个"美"字是佩戴羊图腾标志的人的形象,即"羊人为美"。此说更接近纯审美关照,标志着古人审美意识的进一步觉醒。不才以为,两说都很美好,对今天都有启发。从古至今,美与美感的产生始终离不开生产劳动,离不开人民群众对物质利益和美好生活的向往,离不开吃饱喝足以后的精神追求。从某种意义上说,对抽象美的追求,正是对物质利益追求的升华。即便在审美形态和审美心理发生巨大变化的今天,审美功能依然不能彻底摆脱实用功能,甚或说审美功能本质上也是一种特殊的实用功能。"羊大为美"是基础,"羊人为美"是"羊大为美"的精神升华和艺术表现。它启发我们,在全面深化改革的开局之年,把"羊"做大是前提,同时要不断满足人民群众日益增长的精神文化需求,提高人们的精神文化品位。如此,我们这个社会才更趋近于和谐社会。

三说大善之羊。中华民族品德和民风的养成上,也与"羊"有联系。羊代表吉祥、善良、美好,古时"羊"与"祥"相通,"善"与"美"也与"羊"有关。董仲舒在《春秋繁露》中说:"羊有角而不任,设备而不用,类好仁者;执之不鸣,杀之不谛,类死义者;羔食与其母,必跪而受之,类知礼者;故羊之为言犹祥与,故卿以为贽"。明代启蒙读物《增广贤文》将羊塑造成懂得感恩的典范,那句"鸦有反哺之义,羊有跪乳之恩"至今为人传诵。有学者认为,中华民族善良、义气、知礼、孝顺的美德和纯朴、厚道的民风,如果追本溯源,都可以追到羊身上。在今天复杂的社会环境中,有些人不以羊为善,而以为其软弱可欺。羊所具有的美德被一些人视为无能。这种善恶颠倒、美丑不分的畸形价值观,正严重扭曲纯朴、善良的人际关系。在经历的无数冷漠、狡诈之后,人们还是希望返璞归真,像善良的羊儿一样,过上简单、真诚、美好的生活。

振兴足球要做点实事

今年2月27日和3月17日,是中国球迷值得记住的两个日子。2月27日,习近平总书记主持召开中央全面深化改革领导小组第十次会议,审议通过《中国足球改革发展总体方案》;3月17日,《人民日报》在第1版刊发李克强总理所做的《政府工作报告》的同时,在第6版刊登了《中国足球改革总体方案》。对中国足球来说,这是两件非同寻常的大事:把足球改革作为经济社会发展的重要战略任务,提到党和国家的重要议事日程,作为深化改革领导小组第十次会议的第一议题,由总书记亲自主持审议,并且认为"发展和振兴足球,对提高国民身体素质、丰富文化生活、弘扬爱国主义集体主义精神、培育体育文化、发展体育产业、实现体育强国梦具有重要意义,对经济、社会、文化建设也具有积极促进作用"。这在中国足球发展史上,是从来没有过的,足见以习近平同志为总书记的党中央高度重视足球运动,重视足球运动对整个经济社会发展、对人民健康的积极影响。毫无疑问,这为中国足球改革发展带来了前所未有的大好机遇。

足球运动是当今世界的第一运动。它不仅是一个国家体育实力的集中表现,也是一个国家综合国力的特殊呈现。有人说,看一个国家是否是体育大国,主要从竞技体育和群众体育两个方面来看。竞技体育当中,尤以足球、田径、游泳为代表。群众体育方面,主要看民众主动自觉参与体育运动的数量和质量。我们国家从建国之初就重视开展体育运动，毛泽东主席早在学生时代就提出"文明其精神、野蛮其体魄"的主张。建国后，又向全国人民发出"发展体育运动，增强人民体质"的号召。邓小平同志是众所周知的超级球迷，在法国留学时，曾拿出一个月的饭钱去现场看球。1975年，他的再次复出也是选择在观看中美足球友谊赛的现场亮相。五十年代我国足球向东欧学习，曾经达到过较高水平，大大提振了国民的爱国热情。八十年代初期的中国足球，也曾距世界杯一步之遥，起码与日本队交战具有绝对优势。九十年代中国足球在体育界率先实行职业化改革，球市一度火爆，引发民众对足球的热情。然而接踵而至的假球、黑哨等一系列丑闻严重败坏了中国足球的声誉，也大大影响了青少年参与足球运动的热情。说一个人是足球迷，仿佛是说这个人有不良嗜好一样，成为一件很不体面的事情。这样一项深受广大群众喜爱的体育项目，在我们国家变得灰头土脸，成为小品相声讽刺的对象。中国足球在国际赛场屡战屡败，与中国日益增长的综合国力和国际影响，十分不相称，人民群众非常不满意。

党中央做出《中国足球改革发展总体方案》，对中国足球和广大球迷来说，无疑是巨大的利好。《方案》从总体要求、体制机制、职业联赛、校园足球、社会足球、人才培养、国家队选拔、场地建设、资金投入、组织领导等各个方面全方位部署，深入细致，既考虑到竞技足球，也考虑到群众足球；既改革领导体制，也改革竞赛机制；既注重国家支持，也注重社会力量投入，是一个系统全面、切实可行的好方案。眼下的当务之急，就是按照《方案》的部署，实实在在地抓好落实。

抓落实千头万绪，但在我看来，最为关键的是抓好青少年足球，尤其是抓住"时间"和"场地"两个核心问题。决定一个国家足球水平的，不仅是国家队在世界大赛上的成绩，更是这个国家的足球人口,亦即足球运动的群众基础。高楼万丈平地起,只有具有广泛的群众基础,到处都是踢球的孩子,后备力量层出不穷,中国足球才能异军突起,持续踢出好成绩。然而恰恰在这点上,我们有严重的短板。首先是繁重的课业负担、写不完的各种作业,使孩子们没有时间踢球。然后是房地产的恶性膨胀,大大挤占了体育场地设施的建设,使孩子们没有地方踢球。两项相加,导致中国的足球人口少得可怜,在中国足协和各俱乐部正式注册的足球运动员,全国不超过3000人。青少年足球后备人才的储备和培养不仅难以和巴西、德国、阿根廷、西班牙等足球强国相比,就是与我们的近邻日本、韩国也相去甚远。女足情况更是堪忧,组建国家队时,全国仅有60余名选手可供选择,甚至难以组成一只像样的国家队。

"从娃娃抓起"是邓小平同志早就说过的,其中道理浅显易懂,尽人皆知。然而喊了三十年,至今不仅不见起色,反而踢球的孩子越来越少了。这里不仅有家长担心踢球耽误学业、害怕孩子受伤等因素,更有足球管理体制机制不顺畅、"假、黑、赌"等丑恶行径损害足球运动形象,使家长和孩子远离足球、免得学坏的因素。这次足改方案对青少年足球和校园足球给予了足够的关注,从政策层面和顶层设计的角度看,思路是清晰的。但要把这种清晰明确的思路转化为实实在在的行动,还有很多工作要做。其中首要的一条,是足球改革必须与教育改革同步启动、相向而行;同时要把开展足球运动与城市规划、新农村建设结合起来,使孩子们有时间、有地方踢球。现在不少省市闻风而动,纷纷出台自己的足球发展规划,提出一些诸如筹办足球重点学校、加大体育课中足球教学的权重、聘请国外高水平足球教师等办法,这当然都很好。但在我看来,最根本的还是要完善高等院校人才选拔机制,大大压缩小学、中学的课业负担,不仅是增加体育课上足球教学的权重,更重要的是增加整个体育课的课时和权重，把体育成绩作为衡量学生整体水平、甚至高校录取新生的重要考量。通过这些措施，不仅为足球教学创造条件，更重要的是借此倡导一种健康文明的生活方式，培养青少年热爱足球、勇武向上、不怕挫折、奋力拼搏的尚武精神，改造我们民族长期以来温良柔弱有余、强硬阳刚不足的致命弱点。

与此同时，要想方设法建设体育设施，特别是足球场地。不仅每个学校要因地制宜建，公园等公共场合要建，居民小区建设规划中也应该有体育设施、最好是足球场地建设的规划，否则整个小区建设不予审批，不得开工。囿于眼下的实际情况，都建标准足球场当然不现实。但没有关系，可以分层级、分档次地建设各类足球场，不一定都必须建成标准足球场。5人制、7人制小足球场并不需要太大面积，照样可以训练孩子们的基本功。当年我们学习踢球的时候，不仅在大场地练，放学后随便找一块空地，两个书包在地上一放就是球门，照样踢得有模有样、热火朝天。除此之外，那些闲置和半闲置的体育场馆，应该以尽量低廉的价格最好是免费向社会开放，特别是优先向孩子们开放。所需场馆维护费用，应该作为公益事业经费投入，由政府埋单，也可鼓励有志于群众体育的企业和企业家出手相助。

足球的改革与发展，不仅仅是足球界和体育界的事情，更是全社会的事情，需要全社会予以广泛关注、共同出力。我相信，没有不喜欢踢球的孩子，只要创造适宜的环境条件、形成良性的足球氛围，以中国十三亿人口的超大体量，一定会培养出自己的梅西和C罗，中国足球走向世界的日子一定不会太远。

迟到的忏悔胜过刻意的沉默

近段时间,一些在"文革"中整过人、做过错事的当事人纷纷出来道歉。先是去年八月和十月陈小鲁向当年他所就读的北京八中老师道歉,前不久又有宋彬彬向她当年就读的北师大女附中校长道歉。两次道歉都很正式,陈带着几个同学当面向被他们伤害过的老师鞠躬忏悔。他说:"我的道歉太迟了,但是为了灵魂的净化,为了社会的进步,为了民族的未来,必须做这样的道歉。"宋彬彬和二十多名老同学一起,面对三十多位老师及其家属,公开向"文革"受害师生道歉。她说:"很久以来,我一直盼望能有这么一个向当年遭受迫害的老师和同学道歉的机会。"她希望能够直面自己,反思"文革",求得原谅,达成和解。

陈、宋的公开道歉不是最早的,但由于其特殊身份,影响却是最大、最具象征意味和符号意义的。陈小鲁当年是赫赫有名的红卫兵头头儿,是校革委会主任,是开国元帅陈毅之子,那个年代过来的人,对陈小鲁当年在北京的"叱咤风云"都有所耳闻。宋彬彬是参与贴出师大女附中第一张大字报的人,是该校革委会副主任,是开国上将宋任穷之女,又是1966年8月18日在天安门城楼亲手为毛泽东主席佩戴红卫兵袖章的人。而被他们直接间接批斗过的八中党支部书记华锦和师大女附中副校长卞仲耘,双双含冤自杀。其惨状,今天想来依然不寒而栗。

有人赞赏陈、宋的做法,认为这是真诚悔过的开始,是对历史负责、对自己曾经犯过的错误负责、也是对未来负责。陈小鲁说："希望下一代知道'文革'是怎么回事,人们需要记住这些。"宋彬彬说："真正反思才能走得更远。"也有人对两人的道歉不以为然,认为这些高干子弟出身的红卫兵的"道歉",只是一种并不真诚的姿态和作秀,是希望将自己的污点轻描淡写地洗刷。而我以为,两位的道歉固然来得迟了一些,但胜似刻意的沉默,强过死不认错,其积极的示范效应和带动作用,应该得到肯定。正如当年的师大女附中校长胡志涛之女丁东红所说:"虽然是迟来的道歉,但像我母亲这一代人对当时的情况有很清晰的认识,知道这是政治风潮,学生做了错事,师长会谅解。这些学生把握了人性的底线,对事情有反思,勇于站出来,承担个人责任",理当受到肯定,而不是质疑。

是的,早在1981年党的十一届六中全会上,中共中央就做出《关于建国以来党的若干历史问题的决议》,指出:"文化大革命"是由领导人错误发动的,给党和国家造成深重灾难的全局性的、长时间的"左"倾严重错误。但党的决议代替不了当事人的道歉和忏悔,历史的结论也不能给每个个体的恶行画上句号。这样一场全民族的浩劫给中国共产党、中华民族和中国人民造成的灾难,至今还在产生深远影响。对于这场浩劫的反思和忏悔,是一项长期任务。而随着时间的推移,刚刚过去不到四十年的这场浩劫,已经开始为当事人所遗忘,为后来人所陌生,为特殊的人所屏蔽,甚至为个别不明就里的年轻人所羡慕了。

毫无疑问,陈、宋既是害人者,也是一定意义上的受害者。因为是害人者,出于未泯的良知,他们需要真诚道歉,求得谅解;因为是受害者,他们需要正视历史,公开真相,警示未来。今天的中国已经发生翻天覆地的变化,在富强、民主、文明、和谐的轨道上已经迈出历史性的步伐。但那场曾经的浩劫过去并不遥远,很多历史的积垢并未得到彻底清理,"文革"遗风在一定范围内还存在,"再来一次"的土壤和危险并非完全没有,铲除某些人思想深处的"文革情结"还有很多工作要做。从这个意义上讲,当事人的道歉既是一种个人行为,也应是一种集体忏悔的开始。

  列宁说,敢于承认错误是一个政党有力量的表现。我们党能够做出彻底否定"文革"的决议,我们的人民也应该具有从思想深处到外在行为彻底否定"文革"的勇气。巴金先生生前关于建立"文革博物馆"的倡议至今还是个倡议,这不能不说是很大的遗憾。今天社会面临着道德失落、价值失范、社会失序、公众失信的严峻局面,人们习惯于把这种局面归咎于市场经济的发展,这当然不无道理。但如果要追本溯源,我认为必须追溯到"文革"的遗害。这样说并不是要简单清算历史旧账、追究某个人的责任,而是要通过深刻痛切的历史反思,避免悲剧的重演,使我们的国家和人民真正在法治化的轨道上走向富强、民主、文明、和谐。

  正是从这个意义上,我要为陈小鲁、宋彬彬点赞。

从"塔西佗陷阱"说起

习近平总书记在兰考县委常委扩大会议上的讲话中,意味深长地提到著名的"塔西佗陷阱"。他说:古罗马历史学家塔西佗提出了一个理论,说当公权力失去公信力时,无论发表什么言论、无论做什么事,社会都会给予负面评价。

他是在谈论党和政府与人民群众的关系时说这番话的。在总书记看来,这些年,我们的发展成效很显著,人民群众物质文化生活水平不断提高,但冷静一想,是不是党的凝聚力、群众的向心力就同步提高了?是不是党同人民群众的联系就更加密切了?事实证明,经济发展了,人民生活水平提高了,不等于党同人民群众的联系就更加密切了、必然密切了,有时候反而是疏远了。

为什么会如此?主要是一些党员干部宗旨意识淡薄了,对群众的感情变化了,形式主义、官僚主义、享乐主义、奢靡之风问题突出了。有的热衷于搞"形象工程"、"政绩工程",换一任领导变一套思路,负债累累、寅吃卯粮,只顾眼前,不顾长远;有的拍脑袋决策、搞"一言堂",容不下他人,听不得不同意见;有的不敢担当、不愿负责,当"太平官"、"逍遥官";有的心浮气躁、跑官要官,到处拉关系、找门路、打天线;有的组织观念淡薄、纪律松弛,信口开河、口无遮拦;有的吃喝玩乐、文恬武嬉,花天酒地,乐此不疲;有的欺压群众、漠视民生,甚至以权谋私、弄权贪腐,巧立名目、敛财牟利;有的办事拖拉、推诿扯皮,作风漂浮、落实不力,工作底数不清、基层情况不明,唱功好、做功差；有的"门难进、脸难看、事难办"，口号响当当、服务冷冰冰、办事慢腾腾，群众办事难上加难；有的吃拿卡要、雁过拔毛，乱收费、乱罚款、乱摊派，甚至收回扣、拿红包；有的口是心非、言行不一、虚伪矫饰，甚至口言善而身行恶……

如此等等，都极大地损害了党的形象，损害了政府的公信力。这样的干部虽然只是党员干部队伍中的极少数，但一条臭鱼足以腥掉一锅好汤，使人民群众对党的正确思想理论、政策主张缺乏信任，对政府尽心竭力为百姓所做的大量工作产生怀疑。"信仰危机"与"信任危机"同时产生，相互作用，致使"塔西佗陷阱"由此现出端倪。

总书记指出，我们当然没有走到"失信于民"那一步，但存在的问题不可谓不严重，必须下大气力加以解决。如果真的到了那一天，就会危及党的执政基础和执政地位。这话决不是危言耸听。

位卑未敢忘忧国。每一个对党和国家的前途命运负有责任感、使命感、危机感的共产党人和党的干部，无论职位高低，都应该在党忧党，以自己的模范言行为巩固党的执政基础和执政地位、为实现中华民族伟大复兴的中国梦竭尽全力。

在实际工作中，不能忘记自己是一名共产党员，不能忘记身上的责任，心中的使命，肩上的重担。要为自己确定一个较高的人生定位和工作标准，不能当一天和尚撞一天钟，得过且过。定位决定高度，标准决定质量。有什么样的定位，就有可能达到什么样的高度；有什么样的标准就有可能产生什么样的质量。"取法乎上，仅得为中；取法乎中，故为其下。"一群能力相仿的人，由于人生定位和工作标准不同，他们的人生道路和工作结果往往会有天壤之别。一个人由于其自身的人生定位和工作标准不同，他的人生道路和工作结果也会呈现很大的差异。坚持高标准、严要求，不仅是一种人生定位，也是一种实实在在的人生态度。共产党人的标准很清楚，党员领导干部的标准也很清楚。关键是身在其中的人要时刻保持清醒的"党员意识",坚持党员领导干部的标准。以此严格要求自己,以百倍的努力、百分之二百的热情为党和人民勤奋工作,夙夜在公。要像党和人民的好干部焦裕禄同志那样,鞠躬尽瘁,死而后已。

只有这样,党和人民的关系才会像革命战争年代那样鱼水情深、密不可分,"塔西佗陷阱"才无从谈起。

"过得去"与"过不去"

以习近平同志为总书记的新一届中央领导集体主政以来,老虎苍蝇一起打,对腐败分子始终保持"零容忍"的高压态势。特别是去年12月以来,基本保持了"日打一贪官"甚至"日打七贪官"的强劲势头。对此,人民群众无不拍手称快。不久前新浪网所做的民调显示:86%的网友对中央的反腐举措满意和很满意,对未来继续保持对腐败分子的高压态势充满信心,对坚决打"老虎"、无论什么人都一抓到底充满期待。有人说,坚决惩治腐败、全力改善民生,是新一届中央领导集体的鲜明特色。有此两手,全国人民信心大振;长此以往,国富民强乐观可期。

面对如此喜人局面,也有人表现出莫名忧虑,说如今当官饭不敢吃、烟不敢抽、酒不敢喝、车不敢坐、表不敢戴、礼不敢收、国不敢出、钱不敢拿,网上网下,到处是监督的眼睛;有人说如今"为官不易","公务员"快变成"公误员"了,工资待遇低、灰色收入少,自己没心气,老婆看不起;还有人针对一些干部轻微违纪遭到党纪处分表示同情,说未免太和人家过不去,太小题大做,不就是吃了一顿饭吗?不就是人均百十块钱吗?至于把人家一棍子打死吗?

这些耐人寻味的议论,不才以为很值得琢磨一下。

不错,领导干部作为社会公职人员,为了更好地履行职责,党和国家会为其提供必要的工作条件和生活待遇。除此以外,在很多地方还有"灰色收入",也就是民众心目中的所谓"好处"。"八项规定"

出台以来,特别是党的群众路线教育实践活动专项整治以来,各级领导干部的办公用房、公务用车、出国访问、收受礼品礼金、接受豪华宴请等全面管控,各种看得见和看不见的所谓"好处"基本被全面禁止。在此情况下,那些原本一心为民的好官清官不仅不会感到"为官不易",相反,还会感到空前的清爽清静,可以专心致志地投入工作。而某些信奉"当官不发财,请我都不来"的贪官污吏,慨叹"为官不易"并不奇怪,他们原本不想多奉献,热衷多捞钱,哪有腥味往哪钻。如今扬言要"弃官从商",让他们走好了。他们的存在,原本就是对清廉公务员队伍的亵渎,是坏了一锅汤的死老鼠。他们的离开,是公务员队伍的自我净化,是淘汰机制的良性显现。对我们正在从事的全面深化改革事业,不会有丝毫损失。他们的离开,毫不足惜。

至于说到"过得去"和"过不去",我觉得有必要稍微辨析一下什么叫"过得去"和"过不去",谁跟谁"过得去"、"过不去"。所谓"过得去",是一种常态思维和惯性思维作祟的结果,认为党员干部工作生活中难免会犯这样那样的错误,只要不是严重危害党纪国法的大错误,批评教育一下、简单处理一下就可以了,不看功劳看苦劳,不看一时看一世,要给人家"留面子",让人家"过得去",这是我们早已司空见惯的观念和做法。如今中央从严治党首先从从严治吏入手,过去"过得去"的"小事",现在都变成"零容忍"的大事。手莫伸,伸手必被捉,不能怪党纪国法无情,不能怪人民群众苛刻。是腐败分子先与人民群众"过不去",与党纪国法"过不去",才有党和人民与腐败分子"过不去"。如果我们的各级党委政府对腐败分子睁一只眼、闭一只眼,在党纪国法面前长于"变通",表面上是所谓"爱护干部",实际上包庇纵容腐败分子,貌似和某些干部"过得去",实际上是与党和人民"过不去"。这样一种颠倒是非的"过去观"如果成为常态,我们国家在激烈竞争的国际环境中就注定"过不去",就必然败下阵来。任何一个热爱祖国、对国家民族抱有责任感、使命感的中华儿女,是不可能接受和容忍这种变态的"过去观"的。要言之,无论是张牙舞爪的恶虎,还是嗡嗡乱叫的苍蝇,只要它危害党和人民的利益,危害我们实现中华民族伟大复兴的中国梦,就注定为人民所唾弃,为历史所抛弃,就注定"过不去"。

贬值时代

年龄的关系,对外界事物的反应难免有些迟钝。我警惕自己不要无意之间成为自以为是的"九斤老太",成为令人耻笑的"冬烘先生"。努力博览群书、浏览报刊、冲浪网络,尽量打开双眼、拥抱社会、感知青年。但尽管如此,依然不得不承认,在瞬息万变的当今社会,还是有些不可避免地落伍了。很多社会现象让我看不懂,很多流行词语叫我难以界定其确切含义,很多社会评价让我摸不着头脑。

前些年有人善意地将季羡林先生称为"国学大师",我心中暗惊:季老虽然学识渊博,在东方学、印度学、梵文等领域执牛耳,是了不起的学术大家;虽然散文写得朴实自然、天然雕饰,是优秀的作家,但于"国学"这个"义理之学"、"考据之学"、"辞章之学"并未闻有何创见,更谈不上"大师"。如此这般地给季老戴高帽,究竟是一种崇敬,还是一种亵渎和不恭呢?但毕竟笔者才疏学浅、见识有限,不敢妄加评论,只能把疑问放在心里。所幸不久后季老就发表了"敬谢不敏"的声明,说自己不是什么"国学大师",请大家以后不要再这样称呼他,免得贻笑大方。我由此解开心结,也对季老高尚的人格和实事求是的精神更加敬佩了。

然而多数情况下我看到的情况与季老所昭示的正相反。翻开报刊,"非凡的马克思主义理论家"、"著名超现实主义作家"、"本世纪最卓越的国画大师"、"穿越古今的当代侠客"、"史上最强阵容组合"、"空前绝后的当代智者"、"令人过目不忘的经典之作"等让人目不暇接。更有"男神"当道,"美女"横行,整个社会充斥着浮夸、庸俗、浅薄的气息。"著名"者,谁也不知他是哪方神圣;"大师"者,不过能随手乱涂几笔而已;"非凡"家,难脱鹦鹉学舌之讥;而所谓"男神",大抵是装神弄鬼之谓也;所谓"美女",基本可视为"女性"的同义词。

我们处在经济飞速发展、思想急剧变化的时代,同时也处在一个急功近利、浮躁庸俗、浮夸贬值的时代。一方面,物价飞涨;另一方面,很多社会评价都在贬值,都在缩水,都在廉价拍卖。如上所述,"经典"其实连"精彩"也算不上,"著名"只有"著名"的人自己知道,"大师"基本类同五块钱一顶的廉价草帽……

与此同时,社会生活的庸俗化、粗鄙化、流氓气、土匪气愈发横行。春节晚会上,最叫座的是阴损刻薄的"毒舌"节目,让一个固执、变态的老者肆意展示自己的残忍、偏执和自以为是,观众竟然看得津津有味。足球场上,更是污言秽语大爆炸,其中尤以首善之区为甚,表达喜悦和愤怒只会借助"傻×"、"牛×"等难以启齿的语言,几万人齐声呼喊,叫人不寒而栗,叫稍有教养的人从此不愿涉足球场。不仅如此,这种说不出口的语言竟然登上某些报刊的所谓理论评论版,堂而皇之地为中国道路辩护,真不知该为这种辩护高兴,还是为它惭愧。更有甚者,是"屌丝"不离口,连看上去花容月貌的女孩子也毫无羞涩地以此自况,直叫老夫听了不好意思。

有人说,如今的社会道德失范、价值失落、社会失信,什么都在打折、什么都在贬值,只有物价最坚挺。我倒没有那么悲观。但眼见的现实,确有令人担忧的一面。廉价奉送的高帽,掩饰不住人才匮乏的现实;语言表达的粗俗,验证着文化内涵的贫乏;而层出不穷的"经典",照见的多是华丽的泡沫;网络的集体狂欢,少有真知灼见……

但浮夸的舆论带不来实在的收获,只能膨胀新的浮华和浅薄。我们期待公平正义的社会氛围、朴实无华的文化气质、忠信善良的人际关系、实事求是的道德评价和文化评价。如此,我们这个社会才能离和谐社会更近一步,人们的生活成本才会更低一些。

不知诸君以为然否?

为官难易说

近来常常听到一种有趣的说法，叫作"为官不易"。

我在单位大小也算个官儿，从未觉得为官容易。不知是因为我能力太差，缺乏举重若轻的潇洒；还是某些官员特别能干，运筹帷幄之中，决胜千里之外，谈笑间樯橹灰飞烟灭，显得异常轻松？

我琢磨了一下，觉得所谓"不易"无非几种情况：一是要当一个让群众拥护、领导满意的好官、清官，比过去更不容易了。这种官儿原本就不轻松，因为"两个满意"从来就不是容易的事。在党要管党、从严治党、首先从严治吏的背景下，工作标准理应有更高要求、精神状态理应更加振奋、廉洁自律理应秋毫无犯。二是要当一个只求过得去，不求过得硬的庸官、懒官、太平官，没那么容易了。毋庸讳言，这样的官在社会生活中俯拾皆是，他们一杯茶、一支烟、一张报纸看半天，工作只管动嘴，从来不肯动腿，善于以不变应万变，永远只讲大原则，从来不讲实办法，因而永远正确，"永不犯错误"。三是一心要当官做老爷、以权谋私捞好处的贪官不容易了。这种官原本信奉"当官不发财，请我都不来"。如今高额年薪拿不到了，高档烟酒没人送了，豪华宴席没人请，卖官鬻爵没市场了，红颜知己不露面了，宝马香车不许坐了。一句话，当官除了一身辛苦、半点虚名、全套监督以外，一点实惠都捞不着，干得当然不容易了。

但换个角度看问题，其实难易也是相对的。对清官好官、一心为民的好干部来说，现在当官反而有了清爽、轻松的一面。别的不说,起码烦不胜烦的应酬可以堂堂正正地拒绝了,酒池肉林暧昧会所不必捏着鼻子涉足了,再也不怕"安排不当、招待不周"影响项目审批工程贷款评选先进了,再也不必虚功实做大搞形式主义文山会海假招子了。相反,可以专心做好本职工作,轻松享受业余时间,过上正常人的正常生活了。

官员的生存状态,可以视为社会价值取向和吏治好坏的晴雨表,也不妨看作反腐败成效的风向标。全民奔竞赴官场,说明官场确实有"好处"。如今中央严格执行"八项规定",官员头上的"紧箍咒"多了,身边监督的眼睛多了,以权谋私、权钱交易的空间小了,巧立名目享受待遇的机会没了,颐指气使、呼风唤雨的神气少了,一句话,原来某些人看重的"好处"一去不复返了,投入产出的小账一算,发现大大地不值了。

这是了不起的历史进步。在我看来,官员与民众感觉的容易与不容易,在现阶段很可能呈现反比状态:官员活得越舒服、越潇洒、越轻松,百姓生活可能就越窘迫、越艰难、越痛苦;而官员感觉"为官不易"之日,很可能正是百姓生活改善之时。说到底,官员作为社会公职人员,无非是百姓推举出来为大家做事的。他们通常并不直接生产任何物质产品,也不创造实实在在的使用价值。一个受聘于民众的"公仆",反而成了万众瞩目的焦点,成了人人向往的美差,多半不是什么好事。而让干部从内心里感到"使命光荣、责任重大",整日战战兢兢,如临深渊,如履薄冰,唯恐辜负人民重托,生怕陷入腐败泥潭;让他们敬畏人民,谨慎用权,从而不愿、不敢、不能以权谋私,或许是一个不错的状态。

当然,官员也是人,也有七情六欲,也有老婆孩子七姑八姨,也需要必要的生活条件。从社会角度说,一方面,要通过科学民主的程序,把适合作为社会公职人员的人才选拔出来,使其人尽其才、为人民服务；另一方面，也要为官员一心做好本职工作提供必要的生活条件。在社会主义初级阶段，未必提倡"高薪养廉"，但必要合理的薪酬是需要研究解决的。与此同时，通过严格的监督检查程序，使官员的行止处于阳光之下，处在党纪国法、社会舆论的有效监督之中。

"高薪养廉"之所以靠不住，在于它具有极大的相对性。多少算"高"？不同思想境界和胸怀气象的官员就有完全不同的理解。在我看来，领导干部来自人民、服务人民，在思想觉悟方面理当高于普通群众。不用手中的权力谋取私利，是起码的道德底线和行为操守；与人民同呼吸共命运，是每个社会公职人员理应做到的基本点；先天下之忧而忧，后天下之乐而乐，是相对较高的精神境界；全心全意为人民服务，夙夜在公，毫无私利，才是每个党员领导干部应该毕生追求的崇高境界。

为了实现这样的目标，为官者确实需要更难一些。一个时时处处为别人着想的好人，原本就比普通人辛苦，一个一心为民的好干部，当然要比那些自私自利的人不知辛苦多少倍。官员的"苦"其实就是百姓的福。一个真心实意为人民服务的好干部，从来不会以服务人民、奉献社会为"苦"。他们乐此不疲、乐在其中、乐而忘忧，累在身上，甜在心里，清廉使其风清骨峻，奉献使其无比幸福。百姓有知，苍天有眼，此中真意，唯有身在其中者可以深切体会。

摒弃"高、大、早"的恶俗之风

"高、大、早",不是当年样板戏中塑造"典型环境中的典型形象"的创作方法,而是宣传思想领域长期以来普遍存在的一种恶俗之风。高,是唯恐概括不高;大,是生怕提法不大;早,是拼命抢在人前。具体表现,就是"戴帽子、贴金子、抢位子"。

所谓"戴帽子",就是对上级领导、上级机关的新思想、新观点、新举措、新说法拼命戴高帽子,明明只是对一般工作实践的初步总结,硬要说成是对历史经验的"高度凝练、高度概括、高度阐释",而且"思想深刻、内涵丰富、理论性强";明明只是对下一步工作的原则设想和初步规划,硬要说成是"重大的战略思想、宏阔的发展思路、明确的指导方针",而且"非常及时、非常必要,非常有针对性和现实性"。

所谓"贴金子",就是极度美化上级领导、上级工作。只要是上级领导,当然总是"具有深厚的思想理论水平和政策水平",总是"具有全局意识和战略眼光",总是"具有很强的判断力、决策力、执行力";只要是本届领导主政,当然总是"历史最好时期",总有"重大历史性突破",总是创造"前所未有的历史佳绩","人民群众从来没有像今天这样欢欣鼓舞"。

所谓"抢位子",表面看不是抢官儿当,而是抢某句话、某个观点、某个提法的发明权。通常这种发明权又和"戴帽子"、"贴金子"联系在一起,一般的提法、普通的话语,谁先说,谁后说,都无所谓。

只有又"高"又"大"的提法由自己首先提出来,而且非常幸运地为领导所接受、所采纳,甚至写进重要文件中,从此成为大家不断重复和学习的"口径",那就成了了不起的"理论贡献",就可以因此加官晋爵,飞黄腾达。首发之位有如此诱惑,焉有不令人争先恐后拼命抢夺之理?焉能不叫人绞尽脑汁、语不惊人死不休?

"高、大、早"不自今日始,更非今日终。远了不说,只说上个世纪五十年代的"土跃进"、六十年代的"文革"、八十年代初的"洋跃进",这方面的教训还少吗?亩产几十万斤的痴人说梦,超英赶美的狂热无知,三年小变样、五年大变样的天真幼稚,以至种种"目标、任务、指标、承诺"的落空,都殷鉴不远,可资镜鉴,需时时记起,避免重蹈覆辙。

"高、大、早"积习既久、为害甚烈,人民群众深恶痛绝。宣传思想工作者就整体而言渴望说真话、报实情、做实事;渴望实事求是,有一说一、有二说二,厌恶夸大其词无限拔高,甚至无中生有。热衷"高、大、早",企图以此奔竞仕途、登堂入室、傲视群雄者只是其中极少数。但少数人的积习仿佛蜜糖,甜滋滋的叫某些领导同志十分受用,这就需要格外的清醒和理智。否则,"暖风熏得游人醉",真的"直把杭州作汴州"了。

新一届中央领导集体甫一露面,就极力倡导改变不良学风和文风。习近平总书记、李克强总理在多个场合讲话平实、生动,贴近群众、贴近实际,说的都是老百姓听得懂的大实话、大白话,因而能深入人心、引起共鸣。我们应该从总书记、总理的讲话中受到一点启发,从中学习"短、实、新"的文风和作风,宁肯把话说小,而不是有意说大;宁肯把看法放在实践和时间的检验中,而不是匆匆下结论;宁肯节制自己"先声夺人"的话语冲动,而不是动不动就来个"先入为主"。让事实说话、让群众说话,然后在适当的时候发出适当的声音、做出符合实际的概括和提炼，才是理智的做法。要以对党和人民的无比忠诚，对历史和时代负责的精神，做一个实事求是的、平实朴素的理论工作者。

从一本旧书说起

国人争说"中国梦",让我不禁想起一桩印象深刻的往事。上个世纪八十年代,中国对外翻译出版公司翻译出版了斯特兹·特克尔的名著《美国梦寻》。该书真实记录了100位美国人的100个"美国梦",是80年代美国版"口述实录体"人生哀乐的档案集。毕朔望、董乐山两位大家的译笔洗练、精准,完美地传达了原著的精髓和韵味。一时间,引发了国内"口述实录体"报告文学的热潮。张辛欣的《北京人——100个普通中国人的自述》就可视为成功的仿作。

为写作这本书,作者在全美采访了300多人,最后精选其中百篇成书。在100人中,有美国小姐、雇佣枪手、影星、歌手、政客、记者、老板、流浪汉、大学生、罪犯、教徒、三K党党魁、街坊邻客、贫民区姑娘、移民及其后代等美国各界三教九流人物。斯特兹·特克尔任由被访者对着话筒畅谈自己的"美国梦",倾吐他们在"寻梦"过程中的种种遭际和喜怒哀乐。作者虽然自有主张,但并不对采访对象妄加褒贬,全书毫无斧凿痕迹,娓娓道来,仿佛与朋友促膝谈心。

100个美国人的"美国梦"五花八门,各有千秋。宏大者发誓报效祖国、造福人民,卑微者不过想拥有自己一间蜗居而已。不论宏大与卑微,梦想都是那么真实而自然,都生长在平凡的土地上,只要辛勤劳动,都有可能实现。从他们的人生经历中,我们可以窥见美国之所以成为当今世界头号强国的秘密所在,也不难发现美国社会光荣与梦想、鲜花与血污并存的残酷现实,体会到美国普通百姓的可爱可敬,从而明白一个朴素的道理:色彩斑斓的美国梦,恰恰是由这些或高贵、或卑微的个人梦想编织而成。

由美国梦,想到眼下热议的"中国梦"。

在参观《复兴之路》展览时,习近平总书记用诗化的语言表达了中华民族近代以来的伟大梦想,那就是实现中华民族的伟大复兴。这个瑰丽的"中国梦"植根于近代以来中华民族饱受屈辱的历史中,生长于新中国继往开来的奋斗里,凝聚了几代中国人的夙愿,体现了中华民族和中国人民的整体利益,是每一个中华儿女的共同期盼。

这个共同期盼必须蕴含于每个普通中国人平凡的梦想之中,有待于所有公民的共同努力。是的,"历史告诉我们,每个人的前途命运都与国家和民族的前途命运紧密相连。国家好,民族好,大家才会好。"这是为残酷的历史反复证明的颠扑不破的大道理,也是一个需要十三亿普通中国人的个体梦想聚沙成塔、集腋成裘不断奋斗的小道理。

当今中国,正值深化改革、转变经济发展方式的关键时期。一方面,人民群众对美好生活热切期待,各种现实和不现实的期许发酵成发展动力,同时也膨胀无限欲望;另一方面,改革进入深水区,各种复杂矛盾交织,实现梦想的现实困境严酷地摆在我们面前。如何破解发展难题,化解教育、医疗、就业、住房、养老、保险等一系列现实矛盾,创造每个公民"自由而全面发展"的现实渠道、为实现健康美好的个人梦想扫清体制和机制矛盾，使整个社会焕发新的发展动力，让人民群众释放进取的动力、创造的活力，是各级党委和政府的重要职责。而将个人梦想自觉融入伟大的"中国梦"之中，在平凡的岗位上脚踏实地、勤奋工作，为中华民族的伟大复兴添砖加瓦，应成为每个中华儿女的"梦想自觉"，转化为戮力前行的历史责任和自觉行动。

未有细流干涸而海潮澎湃，未有埃土消散而群山巍峨。世界上从来没有脱离每个公民具体梦想的国家梦想。伟大的"中国梦"寓于无数普通人平凡卑微的个体梦想之中，系于每个中华儿女持续不断的努力和拼搏之中。高楼万丈平地起，涓涓细流成大海。马克思所无限推崇的每个人"自由而全面的发展"，是共产主义的前提；而每个普通人具体梦想的充分实现，正是中华民族伟大复兴中国梦梦想成真的最好基石。

加班利弊谈

"两会"期间,"加班"成为代表委员热议的话题。不少代表委员建言,要尊重和保障职工的休息休假权,不能让其停留在纸上。当今社会,生活节奏快,工作压力大,不少单位工作日和周末加班成为"家常便饭",有的单位工作"5加2"、"白加黑",职工的休息权、休假权被肆意侵犯和无情消解。长期以来,人们对此啧有烦言,但囿于种种原因,敢怒不敢言。罗阳和邵占维的猝然离世,再次引发公众对此问题的广泛关注。

我国有关劳动者休假权利的法律法规不可谓不完善。《中华人民共和国劳动法》、《国务院关于职工工作时间的规定》、《职工带薪年休假条例》等对此有明确规定。一年当中,双休日104天,元旦、清明节、劳动节、端午节、中秋节、国庆节、春节等法定假日11天,全年公共假期达115天,不能算少。但国家层面的法律法规在现实生活中往往成为"美丽的画饼",遭遇"执行难"。一项网络调查显示,在全年52个周末104天假期中,全部能休的网友不到1／4,有约10%的受访者称周末基本无休;法定假日方面,能全休的网友约占四成,约7%的网友称11天都不能休。

造成这种局面的原因很多。首先是一种似是而非的观念作祟。长期以来,我们把"加班加点"作为一种美德加以弘扬,作为一个员工爱岗敬业精神的重要体现。不仅单位领导这样认为,员工本人也作如是观。这在一般情况下当然是不错的。一个同志自觉加班加点，超额完成工作任务，甚至一个人干三个人的活儿，是不容亵渎的美德，对集中精力完成任务也确实有帮助。但这种具有"先进性"特质的高尚行为，很难成为"普遍性"层面的一般号召。国家之所以对职工的休假权做出明确规定，就在于它从现阶段职工的思想觉悟和生理特点出发，尊重客观规律，满足绝大多数人的现实需求。道理很简单，人非永动机，需要工作、休息相互转换，工作以获得薪酬，事业以获得成就，而休息使人放松精神、享受生活、储备能量。列宁说过，不会休息就不会工作。所以，高明的领导决不会把加班加点作为惯常的工作方法加以使用，而明白个体生命同样需要"可持续发展"的道理。

我们并不简单否定"加班加点"的必要性，遇到特殊的工作任务，遭逢意外的自然灾害，怎能不"加班加点"，甚至夜以继日地拼命苦干？但在正常的工作秩序下，不提倡随意加班加点、轻率占用职工的休息时间。我们不怀疑同志们的思想觉悟，但不能随意挥霍和浪费这种思想觉悟。事实上，除非特别需要，在一般情况下谁愿意加班加点呢？有些单位长期5加2、白加黑，貌似努力工作、勤奋敬业，实际上员工身心疲惫、效率低下，因为无暇休息、无暇照顾家人、无暇学习充电，难免逐渐丧失工作热情、心生抵触情绪。在这样的精神状态下，很难完成高标准的工作任务，很难取得高质量的劳动成果，甚至可能怀着"不干不够意思，干一点意思意思，干多了没多大意思"的心理虚应故事、得过且过、尸位素餐。这样的单位，通常气氛沉闷，很难有凝聚力、战斗力，更谈不上有创造力。

不少同志"加班加点"出于客观压力。如今社会压力山大：要挣钱养家糊口，要表现争取进步，玩命尚且希望渺茫，按部就班就更没有出头之日。所以"加班加点"有时表现为"自觉自愿"，而不是单位和领导"强迫"的假象。对待这样的同志，单位和领导要多一重理解。房子、车子、票子、妻子、孩子要一生奋斗，需从长计议。而保证休息、身体健康，才是"可持续发展"的根本。至于"表现"，我们不提倡为加班而加班的"良好表现"。作为领导者，更应在合理分配工作任务，科学调配岗位力量上下功夫。要鼓励员工在八小时工作时间内提高效率，尽最大可能避免加班加点。在科学分配工作任务的前提下，不以是否加班加点作为衡量员工是否爱岗敬业的标准。在制定绩效考核指标时，也不简单对加班加点予以格外的奖励。事实上，否能在单位时间内保质保量地完成工作任务，是一个人业务能力和全面素质的重要表现。不应以是否加班论英雄。笨鸟可以先飞、多飞，但短时间内高效率完成工作任务更值得肯定。

一个运转正常、科学有序的单位，工作需要时可以依法加班，但决不能成为常态。忘我工作，牺牲休息，是值得敬佩的高贵品质，但在一般情况下，不宜广泛提倡。作为单位的领导者，不应忽视甚至随意侵犯员工的休息权、休假权。在这个问题上，领导绝对是关键，只有领导树立了正确的"休息观"，一个单位才能形成健全的休假制度，员工的休息权才能得到保证，否则就很难得到落实。谁会冒着给领导留下坏印象的风险贸然提出休假，谁敢脱离单位实际理直气壮地维护自己的休假权呢？

能否树立正确的"休息观"，其实是一个领导者是否具有群众观点、是否关心群众生活、是否坚持"以人为本"科学发展观的具体体现。很难想象，一个领导同志整天把"以人为本"挂在嘴上，而对朝夕相处的同志们的生活不闻不问,对大家的休息权漠不关心。一个动辄要求员工加班加点、随意侵占同志们休息时间的领导,很难说是一个领导有方、指挥若定的好领导;一个为了个人政绩故作姿态加班给上级看的领导,那就更加不堪。

"以人为本"不是一句漂亮的口号,需要体现在现实生活的各个环节。在保障职工"休假权"这件事上,最能体现"以人为本"的精神。要实实在在地解决"加班加点"的问题,切实保障职工的"休假权",需要用工单位、劳动监察部门、工会和职工形成合力。首先是用工单位要负起主要责任,转变思想观念,科学分配工作任务,合理调配岗位力量,依法完善休假制度,保证职工休假权利,逐步改变"有法不依"、"有假难休"的局面。

汽车文明琐谈

世界上大概再也没有第二个国家像中国这样跑步进入汽车社会的。仿佛一夜之间,过去连想都不敢想的汽车梦,转眼就变成了现实。昔日长安街上悦耳的自行车铃声,如今早已为汽车的轰鸣声所覆盖,有限的路面连行人也少有立足之地了。据公安部网站披露,到2012年底,中国汽车驾驶者突破2亿人,机动车保有量达到2.4亿辆,每百户家庭汽车拥有量超过20辆。按照国际通行标准,中国已迈入汽车社会。

面对汹涌而至的车潮,中国人一则以喜,一则以忧。喜的是遥远的汽车梦竟然疾如闪电般实现;忧的是由此带来的环境污染等一系列现实问题。

每天蜗行在北京拥堵的道路上,拥有汽车的短暂满足感迅速为诸多烦恼所取代:不少司机喜欢在车流中左突右冲,不管具不具备并线条件,油门一踩就强行并线;有的司机把本来用以提示减速的黄灯当成加速提示灯,见黄灯就向前猛冲,全然不顾准备过马路的行人;有的司机进出路口只要发现拥堵,就豪猪般地变着法加塞儿,完全没有基本的秩序概念;有的司机夜间行车喜欢开远光灯,不管对面司机是否晃眼;有些挂着军车、武警牌照的车辆放肆闯红灯、随意逆行车,实在有损我军形象;更有甚者,摇开车窗就随意丢弃垃圾,一路狂飙,一路天女散花,司机的文明水准与其驾驶的高档轿车实在不相称……

如此这般的驾驶状态，必然造成混乱的道路秩序和"路怒一族"。有人说"现在在北京开车，是开一路气一路"。我师傅当年跟我说过，"如果上路看什么都生气，就不是一个合格的司机，不是把自己气死，就是把别人撞死"。美联社记者如此这般形容今天北京的路况："无穷无尽、缓慢移动的汽车长龙，似乎像幽灵般出现而又消失在厚厚的浓雾中。"请注意，这里所说的"浓雾"，并非我们早已熟悉的、由水汽凝结并且偶尔发生的白雾，而是夹杂了诸多有害人体健康杂质的雾霾。这种雾霾发生的频率日渐频繁，早已近乎常态。这让生活在"首堵之区"的居民，不得不反思自己恼人的汽车生活。

很显然，中国已经成为一个统计数字意义上的汽车国家，但还不是一个具有汽车文明的真正意义上的汽车国家。一位西班牙朋友说："尽管从拥有汽车的家庭数量来说中国已经进入汽车社会，并且正在追上美欧，但中国离真正的汽车文明社会还差很远。"造成这种局面的原因是多方面的，比如城市化与机动化不同步带来的观念滞后，从众心理下的"破窗效应"，城市交通规划、道路设计、红绿灯安放不科学，管理粗放，人性化城市公共服务理念缺失，有法不依、执法不严、违法成本低甚至没成本等，都是造成汽车文明缺失的原因。但归根到底，还是人的文明素质成长远远落后于汽车数量的增长。路上的乱象，是人在日常生活各个角落暴露的低素质的延伸和集中表现。不解决人的问题，车和路的问题就永远不可能解决。

对于一个日益摆脱农耕文明、快速走向现代化、城市化的国度来说，汽车数量的迅猛增长，几乎是一股不可遏制的洪流。与此相伴而生的，必然是城市的拥堵、空气的污染、能源的短缺，这在发达国家有前车之鉴。多次造访中国的英国汽车工业协会研究员帕德先生说："欧洲国家的汽车社会已经走下坡路，而中国的汽车社会正在加速。不过,这可能意味着更多的能源消耗、污染甚至更多的车祸,中国要进入真正可持续的、文明的汽车社会还需要一代人的努力。"

"一代人的努力"包括诸多方面,但最根本的,还是人的文明素质的现代化,只有有了这样的公民,道路上的文明才能成为现实。否则,再现代化的道路设施、再完备的制度设计,都难以阻隔野蛮驾驶造成的危害。这些年笔者到过美欧、日本、香港等国家和地区,对那里的汽车文明深有所感。论汽车拥有量,人家不比我们少;论道路修建状况,我们甚至比人家强;但我们的交通事故死亡率比美欧国家高出一倍,我们的汽车文明水平,实在和人家相比有天壤之别。为什么?就是因为人的素质实在太差。这是我不愿说但又不得不承认的客观事实。在文明养成的初期,我以为更严厉的执法、更苛刻的制裁,是规范文明行为的有效手段。设想一下,闯红灯者立刻吊销驾照、逆行者马上拘留,同时课以现金重罚,看谁还愿意以身试法。新年伊始,北京开始执行新交规,事故发生率明显降低,这就是严格执法有效性的证明。在文明养成的初期,必须有更多强制性的手段。事实证明,过分依赖"道德自律",基本是靠不住的。

思想的空间

思想需要空间,这是我在多年阅读之后和深陷日常繁忙工作之中常有的感慨。尽管孔夫子早已说过"学而不思则罔",叔本华也教导我们"不要让自己的头脑成为别人思想的跑马场",但背名言是一回事,明晰其中的道理又是一回事。处在信息爆炸的时代,我们真的感到了为信息所驱使、所淹没的苦恼。读也读不完的书,看也看不完的报,使我们整天手不释卷,疲于奔命,依然欠下一屁股书债。望着日渐膨胀的书柜,总有几分莫名的惭愧和惆怅。虽说有些书本来是为了收藏的,但藏而不读的书正如存而不用的钞票,到底是一种资源,还是一种浪费呢?

我们时时为此苦恼着。

作为思想的载体,信息是无形财富,是战略资源。但财富的巨大诱惑常常让人沉溺其中不能自拔,过分膨胀的资源有时也会变成沉重的负担。思想的屋宇如果被功名利禄的算计充斥,当然失却了思考的余地;思想的空间如果为各种杂多的信息霸占,使头脑和世事之间没有丝毫的距离,结果大概也只能走到思想的反面。

如今的时代号称是信息爆炸的时代,即便是在我们中国,每天也有两千多份报纸、上百种图书在印刷机上滚动,单是长篇小说,据说就已达到日产两部的速度。不要说读,哪怕翻一遍,恐怕也要加快速度才行。大大小小的电视台,更是如凶猛的怪兽,时时考验着我们抵御诱惑的能力。更不要说小小寰球正日益成为地球村,密密麻麻的因特网,打鱼似地将我们一网打尽,使我们只能在它既广大又狭小的空间里挣扎。久而久之,我们不再是一株会思想的芦苇,而成为一只地道的网虫。

信息时代造就了大量的信息傻瓜。他们无所不知,又一无所知。在电视机前打瞌睡、在报纸缝里觅趣闻、在低头刷微信中患上颈椎病,是这一代"文化人"常见的姿态。他们看起来倒也刻苦,但有点儿像伊索笔下那只犹豫不决的驴子,从一堆草料跑向另一堆草料,不知究竟先吃哪堆更好。不同的是,那只可怜的驴子最终死在选择的不确定上,而我们多半要死在无力消化上。或者说,我们的肉体虽然没有被信息撑死,但精神早已丧失,与死去又有多少差别呢?

英国路透社下属的一家公司,对1300名欧洲各国的企业经理进行调查,有40%以上的被调查者承认,由于每天要处理的信息超过他们的分析和处理能力,使他们的决策效率受到影响。调查人员认为,目前收集不少信息所耗费的成本已超过了信息本身的价值。据美国国际商用机器公司的测算,许多企业花费昂贵代价建立起来的数据库,只有7%真正派上用场。而在英国,由于信息过剩导致的工作效率下降,每年就要浪费3000万个工作日,折算下来,相当于30多亿美元的经济损失。

信息技术的飞速发展,特别是因特网的迅速普及,使得信息采集与传播的速度和规模达到空前水平。据统计,30年来,人类生产的信息已超过过去五千年的信息生产总和。汹涌而来的信息让人无所适从，信息上瘾与信息过剩现象反映了知识经济时代在提供机会的同时所带来的问题与挑战。在瑞士达沃斯举行的世界经济论坛上，法国信息专家罗斯奈呼吁，要像节制午餐一样进行"信息节食"，使自己真正成为信息的主人，而不是它的俘虏。

苏格拉底说过，未经省察的生活是不值得过的。我想套用一句：未经选择和思考的阅读是没有意义的。美国人曾经发起"一周不看电视"活动，迅速得到31个州的州长和美国医生协会、小学校长协会、教师联盟、精神病医师协会等团体的广泛声援。我以为，不仅电视可以适当拒绝，网络可以适当拒绝，过多的低劣的报纸可以拒绝，大量泛滥的普通书籍也完全可以拒绝。吾生而有涯，学无涯。怎能让思想和生命在低质量的阅读和浏览中消解和浪费？没有思想，就没有创造；没有创造，就没有人类的未来。给思想留下空间，就是给创造留下空间，就是给我们的未来留下希望。

"信息就是力量"

这个富有冲击力的标题不是我的创造，是因写作《历史的终结》而蜚声国际社会的美国政治学者弗兰克斯·福山的观点。我虽然并不认同他在《历史的终结》中所阐发的理论，但对这个观点谨慎接受，认为是一个极富远见的深刻见解。福山认为，社交媒体威胁原有的政治结构和统治地位，"因为它为人们提供了组织能力，以及分享信息的平台"。

福山的话或许不那么入耳，却陈述了一个严峻而无法回避的现实，是每一个对历史负责的人需要深思的课题。在我国，互联网虽然只有不到20年的发展历史，但其规模已是当今世界最大的。据国家互联网中心统计，我们已有5.6亿互联网用户，微博用户逾4亿，手机等移动终端也在迅猛发展。一些网上意见领袖的粉丝动辄几十万、上百万，有的甚至超千万，其影响力远胜过一家发行量不大的传统媒体。互联网以海量信息、实时更新、双向互动为特征，以原子裂变的方式传递信息，依靠点击量存在和发展，正深刻地影响人们的思想、改变人们的思维方式。其巨大的能量不仅表现在信息传递方式上，也表现在潜在的社会组织和社会动员能力上。这一点，已在近年来发生在国内外的一系列重要事件中充分显现。

毫无疑问，网络是把"双刃剑"，既可迅速传递正能量，也能有效传播谣言，散布恐慌情绪，制造社会混乱。因而，必须在充分享受互联网带来的好处的同时,有效规避它客观上存在而且难以监控的负面作用。

诚然,思想活跃是社会进步的前提。没有春秋战国时期的百家争鸣,就没有思想和学术的极大繁荣,就没有秦王扫六合;没有五四新文化运动,就没有马克思主义在中国的传播,就不会有中国共产党的诞生;没有中国共产党带领人民探索救国救民的真理,就不会有新中国的建立;没有真理标准讨论,就没有十一届三中全会把全党全国的工作重点转到经济建设上来,就不会有改革开放使中国社会发生翻天覆地的伟大变化。

互联网的发明和日益普及,使今天的中国社会再一次处在众声沸腾的热闹局面之中。趋势不可逆转,现实必须正视。总体而言,思想活跃通常是社会进步的先决条件,众声沸腾往往促使新思想、新观念、新文化的产生。对于复杂的声音不必恐慌,在仔细甄别的过程中,积极发育正能量,消解副作用,是理性和明智的做法。不能把一些消极社会现象的存在,简单归因于网络信息的传递。毕竟,社会存在决定社会意识,网络信息只是社会存在的某种反映而已。众声沸腾可能存在杂音,万马齐喑只能导致死寂和灭亡。

这无论对于党和政府,还是对于每一个负责任的普通公民都是一种考验。既考验党和政府的执政能力,也考验每个公民在杂多的信息面前的识别能力、汲取和弘扬社会正能量的能力。一个有力量的政党和政府,没有理由害怕群众的声音;一个有力量的政党和政府,也没有理由在"言论自由"的名义下让错误思想放任自流。同样,一个理性而自尊的公民,一定会冷静面对复杂而混乱的互联网信息,用自己的头脑判断是非、甄别善恶、鉴别美丑,决不会把自己的头脑变成他人思想的跑马场,更不会沦为虚假信息的传递者和发酵者。

信息就是力量不假,但既可以产生正能量,也可能产生负能量。必须加强必要的监管,扬长避短、小心使用,使其成为社会进步的积极力量。

域外归来杂感

每次从国外回来,总有一些感触。与欧美国家相比,形成鲜明对比的,不只是自然环境,更是社会环境和人的态度。有朋友问我总体观感,我开玩笑说"外国的月亮不比中国的圆,但确实比中国的亮"。在国内常年所患的咽炎、鼻炎,到了国外症状明显减轻,甚或根本感觉不到嗓子和鼻子的不适。不仅在欧美、日本等发达国家如此,在老挝等欠发达国家同样如此。这样的感觉让我感到身体舒适,但心情复杂。

我自信不是一个肤浅的崇洋媚外者,也不是一个没有勇气承认别国长处的庸俗的爱国者。经过三十多年改革开放,我们国家取得了举世瞩目的伟大成就,北京、上海、广州等大城市的硬件建设,已经和世界主要城市没有太大差别,甚至在某些硬件建设上超过了纽约、巴黎、伦敦、罗马。如果只看城市道路,北京的宽阔、笔直,很可能远胜巴黎的狭窄、曲折。但要看实际路况,就不得不惭愧地承认,我们基本是在最现代化的道路上,用近乎原始的方式行路。著名的"中国式过马路"不用说了,行人自有行人的不便,其中的不堪或许有几分可以开脱的理由。便是开着奔驰、宝马等豪车的有钱人,也照样不遵守起码的文明行车礼仪:随意变线、乱丢垃圾、违规抢行、不让行人、狂按喇叭。更有甚者,挂着军队或武警的牌照,在众目睽睽之下公然违反交通规则,野蛮行驶,招摇过市,令人侧目。而在欧美国家,我请教过一些朋友,哪些牌照是所谓"特权车",竟然得不到明确回答。有人不明白我的问题,有人明白但说不出来,因为生活中根本没有见过这类宝贝。走在欧美的道路上,早已习惯了车辆远远停下给行人让路,而在国内,我还没有机会享受如此待遇。

最让我感慨的,是写在人们脸上的表情和神态的不同。不知是生活压力太大、还是人心太难揣测的缘故,我们的同胞在职场和熟人圈子以外的地方大都表情严肃、神态紧张,甚至显得有几分警惕和敌意。而在欧美等发达国家,我看到的是淡定、从容、自信、放松。每当我与陌生的眼神相对,总能得到友善的致意和微笑的回应。在酒店的走廊和电梯上,不论认识与否,大家总是点头致意、低声问好。回到国内,情形完全变了样。在机场我按住电梯按钮等待后来者,人们争先恐后、鱼贯而入,没有一个人说声谢谢,或者对我点头微笑,只有冷漠生硬地报出"一层"、"负一"的指令,没有任何一个人说一个"请"字。终于回到了家里,在小区大门口,又遇到同样情形。我拉住铁栅栏门,以便让后面的邻居方便进入。这些居住在中央直属机关小区、据说各方面素质都自认为还不错的人士,依然没有一个有丝毫礼貌的表示。这让站在门边的我颇有感慨:即便我是一个电梯工、一个门卫,难道就不应该得到接受服务的人一声礼貌的致谢或善意的微笑吗?难道做到这一点需要很高的素质吗?

或许多数同胞是初次出国,不免显得有些兴奋的缘故吧,在机场、在饭店、在所有公共场合,随处能听到高亢的汉语声。大家呼朋唤友,吆五喝六,或者彼此介绍商品,或者互相推荐食物,全然不顾是否打扰别人。若是旅行团组到达,那就更加壮观,安静的酒店大厅,瞬间变成人声鼎沸的闹市。看到外国朋友诧异和鄙夷的眼神,常常让我感到无地自容。

我们搞了那么多年理想信念教育、思想品德教育,什么"五讲四美三热爱",什么文明用语多少句,甚至为此颁发过不少严肃的文件。而眼见的现实告诉我们，在理想信念和思想品德之下，还有一个叫作文明养成的东西非常稀缺。有些人满口理想信念、思想品德，却行为粗鄙、言谈粗俗；有些人教育别人夸夸其谈、振振有词，自己却知行分裂、言行不一。在当今中国，有机会走出国门的，毕竟还是少数，要么是政府公职人员、商务人士，要么是富起来的民众，总体说应该是素质相对较高的人群。这部分人的表现虽然不能完全代表中国的形象，但基本也八九不离十吧。

我在想，我们在继续强化理想信念、道德品质教育的同时，是不是也应该加大力度，在全社会进行一点文明养成和国民素质的基本教育？比如能否在小学、中学开设一些基础课程，从小教育孩子如何文明就餐、不要大声喧哗，如何办理登机和通关手续、不要张口结舌、东张西望，如何遵守交通秩序、不要乱穿马路、上演惊魂一刻，如何养成良好的浴室习惯、洗澡之后清理地漏头发、整齐收放浴巾，如何微笑面对迎面而来的陌生人、而不是满脸冷漠、死鱼眼相对。甚至不妨临时抱佛脚，对即将出国的所有成年人进行必要的国外礼仪培训，不合格者不得迈出国门？这样一些本来应该是幼儿园小朋友的课程，很有必要成为全民教育读本。如此学习，如此应用，庶几可以改善我们的文明水平，改善我们在世界上的形象。一个人说自己爱国，起码应该做到不因自己的言行使祖国蒙羞，这也是一种"底线伦理"吧。

在北大哲学系百年系庆上的致辞

尊敬的各位老师、各位嘉宾、各位学长,亲爱的同学们:

我是哲学系78级学生朱铁志。能够代表同学们在这里致辞,我感到无比荣幸和自豪。值此哲学系百年系庆之际,请允许我以北大学子的身份,向母系百年华诞致以最热烈的祝贺!向一百年来为中华文明之复兴和中国哲学的繁荣发展做出杰出贡献的所有前辈表示最崇高的敬意!向谆谆教诲我们的各位老师表示衷心的感谢和最诚挚、最美好的祝福!

一部北大哲学系的百年史,从某种意义上说,就是中华民族革故鼎新、继往开来的历史,就是无数有识之士苦苦探寻救国救民真理、矢志于中华民族和中国优秀传统文化崛起的历史,就是中国共产党人由懵懂少年成长为中华民族和中国人民坚强领导核心的历史,就是一部中华民族的精神现象史。抚今追昔,我们感慨万端。在我们的民族饱受屈辱的时候,是我们的哲学前辈最早发出救亡图存的震天呐喊;在我们的国家笼罩在封建蒙昧之中不曾觉醒的时候,是我们的哲学前辈最早发出"民主、科学"的呼唤;当新时期的号角在晨曦吹响,又是我们的哲学前辈响亮地喊出"团结起来,振兴中华"的时代强音。一代又一代的北大哲学人,济济多士,萃集一堂,研究学术,砥砺德业,承旧邦,辅新命,为天地立心,为生民立命,为往圣继绝学,为万世开太平,谱写了一曲曲启人心智的理性之歌,为丰富中国人民的精神生活和世界文明宝库,做出了独特而卓越的贡献。蔡元培、胡适、熊十力、汤用彤、金岳霖、冯友兰、贺麟、朱光潜、宗白华等一个又一个光彩夺目的名字，辉耀在智慧的星空上，成为中国哲学璀璨夺目的精神坐标。我们为自己曾是北大哲学系这个光荣群体中的一员而感到骄傲，为今天和将来仍将继续携手系友为我们的祖国贡献智慧和力量感到无比自豪！

四年哲学门，一生北大人。我们的母校是这样一个奇妙的所在：不管你来自何方、经历怎样，只要走进燕园，浸淫在湖光塔影所营造的特有氛围之中，从此就有了一种与众不同的精神气质；不管你心怀怎样的理想、具备怎样的禀赋，一旦窥见哲学的堂奥，从此就有了一份仰望星空的形而上情结，就有了一种博大而深沉的精神痛苦和忧患意识，就有了一种对国家民族责无旁贷的责任感和使命感。

作为哲学系的毕业生，我们可以凭借母系赋予我们的这种特殊气质找到同学、找到同道、找到共同的理想和指归。因为你一旦徜徉在"一塔湖图"之下，从此就有了一份格外的清醒与睿智；一旦结识孔孟老庄诸子百家，结识柏拉图、苏格拉底、亚里士多德、康德、黑格尔、马克思，从此就义无反顾地皈依在"爱智慧"的旗帜之下。不论世事怎样变迁，我们追求真理的终极关怀永远不会改变；不论物欲怎样横流，我们终将不会异化为物的奴隶。既然从北大哲学系这个崇高的门槛走出，就注定了我们一生不会为功名利禄升沉起伏，不屑与奸佞之徒、宵小之辈为伍，注定一生鄙视曲意逢迎、摇尾乞怜，注定把"独立之精神、自由之思想、高贵之品格"看得比生命还重，注定把个人的心血和智慧融铸在文明的传承改造和扬弃创新之中。作为独立的个体，我们尊重当今世界多元背景下不同文明、不同文化、不同创造之间的交流、交汇和交融。海纳百川，兼收并蓄，是我们从母校获得的最可宝贵的精神财富，是我们此生将永远秉持的做人和治学原则。我们清楚作为北大人的使命,更清楚作为哲学系毕业生的责任。仰望星空与脚踏实地,是我们始终奉行的行为准则。在躬耕前行的努力中,我们不以物喜,不以己悲,戮力攀登,宠辱皆忘。所有的喧哗与骚动,都不能动摇我们奋力向前的姿态;所有的毁誉和成败,都不能左右我们清洁的精神。我们不做赞美者赞美的奴隶,也不做诋毁者诋毁的奴隶。不论走到哪里,不论从事何种行当,我们始终可以无愧地说:我们是狂狷耿介的北大人,我们毕业于北大哲学系!

转眼我们七八级同学毕业三十年了。就在不久前的国庆长假,我们相聚在美丽的厦门,重温同窗情谊,遥寄对系庆百年的祝福。我们感到,三十年,在中国现当代史上是一个具有特殊意味的数字:从1919年五四运动,到新中国成立,我们用了整整三十年;从建国到十一届三中全会召开,我们用了整整三十年;从改革开放至今,我们又走过了三十多年。每一个三十年,中国社会都会发生翻天覆地的变化。今天,当历史走到了一个新三十年的关口,我们的祖国正处在继往开来的关键时刻。经过三十多年改革开放,我们取得了举世瞩目的伟大成就,中国人民的物质文化生活和中国的国际地位日益提高。与此同时,随着改革的不断深化和国际社会的复杂多变,我们面临的挑战日趋激烈,各种深层次的社会矛盾渐次显现。道德失落、价值失范、社会失信挑战我们固有的社会秩序,教育、医疗、住房、就业、保险、养老等一系列民生问题,考验我们的执政智慧。作为北大人,特别是作为哲学系的毕业生,我们有责任、有义务、有能力、有信心为解放思想、探寻新的社会发展动力贡献精神力量;在祖国需要的时候,我们理应对消除两极分化、全面建设小康社会有所作为。

站在这个庄严而朴素的讲台上,我们深深感念母校特别是哲学系所赋予我们的一切。蒙受哲学的恩泽,我们今天从事着不同的职业、具有不同的身份。但不管我们身在何处,供职何方,在母校面前,在敬爱的老师面前,我们永远只有一个身份、一种属性,那就是北大学子!有了这枚闪闪发亮的无形校徽,不论走到哪里,身处何种境遇,我们的脊梁将永远是挺直的;在任何困难和考验面前,我们的头颅将永远是高傲地昂起的。再过一个三十年,希望我们仍然可以坦然地说:昨天,我们以自己是哲学系的一员而感到骄傲;明天,我们要以自己的不懈努力让哲学系以我们为荣!

再次感谢母校,感谢哲学系,感谢所有的老师同学们!谢谢大家!

政治舞台和贪官的演技

恕我孤陋寡闻，借"舞台"形容某一行当的，大概除了本来意义上的文艺舞台外，只有"政治舞台"了。没听说过学术舞台、技术舞台，抑或其他什么"舞台"之说。倒是有"人生舞台"一说，但人生毕竟不是行当，无非取"人生大舞台、舞台小人生"之意吧。

如果我的陋见不错，那么"文艺"和"政治"之间就应该在"表演"层面具有某些共性，存在某种内在联系，否则何以单把它们两者扯在一起？我们知道，舞台之于在其上的表演者，是展示才华的一方天地、一个平台。对于演员来说，借助舞台以及整个剧场效果所营造出的间离效果，按照某种程式和技巧塑造某个角色、再现某段生活，都需要扎实的表演功底和充沛的激情。无论属于斯坦尼斯拉夫斯基学派的本色演员，还是属于布莱希特派的演技派演员，都必须具有良好而扎实的表演功底，方能在舞台上演绎出或威武雄壮，或哀婉动人的活剧，以期达到教育人、感染人、娱乐人的目的。好的演员往往让我们忘记他的表演，在"没有表演"的表演中，使观众深深沉浸在剧情之中，感受生活的起伏跌宕、荣辱悲欢。这样的演员，大家不仅喜欢，而且是佩服的。

还有一种演员其实不是演员，但胜似演员。他们炉火纯青的演技，可以让职业演员自愧不如，也可以让民众看得目瞪口呆。他们的表演可以感动自己、欺骗别人，有时甚至可以瞒天过海，逃过组织测评、纪委审查、党委考察，升到更高更大的"政治舞台"。他们不是一般的"演员",而是人们心目中的某些领导干部。评选大众电影百花奖、大众电视金鹰奖之类,不妨扩大范围,将此类"演员"包含进去,我看具有相当的竞争力。

远了不说,容我举两个十八大后被查处的"好演员"的例子。贵州省委常委、遵义市委书记廖少华在遵义履职不过一年多,廉政表演可谓登峰造极。市党风廉政"警示教育月"期间,廖少华不仅提醒领导干部要坚守"三道防线"、过好"廉政五关",甚至还和与会人员到监狱接受警示教育。不仅如此,他还在各类会议作廉政讲话8次,两次调研中专门强调廉政建设,特意观看反腐倡廉文艺会演,甚至在一名农村党员提出"加强党风廉政建设"的建议信中做出批示。俨然给人留下"反腐书记"的良好印象。广东省委常委、统战部长周镇宏也不含糊,任茂名市委书记时,曾要求各级干部"坚定不移地推进党风廉政建设和反腐败斗争","不准违反规定收送现金、有价证券和支付凭证"。令人唏嘘的是,周最终被调查发现利用职务之便为他人谋取利益,收受现金、贵重礼物,接受名目繁多的贿赂,对茂名市发生的系列严重腐败案件负有主要领导责任。

至于早被揭露的程克杰、胡长清,一个表白自己"一想到广西还有那么多群众生活在贫困线以下,就忍不住流泪";一个在"三讲"中获得98%的满意度顺利过关,都叫人佩服得不行。一想到一个高级干部能在群众的疾苦面前动情流泪,我也忍不住鼻子发酸。可是我的感动还没持续多久,那个流泪的"正人君子"就锒铛入狱了,倒叫我们这些看戏的观众有些不好意思,觉得自己实在天真得够傻。

贪官的演技固然很高,但也没高到天衣无缝的地步。在很多时候,观众并非没有看到表演的破绽,而是那个特殊的舞台使人只能鼓掌,而且必须"热烈地"。不仅如此,在他那一亩三分地里,所有的媒体都要及时报道,所有干部都要认真学习。这样的演员,就像皇帝的新衣中那个光屁股的皇帝,谁都只能说他身穿世上绝美的华服,而不能像小孩儿一样说出实话,否则你就坏了规矩,就得付出代价。而只要他继续在台上表演下去,你的代价就得一直付下去。

说起来,贪官的演技无非"口号式反腐"、"表态式政治"那一套。他们热衷于塑造形象、嘴巴作秀,以期赢得赞誉、浪得美名,达到"步步高升"的目的。识破这套把戏,不需要多高的政治智慧和犀利眼光。"言之太甘、其心必苦","巧言令色,鲜矣仁"。看一个人究竟怎样,不仅要听其言,更要观其行,这是识人真伪的基本原则。一个"台上反腐,台下贪腐"的人,不会没有任何蛛丝马迹。"台上他说,台下说他",就是一种非常有效的兆头。人民群众的眼睛是雪亮的,凡是"台上"、"台下"形成不同议论的人,绝大多数都有问题。顺藤摸瓜,多半能够有所收获。关键是谁去顺这个藤、摸这个瓜。廖少华、周镇宏等省部级干部都曾在群众的议论纷纷中经历多次考察,过关斩将,"带病提拔"。这就不能不使我们深刻反省现行选人用人机制与权力腐败的某种联系。贪官的"表演"涉及他们本人的政治品质,而那个使其游刃有余的"政治舞台"却不是他们一个人可以玩转的。

重读《诫子书》

我有闲来读一点古文、以补旧学不足的习惯。这几天重温的是诸葛亮的《诫子书》，那句被很多人作为座右铭的"淡泊明志，宁静致远"，就出自这篇名文。"夫君子之行，静以修身，俭以养德。非淡泊无以明志，非宁静无以致远。夫学须静也，才须学也，非学无以广才，非志无以成学。淫慢则不能励精，险躁则不能冶性。年与时驰，意与日去，遂成枯落，多不接世，悲守穷庐，将复何及！"这番洞彻世事的劝慰、入木三分的告诫，原是54岁的诸葛亮写给8岁儿子的。如今看来，仿佛就是写给网络时代急功近利、浮躁浅薄的芸芸众生的。

互联网和手机的普及，使信息的获取与传播变得异常简单而快捷，在改变当代生活方式的同时，也深刻地影响着人们的阅读习惯、思维方式和情感状态。有人惊呼，如今的时代，再也不是青灯黄卷、苦读终老的时代。看书看皮儿、文章看题儿，已成为很多人的阅读常态。能够静下心来，认真读完一篇稍长一点的学术论文、理论文章，读一本稍微有一点思想内涵的图书，似乎已成为一件很困难的事情。环视周遭，不乏"无所不知"的"饱学之士"、八面玲珑的活跃分子，却越来越难觅见深沉厚重的思想者和真正意义的知识分子。浮躁的社会风气，演化出急功近利的价值取向；日益普及的网络手机，助推了整个社会的浮躁情绪。当官的，恨不得明天就再升一级；经商的，恨不得一个早上就变成亿万富翁；治学的，恨不得省略所有过程,直接将全部人类文化拷贝到头脑中。真正埋下头来踏踏实实做事的少,煞有介事、轰轰烈烈作秀的多;静下心来认真读书学习、研究问题的少,装模作样"讲学习"的人多。如此氛围,使我们感到人们似乎都很疯狂、很浮躁、很不耐烦。那种安静祥和、按部就班、有条不紊、不无田园风味的生活越来越离我们远去,只留下一个让人留恋的模糊背影。

我自信不是一个苟延残喘的前清遗少,也明白时代车轮总要滚滚向前。我所感慨和期望的,不过是浮躁年代的精神宁静,外在狂躁时的内心清醒。互联网、手机以其"海量信息、实时更新、双向互动"的特点,极大地方便了当代生活的各种需求,但我们可以拒绝沉迷网络不能自拔,可以信息节食不成为"微博控",不异化为电脑手机的奴隶。

"静下心来"是这个时代给每一个有志者的朴素劝慰和真诚告诫。虽然说起来容易,做起来并不简单。但正如诸葛亮所说"非淡泊无以明志,非宁静无以致远"。把眼前的名利看得太重,难免迷失远大志向;把当下的热闹看得太重,难免疏于学习思考,终将行之不远。

"学须静也,才须学也,非学无以广才,非志无以成学。"对于读书人,特别是对于那些当了领导的读书人,应该成为一句时常温习的话。人民群众之所以厌恶某些官员,一个重要原因,就是他们"言语乏味、面目可憎"。除了惯常的官话、套话、大话、假话让人厌烦,还有他们由于长期不读书、肚子里没货色而浮现在表情神态上的颟顸迟钝,也格外让人鄙视。

林语堂先生说过,读书的目的有二:"面目可爱"和"语言有味"。表面看去,这个读书趣味不像"为中华之崛起而读书"那么崇高。而仔细想想,却是一切崇高理想的起点。一个从不读书或很少读书的人,难免"言语乏味"、"面目可憎"。而这样一副尊容,即便是胸怀远大理想,恐怕也很难动员群众、组织群众吧。

　　林语堂认为,没有阅读习惯的人,就时间、空间而言,简直就是被监禁于周遭的环境中。他的生活完全公式化,只看到生活环境中发生的事情,却无法逃脱这个监狱。但当他拿起一本书,立刻就进入另一个世界。这是所有读书人都有的切身体会。

　　我想,哪怕只是为了"面目可爱"、"言语有味",我们是不是也应该静下心来,老老实实地读几本有意义也有意思的书呢?

"思维方式"拉杂谈

中国人的思维方式,是各方感兴趣的话题。有关讨论由来已久,各种观点莫衷一是。我想换个角度尝试一下。

为什么近代以降我们泱泱大国屡遭外敌入侵？为什么勤劳、勇敢、智慧的中国人民曾经败在蕞尔小国手下？为什么我们拥有四大发明却缺乏先进的科学技术？为什么我们至今少有自主发明、偌大的中国只能作为世界工厂？为什么我们的学生成绩优异却缺乏创见？为什么我们作为世界第一论文大国,论文在国际上的引用率却低得可怜？为什么我们拥有五千年灿烂文明,却至今没有一项科技成果获得诺贝尔奖……

对这一连串的为什么,学者们多从漫长的封建专制、儒家文化影响和社会制度缺陷等方面找原因。楚渔先生认为都没有抓住要害。在他看来,落后的根源是我们"模糊、混乱、僵化、落后"的思维模式。我以为楚渔所见不无道理。中国的现代化诉求有一百多年的历史。在此过程中,革命的风暴,改良的尝试,保守的挣扎,都在以各自的方式登上历史舞台。体用之辩、主义和问题的纷争,始终不绝于耳。然而从思维方式角度剖析根源,揭示病苦的根源,始终是未被重视的一脉。

一般而言,我们中国人的思维方式有重感性、轻理性、重类比、轻演绎、重形象、轻逻辑的倾向。王开林先生说,中国人的传统思维方式重独赢而不重双赢、多赢,重独乐而不重与人乐乐,重收敛而不重张扬,重随俗从众而不重特立独行,重守成而不重变通,重明哲保身而不重急公近义,重谋略而不重技术,重写意而不重写实,重四书五经、祖宗家法而不重新知识、新思想、新风尚。陈腐僵化的思维模式造成了科学精神和人文精神两不靠谱,限制了中国人的好奇心、想象力和创造精神。

思考问题我们往往不太注重从实际出发,而是习惯性地从圣人之言出发、从现成结论出发;研究学问我们不敢质疑权威,不善于发出自己的声音;发表著述多为"阐释学",是"我注六经";日常生活中我们总在寻求"标准答案",并不认为应该有自己的看法;做人不把特立独行作为值得推崇的标准;做事唯恐与人不同、越雷池半步;中国人从小到大,基本是"求同"的过程,少有"求异"的主张;心路历程大体是"保持一致"的路径;对待外界事物,我们满足于"也许"、"大概"、"差不多",视"较真"为没有城府、不通世故、不会做人;面对是非,我们模糊界线、主张"和为贵"。总而言之,我们中国人的思维方式有重求同,轻求异;重同一,轻差异;重统一思想,轻独立思考;重保持一致,轻建设性批判;重大而无当的结论,轻严谨缜密的论证的倾向。不仅如此,在不少人的词典里,"独立人格"、"独立思考"、"独立见解"、"逆向思维"、"发散思维"、"扬弃"、"质疑"、"批判"、"反思"、"个性"等都不是什么好词儿,避之唯恐不及。有独立见解、个性鲜明的人往往不受待见;一见"求异思维",马上把人归入"异己分子"行列;在自然、社会和人类思维三个层面,经常缺乏科学精神、理性精神,满足于模糊、混沌、不求甚解的状态。这使我们在自然科学和社会科学两方面都缺乏世界级的创见。从经典力学到相对论,从拓扑学、模糊数学到圆周率,绝大部分的公式、定理、定律等抽象理论,都罕有中国人的贡献;现代工业的核心技术,我们也是模仿的多、自创的少;我们没有比尔盖茨,没有乔布斯,缺少创新文化和创新氛围;我们不敢挑战权威,不敢质疑领导,不敢越雷池半步;我们把听话作为好孩子的标准,不提倡质疑精神,以重复老师的结论为好学生;我们只有一个钱学森,一个袁隆平,一个王选……

这种局面不突破,我们就只能从事来料加工,粗放劳动,就永远不会有自己的知识产权和发明创造,就只能在世界文明的低端徘徊。这与我们日益强大的综合国力,与始终致力于富国强民、对世界文明有所贡献的中国人民的美好期待,显然是不相称的。

读书何为

离开北大整整三十年了,但对母校的感情非但没有随时间淡化,反而越发浓烈了。有关母校的任何消息,总能荡起心中的涟漪,引发格外的注意。

这回让我不平静的,是来自北大未名BBS的一个帖子,题为"你们的父母也这么想吗",作者是即将毕业的研究生。帖子写道:"本人今年小硕毕业,找了份每月8000多元、年底有些奖金的工作,未来会有些许上升空间,算是比上不足比下有余吧。本来对物质生活没有太多期望,但是我爸早就在亲戚面前夸下海口,大约是我每年赚上百万毫无压力之类……知道我的offer之后,更是对我恶语相加,认为我给他丢了脸,还说北大毕业的学生就应该去当市长、省长。"作者因此向父亲道歉说:"爸爸,对不起,我北大毕业,但没能挣大钱、当大官。"这个帖子发出后,引发北大学生和广大网友的热议。有人跟帖说:"我爸觉得我北大博士毕业,一个月不挣一万元以上,书就是白念了。"

我之所以关注这个帖子,在于它从一个特殊的角度反映和揭示了当下社会对读书学习的心理期待。读书学习为了啥?这是从古至今一直被追问不休的问题。中国人最耳熟能详的答案无非两个:一是"黄金屋、千钟粟、颜如玉";一是"为中华之崛起而读书"。前者听起来不那么崇高,但它却真实地表达了普通百姓的心理诉求,也符合儒家伦理"修、齐、治、平"的人生设计和进阶顺序。后者是青年周恩来的读书理想,恰如少年马克思的《我的职业选择》,不禁让人肃然起敬,心生"虽不能至,心向往之"的感慨和敬慕。

这位小学弟的帖子虽然境界不高,但仍以其真诚和坦白触动了我。虽然我并不认同他父亲的价值取向,但能理解他本人的愧疚。从其对父亲的歉意不难推断,他不是官二代、富二代,爹妈不是煤老板、土财主。他之所以能够考上最高学府,全赖本人努力和老师、家长教诲。可以想见,当年考上北大,曾经让他的父母在乡邻之间多么地风光。为使他完成学业、学有所成,家里不知投入了多少财力和物力。如今硕士毕业,到了该回报父母和社会的时候了,却没有如父亲所愿升官发财。从某种意义上说,他的愧疚体现了一个孝子对父亲的感恩和尊重,却不像一个真正的北大毕业生。因为在我看来,真正意义上的北大校友,除了感恩戴德,还要有一点"独立之精神、自由之品格",特别是要有一点独立的精神追求和对人品学问、人生价值的终极关怀。而不是鼠目寸光地把眼睛盯在升官发财上,特别是当官场和商场不那么干净的时候。

我曾经是北大的一员,如今是一个研究生的父亲。当年毕业时,我的父亲也曾建议我从基层做起,一步一步走上仕途。但我对当官毫无兴趣,也不认为自己有这方面的抱负和才能,决意要走一条爬格子的道路。所幸我的父亲并不强求我,而是尊重和鼓励我的选择,也不需要我为此向他道歉,只需在自己选择的事业中努力工作就行。

这位学弟显然没有我幸运,他将不可避免地带着对父亲的愧疚投入自己的工作。我不知道那是怎样的工作,但只要是他喜欢并有益于社会进步的行当,不管月薪多少,我希望他的父亲最终能够理解和支持他。要相信自己的孩子只要足够优秀,将来即便是物质生活,也不会比任何人差。如果他能在精神领域有所建树,那么不仅对得起父母,也配得上北大这块牌子。至于眼下的月薪8000,在我看来不仅不能算少,而且相当丰厚了。毕竟初出茅庐,何德何能配得上这份薪水,倒是需要认真思考的问题。

再过一年多,我的女儿也将从一所名校毕业。虽然我们多次讨论过她的未来职业,但我只有建议和具体的指导帮助,绝没有丝毫的强加于人。我知道自己的女儿和我一样,无意于仕途,也不是经商的料。我最希望于她的,是学她自己喜欢又有能力从事的工作,尽其所能,做出成绩,既奉献社会,也体面生活。我不关心她挣多少钱,也不认为在当下社会挣钱多少能完全反映一个人的价值,更不会和她算投入产出的所谓"细账"。道理很简单:我是她爸爸。天下父母人同此心,心同此理,难道还有什么例外吗?

读书日与日读书

自从1995年联合国教科文组织把4月23日塞万提斯的辞世日确定为世界读书日至今,每年的这一天,世界各地都要举行各种活动,发表各种言论,发出各种感慨。所论无非读书如何重要,感慨离不开今人的不读书和读书少。网络时代的读书生活正在发生革命性的改变,有人以为这是历史性的进步,有人惊呼"浅阅读"可能导致整个社会心气浮躁、思想肤浅,甚至出现礼崩乐坏、世风日下的可怕局面。

重温世界读书日的主旨宣言,可能有助于我们回到读书的本原目的:"希望散居在全球各地的人们,无论年老还是年轻,无论贫穷还是富有,无论患病还是健康,都能享受阅读的乐趣,都能尊重和感谢为人类文明做出巨大贡献的文学、文化、科学思想大师们,都能保护知识产权。"

人们为什么读书,似乎从来不是问题,而今又常常成为问题。古来的训诫是"书中自有千钟粟,书中自有黄金屋,书中自有颜如玉。"又说"学而优则仕"、"学好文武艺,货与帝王家"。总而言之,读书是一条门径,一个阶梯,一块敲门砖,一把钥匙,一种手段,充其量是阶段性目的,而不是终极目的。只有"千钟粟"、"黄金屋"、"颜如玉"才是终极目的,只有"货与帝王家"和"入仕"才是终极目的,一句话,只有升官发财才是终极目的,只有"位子、票子、女子、房子、车子"五子登科才是终极目的。如果读书不能带来这些实际利益,很多人是不屑于青灯黄卷、终日苦读的。在咱们中国老百姓心目中，衡量一个读书人是否成功，多半要看他是否升官发财。如果是，叫作功成名就、功德圆满；如果不是，叫作"破落文人"、"混得不好"。

这样的读书观虽然不高尚，远比不上纯粹的为精神升华而读书，但对于绝大多数凡夫俗子而言，也无可厚非。从小处说，"读书改变生活"，是对个体生命奋发向上的一种有力号召，尤其是对寒门子弟而言，通过读书改变命运，无异于为自己开启一盏希望之灯。从大处说，一个国家、一个民族能够让平民百姓通过读书改变命运，昭示着社会的进步和国家生生不息的未来。

对于一个既没有显赫出身，又没有任何社会关系可资依仗的普通孩子来说，如果读书不足以改变命运，甚至毕业就失业，永远无法收回贫寒家庭用于读书的巨大投入，我们是不好意思对他高唱"终极关怀"的高调的。

但对于那些衣食无虞、前程无忧的人而言，淡化一点读书的功利目的，推崇一点以精神升华为根本目的的终极关怀，应该不是过分的要求吧。

莎士比亚说，生活里没有书籍，就像天空中没有阳光；智慧里没有书籍，就像鸟儿没有翅膀。书籍是人类进步的阶梯，更是个体生命升华的必由之路。赫尔岑认为，不读书就没有真正的教养，也不可能有什么鉴别力。一个不读书的政治家，可能是一个自以为是、颟顸武断的独裁者；一个不读书的宣传家，多半是一个只会说官话、套话、大话、假话的应声虫；一个不读书的公务员，基本是一个目光呆滞、反应迟钝的事务主义者。老话说，腹有诗书气自华。一个人读不读书，站在那里只看举手投足，也能看个大概；话只需说出三句，就能听出究竟。一日不读书自己知道，两日不读书他人知道，三日不读书天下人都知道。

就在这个世界读书日发布的阅读状况调查显示：中国人的人均阅读量是相当悲观的，既不如英、美、法、俄、德、日等国家，也不如印度、巴西等国家，甚至不如越南、朝鲜等国家。我们天天在喊建设学习型政党、学习型社会、学习型企业，但真正埋下头来，老老实实读书的人并不多。各位不妨扪心自问，一年忙碌下来，究竟读过几本书？这样一问，相信包括笔者在内的很多人都是汗颜的。

虽然伟人说过，读书是学习，使用也是学习，而且是更重要的学习。但毕竟不能以"使用"代替"读书"。况且没有"读书"在前，何来"使用"于后？理论联系实际，总要多少有一点理论准备，否则拿什么来联系？实践能够出真知不假，但有了理论准备的实践能够获得更深刻、更系统、更有价值的知识。不能以事务主义的忙忙碌碌冒充实践，更不能把工作繁忙作为不读书的借口。毛主席很忙，但他读的书比谁都多。和他老人家相比，我们谁好意思说自己没时间？

至于热闹于当下的网络阅读和传统阅读的争论，我认为基本是一个价值不大的假问题。网络也罢，传统书籍也罢，无非载体不同，内容才是关键。相对于竹简刻字，印刷术的发明并没有使人们的注意力下降，更没有使人类文明倒退。网络以其海量的信息、实时更新的速度、双向互动的特点，极大地满足了人们的知情权。至于一个读者是否具有定力，是否能够在杂多的信息当中把握自己，不成为信息的奴隶，那完全取决于个人修养。读网时代有人浮躁、浅薄，读报时代、读书时代何尝不是？在丰富的信息面前，就像在丰富的食物面前一样，是被撑死，还是练出去粗取精、去伪存真的功夫，全在个人努力。自己不争气，在什么载体下阅读结果都是差不多的。

关键在于不要在读书日这天热闹一下，从此偃旗息鼓。而是要把读书日变成日读书，使读书成为一种不可一日无此君的良好习惯。

网络时代的反腐败

绝对的权力必然导致绝对的腐败，这是稍有常识的人都明白的朴素道理。为了找到遏制腐败的有效途径，各国政府无不通过法律、制度、体制、机制、新闻监督等各种渠道探索办法。然而迄今为止，这个世界上还没有一种方法可以彻底铲除腐败。即便是在公认反腐败制度、机制比较健全的国家，腐败现象依然存在，腐败分子仍未绝迹。

在我们国家，对权力的所谓监督和制约，无非党纪国法两个渠道。然而稍加分析就不难发现，党纪国法更多的指向惩处、惩戒，是事后的处理，而不是过程中的实时监控、有效监督。腐败分子的生成，通常也要经历一个由小到大、逐渐发生质变的过程。在此过程中，总会有蛛丝马迹显露出来。如果能在此过程中防微杜渐，不仅可以有效避免损失，而且可以成功挽救干部。但在现实生活中，恰恰是这个环节疏于管控，使某些当权者可以不受制约地肆意妄为，最终滑向腐败的深渊。

互联网等新兴媒体的出现，正在有效弥补这个重大缺憾。网络作为门槛极低的公众舆论平台，正在突破传统媒体事实上存在的言路有限的局限，逐渐成为众声沸腾的舆论场。它是党纪国法的同盟军，是传统媒体的补充和延伸，是群众监督的具体实现形式，是舆论监督的有效载体。中纪委十七届七次会议指出，要健全网上舆论引导机制，发挥互联网等新兴媒体在促进反腐倡廉建设中的积极作用。这是近年来中纪委首次公开表态,要求重视互联网的反腐作用。

互联网以其"海量信息、实时更新、双向互动"的显著特点和异常迅捷的传播速度为武器,正在编织一张疏而不漏的反腐大网。它无处不在、无时不有地监督社会生活的各个角落,使任何一点腐败的蛛丝马迹,都逃不出人民群众雪亮的眼睛。同时可以督促纪检和司法部门及时介入相关调查,使腐败被消灭在萌芽状态。这样的监督起码造成两大威慑:一是叫腐败分子有所收敛;二是让有关部门必须提高调查和惩治腐败的水平与效率。

而如何实现党纪国法与网络监督的有效对接,是检验执政能力和执法水平的重要课题。无视网络舆论,甚至简单地视其为消极力量,是武断颟顸的表现;唯网络马首是瞻,简单地被网络舆论牵着鼻子走,是弱智低能的选择。唯有经过认真甄别、去粗取精、去伪存真,从海量的网络舆论中筛选出真正有价值的信息,以此作为反腐败的重要线索,一路深入调查下去,终至揭出腐败、查清毒瘤、绳之以法,才是官民协作、法律和政纪呼应、主流媒体与大众传媒的良性互动,才能形成反腐败的天罗地网。

这里有一个非常关键的问题,就是必须及时有效地回应人民群众的关切,不可迟钝麻木、消极应付。这个环节处理得如何,直接反映出党和政府的执政水平。以最近风靡网络的"表哥"安检局长为例,是网民从他灾害现场的笑容,搜索到十一块名表的可疑。随着网络舆论的迅猛扩散,对局长的质疑声一浪高过一浪。在漫长的等待和围观过程中,有关部门迟迟不见发声,网民的耐心逐渐丧失,对有关部门的不信任情绪也在迅速滋长,相应的猜测甚至谣言开始传播,由对局长本人的质疑,开始转向对有关部门甚至党委、政府的不信任。直到事发后很久,有关部门才做出调查的承诺,此时已陷入深深的被动。如果能以网上舆论为线索，在第一时间晒出局长的十一块名表，请行业专家给出准确的鉴定，公布每块表的价格，同时公布局长本人的年收入。由此很容易导出两个结果：一是局长收入显然与名表价格不相符，需要说明何以购得这些名表；二是局长收入远超名表价格，轻易购得不需大惊小怪。不论哪种情况，都能在局长与其岗位工资的比对中发现问题。要么是高价名表来路不明，要么是高额收入来路不明。不论哪个"不明"，都够立案调查的。

如果我们的有关方面这样做了，那么它的立场就自然地站到了人民群众一边；如若不然，就有官官相护的嫌疑。人民的政府应该做何选择，是显而易见的。

有一种观点认为，要警惕有人利用网络门槛较低的便利，肆意诬陷他人。说得没错，这样的危险的确存在，而且经常发生。然而在一个法治社会里，任何一个负责任的公民必须对自己在任何场合发表的言论负法律责任。公民有宪法保证的言论自由的权利，但没有肆意造谣诬陷诋毁诽谤他人的权利。合理的质疑需要得到回应，恶意的诽谤同样需要得到包括法律在内的积极回应。最近有一位被解聘的教授以全称判断指控北大院长、教授、系主任猥亵奸淫女服务员，却拿不出任何具体的事实证据，又拒绝校方的积极调查，给百年名校造成极大名誉损害，理所当然地引起北大师生的极大愤慨，理所当然地被校方诉诸法律。这样的做法就是一种法治加理智的做法。

互联网虽然是一个相对自由的表达平台，但这个自由必须在法律的控制之内，必须以尊重他人的人格尊严为前提。网络不是公共厕所，不是随意便溺的地方。人们要格外珍惜来之不易的表达自由，有理、有序、有节地表达自己的利益诉求，合情、合理、合法地表达自己的质疑和愤怒。如此,才能在良性发展网络舆论的同时,锻造理性的公民,培育和谐的社会。

真佛只说家常话

说话是门艺术，不是张嘴就来那么简单，也绝非越悬乎越好。即便是平头百姓说话，也有一个让人爱不爱听、接不接受的问题。若是领导干部讲话，情况就更复杂，说什么、怎么说，不仅是个人魅力和表达能力问题，还关系到党和政府的形象、关系到能否取信于民等大问题。

不少领导干部具有深厚的理论修养和专业知识，熟悉工作实际，除非确有必要，一般讲话很少用稿子，古今掌故信手拈来，现实情况了然于心，说起话来深入浅出，亲切朴实，群众爱听，也信服。也有一些领导干部水平有限、作风漂浮、官气十足，哪怕是出席普通会议讲几句简单的话，也要照本宣科，否则就不知从何说起。

单是念稿也就罢了，偏偏讲稿充斥"长、空、假"。所谓"长"，就是有意添枝加叶，短话长说，看似面面俱到，实则离题万里，有数量没质量，有长度没力度；所谓"空"，就是空话、套话多，照抄照搬、移花接木，面孔大同小异，语言上下雷同，既不解决实际问题，也不回答群众关切，镜花水月，华而不实；所谓"假"，就是堆砌辞藻，故弄玄虚，夸大其词，拉旗作皮，借以壮胆，又兼吓人。

群众把耳熟能详的官话概括为十三类："注水官话"，有限的内容拼命兑水，一只虾米硬是熬出一锅靓汤；"吹牛官话"，屁点儿小事说得比天还大，平常的工作愣是说成填补空白；"包装官话"，长于粉饰、善于包装，明明胸无点墨，硬是把自己打扮成才高八斗、学富五车的样子;"热点官话",打着解放思想、创新观念的旗号,忙于跟风刮风,望风而文,见热就炒,缺乏科学冷静的观察与思考;"克隆官话",千篇一律、千人一面,陈词滥调泛滥,唯独不见个性、丝毫没有新意,总给人似曾相识之感;"关门官话",疏于调查研究、蔑视群众观点,主观臆断,闭门造车,缺乏起码的现实针对性;"表态官话",热衷于以会议贯彻会议,以文件落实文件,动辄搞一个"关于通知的通知"、"围绕讲话的讲话",以示态度积极、反应迅速;"经验官话",一项工作刚刚部署下来,马上就有经验体会炮制出笼,一二三四、甲乙丙丁,表面看去煞有介事,实际上空洞无物,全为表态作秀、邀功请赏;"过年官话",永远是"历史最好时期",总能"创造最佳成绩",天天像过年,日日有突破,全是报喜不报忧;"谄媚官话",不论说什么,总要来上几"下"子:在这个英明领导下,在那个正确指挥下,鸣谢一大串,感激一大帮,虚情假意,言不由衷;"加密官话",张嘴"356工程",闭嘴"279计划",满嘴"密电码",鬼都不知说什么;"命令官话",以为自己是上帝、是先知,张嘴"必须",闭嘴"一定","要"这样,"要"那样,好像百姓都是群氓,只有他才是真理化身;"暮气官话",语言缺乏色彩,词汇少得可怜,说来说去,就是干巴巴那几句自以为有趣的旧话,了无生趣,足可催眠。

话风即文风,文风是作风,老百姓通常以此观察党风政风。早在延安时期,毛主席就发表著名的《反对党八股》,痛陈不良文风的八种表现。遗憾的是,"八种表现"颇有"于今尤烈"的趋势。究其原因,我看起码有五条:一是缺乏人民本位立场,作报告、写文章只站在官方立场,只向上级负责,从来不把群众放在眼里,你爱听不爱听、爱看不爱看,又能把我怎样?二是规避风险,明哲保身,只说上级说过的话,只写文件里有的话,无一字无出处,无一字无来历,表面上保持一致,实际是懒汉做法。三是扬长避短、用以藏拙,简单重与帝王家"的人,当不了杂文家;梦想学而优则商、学而优则名的人,照样当不了杂文家。

世间砖头万种,唯有杂文这块砖头最硬;然而用于"敲门",最不灵。

搬起石头砸自己的脚,可笑;搬起杂文砸自己的脚,可敬。

杂文不是手电筒,要照亮别人,先要照亮自己;要解剖社会,先要解剖自己。杂文崇尚"社会批评、文明批评",更要"三省乎己",把自己"撕碎了给人看"。

没有理论的创作是经验主义的瞎子摸象,没有创作的理论连苍白贫血都谈不上。

真正的杂文家应该是社会良知的代言人,应该具有"强烈的正义感和鲜明的平民意识"。

杂文不能泄私愤,但它可以泄公愤,要爱人民之所爱,恨人民之所恨,杂文不能表达人民的爱憎,就彻底失去了存在的根据。毛主席对作家说过:我们感谢你们!是因为人民需要你们!

当然,"公愤"有时未必是真理在手,"私愤"也不见得就是宣泄个人怨恨。当万人皆醉的时候,那个清醒的人就可能惹来"公愤",然而到底谁离真理更近,恐怕还很难说。布鲁诺被处以火刑的时候,没有人不怀疑他是"疯子"。而时间证明,恰恰是当年那些认为他是"疯子"的人自己疯了。

如此看来,关键不在于泄私愤还是泄公愤,而在于那愤怒究竟在多大程度上代表着正义和民众。不仅如此,愤怒的属性还要与时俱变,当年引起"公愤"的思想,也许为后人所敬仰;当年脍炙人口的意识形态,可能沦为祸国殃民的歪理邪说。

杂文家怕人家对号入座,担心由此罹祸;杂文家又怕人家不对号入座,好人坏人看了都没感觉,那还叫杂文么?能够让人对号入座正是成功杂文的重要特色。

然而无论如何,杂文家是拒绝利用自己的文体优势进行人身攻击的。即便某人为事实和法律证明是十恶不赦的恶棍,杂文家也无权对其进行人格、人身侮辱。对事不对人,是杂文家不成文的行业规矩。

杂文是最易引起争鸣的文体,因为杂文家思想最活跃,感情最炽烈,为人最坦率。黄一龙说,杂文家的血液沸点很低,只需五十度就沸腾了。而我说,杂文家有时又是最冷静的人,当所有人都轰轰烈烈的时候,能够保持相对清醒的,正是那个叫作杂文家的人。

照世俗的标准看来,杂文家都是一些"傻乎乎"的人,是一群没有城府、很不成熟的人。这就是为什么杂文家的言行总是遭到"人情练达"之士嘲笑的原因。

从某种意义上说,"易冲动"是杂文家最可宝贵的品格,正因为他们"脆弱"、"敏感",动辄火冒三丈,所以他们能够路见不平,秉笔直书,即便遭受误解、受人诽谤,也在所不惜。

他们的"冲动"与其说来自价值观念,不如说来自固有的血性。世上有那么一种人,见着坏事就要批,遇到恶人就要打,不是认为不这样做有违是非标准,而是觉得对不起自己的良心。从这个意义上讲,他们是一群靠"本能"行事的人。令人欣慰的是,这种"本能"是长期积累、修炼、沉淀的自然结果,是由自觉追求到自然而然的"自动化"过程。

对于杂文家来说,匹夫之勇易得,深刻老辣难求。抡圆斧头排头砍去虽也需要排山倒海的气势,但那毕竟是连李逵也能做到的雕虫小技。而在复杂的战局面前审时度势,迂回进攻,闪转腾挪,举重若轻,一招制敌,大获全胜,甚至不战而屈人之兵,那才是战略上的高境界。

对三百六十行而言，写杂文依然是高风险工种。在现有条件下，它还没有劳动保护，没有特殊津贴，社会地位不高，从业危险不小。杂文家有点像走钢丝的杂技演员，既要走得平稳安全，又要走得潇洒漂亮，不能显出如临深渊、如履薄冰的样子，要心平气和、从容不迫。

对于杂文家而言，在危险的环境中作业，安全生产当然是第一要义。保全自己才能消灭敌人，这个道理是不消说的。杂文家的保全自己不是放弃人格的苟延残喘，不是没有原则的明哲保身，而是一种职业需要的生存智慧，是为了人民利益而持续发展自己的必备素质。

杂文家不是随心所欲的放纵主义者，他们既不放纵自己的私欲，也不放纵自己的思想和勇气。他们鄙视"过把瘾就死"，崇尚"永远过瘾永远不死"。他们不仅认为经济社会需要持续发展，人类的精神文明也要持续发展，鲁迅先生所倡导的"韧性的战斗精神"，尤其需要持续发展。中国有几千年的封建文化传统，历史的重负和优秀的传统一样悠久，杂文家任重道远，焉能"过把瘾就死"？那既是对自己的不负责任，更是对历史和人民的不负责任。

杂文家大都是些"喜新厌旧"的人，他们本能地拥抱新事物，拒绝旧观念。即便是对待自己的文章，也总是不满足，必欲创新而后快。不能在思想观点上创新，起码在材料视角上创新；不能在材料视角上创新，起码在语言文字上创新。他们视杂文为文学的一支，不仅关心要说什么，更关心怎样说；不仅要表达得真诚晓畅，而且要表达得艺术漂亮；不仅要把杂文写成战斗的檄文，而且要写成典雅精致的美文。

真正的杂文家往往不太喜欢杂而无文的杂文。在他们心目中，杂文与时评有着明确的界限。并不是排成楷体字的就是杂文，也不是放在花边里的就是杂文。

杂文之"文"是文明之文、文化之文、文学之文、文雅之文。

所谓文明之文,是说杂文所昭示的思想观念也许不是最新的,但它必须是符合人类文明精神的。它拒绝在正义幌子下的倒行逆施,反对在集体名义下的一己私利,排斥在文明假象后的野蛮粗暴。一切陈腐的、恶浊的、反人性、反人道的思想主张和集权意志都与杂文无缘。

所谓文化之文,是说杂文必须有学养灌注、学理贯通、学问滋养。朱光潜先生说过:"不通一艺莫谈艺。"即不通晓一门具体的艺术最好不要妄谈美学和艺术规律。写杂文也一样,空怀一腔热血是不够的,必须有自己的精神家园和思想依托。那家园和依托,便是深厚扎实的学问基础。文、史、哲、政、经、法,抑或天文地理、花鸟鱼虫,总要通晓一门,略知其他,这是为文的起码条件。

所谓文学之文,是说杂文作为文学的一支,必须遵循文学创作的一般规律,讲究形象思维、框架结构、遣词造句。文章总要体现文学的一般特征,读来不仅有思辨的震撼,也有欣赏的愉悦,让人齿颊生香,回味无穷。

所谓文雅之文,是指杂文的一种内在气质,它是文明、文化、文学综合作用到一定程度的自然结果,是一种下意识的流露,是一种不经意的表达,好比腹有诗书的谦谦君子,又好像长于名门的大家闺秀。那种只可意会不可言传的文雅,是长期修炼、自然积淀的结果,火候不到,是学不来的。东施效颦,徒增笑柄而已。

时弊是杂文存在的社会土壤,没有时弊就无需杂文,从这个意义上讲,杂文是永恒的,因为时弊是永恒的。如此说来,时弊成了杂文家的"衣食父母",就像小偷是警察的"衣食父母"。有趣的是,杂文家并不感激时弊,就像警察并不感谢小偷。相反,鲁迅先生早就声明，希望自己的杂文"速朽"。不幸在于，时弊似乎比杂文更有生命力，就像小偷之顽强丝毫不亚于警察一样。对于眼里不揉沙子的杂文家来说，想不写杂文还真不那么容易，就像警察想"下岗"，小偷还"不答应"呢。

杂文不是虚构文体，它因而常常被某些"文学家"排斥在文学家族之外。不过，关于杂文是否是文学的争论，在我看来实在无足轻重。文学而窘迫到难乎为继的程度，好像也风光不到哪里去。而《杂文选刊》《杂文月刊》在文学刊物普遍不景气的情况下，依然销量迅速攀升，好像并未陷入"生存困境"，这不仅昭示着杂文的生命力，也昭示了人心的向背。

虚构文学可以思接千载、神游八极；杂文同样可以把自己的触角深入到生活的各个角落。君不闻生活比想象更精彩，而杂文的生存空间无比宽阔，杂文家想下岗似乎比小说家更难。

与其他文学门类相比，杂文的境界更是"有我之境"。离开创作主体的爱憎取舍、喜怒哀乐，杂文就成了不知所云的个人梦呓。所谓"零度情感"、"纯客观观照"是与杂文不搭界的。

杂文中的"我"，是"我"的思想、"我"的感情、"我"的有别于众人的高度个性化的话语表达；是"我"的学养背景、"我"的见识、"我"的特殊的格物致知路径的集中外化；这个"我"既是大写的"我"，因为它代表了多数人的价值取向；又是小写的"我"，因为它在具体的思维方式和话语选择上，唯恐与人雷同。

杂文毫无疑问是"讲理"的，但那理寓于事中，寓于情中；通事理、达性情，因而能深入人心，舒解郁闷、化解块垒。

杂文的叙事须是文学化的，要有韵味、有趣味；杂文的抒情，须是抒真情。情景交融、理趣相生，是构成杂文区别于其他文体的重要特征。

杂文是克隆技术的死敌,它追求独特的"这一个",而不能容忍克隆思想、克隆情感、克隆文体、克隆语言。对于创作个体而言,杂文批量生产之日,正是创作枯竭之时。

法律面前……

金秋十月，我们求是杂志社年轻编辑记者一行赴延安"走、转、改"，接受革命传统教育。这是我第三次来延安，伫立在延安革命纪念馆，目睹震惊陕甘宁边区、影响波及全国的"黄克功事件"，再次陷入沉思。

黄克功同志1927年参加革命，参加过井冈山斗争和两万五千里长征，历任红军班长、排长、连长、团长、旅长。1937年10月，时年26岁的黄克功在担任延安红军抗日军政大学第三期第六队队长时，因逼婚未遂，在延河畔枪杀了陕北公学学员刘茜，由一个革命功臣堕落为杀人犯。

事件震动边区内外。在国统区，国民党的喉舌《中央日报》将其作为"桃色事件"大肆渲染，攻击和污蔑我边区政府"封建割据"、"无法无天"、"蹂躏人权"。这些叫嚣，一时混淆视听，引起部分不明真相人士的猜疑和不满。有人臆断，黄克功战功卓著、位高权重、前途无量，党和边区政府难免官官相护，不了了之；有人拭目以待，想看共产党的热闹；也有人为党捏一把汗，担心年轻的党经不起这一特殊考验。党中央、中央军委、边区政府没有被这场突如其来的事件压倒，更没有像有些人猜测的那样大事化小，小事化了，而是由毛主席亲自主持会议，慎重讨论，最终决定"挥泪斩马谡"，将这个勇冠三军的红军将领处以极刑。

审判那天，陕甘宁高等法院刑庭的法官、陪审员、起诉人、证人、辩护人和法警依次进入会场。开庭后,起诉人与证人先向大会陈述了黄克功事件的全部经过,法庭进入辩论阶段。随后,审判长特意问黄克功:"在哪些战斗中受过伤、挂过彩?"黄敞开衣襟,人们看到从臂部到腿部伤疤连着伤疤,犹如打结的老树皮。他历数了许多战斗的地名,最后用真诚的目光望着审判长,请求道:"如果死刑必须执行的话,我希望能死在与敌人作战的战场上;如果允许,请给我一挺机枪,由执法队督阵,我要死在同敌人的拼杀中。"

黄克功的话使法庭陷入死一般的寂静,人们沉浸在复杂的感情之中。休庭片刻后重新开庭,审判长庄严地、一字一顿地宣布了判处黄克功死刑、立即执行的判决。黄克功拉了拉衣角,平静地看了会场一眼,然后振臂高呼:"中华民族解放万岁!""打倒日本帝国主义!""中国共产党万岁!"

正在这时,一名战士骑着快马捎来毛主席的亲笔信,审判长按要求当场予以阅读:

雷经天同志:

你及黄克功的信均收阅。

黄克功过去的斗争历史是光荣的,今天处以极刑,我及党中央的同志都是为之惋惜的。但他犯了不容赦免的大罪,一个共产党员、红军干部而有如此卑鄙的,残忍的,失掉党的立场的,失掉革命立场的,失掉人的立场的行为,如赦免他,便无以教育党,无以教育红军,无以教育革命,根据党与红军的纪律,处他以极刑。正因为黄克功不同于一个普通人,正因为他是一个多年的共产党员,正因为他是一个多年的红军,所以不能不这样办。共产党与红军,对于自己的党员与红军成员不能不执行比一般平民更加严格的纪律。当此国家危急革命紧张之时,黄克功卑鄙无耻残忍自私至如此程度,他之处死,是他自己的行为决定的。一切共产党员,一切红军指战员,一切革命分子,都要以黄克功为前车之鉴。请你在公审会上,当着黄克功及到会群众,除宣布法庭判决外,并宣布我这封信。对刘茜同志之家属,应给以安慰与体恤。

毛泽东
1937年10月10日

正义的枪声响了,黄克功,这位曾经的革命功勋、战斗英雄倒下了。每次到延安,每次看到这段历史掌故,都有无限的惋惜、不尽的感慨。这样沉重的故事,不是第一次听说,也不是最后一次。后来的刘青山、张子善影响更大,同志们更加耳熟能详。我之所以不厌其烦复述这段历史,是相信所有同志都能从中读出现实意义的。

我们党之所以强大,之所以能在无数艰难险阻当中战胜凶恶的敌人,从胜利走向新的胜利,其中极其重要的一点,就是有铁的纪律,就是能在复杂的事变当中不仅战胜外在的敌人,而且能够毫不留情地战胜自己队伍中的蜕化变质分子。唯其如此,党才有强大的感召力、说服力、战斗力。

今天,面对执政和改革开放的双重考验,我们的党依然有一个如何纯洁党的组织,永葆青春与活力,坚决惩治腐败,永远取信于民的大问题。黄克功事件昭示我们:无论何时何地、面对何等位高权重、功高盖世之人,必须法律面前人人平等,甚至"不能不执行比一般平民更加严格的纪律"。不如此,就"无以教育党,无以教育红军,无以教育革命"。卓著的功绩不能成为赦免罪恶的理由,身居高位不能成为赦免罪恶的借口,党员身份更不能成为赦免罪恶的挡箭牌。

顾客是……

顾客是什么，这是个问题吗？

您别说，还真是。过去是，现在是，将来肯定依然是。不仅是，而且颇能从对顾客的界定中，看出一点风习的变化，世态的变迁。

三十多年前我求学北大，整天和一帮外国留学生厮混在一起。他们中文不好，出去买东西就需要我帮忙。有一次帮他们买了肥皂、白糖、酸奶之类生活品后，我恭敬地向售货员致谢，售货员很高傲地笑纳了我的感谢。老外同学眼珠子瞪得跟牛铃似的，好像白天见了鬼，问我："为什么要谢她？"我一下被问住了，因为我压根儿没想过为什么要谢她。经他这么一问，我反思自己潜意识里起码谢她两条：一是要买的东西居然全都有；二是今天人家态度确实好，可能是有外宾在场的缘故吧。此外还要加一条，就是出于我本能的礼貌习惯。老外同学教育我："讲礼貌当然是好的。但我们到这里来是送钱的，她应该感谢我们才对。"在上个世纪七十年代末，这种论调是我闻所未闻的。尽管我们付了钱，但人家也付出了劳动，而且商店里居然有东西，居然不要购物票，居然还对我微笑了，就让我有一种发自内心的受宠若惊之感。您说，那时的顾客是什么？是皇帝的子民？是被施舍的对象？是店员的下级？还是别的什么？国营体制加上物资极度匮乏，把顾客和店员的关系搞得有点莫名其妙，掌握资源的人，似乎陡然之间高人一等了。那些来自腐朽的资本主义国家的同学当然弄不懂。

后来咱们意识到这是个问题,也常常为此遭受来自国内外的诟病。于是来了个一百八十度大转弯,断定"顾客就是上帝"!这一改变可不得了,国人都为之振奋,觉得自己千百年来的皇帝梦就要在商场实现了,中国人民不仅站起来了,而且富起来了,贵起来了。但是且慢高兴,仅仅把说法和理念那么一改,而不改计划经济体制和物资极度匮乏的本质,"上帝"好像还是当不起来,空欢喜一场而已。更何况,就整体而言,咱们中国是个缺乏宗教传统的国家,别说外来的耶稣和释迦牟尼,就是中国的孔老夫子孔家店,不是也早就"砸烂",实行了"最彻底的决裂"吗?说"顾客是上帝",究竟是抬举顾客,还是把顾客当猴耍?我看还是个问题。

那么"顾客是客户"?看来比较靠谱儿。店家和客户之间不存在你尊我卑、你施舍我感恩的问题,无非是你付款、我服务,互通有无、相互支持、相互依存的关系。这样说来,似乎就有了相互尊重的先决条件。不过且慢,单凭这一条还是靠不住。店员受雇的商家所有制不同、管理方式不同、经营理念不同、发放工资标准不同,都可能造成店员心态的不同。这种不同,可能会微妙地反射到顾客身上,给顾客造成不同的心理感受:有时觉得自己是经理,有时觉得自己还是有点像要饭的。

那么"顾客是衣食父母"?听起来确实很温暖。日本人说得更明白、更老实,说"我们的饭碗是顾客给的"。这倒是实情,受人恩惠,理当和蔼待之。有了这种心态,真的能使服务态度和服务质量大大提高。问题在于,把这种观念过分强调,对待顾客过于功利化、工具化,也容易使服务态度走向另一极端。如今我进商店,气度比过去轩昂多了。但苦恼的是,常被小女服务员嗲声嗲气地招呼,左一声"大哥",右一声"先生",想偷偷掂量一下价签都不得安宁,使你不掏出个三百五百的,就觉得自己特抠门儿、特不是东西。这"衣食父母"当的就有点累,就希望能享受一点清静妥帖的服务,而不是过分热情的招呼,更害怕那一声貌似宽容的"不买看看也好嘛"。

一说"顾客是傻瓜"? 从来没人这样公开说过,谁这样说不等于公开承认自己是"傻瓜"吗。但一些店家的所作所为,分明是把顾客当傻瓜:谅你也不懂商品和价格中的门道,能骗就骗你一家伙,能坑就坑你一把。反正多数人都是认倒霉的主儿,没几个回来较真的。北京这么大,路途这么远,汽油这么贵,打车这么难,谁会为了百十块钱的东西回来理论? 北京人口两千多万,流动人口还有三五百万,十分之一光顾本店,其中一半傻瓜顾客,咱不就发了嘛!

又一说"顾客是刁民"? 比如王海之流,比如北京老太太,上海老爷们儿,都是近乎"刁民"的主儿,一下没掰扯明白,就可能惹上官司,叫你吃不了兜着走。所以,必须像防贼一样防着顾客。如今这帮家伙维权意识太强了,屁点小事儿,动不动就找消协、找报社,动不动就上网、发微博,不把你搞垮,也把你搞臭,不严防死守,就经营不下去,就过不上好日子。

还有一新说,"顾客是专家"? 越说越离谱了,顾客怎么成"专家"了? 怎么不是! 如今假冒横行,伪劣肆虐,对顾客的综合素质、专业水平都提出了更高的要求。买猪肉,就要先成为猪肉鉴别专家。是不是注了水,饲料中是不是存在瘦肉精,是不是疯猪肉等,都要一眼就看出。如果看不出,后果自负。买药,就要先成为准医生、药剂师,最好同时成为化学家和药监专家。甭管什么药,一眼就能看出是否是假药,品质是否优良、检验是否到位,标识是否真实,都能看得门儿清。如果看不出,后果自负。买法律服务,就要先成为律师、法学家、刑侦专家、检察官。不仅能迅速准确地举证,而且能够及时有效地推动法律程序;不仅能够辨识可能存在的伪证,而且能够识别法官的错判、误判和恶意审判。如果不幸蒙受冤案,对不起,后果自负。

　　鄙人当了大半辈子顾客,看来还得继续当下去。我不指望当"上帝",也害怕当"父母",既不能当"刁民",更不敢当"专家"。我只希望自己成为一个尊重店员,也被店员尊重的平等的人。请他们在看到我钱包的时候,最好同时也能看到我这个人;在为我提供服务的时候,也能接受我真诚的感谢;我保证每次付钱都恭敬地把钱送到店员手中,也请他们找钱时递回我手上,而不是扔到我面前……如此这般,我觉得就挺和谐。如果大家都有这种感觉,估计和谐社会就不远了。

两 件 小 事

让人感动的一定是惊天动地的大事吗?不一定。有些小事同样令人怦然心动。

在尼斯飞往巴黎的飞机上,我的后座不时传来婴儿咿呀学语的声音,既不是法语,也不是汉语,只是人类最原始、最本真的声音,动听极了。一个半小时的行程中,咿咿呀呀的声音始终没断,我的座椅后背上,时不时能感到小脚丫蹬踹的力量。到后来,我竟然产生了强烈的好奇心,很想看看这个向我发力的小家伙长得什么样儿。飞机落地以后,在等待打开舱门的片刻,我终于等来了机会:挂在爸爸胸前的小家伙大概只有半岁,大大的脑袋,圆圆的脸蛋儿,浅灰色的眼睛。等待下机的旅客小声地寒暄着,这小小的热闹激发了孩子的好奇心,他手舞足蹈、左顾右盼,显得异常兴奋。蓦地,他发现了一直站在爸爸身后笑眯眯地看着他的我。或许是我这张脸迥异于他所见惯的爸爸妈妈的脸吧,小家伙有一瞬间的惊奇,接着,就用毫不掩饰的眼神,极其执着地盯着我看,看得那么专著、那么认真、那么肆无忌惮,以至于哈喇子都流下来了。而我一直微笑着逗他玩,小家伙也变得兴高采烈起来,甜甜地笑着,可爱极了。孩子的爸爸妈妈发现一个东方人如此喜欢自己的孩子,显得很高兴。我用蹩脚的英语跟爸爸说:"这孩子真是太可爱了。是男孩儿?还是女孩儿?"爸爸满脸幸福地回答是"girl"。看着孩子天真的大眼睛,我忽然想起女儿半岁时也常用同样的眼神和笑脸仔细地打量我。一个是眼前的灰眼睛,一个是我熟悉的黑眼睛,同样的眼神,同样的天真,同样的执着,让我产生一种超越种族、超越文化、超越制度和文明的爱怜之心。那一刻,我觉得自己的心非常柔软。我在想,面对这样一张可爱的脸,不管是中国人,还是任何其他国家的人,都会油然而生慈爱之心,都会本能地内心悸动,升发出美与善的感慨吧。

还有一次是在玉树地震现场,一位中年汉子坐在满目疮痍的废墟边,一丝不苟地为大家修眼镜。一个木箱,一把马扎,一盏油灯,几样简单的工具,就是他的全部家当。夜已深了,他还坐在马扎上,身边有几位等待修理眼镜的灾民。油灯映照下,清晰可见汉子骨节粗大的双手,一看便知是常年干活儿的。从电视上看到玉树地震的消息,汉子心如刀绞,连夜带上工具和干粮上路,坐火车奔波了一天一夜,从中原赶到玉树。记者听说灾区有这样一位专修眼镜的汉子,就来采访他。面对不期而至的记者,汉子有几分慌乱,从花镜上边探出眼睛,疑惑地看着记者,那眼神分明是问:"采访我?有啥好访的?"汉子的反映让年轻记者有几分兴奋,觉得自己抓到了一条与众不同的好新闻。于是问了一堆"您从哪来,为什么来,是怎么想的"。汉子一面继续修他的眼镜,一面东一句、西一句地答着。没有清晰的逻辑,也没有豪言壮语。说了半天,意思无非是说知道玉树地震了,就想帮点儿忙。但自己什么都不会,只会修眼镜。想到地震突然发生,肯定很多人的眼镜给弄坏了,来了会有点儿用,就拿起工具来了,就这。看得出来,年轻记者多少有些失望,因为汉子的回答混乱而木讷,没有"亮点"。而我看着夜色下的这一幕,却几次忍不住鼻子发酸。我在想,对比眼前这位朴实汉子的朴素举动,我所熟悉的那些思想观点和理论体系,实在显得苍白。中国要发展,真正可以依靠的力量不是别的什么"能人",而恰恰是他们。

三个没想到

承蒙单位领导关爱,前不久有机会带团访问英法两国。时值伦敦骚乱刚刚平息,同志们都为我们捏一把汗。

飞机于当地时间八月十八日下午顺利抵达伦敦希思罗机场,除必要的安全和通关检查,没有看出任何异常。此后几天,我们先后访问著名的《经济学人》杂志,与BBC记者部负责人约翰威廉姆斯先生和著名剧作家、剧评家、文化产业创意人约翰先生座谈,参观大英博物馆,观察伦敦的大街小巷、各色人等,很快发现几个没想到。

一是没想到在伦敦主要街区丝毫没有看出刚刚发生骚乱的迹象。我们所到之处,无论是大英博物馆这种公众聚集的地方,还是机场等要害部位,抑或是交通要道闹市区,既没有看到额外的安检人员,也没有看到神色惊恐的人群,更没有看到牵着警犬四处巡视的警察。人们照旧旅行、度假、休闲、购物,表情自然从容,态度平静安详。一场英国历史上少见的群体性骚乱发生之后,政府和社会的自我修复机制立即启动,社会生活迅速恢复正常,而不是我所想象得风声鹤唳、草木皆兵的样子。我们曾向陪同人员委婉地提出想看看刚刚发生骚乱的托特纳姆区,被客气地拒绝了,因为"那里一切都已恢复平静"。

二是没想到英国社会并不讳言骚乱。我们此行的主要议题之一,是传统媒体向现代媒体的转型和发展问题,其中自然涉及以twiter、feicebook和黑莓手机为代表的社交网络对社会稳定的影响等问题。原本想到骚乱是人家的"疮疤"不要随意去揭,以免失礼。没想到我们所见的三位知名人士都不约而同地主动提起新媒体对社会稳定的复杂影响,其中两位完全认同卡梅伦首相所表达的"在特殊情况下不排除对社交网络采取特殊管制措施"的主张。威廉姆斯还特别提到言论自由与媒体责任以及有效的社会管理之间的关系问题。英国主要媒体,从《泰晤士报》《卫报》《金融时报》,到BBC和《经济学人》杂志,都发表了反思骚乱动因的文章。认为既有新媒体管理失控的问题,更有失业、移民、金融危机、贫富差距过大等复杂的深层次社会原因。大家在交谈中感到,对新媒体的合理使用和有效管理,在全球化的背景下已成为一个共同的问题,任何以尊重言论自由为借口而鼓励怂恿别国一些人利用新媒体煽动社会动乱的举动都应受到谴责。

三是没想到伦敦一点即将举办奥运会的气氛也没有。众所周知,明年将在伦敦举办举世瞩目的第三十届夏季奥林匹克运动会。我自然想到我所工作生活的北京迎接第二十九届奥运会的情形:满大街到处张灯结彩,醒目的标语随处可见,倒计时钟时刻提醒公众距奥运还有多少天,整个北京乃至全中国似乎都沉浸在迎接奥运的喜庆当中。而在伦敦,丝毫看不出这种迹象。我刻意寻找,还是没有发现一条相关标语。为了避免自己英语水平太差可能造成的疏漏,我特意请居住当地的朋友告诉我街上是否有标语,他明确告诉我:"别找了,就是没有,我都在这八年了,还没见过类似的东西。"我有些不甘心,晚上特意带着一行人跑到著名的温布利大球场,心想那里总该有些迹象吧?很遗憾,偌大个体育场,还是看不出一点迎奥运的喜庆气氛。倒是球场旁边的建筑工地,依稀可见摆放整齐的建筑材料,让我们约略感到这里正是一个奥运工程工地。而在大球场下一块块小练习场中,年轻的父母带着孩子在那里踢球、玩耍,不时发出愉快的笑声。后来有当地的朋友告诉我,筹办奥运的工作并未因为不贴标语而有丝毫懈怠,正在紧张有序地进行。他们认为,筹办工作要做在实处,不必写在街上,更不能因为举办奥运而影响市民的正常生活。

我因此对没有标语口号的伦敦奥运多了几分期待。

我知道,我所期待的不仅仅是精彩的比赛,还有比赛以外的一些东西。

说"质疑精神"

一个时期以来，人们热衷谈论"自主创新"，关心中国的专家学者为什么得不到诺贝尔奖，中国的产业为什么只能来料加工却少有自创品牌，中国的孩子为什么考试成绩突出却缺乏创造性，连外来的教练也感慨中国的球员踢球为什么那么刻板单调没有想象力……

为什么？我觉得很重要的一个原因，是我们中国人的思维方式总体上表现为"趋同"，而不是"质疑"。在日常的工作、学习、生活中，时时处处要以表现"趋同"为目的，要刻意掩饰、打磨、销蚀个性和异见，不鼓励、不提倡、不欣赏、不奖励"质疑"精神和"质疑"能力。中国人的一生，基本是"趋同"的一生，小时候要听妈妈的话，因为妈妈总是为孩子好的；上幼儿园要听阿姨的话，因为阿姨的话总是对的；上小学要听老师的话，因为老师的话代表知识；到了中学、大学照样要听老师的话，因为老师的话即便不是绝对真理，起码也是标准答案；终于上班了要听领导的话，因为领导的话就是指令、就是规范、就是标准、就是员工的奋斗目标、就是无言的生计；结婚了要听老婆的话，因为老婆的话意味着家庭和谐和幸福，不听肯定是不行的；终于熬成了前辈，要听儿女的话，孩子都是孝顺的好孩子，不听恐有后顾之忧。如此一说，就意味着小时候要和爸妈保持一致，上学要和老师保持一致，工作要和领导保持一致，结婚要和老婆保持一致，老了要和孩子保持一致。这种"一致"性，成了我们中国人的一个传统，一个习惯，一个无需要求而自觉奉行的行为标准，一个近乎本能的下意识选择，一个社会普遍认同、不仅律己而且律人的严格规范。它看不见、摸不着，却无处不在、无时不有。尊崇它，或许不能让一个人卓越，但可以让他稳妥和保险；怀疑它，有时需要勇气和代价。不能简单说这种"一致"性是个好东西，还是坏东西。从某种意义上说，它对养成对师长、对权威、对组织、对社会、对规则的尊重，对家庭、对社会、对一般人际关系的稳定，无疑具有良好的社会作用。

但与此同时，它也自觉不自觉地束缚了中国人的精神，妨碍了怀疑能力的培养，质疑能力的发挥，成了自主创新的思想桎梏。一般说来，人的质疑能力首先来自学习，来自对前人思想和知识的尊重。这决定了质疑能力培养的第一步，恰恰是以"趋同"为特征的。没有思想和知识的积累和储备，没有足够的"内存"，放肆而狂妄地随便质疑，那是一种颟顸和愚蠢。但这并不意味着只有饱学之后才能质疑。恰恰相反，质疑作为一种能力和素质，本身就是需要学习的。在学习知识的过程中，同时就要学习前辈学者思想、学术发展的过程，学习其中蕴含的科学方法，其实也就是学习怀疑精神和质疑能力。创新的前提是对旧知识的质疑。在知识面前，既要保持应有的敬畏，更要有理性的质疑精神。尽信书不如无书，对权威只有崇拜而没有怀疑，结果只能把自己变成一个跪在地上的可怜信徒。真理是不怕被质疑的，正是在不断的被质疑、被修正的过程中，才愈益显示出真理的光辉。而那些害怕人家质疑的东西，往往是不堪一击的"银样镴枪头"。

马克思作为无产阶级的伟大导师，是迄今为止人类社会公认最博学的伟人。从青年到老年，他一直信奉的格言是"怀疑一切"。而"狂人"尼采更是提出"重估一切价值"的响亮口号。这种"怀疑"和

"重估",没有导向虚无主义和民粹主义,相反,它促进人们对自然、历史、社会、人生更深刻的把握,对客观规律更全面的认识。马克思的"怀疑一切"使他发现剩余价值规律、创立唯物史观,指导全世界的无产者追求自己的幸福生活,追求人的"自由而全面的发展"。尼采的超人哲学虽然为纳粹法西斯所利用,但作为一种深刻的哲学学说,同样启迪群伦,使我们的精神生活上升到更高的层面。

当今时代是一个自主创新的时代,是一个呼唤思想巨人、呼唤核心技术的时代。谁具有充分的创新能力,谁能引领当今世界的走向,谁就站在了生态位的高处和食物链的顶端。而创新素质的高低,创新能力的强弱,创新成果的多寡,将决定一个人乃至一个民族和国家的胜败。一切自觉不自觉地害怕、抵制、压抑、阻止质疑精神的想法和做法,都是虚弱、苍白、怯懦、无能的表现,都是我们国家和民族进步的障碍。

杂文家的"三心二意"

杂文易写难工,表面上是"豆腐"一块儿,工工整整、方方正正,好像易如反掌、很好制作,来一段"据报载",来一段"古人云",再来两句"难道不是吗",好像就"杂三股"齐备,大功告成了。但真要把杂文弄出点模样,搞出点味道,形成属于自己的"这一个",绝非易事,非有常年不懈的持续努力,难以窥见门径。

窃以为,虽说"文无定法",但好的杂文作者一定要有"三心二意"。所谓"三心",乃是真心、热心、恒心;所谓"二意",是"意义"和"意思"。

先说"真心"。文贵以真,离开了这个"真"字,所有文章都无异于无病呻吟,何况以"说真话"相标榜的杂文?没有"真话",杂文就彻底失去了存在的价值,就失去了灵魂。世间文体多种,有小说、有散文、有戏剧、有诗歌,大都允许发挥想象,鼓励奇巧构思,唯有杂文作为文学的一支,丝毫不准"无中生有"、虚应故事。杂文家首先要有一颗对社会、对人生、对世间万物的真诚之心,有一种对真、善、美近乎执拗的追求,其文"有可人可观之言,有感人切腑之声,有富实具体之义。"杂文特别讲究有感而发,反对为赋新词强说愁,反对言不及义的应景说教。杂文虽然也注重概括、提炼、升发,也注重在事实基础上的典型化,但绝对不许虚构事件、人物、情节、对话。巴金先生写作《随感录》时,给自己定下"说真话,把心掏给读者"的原则。正是这些真话,感动了无数中国人,引发了对"文革"、对历史的深刻反思。

再说"热心"，杂文家既是一般人，又不是一般人。说他们是"一般人"，是说他们有着和普通人一样的情感；说他们不是"一般人"，是说他们有着和普通人不同的性格。他们的共同特点是都有一副古道热肠，整天"瞎操心"，特别"爱抬杠"，缺乏世俗意义的"城府"，没有庸人政治层面的"成熟"，在很多人眼中他们甚至有点"幼稚"，有点"不识相"。他们的情绪似乎总有一点"夸张"，对一切美好的事物都情不自禁地热情赞美，对一切丑恶现象都忍不住大加挞伐。杂文家很少怕什么，但他们最怕丧失对真、善、美的热情，对"假、恶、丑"的憎恶，最怕失去对外在事物的敏感。杂文作为"感应的神经、攻守的手足"，一旦失去应有的敏感，那就什么都不是了。"聪明人"不以为然的事情，杂文家认为必须"较真"。从这个意义上说，杂文家确实有点"傻"、有点"憨"，有点"一根筋"，但这就是可爱的杂文家。

三说"恒心"。写杂文是"韧的战斗"，非有恒心不可。杂文作为"匕首"、"投枪"，作为"银针"、"手术刀"，直指社会"病苦"，"揭示国民劣根性"，揭露"瞒"和"骗"的种子，以期"引起疗救的注意"。这样一种战斗的长期性和社会痼疾的顽固性，决定了不可能毕其功于一役，必须做好长期战斗的思想准备。再者，杂文这个不起眼儿的"小玩意"，并非可以随意为之，也需要经过多年锤炼、长期打磨、反复推敲，方能有模有样、文质彬彬、摇曳生姿。杂文家的血是热的，但头脑却异常冷静。要耐得住寂寞，顶得住压力，在独立自主的精神世界里横下一条心，持之以恒地为人民的利益鼓与呼，为富强、民主、文明、和谐的美好社会鼓与呼。纵然前路风雨交加，依然痴心不改、九死不悔。

再说"二意"。"文章合为时而著，歌诗合为事而作"，这是从古至今的优良传统,是著书立说的正确指归。写杂文总要表达一定的思想观点,发表自己的独特见解,特别是宣示正确的社会价值取向。离开思想观点的"纯表达",是不存在的。中国文化具有"载道"的传统,且不说载什么样的"道",载谁的"道",单说文章须有"道",要有思想含量和信息量,要表达一定的立场、观点,要有无可辩驳的逻辑力量,这是毫无疑义的。思想内容是杂文的灵魂,是一切言之有物的文章的灵魂。离开了这个灵魂,文章的意义就荡然无存了。

光有"意义",没有"意思",还是没"意思"。再好的文章,若是用晦涩难懂的语言表达,用枯燥乏味的意象描绘,让人丈二和尚摸不着头脑,那"意义"恐怕只能枉然。所以一定要用有"意思"的语言方式表达出来,落笔时分要有一点文体意识,要有一点群众观点,使文章不仅"有益",而且"有趣",让人看得频频点头、拍手称奇,那才算真正实现了阅读效果,达到了启人心智的目的。白居易主张作诗要"经之以六义,纬之以五音",强调诗歌从语言形式到音韵手法都要尊崇"风雅传统",其实说得正是使文章好看的大道。诗歌如此,所有文章何尝不如此呢。

敬 谢 不 敏

一段时间以来,被广泛关注的中国GDP超越日本,成为"世界第二"的问题终被证实。近期公布的中日两国第二季度GDP数字表明,中国以1.34万亿美元的微弱优势超越日本的1.29万亿美元,成为"世界第二"。对此,各国反应不同,美国《华尔街日报》夸张地说"这是全球经济的里程碑",英国《金融时报》称这是一场"亚洲大超越"。而我国朝野上下对此基本保持了理智冷静的态度,没有刻意宣传,更没有沾沾自喜。

近年来我国的GDP排名不断跃升,2000年超过意大利,2005—2007年连续超过法、英、德,去年底逼近日本。如今已经有人开始急不可待地预言中国将在2020年超过美国,成为世界第一。这样的成绩当然令人鼓舞,但我想斗胆说一句扫兴的话:GDP作为一个国家或地区一定时期内生产的全部最终产品和劳务价值的总和,当然非常重要,是这个国家和地区经济社会发展水平的显著标志,萨谬尔逊甚至说它是"20世纪最伟大的发明之一"。但同时我也想说,在我们这样一个发展极不平衡的国度里,过分夸大GDP总量的意义和作用没多大意思,个别同胞的得意和满足缺乏内在质量,少数国家拼命渲染中国的"强大"和"繁荣",都难说是出于善良和友好的动机。

请在关注中国GDP总量的同时,更多关注一下中国的人均GDP、人均收入水平吧。据世界银行统计,我国2009年人均GDP仅为3263美元,排在世界第96位,不仅不及日本等发达国家的十分之一,而且仅相当于全球人均GDP的36%,仍属于低收入国家。我国的经济发展极不平衡,地区间、产业间、阶层间差距很大,而且有越来越大的趋势。2009年基尼系数高达0.48%,超过世界银行认定的0.4的警戒线。失业问题也比较严重,2009年失业率4.8%,只是指城镇登记的失业人口,并未包括未登记的失业人口、待业过久的民众以及返乡的农民工。人民生活水平包括住房、医疗、教育、休闲娱乐、社会保障等,都还处在较低状态。在世界近二百个国家和地区中,我国的人均收入至今仍排在百位之后。

中日之间有着特殊的心理情结,对于GDP总量超越日本感到高兴,这是中国人再正常不过的心态。但有一点请同胞们不要忽略:日本的国土面积只是中国的二十六分之一,人口只是中国的十分之一。这就是说,我们以二十六倍于人的国土面积,十倍于人的人口基数,取得GDP总量与人家大体相当、勉强超越的成绩,充其量只能算一个差强人意的结果。不错,日本近年来的增长速度很慢,刚刚过去的第二季度只有可怜的0.1%,而我国是10%。但请同样不要忘记两国是在什么样的基数上计算增长率的。这就好比笔者和博尔特拼百米跑的增长率,笔者通过科学训练,一定会有较大幅度的增长空间,而博尔特每增加0.0001秒又谈何容易。虽然他的增长率不如笔者,但结果却不可同日而语。

这样说,自然不是为了长别人的志气,灭自己的威风,而是想善意地提醒国民始终保持清醒头脑,始终牢记小平同志"韬光养晦、发展自己"的殷殷教诲,不为浮云遮望眼,冷静应对国际上针对中国的各种"责任论"、"威胁论"。

最近,一位旅华日本青年加藤嘉一以《国家实力取决于底层群体》为题在《环球时报》撰文,指出"一个国家的真正实力和本来面貌呢？理性的脚步和精神的归宿呢？

　　二百多年前，黑格尔曾借用希腊神话中思想和理性的象征猫头鹰来阐述哲学的使命，他说"密那瓦的猫头鹰只有黄昏起飞"。很明显，在黑格尔看来，如果说一般人的认识过程也是一种理性思考，是对生活现象的"认识"和"思索"，那么哲学则是一种"反思"，是对认识的认识，对思考的思考，是思想以自身为对象的思维活动。或者说：人们对"意义"和"价值"的追问往往落后于实践，哲学家对一般认识的认识当然更要滞后。如果说普通人的思考是一种对"当下"的反映，哲学家的思考理应具有更深的层次。如此说来，不是为思想的滞后寻找借口；恰恰相反，而是为思想的自觉敲一记警钟。无论是普通人对"意义"和"价值"的追问，还是哲学家对这种"追问"的"反思"，都是我们这个时代所稀缺的资源，是在"众声沸汤"表象之下显得异常寂寥的残酷现实。

　　孔夫子倡导"吾日三省吾身"，既是对自身修养的告诫，也是对生活"意义"和"价值"的追寻。苏格拉底说"未经省察的生活是不值得过的"。这些都启示我们：无论物质生活怎样改善，精神生活永远不可缺席。人作为一株"会思想的芦苇"，不能仅仅满足于生活在"物质"和"过程"之中，而应对温饱之后的存在有更深刻的体察和追求。这不仅是思想和哲学的存在根据，也是杂文作为"艺术的政论"的存在根据，是我三十余年汲汲于此的唯一理由。

　　收在本书中的一百余篇杂感，是我2010年以来的作品选集。虽然思想含量有限、艺术存量稀薄，但毕竟是"我手写我心"的真实产物，是紧张工作之余没有虚度光阴的微弱佐证。一个作品的产生，就像一个孩子的问世，无论父母怎样怜爱，好坏还需外人评说。我不敢心存奢望，只求偶尔读到本书的朋友不要骂我"谋财害命"即可。

感谢多年的好友姚眉平为我搭桥铺路,使我有幸与人民文学出版社结缘。感谢管士光社长以包容之心接纳拙著,使它有机会面对读者。感谢我的责编杜丽女士,以专业的水准和敬业的精神使本书减少很多错漏和遗憾。感谢著名杂文家安立志先生慨然应允将其评论文章《杂文北辰朱铁志》作为本书的序言。还要特别感谢本书的封面设计马诗音,诗音小名匆匆,是我多年的好友、同事马传景的女儿,两家曾经比邻而居,孩子们共同成长。如今拙著由看着长大的孩子来设计封面,是不是有一种特殊的温暖和意味蕴含其中?最后还要感谢所有偶尔读到本书的各位读者,你们的存在,是我坚持写作的动力;离开了你们,我和我浅薄的杂文就什么都不是了。

2016年惊蛰于北京